HEYNE <

Das Buch

Als der junge Leutnant Robert von Collas unter strengster Geheimhaltung zum preußischen König nach Berlin bestellt wird, ahnt er nicht, was für eine unheilvolle Mission ihn erwartet. Er wird in ein kleines Dorf im Harz entsandt, das seit sechs Jahren Schauplatz mysteriöser Vorfälle ist: Die Einwohner werden plötzlich wahnsinnig, ermorden sich gegenseitig, zünden ihre Häuser an und begehen auf grausamste Weise Selbstmord. Auch die gelehrte Nonne Johanna und das Dienstmädchen Ida sitzen in dem Dorf fest, denn jemand hat ihre Kutsche manipuliert. Johanna hat ein außergewöhnliches Interesse an allen übernatürlichen Erscheinungen, und so steht sie von Collas mit ihrem Wissen zur Seite. Zunächst einmal scheint es, als handele es sich um eine grassierende Geisteskrankheit. Aber dann wird Johanna und Robert klar, dass etwas viel Größeres dahinter steht: ein dunkles germanisches Wesen von göttlichem Ausmaß, das es sich zum Ziel gesetzt hat, die gesamte Menschheit ins Unglück zu stürzen.

Die Autorin

Alexandra Sell, 1966 geboren, schreibt seit mehreren Jahren unter anderem Namen Romane und Kurzgeschichten. Ihre Vorliebe gilt historischen Stoffen, aber auch alten Sagen und Mythen sowie fantastischen Geschichten. Im vorliegenden Roman konnte sie diese Leidenschaften zum ersten Mal vereinen.

Alexandra Sell

Das Totendorf

Roman

WILHELM HEYNE VERLAG
MÜNCHEN

MIX
Papier aus verantwortungsvollen Quellen
FSC® C014496

Verlagsgruppe Random House FSC-DEU-0100
Das für dieses Buch verwendete
FSC®-zertifizierte Papier *Holmen Book Cream*
liefert Holmen Paper, Hallstavik, Schweden.

Originalausgabe 02/2012

Printed in Germany 2011
Umschlaggestaltung: Nele Schütz Design, München,
unter Verwendung einer Abbildung von © Robert Jenkins
Satz: Buch-Werkstatt GmbH, Bad Aibling
Druck und Bindung: GGP Media GmbH, Pößneck
ISBN: 978-3-453-40877-7

www.heyne.de

Prolog

Im Jahr 723, nicht weit vom Edersee, im Fränkischen Reich

Die Klinge der Axt schnitt sich tief in das Fleisch der Eiche hinein. Es war ein Kampf um Leben oder Tod, nicht nur zwischen dem Baum und demjenigen, der ihn fällen wollte, sondern auch zwischen Vergangenheit und Zukunft, altem und jungem Glauben.

Ein lautes Stöhnen erhob sich beim ersten Schlag, und einige der Versammelten schrien auf, als sei die Axt ihnen selbst in die Glieder eingedrungen. Nicht wenige blickten geduckt gen Himmel, von wo sie die Rache Donars erwarteten.

Wie ein vielarmiges Ungeheuer ragte die Eiche aus der Mitte der Lichtung, einer heiligen Stätte der Germanen. Ihr Stamm war so dick, dass drei Männer mit ausgebreiteten Armen nötig gewesen wären, um das wichtigste germanische Heiligtum zu umfassen. Das Holz war fest und gesund und die Baumkrone vom Boden aus nicht mehr zu sehen. Die Eiche sollte tausend Jahre alt sein, manche behaupteten gar, dass sie schon seit zwölfhundert, fünfzehnhundert, ja, zweitausend Jahren diese Stätte überragte. Donar selbst, der Gott des Donners und höchster aller Götter, hatte sie am Anbeginn der Zeiten gepflanzt, so hieß es, als Brücke zwischen der irdischen und der göttlichen Welt von Walhalla.

Zähneknirschend blickte Bonifatius, die Axt in der Hand, auf dieses mächtige Symbol heidnischen Glaubens – und auf das letzte. Denn gute siebenhundert Jahre, nachdem Christus am Kreuz gestorben war, hatte seine Botschaft nun auch die endlosen germanischen Wälder erreicht. Viele Missionare vor Bonifatius hatten ihr Leben dafür gelassen, aber ihre Beharrlichkeit hatte sich ausgezahlt. Ein Stammesführer und Dorfältester nach dem anderen wankten im althergebrachten Glauben, Walhallas mächtige Säulen wurden angegriffen.

Bonifatius hatte die Zweifelnden hierher, an ihre imposanteste Kultstätte am Rand des Fränkischen Reiches, bestellt, um dem Heidentum der Germanen den entscheidenden Schlag zu versetzen. An die Hundert waren gekommen, sie umringten ihn und den Baum und bildeten die Arena, in der Bonifatius Donar zum Zweikampf herausforderte.

Der zweite, dritte, vierte Hieb sauste in den Stamm, und mit jedem wurde das Geschrei der Zweifler ein wenig leiser. Denn nichts geschah: Kein Blitz zerschmetterte den dreisten Herausforderer, kein Sturm fegte ihn hinweg. Allerdings konnte Bonifatius dem Stamm auch nur geringen Schaden zufügen. Er, ein alter Mann von über fünfzig Jahren und dazu schmächtig, war zwar stark im Geiste, aber kraftlos in den Armen. Fünf, sechs, sieben. Sieben symbolische Hiebe – einen für jeden der vier Evangelisten und drei für die Dreieinigkeit von Vater, Sohn und Heiligem Geist – schlug er gegen die Eiche, bevor er seinen Gefolgsleuten erschöpft befahl weiterzumachen.

Äußerst widerwillig gestand Bonifatius sich ein, dass

er es hier nicht mit einer gewöhnlichen Eiche zu tun hatte. Er war in der Vorstellung hergeeilt, das Symbol des Irrglaubens auf einen Schlag fällen und damit den triumphierenden Beweis für die letzten Zweifler erbringen zu können, dass die alten Götter dieses Sakrileg ohnmächtig über sich ergehen lassen müssten – weil sie nun mal nicht existierten.

Aber einen Baum von dieser Wucht und Größe hatte er noch nie gesehen. Dass er so beeindruckend war, steigerte nur noch seinen Ärger. Ihn begleiteten lediglich vier Männer, und die würden gewiss Stunden benötigen, ehe diese Monstereiche gefällt wäre, wenn sie es überhaupt an einem Tag schafften, da der heiße, drückende August schwere körperliche Arbeit fast unmöglich machte. Zu allem Unglück grollte nun auch noch ein Gewitter in der Ferne. Ein Zufall gewiss, aber einer, der Bonifatius mehr als ungelegen kam.

Er hatte keine andere Wahl, als unverzüglich das Fällen der Donareiche zu befehligen, denn die Germanen, die ihn genau beobachteten, würden jedes Zögern und Hinausschieben als Zeichen von Schwäche deuten. Während die Äxte sich langsam, sehr langsam in den Stamm gruben, schrie Bonifatius lautstark gegen seine Bedenken an. Seine Stimme donnerte mit der nahenden Gewalt um die Wette. Er verkündete, aus dem Holz der Eiche an derselben Stelle eine christliche Kirche errichten zu lassen, predigte wortgewaltig aus dem Alten Testament und auf Latein zur Menge und untermauerte seine Worte mit dramatischen Gesten. Aber je näher das Gewitter kam, desto unruhiger wurde die Menge. Der Wind frischte merklich auf.

Da trat ein germanischer Priester aus der Menge hervor. Er war noch sehr jung, ohne Bart, vor wenigen Monden erst hatte er seine Weihen von einem der wenigen übrig gebliebenen Priester empfangen. Dieser hagere Bursche im Wolfspelz war das letzte Aufgebot des alten Glaubens im Fränkischen Reich. Er trat in die aus Leibern geformte Arena und wagte es, sein Wort gegen Bonifatius zu erheben. Eindringlich beschwor er die gut einhundert Versammelten, ihre Ahnen nicht zu verraten und zu den Wurzeln ihrer überlieferten Religion zurückzukehren, aber er drohte auch allen Abtrünnigen mit schrecklichem Unglück. Trotz seiner Jugend machte er einen gewaltigen Eindruck auf die rings um ihn Versammelten, die ihm und dem immer lauter dröhnenden Donner gebannt lauschten.

Bonifatius hielt zornig dagegen. Er rief all denen, die immer noch zwischen alter und neuer Religion schwanken sollten, mit missionarischem Eifer in Erinnerung, wie viel Unglück ihnen das Festhalten an den alten Riten über Jahrhunderte hinweg eingehandelt hatte und dass ihre Stämme schwächer waren denn je und am Rande des Untergangs standen, wohingegen das Christentum in Saft und Kraft zu erblühen begann.

Sie verstrickten sich in ein wildes Rededuell: der junge Priester und der greise Missionar, Jugend gegen Alter, germanische Tradition gegen christliche Revolte. Der Disput griff auf die Versammelten über. Laut und heftig stritten da alle miteinander, Bruder stand gegen Bruder, Freund gegen Freund.

Indes schlugen die Äxte weiter in den Stamm ein, schob sich die dunkle Wolkenwand immer näher und bedrohlicher über die Lichtung. Bonifatius' Gefolgsmänner wurden unsicher. Zwar waren sie gute Christenmenschen, aber das himmlische Spektakel, das jetzt über ihnen hereinbrach, war niemandem geheuer.

»Weiter«, schrie Bonifatius. »Weiter, ihr Narren!«

Da verließ einer seinen Posten und rannte davon.

Jetzt musste Bonifatius alles wagen, um diesen gefährlichen Augenblick in einen Sieg des Christentums umzuwandeln. Entweder könnte er diese Leute heute überzeugen – oder sie blieben für weitere hundert Jahre Heiden. Nicht nur die Augen der hundert Germanen sahen zu ihm auf, sondern auch die des Papstes in Rom, der ihn zur Missionierung ausgesandt hatte, sowie die aller himmlischen Heiligen, ja, Gottes Auge selbst ruhte auf seinem demütigen Diener. Da ergriff Bonifatius die Axt des Geflohenen und schlug mit aller ihm zu Gebote stehenden Macht auf die Eiche ein.

Der germanische Priester hob indes die Arme empor und rief seine Götter an. Die gewaltigen Donnerschläge, die darauf einsetzten, klangen in den Ohren der Germanen wie eine zornige Antwort des Himmels.

Noch einer von Bonifatius' Männern floh – die Schlacht schien sich zugunsten des alten Glaubens zu entscheiden.

Da geschah es, dass der starke Wind, der mit dem Gewitter eingesetzt hatte, die Eiche genau zu ihrer schwachen, von Äxten angeschlagenen Seite hindrückte. Unter entsetzlichem Knarzen – einem Geräusch, das klang wie aller Schmerz der Welt – neigte sie sich zuerst, knickte dann ein und fiel schließlich mit unglaublicher Langsamkeit, so als erinnere sie sich im Sturz ihrer tausend Jahre, und schlug schließlich laut polternd auf der Erde auf, die sie hervorgebracht hatte.

Einen Augenblick lang sagte keiner etwas, rührte sich

niemand. Der einsetzende Regen fiel auf reglose Häupter.

Bonifatius war klug genug, den Männern Zeit für ihre Trauer zu lassen und jede Triumphgebärde zu vermeiden. Nach gebührendem respektvollem Schweigen richtete er erneut das Wort an die Menge: »Das Gewitter, von dem ihr glaubtet, dass es von euren Göttern geschickt worden sei, ist in Wahrheit von Christus, unserem Herrn, geschickt worden. Die gefällte Eiche sei euch Beweises genug. Und nun zerstampft die Früchte des Baumes mit euren Füßen, zum Zeichen eurer Abwendung vom Heidentum.«

Und das taten sie, auch wenn sie gar nicht wussten, was das überhaupt war, das Heidentum.

Der junge Priester wandte sich ab und ging. Seine Niederlage war vollständig. Er hatte weder das Fällen der heiligen Donareiche und damit die Zerstörung der Verbindung zwischen den Göttern und den Menschen verhindern können noch das Abwandern der germanischen Seelen zum christlichen Kreuz. Das, was man ihn gelehrt hatte, galt den Menschen nichts mehr, also war das Land, in dem er lebte, auch nicht mehr seines.

Er wanderte zunächst vier Tage lang nach Norden, dann vier Tage lang nach Osten, und die ganze Zeit über – selbst im Schlaf – hielt seine linke Faust das Einzige umschlossen, was von den Göttern noch geblieben war.

Die Stelle, an der er die Eichel in die Erde versenkte, war sorgfältig gewählt: In einem Umkreis von zwanzig Schritt gab es keine neidischen Buchen, die den Eichen oft das Licht raubten, und auch keine Siedlung war in der Nähe anzutreffen, deren Bewohner auf der Suche nach Brennholz dem jungen Pflänzchen hätten gefährlich werden können.

Als er die Frucht ein letztes Mal betrachtete, stieg Bitterkeit in ihm auf, weil er den Glauben und die Lebensweise seiner Vorfahren, aller Generationen vom Anbeginn der Zeit an diesem Tag zu Grabe tragen musste. Die Götter waren geschlagen, Walhalla eingestürzt, die Sonne, der Mond und die Sterne waren nicht mehr an ihrem angestammten Ort. Ragnarok, der seit Urzeiten prophezeite Weltuntergang, war gekommen, und der junge, unerfahrene Priester war sich noch nicht einmal sicher, ob das Vergraben der Frucht der Donareiche überhaupt etwas nutzen würde. Er konnte niemanden mehr fragen. Die alten Priester waren tot oder zum Christengott übergelaufen. Er war allein.

Vielleicht war es der Zorn auf Bonifatius und den Christengott, der ihm – als er schon Erde auf die Eichel häufte – etwas in Erinnerung rief. Alten Weissagungen nach überlebte einer, ein Einziger, aus dem göttlichen Geschlecht der Asen den Untergang: Loki, der in alten Zeiten den Namen Lugus getragen hatte, ein metamorphes Wesen, das sich einer alten Überlieferung nach in mehreren Gestalten gleichzeitig verkörpern konnte, die er alle selbst erschuf. Immerfort konnte Lugus seine Gestalt und seinen Zustand verändern.

Der junge Priester entsann sich der Prophezeiung, und eine finstere Hoffnung floss durch seine Adern. Er legte die Eichel wieder frei. Mit einem scharfen Stein ritzte er sich eine Fingerkuppe auf und träufelte einige Tropfen seines Blutes auf die Frucht der heiligen Eiche. Bei jedem Tropfen rief er den Namen an.

Der germanische Priester hatte getan, was er tun konnte. Mehr stand nicht in seiner Macht. Wenn Lugus einst auf die Erde käme, wäre er längst tot, und das war auch besser so, denn Lugus war das personifizierte Grauen. Nicht umsonst hatten die Götter ihm verboten, jemals die Erde zu betreten.

Er begrub die Eichel, drückte den weichen Boden leicht an, begoss ihn mit ein wenig Wasser aus seinem Schlauch und bedeckte ihn mit Laub. Eine Weile stand er noch vor seinem Werk wie vor einem Grab.

Er wischte sich die Tränen von den Wangen, packte sein Bündel und ging ins Ungewisse. Sein Name war Fenrir.

I

1006 Jahre später, Oktober 1729, Berlin

Ein Auftrag. Strengste Geheimhaltung. Audienz beim König. Und zwar noch heute. Das war alles, was Robert von seinem unmittelbaren Vorgesetzten, dem Hauptmann, und von dessen Vorgesetztem, dem General, gesagt bekommen hatte. Vier Stunden lang grübelte Robert auf dem einsamen Ritt von der Garnison bis vor das Berliner Schloss darüber nach, worin der Geheimauftrag bestehen würde.

Ging es vielleicht um eine Kundschaftermission im Ausland? Wohl kaum, denn Preußen hatte keine Feinde, und der König war dafür bekannt, dass er nicht vorhatte, daran etwas zu ändern. Für diplomatische Missionen gab es Diplomaten und für heikle persönliche Angelegenheiten – wie das Überbringen erotischer Billetts – die verschwiegenen Sekretäre. Außerdem fragte sich Robert, warum seine Vorgesetzten ausgerechnet *ihn* für die geheime Mission vorgeschlagen hatten, denn sie mochten ihn nicht und trauten ihm auch nichts zu.

Als der junge Soldat das Schloss betrat, war er ein wenig aufgeregt, aber als er im Vorzimmer des Königs wartete, war seine Gelassenheit wieder zurückgekehrt. Von irgendwoher hörte er Musik – ein Cembalo und eine Querflöte bildeten ein Duett –, aber die Stimme des Königs hinter der großen Flügeltür übertönte alles.

Friedrich Wilhelm I. stauchte gerade irgendjemanden zusammen. Robert stellte sich einen duckmäuserischen Beamten und den beleibten König mit hochrotem Kopf vor – kein angenehmer Gedanke, vor allem, wenn man bedachte, dass es nur noch eine Frage von Minuten war, bis ein Lakai ihn in das Arbeitszimmer des Königs rufen würde.

Robert hatte sich getäuscht. Es dauerte nur Sekunden.

Die Flügeltür öffnete sich, und eine Schar von Ministern, denen trotz der kühlen Säle Schweiß auf der Stirn stand, drängte beflissen heraus. Ein Sekretär ging ins königliche Amtszimmer, kehrte einen Augenblick später wieder zurück und gab dem Soldaten ein Zeichen.

Der Sekretär meldete: »Leutnant Robert von Collas.«

Robert stand drei Schritte vor dem massiven, goldverzierten Schreibtisch. Er hatte militärische Haltung angenommen und blickte, wie es sich für Untergebene gehörte, steif zur Wand, direkt auf ein Gemälde mit einer Jagdszene. Gelegentlich lugte Robert verstohlen zum König hin, der geschäftig Papiere durchblätterte und dabei laut und vernehmlich schnaufte. Friedrich Wilhelm war dick, seine blaue Livree eng, der goldfarbene Kragen viel zu eng, das Gesicht rot. Ab und zu grunzte er missmutig vor sich hin, offensichtlich gestört von der Musik aus dem Nebenraum, dem Empfangssalon der Königin. Der König war dafür bekannt, dass er keine Musik mochte, ausgenommen bei Paraden.

»Sehr jung«, sagte der König mürrisch, ohne den Kopf zu heben. »Er ist sehr jung.«

Robert war sich nicht sicher, ob er etwas darauf erwidern sollte oder nicht, und immer wenn er verunsichert war, trat er die Flucht nach vorn an.

»Verzeihung, Majestät. War das eine Frage oder eine Feststellung?«

Der König sah ihn überrascht an. »Ein Vorwurf war's.«

»An meine Mutter? Weil sie mich erst vor sechsundzwanzig Jahren geboren hat?«

Zu frech, schrieben seine Vorgesetzten in seine alljährlichen Beurteilungen, und dies seit nunmehr neun Jahren. Andere, die nach Robert Leutnant geworden waren, waren vor ihm befördert oder mit achtbaren Kommandos betraut worden, wohingegen er auf der Stelle trat. Er war einst einer der jüngsten Leutnants in der Geschichte der preußischen Armee gewesen, so wie vor ihm sein Vater und Großvater und dessen Vater schon, aber nun sah es so aus, als würde er dereinst einer der dienstältesten Leutnants in der Geschichte der preußischen Armee bleiben, ganz anders als seine Vorfahren, die in seinem Alter allesamt schon Hauptleute oder Majore gewesen waren. Seine lose Zunge war sein Verhängnis, aber auch seine Ehrlichkeit. Schmeicheleien lagen ihm nicht. Wenn er nervös war, wenn ihn irgendein dummes Wort reizte oder wenn eine Situation ihn herausforderte, dann wurde er dreist.

»Oft«, sagte der König jetzt, »ist Er dreist, Collas. Das steht in Seiner Akte.«

»Davon wusste ich ja gar nichts – ich meine, dass das in meiner Akte steht, Majestät.«

»Nun weiß Er es. Ich hatte Seinem General befohlen, mir einen außergewöhnlichen Mann für eine außergewöhnliche Aufgabe zu schicken. Ist Er der beste Reiter? Nein. Der Beste mit dem Degen? Nein. Der beste

Schütze? Nein. Hat Er schon ein eigenes Kommando geführt? Hat Er sich in schwieriger Lage bewährt? Nein und wieder nein. Er ist mittelmäßig, Collas, in allem.«

»Nicht in allem, Majestät.«

»Übers Sprücheklopfen rede ich nicht, genauso wenig wie über Frauengeschichten. In der Akte steht, dass Er einen lockeren Lebenswandel führt, Collas, und Er ist noch nicht verheiratet.«

Wäre es dem König lieber, fragte sich Robert, wenn er verheiratet und trotzdem ein lockerer Vogel wäre? Er schwieg lieber zu diesem Thema, bevor er sich noch um Kopf und Kragen redete. Sein Schweigen besänftigte auch den König.

»Aber ich will nicht ungerecht sein«, sagte Friedrich Wilhelm nach einem weiteren Blick in die Akte. »Auch wenn es Ihm am nötigen Ernst und Respekt fehlt, so wird sich der General etwas dabei gedacht haben, Ihn vorzuschlagen. Sehe Er meinen Auftrag als Möglichkeit an, sich zu bewähren.«

»Das werde ich, Majestät.«

Roberts Spannung stieg.

Der König erhob sich langsam. Sein Gesicht nahm einen nachdenklichen Ausdruck an. Er gestattete Robert, sich zu rühren, legte die Hände auf dem Rücken übereinander und schritt gemächlich, fast zögerlich, im Raum umher.

»Ich erhalte beunruhigende Berichte, Leutnant. In einem Teil des Königreichs geschehen seit geraumer Zeit seltsame Dinge, deren Ursache noch immer im Dunkeln liegt. Ich spreche vom Harz. Es gibt da ein Gebiet nicht weit von Wernigerode … waldreich … sehr entlegen … am äußersten Rand des Königreiches … von geringer strategischer oder wirtschaftlicher Bedeutung. Ein bisschen Silber- und Kupferbergbau im Harz. Dennoch, die Vorkommnisse sind zu – zu beunruhigend, um sie zu ignorieren oder den örtlichen Behörden zu überlassen.«

Robert hörte aufmerksam zu. Er spürte das Unbehagen seines Kommandanten weiterzusprechen. Der Soldatenkönig galt als leicht erregbarer, jedoch schwer zu beunruhigender Charakter, denn er vertraute auf Gott, seine königliche Autorität und seine Armee. Seiner Leidenschaft für das Militärische verdankte Preußen ein riesiges Heer, und seiner protestantischen Frömmigkeit einen langen Frieden. Wenn ihn also etwas derart beunruhigte, dass er um Worte rang, konnte es sich nur um etwas Grauenhaftes oder etwas Unerklärliches handeln – oder um beides zugleich.

»In dem betreffenden Gebiet kommt es seit Jahren zu – Gewaltakten.«

Da der König es nicht näher erklärte, setzte Robert neu an: »Darf ich fragen: Worin bestehen die Gewaltakte, Majestät?«

Der König machte eine ratlose Geste. »Menschen verschwinden spurlos, Morde werden begangen, viele Brände gelegt, Reisende gelangen nicht an ihr Ziel …«

Robert überlegte. »Das hört sich nach einer Räuberbande an.«

»Was die Verschwundenen angeht, wäre das eine Erklärung, aber ansonsten … Die Morde geschehen mitten in den umliegenden Dörfern, und die Täter sind oftmals ganz normale Leute: Bauern, Mägde …«

»Frauen sind auch darunter?«

»Nicht wenige. Doch das ist noch nicht alles. Es

kommt zu zahlreichen Selbstmorden und zu Wahnsinnsanfällen. Anfangs war nur ein einziges Dorf betroffen, inzwischen sind es ein halbes Dutzend Dörfer, und es wird immer schlimmer. Kürzlich kam der dortige Landgraf unter mysteriösen Umständen zu Tode.«

Die heitere Melodie aus dem Nebenzimmer brachte den König urplötzlich auf. »Verdammte Musik!«, schrie er. »Da kann sich ja kein Mensch konzentrieren.« Der König fühlte sich sichtlich unwohl in seiner Haut, seine Finger versuchten nervös, den engen Kragen zu lockern.

»Er weiß jetzt, Collas, worin Seine Aufgabe besteht. Nehme Er sich vier Soldaten mit und finde die Ursache dieser – dieser ...«

»Phänomene?«, bot Robert an.

»Das klingt mir zu fantastisch, Collas. Es gibt selbstverständlich eine logische Erklärung für diese Geschehnisse. Kompliziert vielleicht, aber rational auf jeden Fall: Ein Giftmischer käme infrage oder ein Hexenweib.«

Die Begriffe Rationalität und Hexenweib widersprachen sich, fand Robert zwar, aber das war momentan nebensächlich. Er ahnte, dass der König noch nicht alles gesagt hatte, als er dessen auf dem Schreibtisch trommelnde Finger bemerkte. Er behielt recht.

Friedrich Wilhelm suchte nach einem Anfang. »Noch etwas, das Er wissen sollte, Collas. Es ist ein wenig delikat ... Er ist nicht der Erste, der in dieser Sache beauftragt wird. Die Polizeibehörde hat bereits zweimal einen Ermittler geschickt, den einen im Mai, den anderen im August. Beide galten als sehr zuverlässig.«

Robert war alarmierter, als sein sachlicher Tonfall verriet. »Was kam bei der Untersuchung heraus, Majestät?«

»Nichts. Vom ersten Ermittler fehlt jede Spur, man hat nie wieder etwas von ihm gehört.«

»Und der zweite?«

Der Blick des Königs glitt von seinem Untergebenen ab und senkte sich zu Boden. »Schoss sich eine Kugel in den Kopf. Man fand ihn in seinem Zimmer im Wirtshaus, in dem er Quartier genommen hatte. Die Tür war von innen verriegelt, das kleine Fenster lässt sich nicht öffnen und war unversehrt. Mord ist demnach auszuschließen.«

Robert atmete leise tief durch. »Wie lange hatte er sich im Dorf aufgehalten?«

Eine Weile verstrich, bevor der König antwortete: »Drei Tage.«

Da wusste Robert, warum ihn seine Vorgesetzten vorgeschlagen hatten.

2

Zum ersten Mal fühlte sie sich wieder beschützt und geliebt. Zu lange war ihr Leben wie ausgetrocknet gewesen, nahezu allem beraubt, was man zum Durchhalten brauchte. Der Tod ihres Mannes vor vier Jahren hatte sie einsam gemacht, und der kleine Hof, den sie von da an fast allein bewirtschaften musste, forderte ihre ganze Kraft. Einen Knecht konnte sie sich nicht leisten. Ihre drei Töchter waren zu jung, um schon verheiratet zu werden und um ihr eine echte Hilfe zu sein. Ihr einziger Sohn tat sein Bestes, aber dreizehnjährige

Söhne konnten einer Bäuerin weder die Arbeitskraft noch die Lebenskraft ersetzen, die ein guter Mann beisteuerte.

Vier Jahre lang hatte sie ohne Hoffnung gebetet, dass ein solcher Mann käme, ohne Hoffnung, jawohl, denn wer würde schon freiwillig in eine Gegend ziehen, die vom Teufel verflucht und heimgesucht war, in der Angst und Misstrauen herrschten? Sie selbst war ja auch ängstlich und misstrauisch.

Und dann, vor wenigen Wochen, war er gekommen: Simon, ein Vagabund zunächst, der bald eine Anstellung im Dorfgasthof als Koch gefunden hatte. Sein gütiger Blick, seine sanfte Stimme, seine starken Arme und seine Hilfsbereitschaft hatten sie am Tage bei der Arbeit und in der Nacht auf ihrem leeren Lager verfolgt. Sie bekam ihn nicht mehr aus dem Kopf, und als sie feststellte, dass auch sie ihm gefiel, war die Welt für sie eine gute geworden. Gewiss, eine Zeit lang war sie eifersüchtig auf die schöne Wirtin gewesen, unter deren Dach er wohnte, und sie hatte einen schrecklichen Streit mit ihr ausgefochten, aber inzwischen war sie sich Simons Zuneigung sicher.

Und jetzt lag sie bei ihm, Haut an Haut, zum ersten Mal. Sie schmiegten sich in seiner winzigen Stube im Gasthof zusammen, in der es muffig roch und kalt zog, aber das störte sie nicht. Nur Simon war wichtig. Er küsste sie. Seine Finger krallten sich in ihre Schultern. Sie war nie glücklicher gewesen. Niemals.

Und dann, von einem Lidschlag zum anderen, kam die Veränderung. Es war, als wäre in ihrem Kopf, irgendwo da drinnen, etwas gerissen, nichts Körperliches, eher etwas Stoffloses, und im selben Moment spürte sie, wie etwas nach ihr griff. Es war unsichtbar. Dieses Gefühl des Ergriffenwerdens hatte sie in den letzten Wochen bereits zweimal gehabt, wobei es beim zweiten Mal stärker als beim ersten Mal gewesen war: als würde sie einen Teil ihrer selbst verlieren. Es hatte stets nur einen Augenblick gedauert, dann war es wieder von ihr gewichen.

Doch die Gewalt, mit der sie jetzt ergriffen wurde, hatte etwas Endgültiges: Ein räuberisches Wesen tobte in ihr, fraß ihre Erinnerungen, zerstörte die gedankliche Ordnung ihrer ganzen Persönlichkeit, rüttelte an der Zeit, der Vernunft, der Welt, brachte alles durcheinander, brachte Konfusion, unendliche Konfusion …

Sie stand auf, öffnete die Stubentür und ging nach draußen, schlich durch die Dämmerung, nackt, eine Frau von vierzig Jahren, ohne Gesichtsausdruck. Sie lief durch den Schlamm, über die nassen Wiesen und die Stoppeln der abgeernteten Kornfelder bis zu ihrem Hof, den sie schon nicht mehr als ihren Hof erkannte. Ihr gehörte nichts mehr auf dieser Welt, nichts mehr von sich selbst.

Sie zündete die Scheune und das Haus an. Die Rufe ihrer Kinder drangen wie aus weiter Ferne und durch ein mächtiges Rauschen und Branden zu ihr. Angezogen vom lodernden Licht, den Nachtfaltern gleich, begab sie sich eilig in die Scheune, die kurz darauf über ihr zusammenbrach.

Simons Atem ging schnell und stoßweise, es rauschte in seinen Ohren, sodass er fast nichts anderes hörte, nur noch die schnellen Schritte auf dem Waldboden, das Knacken des Unterholzes, die brechenden Zweige der

Sträucher, das Rascheln des Oktoberlaubs – und über allem ein Schnaufen. Ein und aus, ein und aus, immer schneller und schneller. Buschdornen rissen ihm die Hände blutig, Weiden peitschten sein Gesicht.

Plötzlich blieb er stehen und blickte hinter sich, die Augen weit aufgerissen: Buchen, Ulmen, Eichen, Eschen, ein Gewirr aus Stämmen. Dazwischen Abendnebel wie ein graues Leichentuch.

Er verharrte, lauschte, als erwarte er, dass der Nebel etwas ausspucken würde, einen Schemen vielleicht.

Fünf Atemzüge, sechs, sieben ... Er rannte weiter. Der Nebel öffnete sich vor und schloss sich hinter ihm. Nach ein paar Metern blieb er erneut stehen, regte sich nicht, hielt den Atem an, spähte in die Dämmerung hinein, lauschte, atmete wieder und rannte weiter – geradewegs in einen hufeisenförmigen Kessel. Die glatten Felsen ragten zehn Meter empor, wenn nicht mehr, und sie fielen senkrecht in eine dunkle Kluft hinab, eine tiefe Spalte im Boden, zwei Manneslängen breit und dreimal so lang.

Simons letzter Blick ging zum Ausgang des Kessels zurück, streifte die Felswände und fiel in das finstere Loch zu seinen Füßen. Er schloss die Augen.

Und dann sprang er, so wie er in einen See springen würde. Doch am Fuß der Spalte war kein See, sondern nur hartes Gestein. Der Fall dauerte eine Sekunde, zwei, drei, vier ... Der dumpfe Aufprall war kaum zu hören.

3

Ida hörte das Geräusch als Erste. In der Postkutsche, in der sie saß, war es so laut, dass man sein eigenes Wort kaum verstehen, geschweige denn ein feines Knacken hören konnte. Sie hatte jedoch ein Gehör für solche Töne entwickelt. Die verwitwete Frau Geheimrat, deren Dienstmädchen Ida gewesen war, hatte sich in ihren letzten Lebensjahren viele große und kleine Brüche zugezogen, und zwar bei den unglaublichsten Verrichtungen: Beim Teetrinken war der Zeigefinger, in der Latrine das Handgelenk, beim Aufstehen aus dem Bett der Fußknöchel gebrochen. Und ihre Hüfte hatte sowieso bei jedem Schritt beängstigend geknackt. Zu Idas Leidwesen war die alte Geheimrätin vor einigen Wochen gestorben, und da war das Dienstmädchen froh, von deren Schwiegertochter übernommen zu werden. Im Alter von achtzehn Jahren von Frankfurt, wo sie ihr ganzes Leben verbracht hatte, nach Braunschweig zu ziehen, war keine leichte Sache, aber eine gute Anstellung in der Fremde war allemal besser als gar keine in der Heimat.

Ida hob den Kopf und legte den Schäferroman, den sie gerade las, widerwillig auf ihrem Schoß ab. Das Buch war gerade so spannend gewesen: Der junge Hirte und das von ihm angebetete Mädchen waren von einem intriganten Unhold getrennt worden, und nun drohten sie sich für immer zu verlieren und dem Unglück anheimzufallen.

»Haben Sie das auch gehört?«, fragte sie, ohne jemand Bestimmten anzusehen.

Die Frau neben Ida antwortete sofort, so als habe sie nur auf ein Stichwort gewartet, um wieder draufloszuplappern. Ida kannte bereits das ganze Leben der Frau Sophie Ruhleben und mehr noch, auch das Leben ihrer Freunde, einschließlich des Kaufmanns Hasselmann, der der intime Freund des herzoglichen Stallmeisters war, dessen Frau wiederum einen Neffen hatte, dessen Schwager am französischen Königshof Dienst tat und so weiter und so fort. Nur mit Mühe hatte Ida das Geschwätz überhören und sich ihrem Roman widmen können.

Sophie Ruhleben nutzte die Gelegenheit, Ida erneut mit Beschlag zu belegen: »Mein liebes Kind, ich höre seit zwei Tagen nichts anderes, seit ich in Nordhausen zugestiegen bin. Dieses Geratter rüttelt nicht nur an meinen Nerven, sondern auch an meinem Dekolleté und überhaupt an allem. Postkutschen sind *grässlich.* Ich sage, wenn Gott gewollt hätte, dass Menschen derart durchgeschüttelt werden, hätte er sie nicht aus Knochen, sondern aus Maische erschaffen.«

Frau Ruhleben gegenüber saß eine nicht mehr ganz junge Nonne. Sie hatte bislang kaum ein Wort gesprochen, aber nun ergriff auch sie das Wort: »Und wenn Gott wirklich wollte, dass Frauen solche Hüte tragen wie den, den Sie auf Ihrem Kopf haben, dann …«

»Dann was?«

»Dann muss er betrunken gewesen sein.«

»Oh! Also, das ist … Ich bin sprachlos.«

»Für dieses Wunder werde ich dem Herrn in meinem Nachtgebet danken.«

»Hören Sie mal, für eine Nonne benehmen Sie sich ziemlich ungebührlich.«

»Und für eine Frau von Anfang dreißig benutzen Sie ziemlich viel Wangenrot.«

Sophie Ruhleben schnaubte vor Empörung, und das gab Ida die Möglichkeit, wieder auf den Anfang des Gesprächs zurückzukommen.

»Ich habe nicht das Geratter gemeint, gnädige Frau, sondern das Knacken. Es kommt von unten. Ich finde, wir sollten den Kutschern Bescheid sagen.«

Frau Ruhleben zuckte gleichgültig mit den Achseln, und die Nonne sah zum Kutschfenster hinaus. Allein jedoch traute sich Ida nicht, nach den Kutschern zu rufen, weil Dienstmädchen im Allgemeinen und Ida im Speziellen nicht gewöhnt waren, Entscheidungen zu treffen – die Frau Geheimrat hatte jede Kleinigkeit geregelt und überwacht.

Sollte sie einfach weiterlesen? Aber sie *hatte* etwas knacken gehört. Ihr blieb nichts anderes übrig, als sich an den jungen Mann zu wenden, der ihr gegenübersaß, was sie jedoch aus dreierlei Gründen nur ungern tat: Seine feine Kleidung ließ darauf schließen, dass er höher gestellt war als Ida, er hatte sie während der Fahrt ungebührlich oft angesehen und mit seinem Pfeifenrauch belästigt. Immerzu paffte er an diesem monströsen Ding aus Ton, das in seinem Mundwinkel hing, als wäre er damit geboren worden.

»Verzeihen Sie, mein Herr«, sagte sie höflich, obwohl er im gleichen Alter wie sie war. »Hören Sie es auch?«

»Sie sind noch nicht oft in einer Kutsche gefahren, oder?«, antwortete er lächelnd.

Sie fand, dass das eine ziemlich hochnäsige Antwort war. Aber so hatte sie ihn auch eingeschätzt. Ein junger Mann im piekfeinen Zwirn, eine Pfeife im Mund …

Nun gut, er hatte recht, sie fuhr zum ersten Mal in einer Postkutsche. Wann hätte sie auch je Frankfurt verlassen können? Mit zwölf war sie von ihren Eltern als Küchenmagd in den Haushalt der Frau Geheimrat gegeben worden, mit sechzehn war sie dort zum Stubenmädchen aufgestiegen. Sie hatte weder die Gelegenheit noch die Erlaubnis gehabt, die Stadt zu verlassen.

»Ich glaube nicht, dass Sie sich beunruhigen müssen«, sagte er jetzt, noch immer lächelnd. »Aber wenn Sie sich dann sicherer fühlen, werde ich ...« Er rutschte von seiner Bank auf die Knie, beugte sich nach vorn und hielt sein Ohr an den Kutschenboden. Beinahe blickte er Ida unter den Rock, so nahe war sein Kopf dem Saum ihres Kleides.

»Nicht doch, was machen Sie denn da?«, rief diese und blickte die Nonne Hilfe suchend an.

Sophie Ruhleben lachte. »Endlich passiert hier mal etwas Amüsantes.«

Der junge Mann sah zu Ida auf.

»Sie haben recht, mein Fräulein. Ich höre tatsächlich ein merkwürdiges Knacken.«

Er informierte die Kutscher, zwei bärbeißige, unrasierte Kerle. Widerwillig hielten sie an, stiegen vom Kutschbock und murrten vor sich hin. Man befand sich mitten im Wald, an einer Weggabelung, der Boden war matschig, die Luft kalt – es war kein Vergnügen, unter den Wagen zu kriechen, und sie brauchten eine Weile, um unter sich auszumachen, wer der Unglückliche sein würde.

In der Kutsche sprach niemand, bis die Nonne plötzlich fragte: »Wo sind wir?«

Weniger diese Worte als vielmehr der Tonfall kamen

Ida merkwürdig vor: Nicht Neugier, sondern eine Art Misstrauen schwang darin mit.

»Seit Stunden stieren Sie zum Fenster raus«, sagte Sophie Ruhleben, »und nun fragen Sie *uns*, wo wir sind. Im Wald sind wir, verehrte Braut Gottes, mitten im Harz.«

»Aber wo im Harz?«

»Irgendwo zwischen Nordhausen und Wernigerode, näher an Wernigerode.«

Die Nonne kam ins Grübeln. Halb abwesend sagte sie: »Ist das Zufall oder …«

Sie führte ihren Satz nicht zu Ende. In einem musste Ida der schwatzhaften Frau Ruhleben zustimmen, nämlich dass sich diese Nonne sonderbar benahm. Sie war schon in der Kutsche gewesen, als Ida zugestiegen war, hatte sich jedem Gespräch entzogen und eine übermäßige Sorge um ihr Gepäck an den Tag gelegt, so als hüte sie den Zahn eines Apostels.

Die Kutscher steckten ihre Köpfe zu beiden Seiten durch die Fenster in den Wagen herein und überbrachten die schlechten Nachrichten, wobei sie sich tunlichst abwechselten.

»Die hintere Achse ist angebrochen«, sagte der eine.

»In ein paar Minuten wäre sie durchgebrochen«, fügte der andere hinzu. »Ist angesägt worden.«

»Weiterfahren geht nicht.«

»Wenn's nur das Rad wäre, dann könnten wir das schnell reparieren.«

»Ist aber nicht das Rad, ist die Achse.«

»Das wird dauern.«

»Allein schaffen wir das nicht.«

»Wir brauchen einen Schmied.«

»Ich reite nach Wernigerode. Das wird ungefähr drei Stunden dauern, dann ist's schon Nachmittag und bald dunkel. Ich komme also erst morgen Vormittag zurück.«

»Und ob's morgen weitergeht, hängt davon ab, wie schwer der Schaden ist. Könnte auch länger dauern.«

»Tut uns leid, aber anders geht's nicht zu machen.«

»Sie müssen eine Nacht in der Kutsche schlafen.«

»Es sei denn, Sie laufen ins nächste Dorf, das ist zu Fuß keine Stunde von hier weg.«

»Beschweren Sie sich bei dem, der die Achse angesägt hat.«

»In Nordhausen war noch alles in Ordnung.«

»Bei unserer letzten Rast vor zwei Stunden in der Poststation muss irgendeiner sich einen üblen Spaß gemacht haben.«

Die Kutscher zogen ihre Köpfe wieder gleichzeitig aus dem Wagen heraus. Ida hätte gerne über die kasperlhafte Darbietung geschmunzelt. Aber eine Nacht im Wald, zu viert eingesperrt in einer engen Kutsche und ohne die Gewissheit, dass der Schaden morgen behoben würde, war eine zu düstere Aussicht, um zu schmunzeln.

4

Die Panne war natürlich kein Zufall. Schwester Johanna kannte das Böse aus jahrelanger Beschäftigung mit ihm und von mehrfachen leibhaftigen Begegnungen. Die meisten Menschen hatten eine zu simple Vorstellung davon, wie es aussah, wo es sich verbarg und wozu es fähig war. Johanna wusste: Es war zu allem fähig, steckte sogar in den vermeintlich harmlosesten Dingen, hatte zahlreiche Ursachen und ebenso viele Gesichter. Es Teufel zu nennen war eine unsinnige Einengung. Das Böse konnte sich mit Harmlosigkeit tarnen, auch mit Jugend, Schönheit und Witz, mit Reichtum und Großzügigkeit, Eleganz, Freundschaft … Es konnte alles und überall zugleich sein. Deswegen konnte es auch in dieser Kutsche sitzen.

Als Mädchen hatte Johanna oft einen schrecklichen Traum gehabt: Eine Nachbarin wurde als Hexe auf den Scheiterhaufen geschleift. Ihre Augen waren angstgeweitet, als sie an den Pfahl gebunden wurde. Sie war weder eine schöne noch eine besonders gutherzige Frau, und Johanna hatte sie bis dahin kaum beachtet, aber die Angst dieser Frau übertrug sich in diesem Traum auf Johanna.

Dasselbe galt für die Passivität, mit der sie alles mit sich machen ließ. Auch Johanna war wie gelähmt. Reglos verfolgten die beiden, wie katholische Geistliche die Schuld der Hexe bestätigten, wie der weltliche Richter noch einmal das Urteil verkündete, wie die versammelten Menschen das Kreuz schlugen, wie sie beteten, wie sie halb erleichtert und halb betroffen aufstöhnten, als die Fackel an den Reisig gelegt wurde, wie die Erleichterung und Betroffenheit der Menge zuerst in Sensationsgier umschlug und dann in eine obszöne Raserei …

Die entsetzlichen, angsterfüllten Schreie der von Flammen umzingelten Nachbarin mischten sich mit den Schreien Johannas, die nur einen Steinwurf entfernt stand, neben ihrer Mutter, die wilde Beschimpfungen gegen die vermeintliche Hexe ausstieß.

Als die Schreie Johannas und der Nachbarin zu einem einzigen verschmolzen, war Johanna stets schreiend aufgewacht. Sicher, alles war nur ein Traum gewesen. Aber dieser Traum war die Spiegelung eines realen Ereignisses, das sie im Alter von drei Jahren durchlebt hatte, ohne sich im Wachzustand daran zu erinnern. Damals war eine Frau, die ein paar Häuser weiter wohnte, verbrannt worden. Johannas Mutter hatte sie als Hexe denunziert. Zehn Jahre später, nach dem Tod ihrer Mutter, erfuhr Johanna, dass ihr Vater eine heimliche Liebschaft mit dieser Nachbarin unterhalten hatte …

Seither wusste Johanna, was sie schon vorher geahnt hatte: Dass das Böse nicht in der Nachbarin verborgen gewesen war, sondern in ihrer Beschuldigung, Verurteilung und Verbrennung. Das Böse steckte in der Eifersucht ihrer Mutter, in der Gottesfurcht der Geistlichen, in der Dummheit derer, die ihnen blind vertrauten, und in der Obszönität einer sich an grausigen Spektakeln berauschenden Masse. Das Böse hatte diejenigen beherrscht, die vorgaben – und vermutlich sogar daran glaubten –, das Böse zu hassen.

Nach Johannas Eintritt in den Orden hatte sie seltener diesen grässlichen wahren Traum geträumt, bevor er endlich ganz ausgeblieben war. Zugleich hatte – zum großen Entsetzen ihrer Mitschwestern – Johannas Interesse am Bösen begonnen. Sie sammelte seit vielen Jahren alles, was je über das Böse und das vermeintlich Böse erfahren und geschrieben worden war, und zwar nicht nur von Christen. Und wann immer es ihr möglich war, forschte sie am Ort der Geschehnisse weiter.

Als ihr vor einigen Wochen zufällig zu Ohren gekommen war, dass in einer abgelegenen Gegend des Harzes zahlreiche Fälle von Gewalt, Wahnsinn und Verschwinden auftraten, hatte sie sofort gewusst, dass dort etwas vor sich ging, was nicht mit irdischen Maßstäben gemessen werden durfte. Räuber ermordeten und entführten Menschen, aber sie verursachten keine Wahnsinnsanfälle und trieben niemanden in den Selbstmord. Gift wiederum konnte zu Wahnsinn und Gewalt führen, aber es konnte keine Menschen verschwinden lassen. Irgendeine Form des Bösen hatte in den Harz Einzug gehalten.

Normalerweise hätte Johanna sich über die Vorgänge bloß auf dem Laufenden gehalten. Aber dann – zum ersten Mal nach fast dreißig Jahren – war ihr Traum zurückgekehrt, wenn auch nur für eine Nacht. Im Schlaf drängte sich ihr eine Befürchtung auf, die ihr im Wachzustand entgangen war: Sollten diese Phänomene sich ausweiten und intensivieren, wäre es nur noch eine Frage der Zeit, bis man Hexen dafür verantwortlich machen würde – und dann wären sie wieder in den alten Zeiten angelangt und wer weiß wie viele unschuldige Frauen eines qualvollen Todes sterben müssten.

Johanna hatte ihre Äbtissin so lange um die Erlaubnis angebettelt, die Vorgänge näher untersuchen zu dürfen, bis diese endlich nachgegeben hatte. Sie war mit dem Ziel aufgebrochen, das Böse zu entlarven – auch wenn sie noch keine Ahnung hatte, wie sie das bewerkstelligen sollte. Erschwerend kam hinzu, dass Johanna sich auf preußischem, also protestantischem Boden befand. Einer Nonne schlug hier im Allgemeinen Misstrauen entgegen.

Früher als sie erwartet hatte, befand sie sich mitten

in ihren Ermittlungen. Denn interessanterweise hatte die Kutsche genau in der Gegend eine Panne, wo die Phänomene sich ereigneten: drei Stunden zu Pferd südwestlich von Wernigerode. Zudem war die Panne auf Sabotage zurückzuführen.

Es gab drei Möglichkeiten für die Täter: Jemand von der Poststation oder den Wirtshausgästen hätte die Achse beschädigen können, da die Kutsche während des Mittagessens unbeaufsichtigt geblieben war. Auch die beiden Kutscher kamen in Betracht; sie hatten das Gefährt in Nordhausen von hessischen Kollegen übernommen. Und schließlich die Fahrgäste selbst. Das junge Dienstmädchen war die Einzige, die zusammen mit Johanna schon in Würzburg eingestiegen war; das aufgedonnerte Schnattermaul war in Nordhausen, der junge Mann im feinen Anzug in Erfurt dazugekommen.

Für Johanna stand fest, dass die Sabotage mit den mysteriösen Vorkommnissen im Zusammenhang stand. Aber in welchem? Die Antwort darauf verbarg sich irgendwo in den Wäldern um die Kutsche herum.

Und vielleicht sogar in der Kutsche selbst.

Lugus' Augen
Die Kutsche steht, der Plan ist aufgegangen. Ich sehe die Neuankömmlinge, beobachte sie, wie sie sich in meinem Netz verfangen, ohne es zu bemerken. Das Todesspiel beginnt.

5

Für Robert und seine Soldaten war die liegen gebliebene Kutsche das erste Zeichen menschlichen Lebens des ganzen Tages. Dem Soldaten waren dünn besiedelte Landschaften durchaus nicht fremd – in seiner Heimat in der Uckermark, wo er seine Kindheit verbracht hatte, gab es nur wenige und sehr kleine Dörfer –, aber die Weltabgeschiedenheit in diesem Teil des Harzes kam sogar ihm außergewöhnlich vor. Weiter nördlich und südlich gab es reichlich Bergbau und Waldwirtschaft, hier jedoch schien ihm ein – ihm fiel kein anderes Wort ein – ein Loch zu sein, ein Menschenloch. Das hing sicherlich zum einen mit der nicht enden wollenden Tiefe der Wälder zusammen, die zum Teil moorig waren und nur wenig Ackerbau und Viehzucht ermöglichten, und zum anderen mit der Entfernung zur nächsten halbwegs größeren Stadt.

Da war jedoch noch etwas anderes, etwas schwer Greifbares. Robert war an zwei verlassenen Schänken vorbeigekommen, die von ihren Besitzern schon vor Monaten, wenn nicht Jahren, aufgegeben worden waren, und vor einer Stunde war er durch ein intaktes, menschenleeres Dorf am Ufer eines kleinen Flusses geritten, das bis vor Kurzem von Flößern bewohnt worden war, wie er an den herumliegenden Werkzeugen erkannt hatte. Das war deprimierend gewesen. Und gespenstisch. Zum ersten Mal in seinem Leben hatte es ihn tatsächlich unheimlich angehaucht angesichts dieses von einer unsichtbaren Gewalt entleerten Ortes.

Er hob die Hand zum militärischen Gruß. »Was ist hier los?«, fragte er den Kutscher.

»Achsenbruch, Herr Leutnant.«

»Die Wege in dieser Gegend sind matschig, aber nicht holprig. Wie kann es da zu einem Achsenbruch kommen? Bist du besoffen vom Weg abgekommen und über eine Wurzel gefahren?«

»Nein, Herr Leutnant, ehrlich nicht.«

Viel zu viele Kutscher waren unzuverlässige Schnapsdrosseln. Noch vor zwanzig Jahren hatte es nur sehr wenige Postkutschenverbindungen zwischen den einzelnen selbstständigen Fürstentümern des Deutschen Reiches gegeben, sie waren an einer Hand abzuzählen gewesen. Aber das Reisen war ein wenig in Mode gekommen, die Welt wurde größer, und leider wuchs die Anzahl der Postkutschen schneller als die Anzahl gut ausgebildeter Kutscher.

»Von wo nach wo?«, fragte Robert preußisch knapp.

»Von Würzburg über Weimar und Erfurt nach Braunschweig, Herr Leutnant. Ich und mein Kollege haben die Kutsche in Nordhausen übernommen.«

»Wo ist dein Kollege?«

»Nach Wernigerode geritten, um Hilfe zu holen.«

Robert stieg von seinem Pferd ab. Zunächst überzeugte er sich davon, dass wirklich ein Achsenbruch vorlag, dann öffnete er die Tür. Weil Damen und eine Nonne darin saßen, führte er seine Hand höflich und gelassen an den Hut.

»Ich bin Leutnant von Collas, 4. Preußisches Kavallerieregiment.« Mit einem Blick schätzte er die Fahrgäste ein. In seinen ersten Ausbildungsjahren als Soldat hatte er oft an der Grenze nach Mecklenburg seinen Dienst getan und dabei gelernt, dass Kleider zwar Leute machten, jedoch oft andere Leute als die, die sie waren. Robert studierte stets lieber die Gesichter und achtete darauf, ob Mimik und Verhalten zu den Kleidern passten.

Die Jüngste in der Kutsche war schmucklos und dunkelgrau gekleidet. Sie trug ihre rotblonden Haare in der Mitte gescheitelt und glatt nach hinten gekämmt, wo sie sich in einem knubbeligen Knoten vereinten. Ihr hübsches kleines Gesicht war voller Sommersprossen, die bereits etwas verblasst waren und in wenigen Jahren verschwunden sein würden. Er stellte sich vor, dass sie ein hübsches Lächeln hatte – wovon im Moment allerdings nichts zu sehen war, weil sie hektisch in ihrem Beutel kramte, so als sei Robert ein Räuber, der es auf ihre Habe abgesehen hätte. Sie reichte ihm ihre Papiere, um die er überhaupt nicht gebeten hatte.

»Es ist schon gut, mein Fräulein«, versuchte er sie zu beruhigen. Als Reisende gehörte sie zweifellos zum Typ Kloß-im-Hals, was bedeutete, dass ihr Herz nicht eher wieder normal schlagen würde, bis sie ihren Fuß in eine vertraute oder zumindest feste Bleibe setzte. Die Kutsche bot ihr eine gewisse Sicherheit inmitten all der Ungewissheiten einer Reise, weshalb sie sich am Sitz festklammerte wie eine schüchterne Braut am Hochzeitsbett. Ihre Hände waren etwas älter als sie selbst, an Arbeit gewöhnte Hände, gerötet und leicht rissig. Robert vermutete, dass sie ein Dienstmädchen war.

Der junge Mann gehörte nicht zu ihr, denn ansonsten hätte sie bei ihm Unterstützung gesucht. Seine braunen Augen blickten gelassen, und sein schlanker und groß gewachsener Körper, der in einem sauberen, schwarzen Anzug steckte, blieb entspannt.

»Benedikt Pohl, Student auf dem Rückweg von Erfurt nach Braunschweig«, stellte er sich vor, wobei er die erkaltete Pfeife nicht aus dem Mund nahm. »Ihr könnt uns vielleicht helfen, Leutnant. Wir waren gerade dabei zu besprechen, ob wir die Nacht in dieser Kutsche verbringen oder ins nahe gelegene Dorf wandern sollen. Die Schwester und ich sind für das Dorf, aber das Fräulein und die gnädige Frau wollen bleiben.«

»Ja, ich möchte ins Dorf«, sagte die Nonne. »Diese Gegend war sowieso mein Reiseziel. Aber der Kutscher weigert sich, das Pferd mit meinen Taschen und Truhen zu beladen und es uns zur Verfügung zu stellen. Aber ohne mein Gepäck tue ich keinen Schritt.«

Robert hatte während seiner kurzen Dienstzeit in Ostpreußen die Bekanntschaft einiger Ordensfrauen gemacht; sie hatten allesamt entweder den lieblichen, zufriedenen Ausdruck einer Entrückten oder den verhärteten einer zu Stein gewordenen Xanthippe gehabt. Diese Nonne allerdings sah entschlossen und streitbar aus, ohne verbiestert zu wirken.

»Wir gehen entweder alle zusammen oder gar nicht«, verkündete Benedikt Pohl. »Da die Mehrheit offenbar unbedingt hierbleiben will, bleibe ich auch.«

»Nicht so voreilig«, mischte sich die Frau im malvenfarbenen Kleid ein und fixierte Robert mit ihren großen, runden, blauen Augen. Ihre dunkelrot geschminkten Lippen verlängerten sich zu einem Lächeln. »Ich habe deswegen hierbleiben wollen, weil ich nur zu Fuß ins Dorf hätte kommen können. Sie sehen ja selbst, Herr Leutnant: all der Matsch, mein Kleid, meine Schuhe … Ich bin nicht dafür angezogen, durch einen Wald zu spazieren. Doch nun sind Sie ja da. Sie haben sicherlich einen Platz auf dem Rücken Ihres Pferdes frei. Übrigens, ich heiße Sophie Ruhleben, verwitwet.«

Robert hatte Mühe, ernst zu bleiben. Worauf es Sophie Ruhleben abgesehen hatte, war nur zum Teil der Rücken seines Pferdes, zum anderen gewiss sein eigener Rücken, an dem sie sich während des Ritts zu gerne festklammern würde. Fast jeder Offizier kannte Blicke wie den ihren, die Blicke der »verwitweten« Frauen einer Garnisonsstadt. Die wenigsten waren wirklich verwitwet – und wenn doch, waren es ausgesprochen lustige Witwen.

Sie reichte ihm ihre Hand, und ihm blieb gar nichts anderes übrig, als sie zu ergreifen und der dazugehörigen Dame aus dem Wagen zu helfen.

»Sie haben einen starken Arm, wenn ich das sagen darf, Herr Leutnant. Eine schutzlose Frau wie ich empfindet einen starken Trost in der Nähe eines stattlichen Offiziers, zumal in der Fremde, in einem Wald voller Gefahren, wo hinter jedem Baum ein Grobian und in jedem Busch ein Kobold lauern kann. Sie können gar nicht anders, als uns sicher zum Dorf zu führen, nicht wahr, Herr Leutnant von Collas? Sie werden es tun. Wir sind angewiesen auf Ihre wachen Augen, Ihre zielsichere Hand …«

Die Nonne verdrehte die Augen und unterbrach den Redeschwall der Witwe: »Wenn Sie fertig sind, die Körperteile des Leutnants mit schmeichelhaften Attributen zu versehen, hat er vielleicht Gelegenheit, uns zu sagen, ob er uns tatsächlich zum Dorf mitnimmt.«

Robert schmunzelte in sich hinein und dachte: Eine streitbare Nonne und eine lustige Witwe – amüsant.

Aber dann wurde er wieder ernst, denn die Panne der Postkutsche erschwerte seinen Auftrag.

Er wollte die Fahrgäste natürlich nicht allein mitten im Wald zurücklassen, schon gar nicht, wenn er an die vielen verschwundenen Reisenden dachte. Als Leutnant und als Beauftragter des Königs trug er Verantwortung für die Sicherheit dieser Leute. Allerdings waren auch die Dörfer der Umgebung von den Phänomenen betroffen, darunter auch das Dorf, das am nächsten lag – Ödrode. Dort war kürzlich der Landgraf zu Tode gekommen. Wären die Reisenden dort sicherer? Welche Alternativen hatte er? Eine Wache bei den Leuten lassen? Robert zersplitterte seine ohnehin kleine Truppe nur ungern. Die Leute mit seinen Pferden nach Wernigerode bringen und dann wieder zurückkehren? Er würde den heutigen und den halben morgigen Tag dafür benötigen, und morgen Mittag passierte bereits die nächste Postkutsche die Gegend. Er und vier Soldaten konnten unmöglich die Bewachung einer ganzen Region übernehmen.

Seine Hauptaufgabe bestand darin, die Ursache des Übels zu finden und zu beseitigen, seine erste richtige Herausforderung als Offizier. Er durfte keinen Fehler machen. Bei diesem königlichen Auftrag zu versagen hieße, für lange Zeit ein Leutnant zu bleiben, vielleicht für immer, und in irgendeine unwichtige Garnison abgeschoben zu werden, wo er einen sterbenslangweiligen Dienst würde absolvieren müssen. Im Gegensatz zu vielen anderen Adeligen war Robert mittellos. Die einzige Zukunft, die sich ihm bot, war die eines Soldaten, und außerdem war er es verdammt noch mal gerne. Deswegen ärgerte es ihn, dass andere, die besser schmeicheln konnten als er, ihn andauernd überflügelten.

»Bitte alle aussteigen«, sagte er. »Wir nehmen Sie ins Dorf mit.«

Wenn das Glück der Erde wirklich auf dem Rücken der Pferde lag, wie man so sagte, dann hätte Robert vier Menschen vorübergehend glücklich gemacht. Aber so richtig zufrieden sah keiner von ihnen aus. Sophie Ruhleben passte es vermutlich nicht, dass sie statt Roberts Taille nun die des Studenten umschlang. Der wiederum warf unerwiderte Blicke zu dem Dienstmädchen, das völlig eingeschüchtert war von der unbekannten Welt, auch wenn diese nur aus Bäumen und Moosen bestand. Schwester Johanna, die mit Ida auf Roberts Pferd saß, hätte Grund zur Genugtuung gehabt: Sie wollte ins Dorf und sie würde ins Dorf kommen; sie wollte ihr gesamtes Gepäck mitnehmen, zwei Pferde waren damit beladen. Doch in ihrem Gesicht las Robert nur Wachsamkeit, oder war das gar Anspannung?

Plötzlich hörte er die Hilferufe eines Einzelnen. Roberts Augen und Ohren suchten im Gewirr der Bäume deren Ursprung. Die Rufe hallten, sie schienen von überall zu kommen. Er und seine Soldaten und die Reisenden drehten ihre Köpfe in alle Richtungen.

Die Rufe kamen näher. Ein Mann war in Gefahr, lief um sein Leben.

»Hierher«, schrie Robert mehrmals in den Wald hinein. Er befahl einem seiner Soldaten, mit dem Gewehr in die Luft zu feuern, um den Verfolger – wer auch immer es war – abzuschrecken.

»Verdammt, wo ist der Bursche?« Das Gelände war

unübersichtlich, wellig, und dicke, entwurzelte Baumstämme lagen herum und versperrten die Sicht.

Die Pferde scheuten. Robert dachte sofort: ein Tier. Der Bursche wird von einem Tier verfolgt. Vielleicht von einem Bären. Eigentlich hieß es, im Harz gebe es keine Bären mehr.

»Gewehr bereit«, befahl er und zückte seine Pistole.

Schwester Johanna entdeckte die Gefahr. »Dort drüben, Leutnant. Ich sehe ihn.«

Jetzt sah Robert ihn auch. Ein junger Mann rannte, so schnell er nur konnte, über Stock und Stein direkt auf sie zu. Er wedelte heftig mit den Armen.

Wovor, um alles in der Welt, floh er? Noch war kein Verfolger zu erkennen.

Dann – ein Hund.

Aber das war kein normaler Hund. Er war gar nicht mal sehr groß, doch unglaublich breit und muskulös und blitzschnell.

»Zielen, wenn bereit, feuern«, schrie der Leutnant. Leider lief der junge Mann genau in die Schusslinie, weshalb vorerst kein Schuss fiel.

Zu allem Überfluss drehten jetzt auch noch die Pferde durch. Robert und die Soldaten hatten Mühe, die Zügel festzuhalten und ihre Pferde im Zaum. Dabei verloren sie immer wieder das Ziel aus dem Visier.

Als der junge Mann vom Hund fast eingeholt worden war, stolperte er und fiel bäuchlings ins Laub.

»Unten bleiben«, schrie Robert ihm zu, und dann, an seine Männer gewandt: »Feuer.«

Vier Schüsse peitschten durch die Luft und schlugen rund um den Hund ein: auf dem Boden, an Baumstämmen …

Der Hund hielt kurz inne, rannte dann jedoch auf die Reisegruppe zu.

Das war Roberts Gelegenheit. Er feuerte seine Pistole ab.

In diesem Moment passierten mehrere Dinge gleichzeitig. Sophie Ruhleben schrie in heller Angst auf und fiel vor Schreck beinahe vom Pferd. Der Hund jaulte auf, und das Pferd, auf dem Schwester Johanna und Ida saßen, scheute hoch. Ida konnte sich nicht länger an der Nonne festhalten und fiel zu Boden.

Robert war durch diesen Vorfall kurz abgelenkt, und als er wieder zu dem jungen Mann blickte, war der Hund fort. Man hörte das bei seiner Flucht aufgewühlte Laub noch rascheln, als er schon nicht mehr zu sehen war.

6

Ida hatte sich nicht mehr in der Gewalt. Für das junge Mädchen war das alles ein bisschen zu viel auf einmal. Vor wenigen Tagen noch war das Aufregendste in ihrem Leben, wenn Frau Geheimrat sich auf den Suppenteller übergab, weil sie fast nichts mehr bei sich behalten konnte. Seither veränderte ihre Welt sich in einer Geschwindigkeit, der sie kaum noch folgen konnte. Sie hatte das Haus ihrer Dienstherrin nur zweimal in der Woche verlassen: an ihrem freien Nachmittag, an dem sie sich mit ihrer Schwester zu einer Tasse sündhaft teuren Kaffees traf, für den sie ein Viertel ihres Wochenlohnes ausgab; und zur Sonntagsmesse, die sie ab und zu gerne geschwänzt hätte, was aber von der Frau Geheimrat nie geduldet worden wäre.

Ansonsten las sie in ihrer Dachkammer die Schäferromane, für die sie die übrigen drei Viertel ihres Lohnes ausgab. Nur in diesen Romanen hatte sie die Welt bereist. Und nun musste sie nicht nur das Haus, sondern auch die Stadt und mit ihr alle Menschen, die sie kannte, verlassen: ihre Schwester und die anderen Bediensteten. Die vertrauten Wände, Mauern und Gesichter entfernten sich mit jeder Stunde, mit jedem Kilometer ein bisschen mehr, und das beklemmende Gefühl, allein auf der Welt zu sein, war gewiss schon schwer genug zu ertragen.

Ida hatte sich vorgestellt, in Frankfurt die Postkutsche zu besteigen, sie nur zum Essen und für die Notdurft zu verlassen, in Braunschweig auszusteigen und sogleich ihre kleine Stube im Haus der neuen Dienstherrin zu beziehen – von einer Stube in die andere zu fahren. Die Sache mit der Panne war schon schlimm genug. Aber wenigstens hätte sie in der Kutsche bleiben können. Dass nun plötzlich alle in dieses blöde Dorf wollten und dieser Leutnant ihnen dazu die Gelegenheit verschaffte, passte ihr gar nicht. Wovon sollte sie den Gasthof bezahlen? Der Erbschaftsverwalter der Frau Geheimrat hatte ihr ein knauseriges Salär mit auf den Weg gegeben, das gerade so für die Passage und ein paar spärliche Mahlzeiten reichte.

Andererseits wollte sie nicht allein mit dem Kutscher zurückbleiben. Es folgte ein Ritt – sie war noch nie geritten –, ein endloser Wald – sie war noch nie in einem Wald gewesen –, der Angriff eines bestialischen Hundes, etliche Schüsse, ein Sturz vom Pferd … Als sie mithilfe des jungen Studenten aufstand und ihr von oben bis unten verdrecktes und an mehreren Stellen eingerissenes Kleid betrachtete, wurde es zu viel für sie. Das war ihr bester Rock, im Grunde ihr einziger vorzeigbarer Rock, und nun das! Unmöglich, sich bei ihren Dienstherren in Braunschweig so vorzustellen, sie würde ein schäbiges, geflicktes Ding anziehen müssen, und vielleicht würden sie sie sofort wegschicken, weil sie es wagte, ihnen so unter die Augen zu treten.

Wovon sollte sie die Rückfahrt bezahlen? Sie würde ohne Arbeit in einer fremden Stadt sitzen. Das war ihr Ende, sie konnte nur noch stammeln, und dann – sie hatte einen Augenblick vorher selbst noch nichts davon gewusst – warf sie sich an Benedikt Pohls Brust.

7

Johanna war dabei, als Leutnant von Collas den jungen Mann, der vor dem Hund geflohen war, befragte. »Ich bin einfach nur durch den Wald gegangen, Herr Leutnant, da hinten ist ein kleiner Weg, ich wollte in das Dorf Ödrode, das hier irgendwo sein soll, und dann kam ich an einen Bach, über den eine Brücke führt, und als ich hinübergehen wollte, stand auf der anderen Seite plötzlich dieser Hund, er knurrte, dann kam er näher, zuerst ganz langsam, und ich wich langsam zurück, und dann nahm ich die Beine in die Hand, und als ich zwanzig, dreißig Meter gerannt war, sah ich, dass er mich verfolgte, und dann bin ich auf einen Baum geklettert, und als ich glaubte, ihn abgeschüttelt zu haben, bin ich wieder runtergeklettert, aber es dauerte keine zwei Atemzüge, da stürmte er schon wieder auf mich zu, und ich lief weg und – den Rest kennen Sie ja, Herr Leutnant.«

»Wie heißt du? Woher kommst du?«

»Ich heiße Paul. Ich komme aus Magdeburg.«

»Und was tust du in dieser Gegend?«

»Ich bin Schustergeselle, Herr Leutnant. Ich bin auf der Walz und wandere, um meine Ausbildung zu beenden, von Meister zu Meister. In Wernigerode hatte der Schuhmacher keine Arbeit für mich, also hat er mir für eine Nacht Obdach und Speise gegeben, und heute Morgen bin ich weitergezogen. In Ödrode soll es einen Schuhmacher geben.«

»Gut, mein Junge, ruh dich aus. Schwester Johanna gibt dir einen Schluck Branntwein aus meiner Feldflasche zu trinken.« Er klopfte Paul auf die Schulter und ging ein Stück in den Wald hinein.

Johanna scherte sich eigentlich einen Kehricht um die Anordnungen des Leutnants. Wenn dieser Schönling in Uniform glaubte, er könne sie wie ein Lazarettmuttchen behandeln, nur weil sie ein Ordensgewand trug und fünfundvierzig Jahre alt war, hatte er sich getäuscht. Aber dass Paul erblasst im Laub saß, erweichte Johannas Herz, und so tat sie, was ihr gesagt worden war – nicht ohne sich selbst einen Schluck des Branntweins zu gönnen.

»Der ist gut«, sagte sie zu Paul. »Es scheint, unser Leutnant mag es scharf.«

Paul trank eher widerwillig, doch nach zwei, drei

Schlucken kehrte eine gesunde Gesichtsfarbe zurück, die Wangenröte eines Menschen, der von Kindheit an an der frischen Luft gelebt hatte.

»Ich glaube, du solltest diese Gegend meiden«, sagte sie.

»Meiden? Wieso denn?«

»Der Hund – vielleicht ist der ein schlechtes Omen.«

»Sie glauben an Omen, Schwester …?«

»Ich heiße Schwester Johanna. Omen ist möglicherweise ein irreführendes Wort. Meine Kutsche hatte eine Panne, du wirst beinahe von einem Hund angefallen – solche Dinge passieren hier andauernd, habe ich gehört.«

»Es ist schon bald Dämmerung. Ich muss zum Meister, sonst verbringe ich die Nacht in einem kalten Wald. Außerdem habe ich auf der Flucht vor dem Hund meinen Beutel verloren, da waren meine wenigen Habseligkeiten drin. Den Beutel muss ich wiederfinden.« Er stand auf. »Danke für Ihre Fürsorge, Schwester Johanna. Es geht mir schon wieder gut.«

Ja, so sah er auch aus. Er war ein stattlicher Bursche, im selben Alter wie der Student, ungefähr zwanzig, aber mit breiten Schultern und mit großen Händen, die anpacken konnten. In seinen hellen Augen lag der Ausdruck von Unbekümmertheit und Standhaftigkeit.

»Wie du willst«, sagte sie. »Doch schließe dich wenigstens unserem kleinen Tross an. Wir wollen in dasselbe Dorf wie du. Und den Beutel kannst du auch noch morgen suchen.«

»Einverstanden.«

»Die Hand drauf?«, fragte sie.

»Die Hand drauf«, sagte er und lachte.

Johanna ging zu Leutnant von Collas, der ein Stück abseits des Weges den Waldboden absuchte. Sie brachte ihm die Feldflasche zurück.

»Die ist ja leer«, rief er erstaunt.

»Natürlich ist sie leer, so wie jede Flasche, die ausgetrunken wurde.«

»Wie bitte?«

»Paul hat mehr als nur einen Schluck gebraucht. Um genau zu sein, drei Schlucke.«

»In der Flasche waren mehr als nur drei Schlucke. Sie war fast voll.«

»Die anderen sieben Schlucke habe ich selbst gebraucht. Nun ziehen Sie nicht so ein Gesicht. Sagen Sie mir lieber, wonach Sie suchen.«

»Nach gar nichts«, antwortete er nach einigem Zögern.

»Falls das stimmt, müsste ich Sie für einen Idioten halten, denn nach gar nichts zu suchen ist die nutzloseste Beschäftigung, die es gibt, ausgenommen vielleicht Luft zu hacken, um damit den Kamin zu befeuern. Geben Sie doch zu, Leutnant, dass Sie nach Blutspuren suchen.«

Er nickte. »Ich hörte den Hund jaulen, als ich schoss. Er ist umgefallen. Ich habe ihn demnach getroffen, ungefähr an dieser Stelle. Aber ich finde kein Blut, nicht einen einzigen Tropfen. Auch nicht dort drüben oder dort oder dort – nirgendwo.«

Johanna überzeugte sich selbst von dem, was der Leutnant gesagt hatte. Auf dem gelben Birkenlaub, das den Boden bedeckte, müsste Blut eigentlich gut zu sehen sein.

»Außerdem«, sagte Robert von Collas, »stelle ich mir

die Frage, wie er mit seiner Wunde einfach so fliehen konnte.«

Johanna sah ihn aufmerksam an. »Was folgern Sie daraus?«

Sie standen sich gegenüber. Sein Blick forschte in ihren Augen. Er antwortete: »Entweder habe ich dem Hund nur einen Streifschuss verpasst …« Er wartete darauf, dass sie den Satz vervollständigte.

»Oder«, ergänzte sie, »etwas geht nicht mit rechten Dingen zu.«

Sie verstanden sich. Sie sprachen – im geistigen Sinn – dieselbe Sprache. Beide bewahrten sie ein Wissen, das die anderen im Tross nicht besaßen. Für Johanna war offensichtlich, dass Robert von Collas nicht zufällig, sondern mit einem konkreten Auftrag in diese abgeschiedene Region gekommen war, und weil er sich so enorm für den Hund und dessen Blut interessierte, erahnte sie das Wesen des Auftrags.

Er schien seinerseits zu kombinieren, dass auch sie eine Mission verfolgte: eine einzelne Nonne im protestantischen Harz, die unbedingt in dieses Dorf wollte und zudem mit mehr Gepäck reiste als der Papst höchstselbst. Das war schon ungewöhnlich! Dass sie aber das Fehlen von Blut sogleich zum seltsamen Phänomen erklärte, verstärkte seine Vermutung. Nun teilten sie ein Geheimnis, waren zwei Mitverschwörer.

»Schwester, Sie wissen, dass das, was Sie vorhaben, gefährlich ist, ja?«

»Natürlich weiß ich das, junger Mann, ich bin ja nicht senil.«

»Vielleicht sind vor Ihnen schon andere mit demselben Ziel hierhergekommen, auf der Suche nach dem Abenteuer, und nun sind sie tot oder verschwunden. Ich habe aber keine Zeit, um auf Nonnen aufzupassen.«

»Ich passe auf mich selbst auf, das tue ich, seit ich im Alter von acht Jahren dem dicken Martin in der Schule auf die Nase geschlagen habe.«

»Ob sich der Hund auf die Nase hätte schlagen lassen? Man braucht Waffen, um sich zu schützen.«

»Ich habe meine eigenen Waffen, vielen Dank.«

»Sie meinen die Bücher in Ihrem Gepäck?«

Sie stutzte. Woher wusste er von ihren Büchern?

Der aber war zufrieden mit sich und sagte genießerisch: »Als wir Ihre Truhen und das alles aufluden, habe ich bemerkt, wie der Inhalt verrutschte. Bücher geben ganz eigene Laute von sich, wenn sie gegeneinanderschlagen.«

»Aber Sie wissen nicht, welche Bücher ich transportiere. Es könnten Bibeln sein.«

»Wozu mit Bibeln verreisen?«

»Um die Leute zum katholischen Glauben zu bekehren.«

»In diesem Fall müsste ich Sie verhaften, Schwester. Das Missionieren ist verboten. Wenn ich wollte, könnte ich Ihr Gepäck jederzeit durchsuchen.«

»Ein Punkt für Sie, Leutnant. Es handelt sich nicht um Bibeln, sondern um eine Sammlung der besonderen Art. Vielleicht wird sie unserer gemeinsamen Aufgabe noch sehr dienlich sein, und dann sammle ich ein paar Punkte. Und nun gestatten Sie, dass ich mich wieder zu den anderen begebe. Wir sollten weiterreiten, wenn wir nicht in die Dunkelheit kommen wollen.«

»Zu Befehl«, sagte er mit einem Anflug von Heiterkeit, und sie kehrten zum Tross zurück.

Der Wald des Harzes zeigte sich im schönsten Herbstgewand: rot der Ahorn, golden die Erle, rostfarben die Eiche, der Himmel zwischen den Baumkronen blau, dazu der feuchte Erdgeruch, der so beruhigte, und obwohl keine Apfelpresse in der Nähe war, meinte Johanna, eine Schwade des vergärenden Saftes in die Nase zu bekommen. Eingetaucht in diese Pracht, geriet ihr der Gedanke an eine düstere Last, mit der diese Gegend belastet war, für kurze Zeit in Vergessenheit.

Sie überquerten eine Brücke über einen Bach, der ungefähr zwei Schritte breit war und zügig bergabfloss, und nicht weit dahinter änderte sich Johannas Stimmung, die eben noch von der Idylle geprägt war. Sie blickte ins Tal hinab, wo sich Hütten zusammendrängten, als suchten sie Schutz. Ödrode war von Wäldern, Wiesen, Mooren und abgeernteten Feldern umringt und auf drei Seiten von schroffen, baumbestandenen Felsen eingekesselt, von denen aus sich ein feiner, kalter Nebel in die Niederung senkte. Je näher Johanna dem Dorf kam, je tiefer sie ins Tal hinabstieg, desto frostiger wehte es sie an, erfasste ihre Beine, den Rücken, die Arme; es war, als tauche sie in einen stillen, eisigen Weiher ein.

Die Häuser waren schlicht, ihre Wände von schmutzigen, braungrünen Flechten überzogen wie von einem Aussatz, und ihre Dächer waren nichts weiter als altes Stroh und dünne, faulende Zweige. Nur die kleine Kirche machte ein bisschen was her.

In vielen Dörfern des Landes standen einfache, strohbedeckte Häuser und Hütten, aber in Ödrode schienen die Menschen die Lust an der Erneuerung verloren zu haben, wie die wolkenverhangenen Blicke der Einwohner zu bestätigen schienen. Diese Menschen wirkten alt, auch wenn sie noch jung waren. Jede Freude, jeder Elan war aus ihren Gesichtern gewichen. Sie litten merklich.

Immerhin verfolgten sie den Einzug der Soldaten mit Interesse, und als der Leutnant sich bei einer Dörflerin nach dem Gasthof erkundigte, fragte sie zurück: »Werdet Ihr eine Weile bei uns bleiben? Seid Ihr gekommen, um uns zu helfen?«

Als er nach einigem Zögern zustimmend nickte, rief sie: »Hört ihr das, hört ihr, er wird uns helfen. Er bleibt bei uns, er hilft uns, er ist unseretwegen gekommen, für unsere Kinder, unser Dorf, er wird uns nicht verlassen, ehe er uns gerettet hat, das sind Soldaten, echte Soldaten, man hat uns nicht vergessen …« Sie geriet außer sich und fing zu weinen an.

Von allen Seiten strömte das Volk herbei, und jedem verkündete die Frau die gute Nachricht, ließ sie wieder und wieder aus sich hervorsprudeln, sodass sie sich verbreitete und noch mehr Leute anzog. Ein paar von ihnen berührten die Soldaten am Arm, um sich ihrer Gegenwart zu vergewissern. Vor dem Leutnant neigten sie ihre Köpfe wie vor einer Majestät, sie ließen ihn hochleben und küssten ihm die Hände, was ihm sichtlich unangenehm war.

Von allen Dorfbewohnern fiel nur einer aus der Reihe, ein ungefähr zwölfjähriger Knabe, der im Hintergrund stand und zu niemandem zu gehören schien. Er hatte ein schmutziges Gesicht, trug zerlumpte Kleidung, und in seinen Augen lagen gleichermaßen Einsamkeit und Verwundung wie auch Härte und Trotz. Johanna fühlte sich sogleich seltsam von ihm berührt und zu ihm hingezogen.

Sie winkte ihm zu, doch er reagierte nicht. Kurz wurde sie abgelenkt, und als sie ihm erneut zuwinken wollte, war er verschwunden.

8

Ida war voller friedlicher Empfindungen, als sie von ihrem Zimmer im Gasthof über der Schänke aus auf die einzige, nur vom Mondlicht beschienene Straße des Dorfes hinabsah. Vermutlich hatte ihr nur das gefehlt: vier feste Wände um sich herum, ein bisschen Geborgenheit inmitten der Unsicherheit. Es störte sie nicht, dass ihr Zimmer im Gasthof nur mit einem quietschenden Bett, einem wurmstichigen Schrank und einem wackeligen Spiegeltisch eingerichtet war, dass es roch, als würden alte Kartoffeln darin gelagert, und dass von der Decke her, aus dem Speicher darüber, die trippelnden Schritte von Nagetieren zu hören waren. Anderes war sie aus ihrer Frankfurter Mansarde ohnehin nicht gewohnt. Und auch, dass sie sich das Zimmer mit Sophie Ruhleben teilen musste, machte ihr wenig aus, denn der Gasthof verfügte nun einmal nur über zwei Zimmer, und im anderen wohnte Benedikt Pohl, der Pfeife rauchende Student.

Dass sie sich vorhin im Wald an ihn geworfen hatte,

war ihr jetzt entsetzlich peinlich. Er und die anderen mussten sie für ein Gänschen halten, und vielleicht war sie ja tatsächlich ein Gänschen: unerfahren, verängstigt, auf Führung angewiesen. Seither kümmerte man sich rührend um sie. Sophie Ruhleben hatte ihr nicht nur angeboten, für das Zimmer im Gasthof aufzukommen, sondern ihr außerdem noch das warme Badewasser überlassen, nachdem sie damit fertig war – ein Bad im Zuber wäre für Ida unerschwinglich gewesen.

»Ich muss schon sagen, das ist unerhört«, beklagte die Ruhleben sich. »Dass die Nonne im Schloss wohnen darf, während man uns in diesem schäbigen Gasthof über einer Schänke unterbringt … Das ist nicht richtig.«

»Der Gasthof hat nur zwei Zimmer«, sagte Ida, »und im anderen wohnt der Student. Irgendjemand musste also …«

»Ich weiß, dass es nur zwei Zimmer gibt, dummes Kind. Was ich empörend finde, ist, dass man nicht mich im Schloss untergebracht hat, wo ich doch viel eleganter gekleidet bin als die Betschwester oder« – sie warf einen abschätzigen Blick auf Ida – »sonst jemand. Nun ja, die Welt ist nicht gerecht.«

Sie kam zu Ida ans Fenster. »Sieh dir nur diese Tristesse an«, seufzte sie. »Kaum ist es dunkel, schon sind die Straßen leergefegt – falls man diesen Matsch da unten überhaupt Straße nennen kann.«

Tatsächlich hatte es, kaum dass sie im Gasthof angekommen waren, stark zu regnen angefangen, und da die Dorfstraße schlecht befestigt war, weichte sie im Nu auf und ähnelte nun eher einem Morast als einem Verbindungsweg. Für Ida war auch das etwas Neues. Frankfurts Pflaster glänzte bei Regen wie schönes festes Leder.

»Sei froh, dass du nicht in einem Kaff geboren wurdest, Kindchen. Hast du die Gesichter der Leute gesehen, als wir ins Dorf kamen? Eine Sonnenfinsternis ist dagegen ein erleuchtendes Erlebnis. Schauderhaft. Aber wen wundert's? Die leben hier ja völlig abseits der Welt, man muss nur diesen halb verfallenen Gasthof betrachten, dann weiß man alles. Ihn schlicht zu nennen würde ihm schmeicheln. Ödrode! Allein dieser Name! Hier sagen sich ja noch nicht einmal Fuchs und Hase Gute Nacht, denn sogar denen ist's zu einsam. Überall diese Felsen rundherum. Bedrückend. Nur ein einziger Weg führt aus dem Tal. Die Leute bleiben hier immer nur unter sich. Inzestuös finde ich das. Die waren so begeistert darüber, sich mal nicht nur immerzu gegenseitig angucken zu müssen, dass sie völlig übergeschnappt sind, als sie den Leutnant gesehen haben.« Ihr Gesichtsausdruck veränderte sich. »Nicht, dass ich ihn nicht auch gerne ansehe …« Sie verzog die Lippen zu einem eigentümlichen, ein wenig anzüglichen Grinsen, und ihr Blick richtete sich nach innen, zu irgendeiner sich vor ihrem geistigen Auge abspielenden Vorstellung.

»Ich glaube«, sagte Ida, »Leutnant von Collas soll das Dorf beschützen. Vermutlich vor dem Hund.«

Sophie Ruhleben gähnte ausgiebig hinter ihrer Hand. »Ja, kann schon sein. Wir wollen jetzt nach unten zum Essen gehen. Bist du fertig angezogen, Kindchen?«

Ida trug ihr zweitbestes Kleid. »Ja, gnädige Frau.«

Sophie Ruhleben seufzte. »Ich habe zwar gesagt, man müsste sich nicht besonders herausputzen, aber das … Dagegen müssen wir etwas tun.«

»Warum?«

»Dumme Frage. Damit der Student dich bemerkt.« Sie kramte ein großes, glänzendes rotes Tuch hervor und warf es über Idas Schultern.

»Ich will aber überhaupt nicht, dass er mich ansieht«, protestierte sie.

»Wieso denn nicht? Er ist doch der einzige schmucke Mann weit und breit, ausgenommen natürlich der Leutnant, aber der ist nun wirklich nichts für dich, Kindchen.«

Es gab keinen Spiegel im Zimmer, aber Ida fühlte sich unwohl mit dem Tuch, dessen auffallender Glanz und weicher Faltenwurf so überhaupt nicht zu dem groben braunen Kleid passte, in dem sie steckte. Aber Sophie Ruhleben war von ihrem Werk begeistert, und Ida wollte sie nicht vor den Kopf stoßen. Außerdem klopfte es in diesem Moment an der Tür.

Es war Benedikt Pohl.

Als er sie sah, lächelte er, verbeugte sich und reichte ihr seinen Arm, um sie nach unten in den Schankraum zum Essen zu führen. Widerwillig hakte sie sich unter.

»Wetten, das wird ein amüsanter Aufenthalt«, sagte Sophie Ruhleben. »Ich hab's im Gefühl.«

Lugus' Augen
Ich bin in der Schänke, zwei unter vielen. Ich sehe mich selbst, nicke mir zu, lächle mich an, begrüße mich, spreche von mir zu mir, spreche auch mit den Leuten um mich herum, den Leuten, die ich zerstören werde. Als Nächstes den jungen Hannes.

9

Hannes verließ die Schänke nur ungern, um den Weg hinauf zum Schloss anzutreten, wo er sich abends als Küchenhilfe verdingte. Es war nicht die Dämmerung und die beginnende Düsternis des Waldes, die dieses Unwohlsein in ihm auslösten. Er war einfach nur gerne in der Nähe Leonores, der Wirtin, das war alles. Leonore ließ ihn seit zwei Monaten tagsüber ein bisschen in der Schänke arbeiten und dort nachts in einer kleinen Dachkammer schlafen. Die Schänke war zu seinem Zuhause geworden und Leonore zu seiner Frau. Irgendwie, in gewisser Weise konnte man das so sagen: seine Frau.

Sie kümmerte sich um ihn, nun, da seine Eltern innerhalb weniger Wochen gestorben waren. Um eine zweite Mutter für ihn zu sein, war Leonore jedoch viel zu jung, siebenundzwanzig, gerade einmal zwölf Jahre älter als er, und außerdem schliefen Mutter und Sohn nicht miteinander, was Leonore und er andauernd taten.

Von sich aus hätte Hannes nie zu hoffen gewagt, dass eine so schöne Frau wie Leonore – schwarzes Haar, grüne Augen, die patinierte Haut wie poliert – sich für einen unerfahrenen Spund wie er es war interessieren könnte, aber es war passiert. Leonore hatte ihn zum Mann gemacht. Sie liebte ihn. Er liebte sie. Und auch, wenn sie nicht verheiratet waren und ihr Verhältnis noch geheim hielten, so gehörten sie dennoch zusammen. Am liebsten wäre er nicht mehr von ihrer Seite gewichen, aber leider musste er sich ein bisschen Geld dazuverdienen, und dafür war die Arbeit im Schloss gut.

Hannes war erst ein paar Schritte gegangen, als er ein Geräusch hörte. Vorsichtshalber zog er sein kleines Messer aus der Tasche heraus, mit dem er praktische oder dekorative Geschenke für Leonore schnitzte. Er spähte ins Halbdunkel. Die Schwärze der Nacht sickerte bereits ins Grau des Himmels und von dort in die Welt um Hannes herum. Baumstämme, Sträucher, ein Misthaufen, ein alter, verrottender Karren – regungslose Schemen allüberall.

Wieder ein Knacken. Dann entfernte Stimmen.

Nun erkannte Hannes, dass ein paar Leute ein Stück vor ihm gingen, Pferde am Zügel führten. Es handelte sich wohl um die Soldaten, die wenige Stunden zuvor ins Dorf gekommen waren. Sie waren wie er auf dem Weg ins Schloss.

Hannes verlangsamte seinen Schritt. Er wollte auf keinen Fall mit den Soldaten zusammentreffen. Nicht, dass er etwas gegen Soldaten hatte, wohl aber gegen Pferde. Sie machten ihm Angst. Vielleicht war übergroßer Respekt eine bessere Beschreibung für das, was er für diese Tiere empfand. Jedenfalls ging er Pferden aus dem Weg, wo er konnte.

Er steckte das Messer zurück in die Tasche und tadelte sich, dass er es überhaupt hervorgezogen hatte. In letzter Zeit stellte er an sich selbst fest, dass er argwöhnisch und ein bisschen durcheinander war, so als erwarte er, dass jeden Moment etwas Unheilvolles über ihn hereinbrechen könnte. Zum ersten Mal hatte er nach der ersten Liebesnacht mit Leonore diese Ahnung von drohendem Unheil gespürt. Sie hatte ihn ganz plötzlich gepackt. Hannes hatte sein seltsames Misstrauen darauf geschoben, dass es vermutlich völlig normal war, Schlimmes zu befürchten, wenn einem gerade ein großes Glück widerfahren war, so als traue man dem Schicksal jede Tücke zu. In den Tagen danach hatte es sich ein bisschen gebessert.

Aber bald darauf hatte er einen zweiten Schub gespürt, das war zu der Zeit gewesen, als Simon, so ein dahergelaufener Fremder, in der Schänke abgestiegen war und sich an Leonore herangemacht hatte. Als Hannes Simon deswegen zur Rede stellte, ging Simon – der viel stärker als er war – auf ihn los, prügelte auf ihn ein, griff schließlich zu einem schweren Knüppel … Hannes bekam zum ersten Mal in seinem Leben Todesangst. Und obwohl Simon den Knüppel sofort wieder wegwarf, Hannes in Ruhe ließ und wenige Tage später ein für alle Mal verschwunden war, sodass sich für Hannes alles wieder zum Guten wendete, wuchs doch von diesem Moment an, als Hannes seinem Tod in die Augen gesehen hatte, die Unruhe in ihm. Es war, als gehörten sein Körper, seine Gefühle und Gedanken nicht mehr ganz ihm selbst. In jedem zuckenden Schatten, in jedem Knarren des Geästs, in jedem Schrei eines Kindes vermutete er für den Bruchteil einer Sekunde etwas Bedrohliches.

»Wer ist da?«, rief Hannes und drehte sich abrupt um. Er hatte ein Atemgeräusch gehört. Er zog erneut sein Messer aus der Tasche und ging in Abwehrhaltung. Diesmal hatte er sich nicht geirrt. Ein Schemen näherte sich ihm.

»Wer ist da?«, rief er noch einmal. Er schrie es fast. »Antworte!«

Nach und nach schälte sich eine Kontur aus der Dämmerung, zuerst ein Rock, dann ein schlanker Körper, langes offenes Haar, zwei grazile Arme, zwei Hände, die je ein Bündel trugen, und zuletzt das Gesicht.

Leonore. Ein Lächeln auf den Lippen.

»Wer wird denn gleich mit dem Messer drohen?« Ihre Stimme machte sich über ihn lustig.

»Entschuldige, ich …« Verlegen steckte er das Messer weg. »Ich war … Ich bin … Ich wollte dich nicht erschrecken.«

»Du mich? Es sieht eher aus, als hätte ich dich erschreckt.«

»Na ja, ein bisschen. Man weiß ja nie. Und es passieren so schreckliche Dinge im Dorf. Aber warum bist du mir nachgegangen? Und wieso trägst du mir die Beutel mit meinen Habseligkeiten nach?«

Leonore warf ihm die Beutel vor die Füße.

»Ich musste alleine mit dir sprechen. In der Schänke ist das nicht möglich. Es geht um uns beide, Hannes. Es ist zu Ende.«

»Zu Ende?«, sagte er, so als gehörten diese Worte nicht zu seinem Vokabular, als hätte er sie noch nie gehört.

»Du musst ausziehen. Das da sind alle deine Sachen. Komm nicht wieder in die Schänke zurück. Leb wohl.«

Sie wandte sich von ihm ab.

»Aber das …« Hannes war vor den Kopf gestoßen. Er ging Leonore nach und riss sie an ihrem Arm herum. »Aber das kannst du nicht machen. Wir waren doch glücklich. Was ist denn passiert? Was hast du, Leonore?«

»Frag besser, wen ich habe. Einen anderen.«

Hannes schluckte. Er glaubte nicht, was er da hörte.

»Wer ist es?«

»Das geht dich nichts an. Wir sind fertig. Du bist eine Null, Hannes, ein dummer Junge, ein Niemand.«

»Wir lieben uns«, schrie er verzweifelt. »Du liebst mich, ich weiß es.«

Sie lachte. Es war ein Lachen von abscheulicher Obszönität.

»Liebe? Ich habe mehr für den Staub unter meinen Füßen empfunden als für dich. Hau ab, hörst du? Ich habe genug von deiner Fresse, ich will dich nicht mehr sehen.«

Eben noch hatte Hannes diese Frau geliebt, er hätte alles für sie getan, einfach alles. Von einem Moment zum anderen hasste er sie. Und in dem Augenblick, als er das erkannte, zuckte er wie unter einem schmerzhaften Stich zusammen. In seinem Kopf drehte sich alles, wirbelte durcheinander: Gefühle, Erfahrungen, Ängste und Hoffnungen, die Gesichter seiner Eltern und Geschwister, die Erinnerungen an seine Kindheit, Ostern, ein Spiel auf der Wiese, das Läuten der Glocke, fliegende Schneebälle, eine geschnitzte Figur in seinen Händen, Lippen auf seinen Lippen, ein Lied, Töne über Töne, Bilder über Bilder, tausendfach rasten sie an seinem inneren Auge vorbei, um plötzlich zu vergehen, zu verglühen. Dann nichts mehr. Das Nichts.

Hannes stach siebenmal auf Leonore ein.

Er rannte weiter auf dem Weg, den er gegangen war, in Richtung des Schlosses. Nach einer Weile hörte er ferne Stimmen, denen er sich eilig näherte, er hörte die Witze der Soldaten, das Schnauben der Rösser. Keiner der vier Männer hörte ihn kommen, obwohl er sich keine Mühe gab, leise zu sein. Hannes umklammerte den Griff seines Messers, holte mit einer weiten Armbewegung aus und rammte die Klinge in den Hals des Pferdes. Eine Fontäne warmen, klebrigen Blutes spritzte ihm ins Gesicht. Das Pferd brach unter erstauntem Quieken zusammen, die Soldaten schrien auf, sie rannten hinter Hannes her, schossen auf ihn, verfolgten ihn bis in den Wald.

Aber er entkam ihnen.

Er entkam ihnen, um plötzlich vor einer fast schwarzen Wasserfläche zu stehen, glatt wie ein Spiegel. Der Waldsee. Als er die Fläche berührte, kräuselte sie sich. Sie schickte Ringe voraus, dorthin, wohin es ihn zog, in die Mitte des Waldsees.

Hannes konnte nicht schwimmen. Er unternahm auch keine Anstrengungen, sich gegen den Sog der Tiefe zu wehren. In aller Stille ging er langsam unter.

10

Sophie Ruhleben lachte. Ida fand, dass sie eine seltsame Art zu lachen hatte, als käme es nicht aus dem Herzen oder Bauch, sondern steckte irgendwo im Rachen und würde ausgespien. Die ganze Schänke – viele alte Männer und ein paar junge – hörte es und sah zu ihnen herüber.

»Worüber lachen Sie denn, gnädige Frau?«, fragte Ida.

»Nun, über euch beide. Ihr gebt ein so entzückendes Pärchen ab, da kann ich mich gar nicht mehr einkriegen.«

Von wegen! Es war wahrscheinlicher, dachte Ida, dass die vier Becher Wein, die die Ruhleben auf nüchternen Magen getrunken hatte, ihr »Entzücken« verursachten. Die Frau Geheimrat hatte oft ähnliche Anwandlungen gehabt, nachdem sie ihre »Medizin« – eine Flasche Brombeerlikör – getrunken hatte.

Ida war froh, als die Wirtin endlich das Essen brachte: drei gegrillte Vögel, die auf den fleckigen Tisch gekippt wurden, wo sie nach kurzem Kullern liegen blieben; dazu drei dicke Scheiben Brot, die mit Schweinefleischfasern und Schmalz bestrichen waren.

»Perlhühner und Brot mit Pottsuse«, sagte sie und stemmte die Hände in die Hüften. Sie war eine schöne Frau von ungefähr dreißig Jahren mit guter Figur, zerzaustem schwarzem Haar und einem freizügigen Dekolleté. Ida fiel auf, dass das Kleid der Wirtin einige Löcher auf Bauch und Unterleib aufwies, so als hätte es jemand mit Schere oder Messer malträtiert. Oder es bei einer anderen Gelegenheit zerrissen. Die Wirtin war offensichtlich das, was die Frau Geheimrat als »Räuberbraut« bezeichnet hätte.

»Pott… Wie war das, bitte?«, fragte Sophie Ruhleben und warf einen leicht angewiderten Blick auf das Schmalzbrot.

»Pottsuse. Nicht fragen, essen. Was anderes gibt's sowieso nicht. Simon, der Koch, dieser Depp, ist neulich Nacht verschwunden.«

»Hat er etwas gestohlen?«, fragte Benedikt.

»Nein, so einer war das nicht. Ein paar Leute glauben, er hätte den Hof der Ziegelmeier Birgit angezündet und sei dann abgehauen, aber auch das traue ich ihm nicht zu.«

»Klingt ja schrecklich«, sagte Sophie Ruhleben. »Ist dabei jemand ums Leben gekommen?«

»Die Ziegelmeier Birgit und ihre Kinder.«

»Was für eine Tragödie! Aber wenn Ihr Koch nichts gestohlen hat und er auch kein Brandstifter ist, warum ist er dann verschwunden?«

»Ihn hat der Fluch erwischt, ganz einfach.«

»Welcher Fluch?«, fragte Ida.

»Ich hab schon zu viel geredet. Ihr werdet's schon noch merken.«

»Wohl kaum, Teuerste«, sagte Sophie. »Wir reisen morgen weiter.«

»Na, wenn ihr meint. Ich muss wieder an die Arbeit, so viele Gäste hatte ich schon lange nicht mehr. Weil die Soldaten gekommen sind, haben die Männer mal wieder was Gutes, über das sie bei einem Bier faseln können.« Sie hielt die Hand auf. »Vorkasse, bitte.«

»Können wir das nicht morgen früh erledigen?«, fragte Benedikt.

»Wenn ich bis morgen früh warte, seid ihr vielleicht … Ich will das Geld für das Essen sofort haben. Ist hier so üblich.«

Sophie Ruhleben beglich die gesamte Zimmer- und ihre Schankrechnung. Als Ida ihre letzte Münze hervorholte, um das Hühnchen zu bezahlen, kam ihr Benedikt Pohl zuvor: »Gestatten Sie, mein Fräulein, dass ich Ihre Rechnung übernehme?«

»Das ist nicht nötig, vielen Dank.«

»Ich dachte nur …«

»Ja, ich weiß. Aber wie gesagt, ich komme zurecht.«

Wenn dieser Mann anfing, für sie zu bezahlen – wo sollte das noch hinführen? Die Frau Geheimrat hatte immer gesagt, dass Männer, die ledigen Frauen Gefälligkeiten erweisen, mit Gefälligkeiten belohnt werden wollen.

»Wenn Sie wollen«, sagte die Ruhleben, »können Sie uns zu einem weiteren Krug Wein einladen.« Sophie hob ihren fünften Becher Wein, um ein weiteres Mal ihr Entzücken zum Ausdruck zu bringen. »Ein Hoch auf den ritterlichen Galan«, rief sie und lachte.

Wenn es möglich wäre, dachte Ida, dass ein Mensch einen anderen Mensch zu Tode redete, dann wäre Sophie Ruhleben auf dem besten Weg, eine Mörderin zu werden. Ihr gelang das Kunststück, eine Stunde lang in einem fort zu plappern. Die Perlhühnchen lagen längst als Gerippe auf dem Tisch, und die Schänke hatte sich schon halb geleert. Ida war Zaungast eines endlosen Monologs, dessen Inhalt durch die eine Ohrmuschel eindrang, das Gehirn durcheinanderschüttelte und zur anderen Ohrmuschel wieder austrat, ohne einen nennenswerten Eindruck zu hinterlassen.

Und was Benedikt Pohl anging, so machte er keinen Versuch, dem Redefluss der Ruhleben Einhalt zu gebieten. Er paffte sein stinkendes Tonpfeifchen, das war alles. Nicht, dass Ida großen Wert auf eine Unterhaltung mit ihm gelegt hätte. Sie fühlte sich in seiner Gegenwart nicht ganz wohl, irgendwie befangen. Vielleicht hatte es damit zu tun, dass er so gescheit und sie nur ein Stubenmädchen war.

Außerdem saß er ihr im Weg. Sein Kopf versperrte die Sicht auf den Nebentisch, an dem der Schustergeselle saß, der ihnen im Wald begegnet war. Vorhin war er ihr kaum aufgefallen, da hatte ihr noch der Schreck wegen des Hundes in den Gliedern gesteckt. Aber jetzt … Er erinnerte sie an die Zeichnungen in den Schäferromanen: blonde, lockige Haare, kräftige Hände, sanfte Augen. Aber jedes Mal, wenn sie sich ihn genauer ansehen wollte, rückte Benedikt Pohls Gesicht in ihr Blickfeld oder dichter Pfeifenqualm störte sie.

Irgendwann schien er das zu bemerken. Vielleicht hatte er auch einfach genug vom Geplapper der Ruhleben. Er verabschiedete sich sehr höflich, geradezu umständlich höflich, und ging zu Bett.

»O weh«, sagte Sophie nach einem Moment des Schweigens. »Ich glaube, ich habe ihn vertrieben. Dein Pech. Aber wenn du den Mund nicht aufkriegst … Wie gefällt er dir?«

Ida hatte eigentlich nicht vor, mit einer angetrunkenen, fast fremden Frau *über solche Dinge* zu sprechen. Aber sie war der Ruhleben, die alles bezahlte, ausgeliefert. Sie hatte ihr letztes Geld ausgegeben, weil sie nicht gewollt hatte, dass Benedikt Pohl für sie zahlte. Sie musste ihre Gönnerin bei Laune halten.

»Schon allein die Vorstellung, er könnte mir gefallen, ist lächerlich«, entgegnete sie vehement.

»So? Aber er sieht doch recht gut aus.«

»Mag sein. Aber er ist eingebildet. Allein schon seine Pfeife … Nein, Benedikt Pohl hat nichts an sich, was mich berührt. Verstehen Sie?«

»Natürlich. Dir liegen mehr die Zwanglosen und Freimütigen, die Ungehobelten, Ungestümen und doch Empfindsamen.«

Dir liegen mehr – das hörte sich an, als hätte Ida schon tausenderlei Erfahrungen gesammelt, die sie auf Waagschalen taxieren konnte.

Aber weil sie nicht wie ein Gänschen wirken wollte, sagte sie: »Ja.« Und fügte hinzu: »Wobei – ungehobelt würde ich nicht sagen. Er sollte ehrlich und offenherzig sein, und er sollte alles für mich tun. Dann möchte ich mein ganzes Leben mit ihm verbringen.«

Die Ruhleben schmunzelte wie zu einer rührseligen Geschichte, die ein Kind erzählt.

»Nun ja, jedem das Seine. Aber lass dir raten, Kindchen: Wenn du dir schon nach dem Schustergesellen dort drüben den Kopf verrenkst, solltest du wenigstens so konsequent sein, ihm einen Blick zu schenken. Jedes Mal, wenn er dich ansieht, starrst du ein Loch in den Tisch. Was bist du, ein Holzwurm? Warte, ich zeige dir, wie man das macht.«

»Bitte nicht, ich …«

Doch es war schon zu spät. Die Ruhleben drehte sich zu dem benachbarten Tisch um und rief: »Oh, das ist doch der junge Mann mit den flinken Beinen. Nicht wahr, du bist das doch, der dem Hund entkommen ist?«

Mit einigen gewandten Sätzen holte Sophie den Schustergesellen Paul und dessen Meister, den Schuster Michael, an ihren Tisch.

Während Sophie Ruhleben sich bei Meister Michael nach Stiefeln erkundigte, wanderte Pauls Blick zu Ida, und sie bemerkte die Bewunderung, mit der er sie ansah.

»Ich bin Paul.«

»Ida.«

»Ich werde für ein paar Wochen in diesem Dorf bleiben, um bei Meister Michael zu lernen. Dann ziehe ich weiter.«

»Das muss ein aufregendes Leben sein, von Ort zu Ort zu wandern, viele Menschen kennenzulernen …«

»Ja, das ist meine siebte Stelle. In einem Jahr habe ich ausgelernt. Ursprünglich wollte ich nicht Schuster werden, inzwischen gefällt es mir aber sehr gut. Mein Vater ist Schäfer, weißt du? Aber ich habe vier ältere Brüder, da ist nicht genug Arbeit für uns alle.«

Der Sohn eines Schäfers! Unglaublich! Zum ersten Mal kam Ida in Berührung mit der Welt, von der sie so viel in den Romanen gelesen hatte: die weiten Wiesen, das wogende Gras, die Krähen über den Feldern, die Farben der Heide, das Zirpen arkadischer Grillen, der Geruch von Wolle, ein Hund als Freund und eine Flöte, die Einsamkeit, die Sehnsucht nach einer Frau, die das Leben des Schäfers teilt … War diese Welt so, wie sie es sich vorstellte? Das wollte sie wissen.

»O ja«, sagte Paul. »Natürlich nicht immer. Da sind die Unwetter, vor denen man sich hüten muss, dann die Wölfe und die böswilligen Kollegen, die einem die Schafe stehlen, die langen Winter und die endlosen Stunden eines heißen Sommertages, die nicht vergehen wollen …«

Ein Leben im Wechsel von Frieden und Abenteuer, so wie sie es sich gedacht hatte. Der Gesprächsstoff ging ihnen an diesem Abend nicht aus. Ida wollte alles erfahren und vergleichen, und sie ließ sich von Paul eine Kindheit schildern, von der sie wünschte, es wäre ihre eigene gewesen. Für eine Stunde war der Muff des Hauses der Frau Geheimrat, in der sie allzu lange Dienst getan hatte, und der des Hauses der Schwiegertochter der Frau Geheimrat, in der sie bald ihren Dienst antreten würde, verflogen. Die Stadt, gleich ob Frankfurt oder Braunschweig, hatte für Ida keinen Reiz mehr. Aber sie konnte sich nicht aussuchen, wo und wie sie leben wollte.

Die Stunde mit Paul wurde zur schönsten, die sie je erlebt hatte, und jedes seiner Worte war wie eine Offenbarung, wie der Blick in eine überirdische Welt. Aber dieser Einblick wäre nicht vollkommen gewesen, hätte ein anderer ihn Ida gewährt. Paul hatte eine Art zu erzählen, der sie ewig hätte lauschen können. Einzelne, ausgewählte Begebenheiten wurden von ihm mit der Genauigkeit und Farbenpracht eines Gemäldes wiedergegeben und zugleich so spannend wie ein Abenteuerroman. Es minderte Idas Entzücken keineswegs, dass Paul alles ein wenig ausschmückte. Seiner sanften Stimme hätte sie alles verziehen, auch gewagte Übertreibungen.

Nur ein einziger Umstand verhinderte, dass die Stunde perfekt wurde, und der saß neben Paul. Meister Michael, der sich mit Sophie unterhielt, war ein unangenehmer Mann, dessen vom Biergenuss glänzende Augen dunkel und tief in den Höhlungen lagen wie Kohlenschächte. Ida spürte, dass von ihm etwas Schlechtes ausging. In dieser Deutlichkeit hatte sie so etwas noch nie gefühlt. Auch die Frau Geheimrat war kein angenehmer Mensch gewesen, ganz gewiss nicht, aber dieser Schuhmachermeister war mehr als nur gemein. Er war gefährlich.

Glücklicherweise musste sie sich nicht mit ihm unterhalten. Nur ab und zu, wenn sie ihm einen Seitenblick zuwarf, wünschte sie ihn weit weg.

»Das war gar nicht so schlecht«, befand Sophie, als sie wieder in ihrem Zimmer waren. »Du lernst schnell,

Kindchen. Vielleicht machen wir aus dir doch noch eine Circe.«

»Eine was?«

Die Ruhleben sah sie mitleidig an.

»Armes, dummes Kindchen. Aber macht nichts. Hier, ich habe eine Lektüre für dich, die sogar du verstehen wirst.« Sie überreichte Ida ein dünnes Büchlein, das hübsch eingebunden war. *Das Einmaleins der Liebeswerbung*.

»Das brauche ich nicht«, sagte Ida.

»Oh, doch, du brauchst es, glaube mir. Es ist schrecklich in Mode. Von Hamburg über Berlin und Dresden bis Darmstadt und Würzburg spricht man von nichts anderem mehr, wenn es um die Kunst der Liebe geht. Behalt es, ich kenne es in- und auswendig.«

Daran gab es keinen Zweifel.

Ida legte das Geschenk beiseite und las vor dem Einschlafen lieber noch eine Weile in ihrem Schäferroman, bis sie merkte, dass der nicht halb so faszinierend war wie der Abend, den sie soeben selbst erlebt hatte.

II

Ein junges Gesicht, blonde und hübsch gesteckte Haare mit einem leicht kupfernen Schimmer, weiße, gepuderte Haut, blaugrüne Augen, tiefrote Lippen, gelbes Kleid mit hundert Schleifen – das war Gräfin Helene. Johanna kam es vor, als säße sie einem bunten

Wiesenblumenstrauß gegenüber. Die Gräfin war der zauberhafte Schmuck dieser abgelegenen und düsteren Waldgegend und wirkte daher irgendwie fehl am Platze. Wie auch das ganze Schloss. All diese Zinnen und Zuckerhutdächer, die Rosenranken und weißen Sprossenfenster, die chinesischen Tassen und Meißner Spieldosen waren irgendwie unwirklich, so als entstammten sie einer anderen Welt.

Von den Fenstern des Speisesaales aus, in dem Johanna, Robert von Collas und die Gräfin dinierten, hatte man einen Ausblick auf den in der Dämmerung versinkenden Wald, hinter dem das armselige Ödrode lag, das von Trübsinn wie eingekleistert war. Die Gräfin hingegen wirkte wie der fehlgeschlagene Versuch, der Stimmung dieses Ortes zu trotzen; fehlgeschlagen deshalb, weil die Stimmung im Laufe der Jahre auch auf die Gräfin übergegriffen hatte, denn ihre Schönheit und Farbigkeit, selbst ihr Lächeln schienen Johanna von einem Trauerflor überzogen, wie ein Trockenstrauß, der noch leuchtete und duftete, obwohl er längst verblüht war.

An Geld schien es der Gräfin Helene nicht zu fehlen. Das Diner bestand aus einer schmackhaften Kräutersuppe mit glacierten Zwiebeln, einer gesottenen Bachforelle, einem Gänsebraten mit Selleriepüree, einer Kastaniencreme sowie einer reichen Auswahl an Käse. Der Wein kam aus Burgund, das Porzellan aus China. Auf der Tafel brannten drei Lüster mit je fünf Kerzen, und Johanna, die die Wachspreise kannte, rechnete geschwind aus, dass sich an diesem Abend ungefähr die Jahreserträge eines halben Dutzends Bauernfamilien vor ihren Augen buchstäblich in Rauch auflösten. Doch nahm sie das der Gräfin nicht übel. Auch im Kloster brannten viele Kerzen, und außerdem genügte es nicht, schöne Dinge zu besitzen, wenn man sie nicht vorführen konnte. Woran es Gräfin Helene nämlich mangelte, war Gesellschaft. Johanna konnte spüren, wie sehr dieser jungen Frau Menschen fehlten, mit denen sie reden und scherzen konnte.

»Lebt Ihr ganz allein im Schloss, Hoheit?«, fragte Johanna in dem Bemühen, mit ihrer Gastgeberin ins Gespräch zu kommen.

»Ja, Schwester, seit mein Mann, der Graf, vor drei Monaten gestorben ist. Aber auch als er noch lebte, waren wir allein – zu zweit allein. Wir hatten nur uns. Natürlich gab es die Dienerschaft, aber …«

»Das ist nicht dasselbe wie eine Familie oder Freunde, nicht wahr?«

»So ist es. Inzwischen habe ich nur noch drei Bedienstete. Marthe, die uns das Essen serviert, lebt mit mir im Schloss, ebenso die Köchin, Grete. Ein junger Gehilfe namens Hannes wohnt im Dorf.«

»Habt Ihr Euch nie einsam gefühlt?«

»Früher nicht, nein. Mein Mann und ich hingen sehr aneinander, das hat uns die Einsamkeit vertrieben. Er hat mich auf Händen getragen, mir jeden Wunsch von den Augen abgelesen, und wenn ich noch einmal vor der Wahl stünde, ihn zum Mann zu nehmen, würde ich mich wieder so entscheiden. Ich wusste damals, als er um meine Hand anhielt, wo ich leben würde. Bereut habe ich meine Entscheidung nie.«

»Auch nicht, nachdem er sich erhängt hatte?«, fragte Robert. Johanna warf ihm einen tadelnden Blick zu. Und er schien noch nicht einmal zu verstehen, wieso.

Männer – vor allem Soldaten – konnten sich manchmal schrecklich unsensibel ausdrücken, fast so direkt wie eine Gewehrkugel.

Gräfin Helene zögerte mit ihrer Antwort.

»Anfangs war ich wütend auf ihn, weil er mich verlassen hatte. Ich konnte nicht verstehen, dass er den Tod einem Leben mit mir vorzog. Tagelang war meine Trauer mit Zorn gemischt. Aber dann verstand ich, dass er nicht mehr er selbst gewesen war, als er sich umbrachte, und dass sein Tod im Zusammenhang mit den anderen Furcht erregenden Vorkommnissen der letzten Jahre in dieser Gegend zu sehen ist. Er war ein Opfer von – von irgendetwas, das wir nicht begreifen.«

»Könnt Ihr mir einige dieser Vorkommnisse benennen?«, fragte der Leutnant.

»Gewiss«, antwortete die Gräfin. »Wenngleich es ein trauriges Tischgespräch werden wird, wenn ich Eurem Wunsch folge, Leutnant.«

Johanna war froh, dass für sie kein Zimmer im Gasthof frei gewesen war, sodass sie im Schloss unterkommen konnte. Denn in der Nähe des Leutnants zu wohnen hieße, an Informationen heranzukommen. Und er versuchte erst gar nicht, Johanna auszuschließen, da sie ja doch erfahren würde, was sie wissen wollte. Außerdem verfolgten beide dasselbe Ziel.

»Ich verstehe Euch gut, Gräfin«, sagte Robert von Collas. »Dennoch, eben deshalb bin ich gekommen, um dem Unheil ein Ende zu bereiten. Vor einer Stunde erst ging ein junger Mann in der Nähe des Schlosses grundlos auf die Pferde meiner Rekruten los. Er hat eines getötet und ist dann getürmt.«

»Das wird doch nicht Hannes gewesen sein?«, fragte sie aufgeschreckt. »Grete, die Köchin, hat ihn heute Abend vermisst.«

»Gut möglich, dass es der Gehilfe war. Erzählt mir mehr über diese Vorkommnisse, Hoheit.«

»Nun, ich selbst wohne erst seit etwas mehr als zwei Jahren hier. Vorher habe ich in Frankfurt gelebt und bin wie Schwester Johanna mit einer lädierten Postkutsche unweit von Ödrode gestrandet. Damals lernte ich meinen Mann kennen. Über das, was in den Jahren zuvor in der Gegend geschah, weiß ich leider wenig, aber seither ist genug Schreckliches passiert, dass es für ein ganzes Leben reicht. Neulich erst … Da war diese Bäuerin, die ihren Hof angezündet hat und ihre Kinder und sich selbst verbrannte. Der Hufschmied setzte vor einigen Monaten das Haus seiner Nachbarn in Brand, zum Glück wurde niemand verletzt. Ein Jäger erschoss zwei im Wald spielende Jungen, auch er fiel in Wahnsinn. Während der Messe erschoss sich der Pastor vor unseren Augen. Auf einem Hochzeitsfest mischte eine Greisin giftiges Kraut ins Essen, ein Mädchen starb. Eine junge Frau, kaum siebzehn, erdrosselte ihren schlafenden Bruder.

Dazu kommen einige Leute, die bis heute spurlos verschwunden sind, und weitere, die sich das Leben genommen haben, nachdem sie ein schweres Verbrechen verübt hatten. Diejenigen, die sich nicht selbst richteten, schwiegen über den Grund für ihr böses Tun oder wurden verrückt. Manche begingen zwar keine Missetaten, aber sie haben ihren Verstand verloren, so wie jener Mann, der unentwegt einen Baum hinauf und wieder hinunter klettert, oder wie der Bauer, der mit seinen Schweinen im Stall schläft. Oh, genug davon!«

Sie stützte ihr Gesicht in ihre Hände und begann zu weinen.

Robert ergriff behutsam ihre Hände, nahm sie in die seinen, lächelte und sagte leise: »Ein Albtraum, gewiss. Umso bewundernswerter sind die Courage und Haltung, mit der Ihr bei den einfachen Leuten ausharrt und ihnen somit ein Vorbild seid.«

»Meint Ihr das im Ernst?«

»Aber ja.«

»Wenn ich ginge, würden alle gehen, und das Böse hätte gewonnen. Aber es ist ein hartes Leben. Wisst Ihr, wie man Ödrode inzwischen überall nennt? Das Totendorf. Hier sind das Verbrechen und die Tragödie zu Hause.«

Totendorf. Johanna lief es bei dieser Aufzählung von Morden und Selbstmorden eiskalt den Rücken hinunter. Sie hatte zwar schon früher von diesen und anderen unheimlichen Vorkommnissen im Harz gehört, aber es war eine Sache, in der sicheren Entfernung und der Geborgenheit des Klosters in Würzburg davon zu hören, und eine andere, sich am Ort des Geschehens zu befinden und aus dem Munde einer Betroffenen Einzelheiten geschildert zu bekommen. Sie war sich sicher, dass auch Robert von Collas nicht ungerührt blieb. Doch der ließ es sich nicht anmerken.

Nach einigen Sekunden des Schweigens fragte er: »Hat Euer Gemahl, bevor er sich selbst tötete, Schaden angerichtet?«

Die Gräfin antwortete nicht.

»Hoheit?«

»Ich möchte jetzt lieber nicht ...«

»Hoheit, ich muss es wissen. Hat er jemanden getötet oder hat er etwas zerstört? Bitte antwortet mir. Hat er Euch bedroht?«

Johanna fand, dass man dezenter und feinfühliger vorgehen konnte, um das Wissenswerte in Erfahrung zu bringen. Immerhin ging es nicht darum, eine Festung sturmreif zu schießen. Aber sie musste zugeben, dass sie nicht weniger neugierig war als er.

Die Gräfin schluckte. Ihre Lippen zitterten.

»Er hat …«, sagte sie, bevor ihr die Stimme versagte. Sie trank einen Schluck Wein und begann von Neuem. »Er hat unsere kleine Tochter …«

Eine ganze Minute des Schweigens brach in sechzig Teile auseinander, von denen Johanna jeden einzelnen Augenblick in Erinnerung behalten würde. Die junge Gräfin kämpfte mit den Tränen und verlor diesen Kampf. Sie brach in ein wirres Gestammel aus Wortfetzen und Schluchzern aus, ihr Körper verkrampfte sich. Alle Beruhigungsversuche Johannas und des Leutnants waren vergeblich. Schließlich läutete Johanna nach der Dienerin, die das Essen aufgetragen hatte.

Marthe war eine gemütliche Frau von ungefähr fünfzig Jahren. Sie trug einen geräumigen Bauch vor sich her, über den sich ein alter Kittel und eine weiße, nicht mehr ganz saubere Schürze wölbten. Ihre grau und schwarz melierten Haare waren schlecht und wirr gesteckt, und ihr Doppelkinn schlackerte bei jeder Bewegung. Johanna mochte sie vom ersten Moment an.

»De ärmscht Gräfinche«, sagte sie, was wohl so viel wie ›die ärmste Gräfin‹ heißen sollte. »Hat in den letzten zwei Jahren viel durchgemacht. Kommt als junges Ding vom Kasseler Stadtleben geradewegs in die Mitte des Waldes. Es gibt Schlimmeres, werdet Ihr sagen, als Gräfinche zu werden. Aber wenn man halt den Trubel gewohnt ist. Ihr Vater war Kaufmann, eigentlich war er nur ein besserer Krämer mit sieben Kindern, und im Hause ging es immer turbulent her.

Das Gräfinche hat's mir doch selbst erzählt, wie glücklich sie mit ihren Geschwistern und Vater und Mutter in dem vollen Haus lebte. Wie sie getanzt haben. Wie sie am ersten Samstag des Monats ins Komödientheater gegangen sind. Der Herr Graf – Gott habe ihn selig – hat sie sehr geliebt, das ist wahr, und sie hat – obwohl er mehr als doppelt so alt wie sie war – auch sehr an ihm gehangen. Doch ist Liebe allein genug? Ich weiß es nicht. Sie kam mir jedenfalls nie glücklich vor. Ich glaube, gerade wegen dieser großen Waldesstille und der Einsamkeit hat sie sich so an den Herrn Grafen und das Stieftöchterchen gehängt.«

»Das Stieftöchterchen? War es denn nicht ihres?«, hakte Johanna nach.

»Nein, nein. Es war das neunjährige Kind des Grafen aus seiner ersten Ehe. Die selige Frau Gräfin starb bei der Geburt des Mädchens. Die liebe kleine Katharine war unser aller Augapfel. Wir nannten sie nur La Belle, weil sie so bezaubernd war. Das Gräfinche kümmerte sich um sie, als wäre es ihr eigenes Kind, sehr zur Freude des Grafen.«

»Was ist mit Katharine geschehen? Als wir die Gräfin darauf ansprachen ...«

»Ihr habt sie nach La Belle gefragt, Schwester? Kein Wunder, dass sie zusammengebrochen ist. Der Selbstmord des Grafen war schon schlimm genug für sie. Erhängt sich in der Speisekammer! Ich kann einiges vertragen, glaubt mir das, mich wirft so schnell nichts um, aber das – das war die schlimmste Stunde meines Lebens. Noch am Morgen war der Graf völlig normal, er war immer ein ruhiger Mensch gewesen, und dann … Mittag war's … Er war plötzlich außer sich, vom Wahnsinn wie von einem Blitz getroffen. Er tobte, warf Stühle um.

Ich lief, um das Gräfinche zu holen, aber dann hörte ich die Schreie von La Belle, also kehrte ich um, und als ich ins Zimmer von La Belle kam, sah ich, wie der Graf sie in seinen Armen trug. Sie zappelte, weinte und wimmerte. Papa, Papa, hat sie gerufen, es war herzzerreißend, und dann ging er zum geöffneten Fenster. Als ich begriff, was der Graf tun wollte, lief ich auf ihn zu, entschlossen, ihm La Belle zu entreißen. Doch da war es schon zu spät. Er schleuderte das Mädchen hinaus, einfach so, wie man einen Sack Kartoffeln vom Wagen lädt. La Belle hat den Sturz nicht überlebt. Ihr Kopf war …«

Marthe führte ihren Satz nicht zu Ende. Sie wischte sich mit der schmutzigen Schürze eine Träne von der Wange. »Noch während wir nach dem Kind sahen, verbarrikadierte der Graf sich in der Speisekammer und hängte sich an dem Haken, an dem sonst der Schinken hängt, auf.«

Es war sehr spät geworden. Johanna hatte ihr Zimmer im ersten Stockwerk des Schlosses bezogen. Sie war müde, doch sie wollte noch nicht zu Bett gehen. Nach dieser Geschichte von Marthe hätte sie ohnehin nicht einschlafen können, daher öffnete sie das Fenster, atmete die wohltuende, frische Luft ein und faltete die Hände zum Gebet.

Kurz darauf hörte sie das Geräusch knirschender Kieselsteine. Sie beugte sich aus dem Fenster und beobachtete, wie Marthe sich mit einem fünfarmigen Kerzenleuchter in der Hand ein paar Schritte vom Schloss entfernte, wo ein Kind auf sie wartete. Es handelte sich um den verwahrlosten Knaben, den Johanna beim Einzug in das Dorf bemerkt und aus den Augen verloren hatte. Marthe drückte ihm irgendetwas in die Hand, was wie ein gefüllter Leinenbeutel aussah. Der Knabe wandte sich um, verschwand im Dunkeln, und Marthe kehrte ins Schloss zurück. Es wurde still.

Johanna beschloss, ihr Gebet abzubrechen. Sie war nicht bei der Sache und machte sich lieber auf die Suche nach einem bestimmten Buch, von dem sie wusste, dass sie es eingepackt hatte, aber nicht mehr wusste, wo genau.

Gerade als sie es gefunden hatte, meinte sie ein Geräusch zu hören. Ein seltsames Schnaufen kam von der anderen Seite der Tür. Vielleicht war nur jemand vorübergegangen. Doch das Schnaufen wiederholte sich, wurde lauter, dann leiser und wieder etwas lauter.

Johannas Blick fiel auf den Knauf. Sie hatte die Tür nicht verriegelt, denn die Klosterzellen in Würzburg waren nicht verschließbar. Außerdem hatte Johanna – gerade weil ihr nach den Schauergeschichten des Abends ein wenig mulmig war – beschlossen, sich nicht der Angst anheimzugeben.

»Wer ist da?«, rief sie, fand das allerdings sogleich unsinnig. Falls ein Besucher vor der Tür stand, hätte er längst geklopft, und falls es jemand Übelwollendes war, würde er sich kaum die Mühe machen zu antworten.

Wieder dachte sie an den Hund, und tatsächlich, einige Sekunden später ging das schwere Schnaufen in ein leises Knurren über.

Sie suchte nach einem Schürhaken oder einem anderen Gegenstand, mit dem sie sich wehren könnte, doch außer einem schweren Stuhl, den sie nicht zu heben vermochte, eignete sich nichts zu ihrer Verteidigung. Schließlich war die gefährlichste Waffe, die sie fand, ein besonders dickes Buch. Sie nahm den fünfarmigen Kerzenlüster in die linke und das Buch in die rechte Hand und näherte sich der Tür.

Es war still geworden. Johanna hielt eine Weile lang ihr Ohr an das Holz der Tür, und als sie sich sicher war, dass wer oder was auch immer gegangen war, drehte sie den Knauf.

Ein heftiger Luftzug, der durch die weiten Flure des Schlosses wehte, blies ihr entgegen. Vier der fünf Kerzen erloschen. Der schwache Schimmer der letzten Kerze, so dachte Johanna, würde genügen, um ihr den Weg zu Robert von Collas' Zimmer zu beleuchten. Sie musste dem Leutnant mitteilen, dass der Hund sich inzwischen sogar im Schloss herumtrieb!

Johanna ging die ersten Schritte aus ihrem Zimmer in den Gang. Sie schwenkte den Kerzenlüster zuerst nach links, dann nach rechts, um sich zurechtzufinden. Das Schloss war größer und verwinkelter, als sie zunächst gedacht hatte. Langsam, sehr langsam, zog Johanna durch die Dunkelheit. Sie war noch keine zehn Schritte weit gekommen, als der kleine Lichtkegel der Kerzenflamme plötzlich auf einen menschlichen Umriss fiel.

Sie wich erschrocken zurück.

Wie lächerlich! Da stand eine Ritterrüstung, und Johanna hatte sich von ihr erschrecken lassen.

Vielleicht, dachte sie, hatte die Mitteilung an Leutnant von Collas bis morgen Zeit. Die einzig verbliebene Kerze schwand im Luftzug erstaunlich schnell dahin, es war bereits sehr spät, und im Grunde genommen war nichts passiert, außer dass ein Hund vor Johannas Tür geknurrt hatte. Womöglich hatte die Gräfin einen Pudel. Oder der Wind hatte Johanna einen Streich gespielt.

Sie wollte sich gerade auf den Rückweg machen, da schallte ein lautes Bellen ganz dicht an ihre Ohren, sie zuckte zusammen, ließ das Buch fallen, stöhnte auf und wandte sich abrupt um.

Robert lachte. »Täuschend echt, wie?«

Johanna atmete tief durch. Sie war unfähig zu sprechen.

»Ich habe geahnt, dass Euch der Hund nicht aus dem Kopf geht, und wollte mir einen kleinen Spaß machen. Ihr verzeiht mir doch? Als ich von den Ställen, wo ich nach meinen Rekruten gesehen habe, auf dem Rückweg in mein Zimmer war, konnte ich einfach nicht an Eurer Tür vorbeigehen, ohne zu knurren.«

»Ihr habt mich zu Tode erschreckt. Außerdem hätte ich Euch verletzen können.«

»Mit einem Buch?« Er hob es auf. »Ach, herrje. Lateinisch. Dachtet Ihr, den Hund damit verjagen zu können? Das klappt bei Schülern, aber dass es auch bei Tieren klappt, wage ich zu bezweifeln.«

Sie nahm es ihm aus der Hand.

»Nun seht Euch das an, Leutnant! Einige Seiten sind aus der Bindung rausgerissen worden, was für eine

Schande! England. Elftes Jahrhundert. Dieses Buch hat Wikingerüberfälle, Rosenkriege, Klosterbrände, Heinrich VIII., die Reformation und siebenhundert Jahre Wanderschaft unbeschädigt überstanden, und dann kommt ein preußischer Offizier daher, dem ein bisschen langweilig ist und der Sinn nach Schabernack steht … Vor einer Stunde noch haben wir von schrecklichen Tragödien gehört, und Ihr reißt Possen.«

»Gerade deswegen, Schwester Johanna. Das ist meine Art, damit umzugehen.«

Aus irgendeinem Grunde gefiel ihr diese Antwort. Außerdem konnte sie Menschen nie lange böse sein.

»Wenn Ihr mir versprecht, so etwas nie wieder zu tun …«

»Ich gelobe es. Im Übrigen mache ich denselben Scherz nie ein zweites Mal.«

»Wie beruhigend. Bitte, tretet ein.«

Robert zögerte, Johannas Zimmer zu betreten. Sie verstand im ersten Moment nicht, wieso, bis ihr wieder einfiel, dass es sich nicht schickte, wenn eine Nonne zu nachtschlafender Zeit Herrenbesuch empfing. In dem Kloster, in dem sie lebte, kam sie ja auch nie in eine solche Verlegenheit.

»Keine Sorge, Leutnant«, sagte sie. »Ich tue Euch nichts.«

Er lächelte und trat ein. Johanna zündete zu der einen Talgkerze, die bereits brannte, zwei weitere Kerzen an.

»Ich war soeben dabei, ein Buch zurate zu ziehen.«

»Wobei zurate zu ziehen? Lasst mich raten: der Hund.«

Johanna nickte. »Eine solche Bestie sieht man nicht

alle Tage, Leutnant. Ich will herausfinden, was es mit dem Riesenhund auf sich hat.«

»Das will ich auch.«

»Dann leistet mir Gesellschaft, Leutnant.«

»Ich habe mir von Marthe eine Flasche Wein geben lassen. Wollt Ihr auch einen Becher voll?«

»Nach dem Schreck lieber zwei.«

»Mir scheint, Ihr vertragt eine Menge.«

Johanna lachte. »Im Wein liegt die Wahrheit, Leutnant. Und nach der suchen wir doch, nicht wahr?«

»Es liegen aber auch Kopfschmerzen darin, und nach denen suchen wir gewiss nicht. Doch ich will mir nicht nachsagen lassen, vor einer Nonne die weiße Fahne gehisst zu haben. Wo sind die Becher?«

»Es sind keine da. Ich fülle Eure Feldflasche für Euch.«

»Und Ihr?«

»Was für eine seltsame Frage. Ich trinke aus der Flasche.«

Es gab mehr als eine Frau in ihr. Johanna verhielt sich nicht immer so, wie es sich für Nonnen geziemte. Ihr lebhaftes Interesse an Phänomenen war den Schwestern des Klosters suspekt und gab Anlass zu manchem Klatsch. Johanna wusste, wie sie heimlich hinter vorgehaltener Hand genannt wurde: die Drachentöterin. Andere sagten ›die Geisterseherin‹ zu ihr. Das klang zwar gar nicht so übel, war aber verächtlich gemeint. Drachen und Geister waren heidnische Hirngespinste, die der christlichen Vorstellung von einer allein von Gott erschaffenen und gelenkten Welt entgegenstanden, und wenn eine Braut Gottes sich mit törichtem Spuk beschäftigte, war sie im besten Fall nicht mehr ganz richtig im Kopf. Im schlimmsten Fall aber eine Ketzerin.

Da gingen im Kloster die Meinungen auseinander. Nahezu einig war man sich darin, dass Johanna irgendwie nicht zu ihnen gehörte. Das sah Johanna genauso, allerdings gab sie nicht sich selbst die Schuld daran, sondern dem vorgefassten, eng eingeschränkten und fantasielosen Verständnis, das die Schwestern vom Leben und Wirken einer Nonne hatten. Johanna verrichtete die gleichen Arbeiten wie die anderen Ordensschwestern: Sie pflegte die Kranken, spendete Sterbenden Trost, half in der Küche und im Klostergarten, sang jeden Morgen und jeden Abend im Chor, betete dreimal täglich und besuchte die Messe, und all das tat sie voller ehrlicher Hingabe.

War es denn so abwegig, dass eine Nonne noch anderen Steckenpferden nachging? Auch solchen, die überhaupt nichts mit dem Klosterleben zu tun hatten? Die Beschäftigung mit dem Mysteriösen, Unerklärlichen war eine Leidenschaft von ihr, eine Facette ihrer Persönlichkeit, und wer das nicht verstand, konnte ihr den Buckel runterrutschen – was sie den Schwestern durchaus schon gestisch zu verstehen gegeben hatte, sehr zu deren Empörung.

Glücklicherweise war die Äbtissin eine kluge Frau, die fand, dass es besser war, wenn Johanna sich nach einer Weile der Mysterienforschungen wieder ins Kloster zurücksehnte, als wenn sie sich im Kloster ständig nach Mysterien verzehrte. Und so konnte Johanna auch diesem zweiten Teil ihres Wesens Nahrung geben.

Es gab noch eine dritte Facette an Johanna, die sie allerdings sorgsam vor den Schwestern und der Mutter Oberin verbarg: Sie liebte das gelegentliche Ausbrechen aus dem Klosteralltag, die Befreiung von starren Regeln, das Herumreisen, den Nervenkitzel des Auf-sich-selbst-gestellt-Seins.

Beispielsweise musste sie im Kloster immerzu auf das achten, was sie sagte, obwohl es ihr Naturell war, die Dinge beim Namen zu nennen, und zwar so direkt wie möglich. Einfache Dinge wie mit den Fingern zu essen, Wein aus der Flasche zu trinken – gerne auch einmal mehr, als es für die Gesundheit gut war –, eine schlagfertige Antwort zu geben, laut zu lachen oder mit einem jungen Leutnant bei Mitternacht in einer Kammer zu sitzen mit nichts anderem zwischen ihnen als einer halb abgebrannten Talgkerze, einer fast leeren Flasche Wein und einem Stapel Büchern – alles das war für Johanna frische Atemluft. Und trotzdem waren Gott und die Stille des Klosters zentrale Bestandteile ihres Lebens. Leider hätten das nur die wenigsten verstanden und toleriert, auch die Äbtissin nicht, und so trug Johanna, die Mysterienforscherin, ihr eigenes kleines Mysterium mit sich herum.

In dieser Nacht ließ sich das Geheimnis um den Hund nicht lösen. Das Buch, auf das Johanna ihre Hoffnungen gesetzt hatte, enthielt zahlreiche Zeichnungen von Wesen, die in alten und uralten Schriften Erwähnung fanden, aber keines von ihnen kam dem Hund gleich, und für die wenigen, die eine entfernte Ähnlichkeit aufwiesen, gab es Hunderte von Querverweisen auf andere Bücher, die jedoch zu nichts führten außer zu von Müdigkeit geröteten Augen.

»Ich glaube, das ist Zeitverschwendung, Schwester

Johanna. Es war den Versuch wert, aber dabei wollen wir es belassen. Auch wenn es Euch nicht passt: Das, was in den hiesigen Wäldern und Dörfern passiert, hat nichts mit irgendwelchen Dämonen oder dergleichen zu tun.«

»Und wie erklärt Ihr Euch die Größe des Hundes?«

»So etwas kommt vor. Es wurden schon Kälber mit zwei Köpfen geboren, also warum nicht auch ein Riesenhund? Das sind Unfälle der Natur oder Launen Gottes, wie immer Ihr es nennen wollt.«

»Und warum blutete er nicht, als er von einer Kugel getroffen wurde?«

»Vielleicht hat er eine besonders dicke Haut.«

»Und welche fadenscheinige Erklärung findet Ihr für all die anderen rätselhaften Ereignisse, von denen uns Marthe und die Gräfin berichtet haben und die der Grund für mein und Euer Hiersein sind?«

»Wasser.«

»Wie bitte?«

»Während wir uns tausend Bilder von Gnomen, Wolpertingern und Zyklopen angesehen haben und dabei die Weinflasche leerten, fiel es mir ein. Was haben alle diese Menschen, die in diesem sogenannten Totendorf leben, gemeinsam? Sie trinken dasselbe Wasser. Sie schöpfen es aus dem Brunnen oder aus dem Bach. Wenn das Wasser der Gegend vergiftet ist, ergibt alles einen Sinn. Es treibt die Menschen in den Wahnsinn. Irgendein Stoff im Erdreich hat sich vor einigen Jahren gelöst und bringt die Menschen nach und nach um den Verstand, sodass sie nicht mehr Herr ihrer selbst sind und die schlimmsten Taten begehen.«

»Das wäre nur dann eine logische Erklärung, wenn

alle Menschen des Dorfes verrückt würden. Allerdings schien mir Marthe völlig normal, obwohl sie schon seit sehr vielen Jahren das vermeintlich giftige Wasser trinkt.«

»Gifte wirken unterschiedlich auf Menschen.«

»So, tun sie das? Setzt einem Dutzend Leuten dasselbe Ragout aus Fliegenpilzen vor, und wir werden sehen, wie viele von ihnen am nächsten Tag noch fröhlich pfeifend herumlaufen. Im Übrigen erklärt Eure Theorie nicht, wieso die Menschen vom einen Augenblick zum anderen wahnsinnig werden. Nein, Leutnant, vergiftetes Wasser überzeugt mich nicht.«

»Muss es auch nicht. Es reicht, wenn es meinen König überzeugt. Ich werde ihm umgehend Bericht erstatten.«

»Ihr wollt Ödrode verlassen?«

»Gleich morgen.«

»Ihr seid doch gerade erst angekommen.«

»Ich bin nun einmal schnell, Schwester.«

»Mir scheint, in vielen Dingen. Ich habe durchaus bemerkt, wie viel Vergnügen es Euch bereitete, die Hand der Gräfin tröstend zu streicheln.«

»Was ist das? Die Inquisition?«

»Keineswegs. In der Liebe ist Schnelligkeit kein Verbrechen, aber bei der Aufklärung von Verbrechen ist sie eine Dummheit.«

Er lächelte unbeeindruckt von ihrer Kritik.

»Es wäre töricht, länger hierzubleiben«, sagte er, »denn dann müssten wir von dem Wasser trinken, und wer weiß, wie rasch es auf den einen oder anderen wirkt. Der Fehler meiner beiden Vorgänger als Ermittler war, zu lange zu bleiben. Sie wurden innerhalb weniger Tage vergiftet. Der eine erschoss sich, der andere verschwand spurlos und hat sich vermutlich irgendwo in einem der Hochmoore ertränkt, die es hier in der Gegend gibt. Ich werde dem König empfehlen, die Dörfer umzusiedeln, und damit hat es sich.«

»Wie Ihr wollt. Doch ich werde bleiben.«

Robert lachte.

»Wundert mich nicht. Dass Ihr fortan Wein statt Wasser trinken solltet, kommt Euch sehr entgegen, wie?«

»Spottet nur. Ihr seid mit Eurer Wassertheorie auf dem Holzweg, mein Bester, aber wenn Ihr Eurem König einen falschen Bericht abgeben wollt, ist das Eure Sache – ebenso wie Eure Karriere, die bald beendet sein wird.«

Johanna war nun allein. Sie hatte Leutnant von Collas resolut und knapp ihres Zimmers verwiesen. Sie mochte diesen jungen Offizier – trotz seines makaberen Spaßes auf ihre Kosten –, aber er hatte sie enttäuscht. Zu früh hatte sie angenommen, er stünde auf ihrer Seite und sei offen für unkonventionelle Hypothesen. Er war wie alle anderen, die das, was Johanna zu sagen hatte, nicht ernst nahmen und als billigen Aberglauben abtaten.

Doch es gab einen feinen, wenngleich sehr bedeutenden Unterschied zwischen Aberglauben einerseits und dem Glauben an die unsichtbaren Säulen, auf denen die Welt ruhte, andererseits. Alte Lehren, uraltes Wissen und die Körnchen Wahrheit in den Mythen vergangener Zeiten wurden von den Gelehrten neuerdings vollständig verleugnet, was ebenso kurzsichtig und dumm war wie die simplen Hexen- und Gespenstergeschichten, die seit Jahrhunderten im einfachen Volk kursierten.

Johanna öffnete erneut das Fenster. Der Wind hatte merklich aufgefrischt, strömte in das Zimmer und bauschte ihr Ordensgewand auf. Der nahe Wald war ein großer schwarzer Schatten, erfüllt vom Kreischen, Brüllen und Heulen der Tiere, die dort unentwegt ums Überleben kämpften.

Sie dachte an den verwahrlosten Knaben und sie dachte an den Hund.

Irgendwo dort, dachte Johanna, steckte dieses Teuflische, Ungeheuerliche, wer oder was immer es war.

Dann legte sie sich schlafen.

12

Ida erwachte mitten in einem Traum, in dem Paul und Benedikt eine wichtige Rolle spielten, aber sie hatte vergessen, welche.

Eine Weile warf sie sich im Bett hin und her, immer auf der Suche nach der besten Einschlafposition, aber Sophie Ruhlebens Schnarchen – noch nicht einmal im Schlaf konnte die Ruhe geben! –, die kratzige Bettdecke und das ganze Unglück ihres Lebens ließen Ida hellwach daliegen. Was konnte sie in ihrem Leben schon vorweisen? Was hatte sie je erlebt? Nicht ein Zehntel von dem, was Paul erlebt hatte, und wenn sie nicht das Glück gehabt hätte, dass ein Onkel ihr das Lesen beigebracht hätte, wären ihr sogar die Schäferromane versagt geblieben.

Was hielt das Leben denn schon für sie bereit? Das, was es auch für ihre Mutter und Großmutter und deren Mutter bereitgehalten hatte: noch vor der Sonne aufstehen, das Frühstückstablett für die Dame des Hauses bestücken, Betten machen, putzen, Geschirr spülen, Kleider ausbessern, die ihr nicht gehörten, den Imbiss zum Tee servieren, wieder Geschirr spülen, der Dame beim Umziehen behilflich sein, den Tisch zum Diner decken, Gästen, für die sie Luft war, die Tür öffnen, zum dritten Mal Geschirr spülen, lange nach der Sonne zu Bett gehen – und das alles an sechs Tagen in der Woche! Das tägliche Einerlei ihrer Arbeit hatte sie ängstlich gemacht, ja, das Einerlei ihres Lebens war wie ein Vogelkäfig, in dem sie, das Vögelchen, es sich gemütlich gemacht hatte – und wenn jemand die Türe öffnete, verdrückte sie sich verschreckt in die hinterste Ecke.

Nun war es also wieder so weit: Ida drehte sich im Kreis. Ihr Leben war ein Mühlrad, und in ihrem Kopf drehte sich ein weiteres Mühlrad aus Angst, Ärger, Verwirrung, Unglück.

Schlaflosigkeit.

Das Mädchen wusste nicht, wie lange es schon wach gelegen hatte, als es endlich aufstand und das Zimmer verließ, um zur Latrine hinter der Schänke zu gehen und dabei ein bisschen frische Luft zu schnappen, die ihr auch nicht weiterhelfen, aber zumindest nicht schaden würde. Vielleicht könnte sie die Sterne sehen, so wie die Schäfer in der Nacht.

Von der Hintertür der Schänke bis zum Latrinenhäuschen waren es ungefähr zwanzig Schritte. Dahinter fing schon der Wald an. In der Finsternis wirkte er wie eine riesige schwarze Mauer. Sowohl an der Latrine als auch an der Hintertür schaukelten quietschende Öllaternen im Wind, die ein klein wenig Licht ins Dunkel der Nacht brachten, doch ihr wackeliger Schein reichte nicht für die Wegstrecke, die dazwischenlag. Wie ein düsterer Schlund tat sich der Garten auf, und Ida zögerte, ihn zu überqueren.

Vergeblich versuchte sie, die Laterne der Hintertür vom Haken zu lösen. Ihre Hände reichten nicht so weit hinauf.

Aber was hatte sie sich eben noch vorgenommen? Nicht immer so viel Angst haben. Es gab keine Geister, und die Wölfe würden sie auch nicht gleich fressen. Daher fasste sie sich ein Herz, verließ die eine Laterne und ging langsam auf die andere zu.

Der Wind zerrte an ihrem Nachthemd. Seit sie im Dorf angekommen waren, wehte er ohne Pause in einem fort.

Und verebbte urplötzlich.

Ida blieb überrascht stehen.

Kein Lüftchen. Absolute Stille. Es war, als hielte jemand den Atem an, der im nächsten Augenblick mit aller Gewalt drauflosschlagen würde.

Doch der Wind, sagte sich Ida, war kein Wesen, das etwas im Schilde führte. Er war einfach nur der Wind. Trotzdem, seltsam war es schon, wie etwas, das eben noch da war, einfach so verschwand.

Ida verharrte noch ein paar Sekunden lang, bevor sie, da glücklicherweise nichts geschah, ihren Weg fortsetzte. Sie versuchte, sich auf das Gras unter ihren Füßen zu konzentrieren, es war weich und trocken, viel angenehmer als die kalten Fliesen im Haus der Frau Geheimrat in Frankfurt.

Das Mädchen hob den Kopf. Ein leises Knurren kam aus dem Wald hinter der Latrine. Es wuchs aus der Stille hervor, zunächst wie ein Murmeln, dann wie ein Knarren, lauter werdend, bedrohlich, das Geräusch eines zornigen Tieres.

Ida dachte sofort an den Hund vom Vormittag. Aber sie konnte nichts sehen. Bis zur Latrine waren es noch zehn Schritte, zurück zur Schänke genauso viele. Sie stand auf halber Strecke dazwischen, in der Mitte des lichtlosen Schlunds, der ihr so viel Furcht eingeflößt hatte und nun von etwas Unbekanntem ganz und gar übertroffen wurde.

> *Lugus' Augen*
> *Komm zu mir, Ida. Schenke mir deine Angst. Todesangst. Lass mich nach dir greifen. Ergib dich mir. Werde zu meinem Geschöpf, Ida Krüger. Ja, du bist auf dem richtigen Weg, ich spüre es. Aber noch ist es nicht so weit. Ich muss mich anstrengen. Das ist gut.*

Langsam wich sie zurück, ohne dem Tier den Rücken zu kehren. Immer noch forschte sie in der Dunkelheit nach irgendetwas, einem Augenpaar vielleicht, einer Kontur … Nichts war schlimmer als eine Gefahr, die nur zu fühlen, nicht jedoch zu begreifen war.

»Vater Unser, der du bist im Himmel …«, begann sie das Gebet zu flüstern, welches sie schon tausendmal gebetet hatte, dessen vollständiger Wortlaut ihr jetzt jedoch nicht mehr einfiel. Also wiederholte sie immer wieder den Anfang: »Vater Unser, der du bist im Himmel … Vater Unser, der du bist im Himmel … Vater Unser …«

Was sie dann spürte, jagte ihr eine solche Angst ein, dass sie nicht wagte, sich umzudrehen. Es war, als berühre eine Hand ihren Nacken, und doch war es keine Hand, keine menschliche jedenfalls. Wie ein Windhauch, aber fester. Wie ein Streicheln, aber ohne Herz.

Aus den Augenwinkeln erkannte sie eine Gestalt, die größer als sie war. Die sich unruhig bewegte. Deren Atmen wie Rascheln klang.

Von vorne kam das Knurren näher.

Und dann drehte sie sich doch um.

Ida blickte mit erstarrten, schreckgeweiteten Augen auf das, was sich überlebensgroß vor ihr erhob: ein Wesen, halb Mensch und halb Riese, geformt aus verfaultem Laub, altem Herbstlaub, zusammengehalten vom Wind, der die einzelnen Blätter in ständiger Bewegung hielt. Drei Köpfe größer als sie selbst, blickte seine Fratze auf Ida herab. Es versperrte ihr den Weg zur Schänke, und als sie sich abermals umwandte, musste sie feststellen, dass der Hund, den sie am Vormittag im Wald gesehen hatten, knurrend und geifernd vor der Latrine stand.

Ida war danach, sich zu Boden zu werfen, den Kopf zwischen die Arme zu stecken und zu hoffen, dass sie das alles nur geträumt hätte, wenn sie nur den Kopf wieder hob. Doch der Mut der Verzweiflung verlieh ihr für einen Moment Kräfte. Sie rannte quer durch den Garten ins Dunkle, aufs Geratewohl irgendwohin. Eine Wurzel brachte sie zu Fall, sie rappelte sich auf, rannte weiter, stürzte erneut, stand wieder auf und rannte weiter. Kein Ton, nur schwerer Atem, kam über ihre Lippen.

Als sie nach einer Weile endlich innehielt, bemerkte sie, dass sie sich im Wald befand. Sie verhielt sich still und lauschte. War sie dem Hund entkommen? Sie wagte nicht, auch nur noch einen Schritt zu machen, und sie mühte sich, so leise Luft zu holen, dass noch nicht einmal sie selbst ihren Atem hören konnte.

Ida fing zu zählen an.

Eins, zwei …

Aus irgendeinem Grund, den sie selbst nicht verstand und den sie nicht infrage stellen wollte, war sie der Meinung, dass sie, wenn sie langsam bis tausend zählte, gerettet sein müsste. Dann hätte sie den Hund abgeschüttelt.

… siebenunddreißig, achtunddreißig …

Nun, wo sie zur Ruhe kam, sah sie sich furchtsam nach allen Seiten um.

… zweihundertelf, zweihundertzwölf …

Sie hatte nicht die geringste Ahnung, wo sie sich befand, aus welcher Richtung sie gekommen war, wo Ödrode lag.

… fünfhundertdreiundzwanzig, fünfhundertvierundzwanzig …

Kein Licht war zu sehen. Der Mond war untergegangen. Vereinzelt blinkte ein kleiner Stern durch das Geäst. Die Stämme der Bäume wirkten wie Phantome.

… siebenhundertneunundvierzig, siebenhundertfünfzig …

Rauschen. Nicht enden wollendes Rauschen des Regens. Inzwischen fast beruhigend.

… neunhundertneunundneunzig, eintausend.

Ida atmete durch. Sie war noch nicht wieder ganz bei sich, aber es ging ihr jetzt besser.

Sie machte einen Schritt vorwärts, um den Rückweg zu suchen und anzutreten, und in diesem Moment hörte sie wieder das Knurren. Es kam von irgendwo aus der Finsternis.

Dieses Mal zögerte Ida keine Sekunde lang und trat die Flucht sofort an. Sie spürte, es ging jetzt um ihr Leben. Fort, nur fort, egal wohin. Sie konnte nicht mehr an sich halten, sie stöhnte, keuchte, dann schrie sie. Sie wusste, das war dumm, aber ihre Schreie kamen ganz von selbst aus ihr heraus, und der Wald verschluckte sie, zersplitterte sie, schoss sie zurück wie scharfe Schrapnelle. Sie hörte ihr eigenes Entsetzen.

Sie spürte, wie etwas nach ihr griff. Es war nicht die Gestalt aus Wind und Laub, es war nichts, das von außen kam, es war in Idas Körper selbst, wie eine Welle, die durch sie hindurchging und sie für einige Sekunden mit sich riss. Für die Dauer eines Atemzuges war Ida nicht mehr allein. Etwas anderes hatte von ihr Besitz genommen und wohnte in ihr. Es entzog sich ihrer Kontrolle, und so wie sie den Hund im Dunkel der Nacht nicht erkennen konnte, so wenig erkannte sie, wer sich jetzt ihrer bemächtigte.

Sie überquerte eine Lichtung, die Sternbilder drehten sich über ihrem Kopf. Wahnsinnige Angst verlieh ihr illusorische Kräfte. Nicht ein einziges Mal blieb sie stehen, aber immer wieder wandte sie im Laufen ihren Kopf nach hinten, wenngleich sie in der fast vollkommenen Dunkelheit nichts erkennen konnte.

Dornige Sträucher zerfetzten ihr Nachthemd, kantige Kiesel schnitten hundert winzige Wunden in ihre

Füße, mehrmals prallten ihre Schultern gegen einen Baum.

Und dann, als sie wieder einmal mit etwas zusammenstieß, griff es nach ihr und ließ sie nicht mehr los. Ein letzter Schrei entströmte Idas Kehle, all ihre Kraft und Wille lagen darin.

13

Mit dem Morgengrauen setzte schwerer Regen ein. Robert, der als Soldat an frühes Aufstehen gewohnt war, erwachte mit den ersten Tropfen, die ans Fenster schlugen, und als er eine Minute später einen Blick hinunter auf das Dorf werfen wollte, war es bereits von dichten Regenvorhängen eingehüllt.

Dieses Wetter machte ihm Sorgen. Denn wenn der Regen noch eine Weile anhielt, würde sich die Reparatur der Kutsche verzögern, und selbst wenn sie gelänge, würde die Kutsche womöglich im Schlamm des Waldweges stecken bleiben. Solange die vier Reisenden, für die er die Verantwortung übernommen hatte, ihren Weg nicht fortsetzen konnten, durfte auch er das Dorf nicht verlassen. Schwester Johanna war ein Sonderfall. Wenn sie unbedingt bleiben wollte, war das ihre Sache. Aber das Dienstmädchen Ida, die burschikose Frau Ruhleben und der Student verließen sich darauf, dass Robert sie sicher zur Kutsche zurückgeleiten würde, und als preußischer Offizier wollte und musste er sein Versprechen einlösen.

Er rasierte sich und zog seine Uniform an. Vor der Tür hatte die fleißige Marthe ein Tablett mit Schmalzbrot, Haferbrei und Birnenkompott bereitgestellt. Robert aß nur ein paar Bissen, dann weckte er seine vier müden Rekruten, die im Stall geschlafen hatten, hieß sie ebenfalls essen und teilte sie in zwei Gruppen ein.

»Zwei von euch kommen mit mir. Wir reiten zur Kutsche und helfen bei der Reparatur der Achse. Die zwei anderen gehen im Dorf Patrouille. Kauft einem Bauern ein Pferd ab, um das tote zu ersetzen. Erkundigt euch nach dem Jungen, der den Anschlag verübte. Und sagt den Leuten, sie sollen aufhören, das Brunnenwasser zu trinken, denn es ist nicht gut für sie. Lieber sollen sie Regenwasser sammeln oder Wasser von weiter entfernten Bächen holen, bis sie Weiteres hören. Alles verstanden? Abmarsch.«

Der Wald war an diesem Morgen ein Gespinst aus Nebel, fallendem Laub und Regen. Das gewaltige Rauschen hätte jedes Wort übertönt, aber Robert und seinen Rekruten war ohnehin die Lust an Gesprächen vergangen. Auch wenn Soldaten bei jedem Wetter klaglos zu marschieren hatten, so war dieser Regen wirklich außergewöhnlich heftig, gerade so, als hätten alle Regenwolken Preußens sich verschworen, ausgerechnet über diesem Wald ihre nasse Last abzuladen. Mit zwischen Hut und Kragen eingezogenen Köpfen ritten sie schweigsam im Schritttempo den Weg von gestern zurück.

Als Robert an der Spitze seiner kleinen Truppe zu dem malerischen Wildbach kam, musste er feststellen, dass sich dieser in einen reißenden, dreckigen Fluss verwandelt und die Brücke mitgerissen hatte. Jeder Versuch, ihn zu überqueren, müsste tödlich ausgehen. Die Fluten waren so stark, dass sie Mensch und Pferd die Beine weggezogen hätten. Und es sah nicht so aus, als würde sich diese Urgewalt in den nächsten Stunden legen.

»Verdammter Mist!«, fluchte Robert, nahm den Hut ab, in dessen Scheitelkerbe sich ein kleiner Teich gebildet hatte, und schleuderte ihn zu Boden. Binnen Sekunden klebten seine Haare auf der Stirn, und das kalte Wasser floss ihm in den Nacken und von dort den Rücken hinunter, aber an all das verschwendete Robert keinen Gedanken. Was ihm durch den Kopf ging, war, dass man vorläufig in diesem von schroffen Steilhängen umgebenen Kaff festsaß. Allenfalls ein guter Kletterer hätte – und das auch nur bei gutem Wetter – diese natürlichen Barrikaden erklimmen können.

»Was jetzt, Herr Leutnant?«, fragte ein Rekrut.

Robert ging in Windeseile alle Möglichkeiten durch, die noch blieben, was nicht schwierig war, weil es kaum welche gab und die wenigen äußerst unbefriedigend waren. Selbst wenn es ihnen gelingen sollte, ein Seil über den Fluss zu spannen, an dem ein kräftiger Mann sich festhalten konnte – wie hätte man jemanden wie Sophie Ruhleben oder das junge Dienstmädchen auf die andere Seite bringen wollen? Selbst wenn Robert die Steilhänge hinaufgestiegen wäre – was hätte es ihm genutzt, wenn die anderen ihm nicht hätten folgen können?

»Es hilft nichts«, sagte Robert. »Wir kehren zurück und sagen den Reisenden, dass sie noch ein paar Tage im Dorf bleiben müssen.« Robert warf einen letzten

Blick auf das reißende Gewässer und fügte mit halber Überzeugung hinzu: »Dort sind sie wenigstens sicher.«

14

Als Ida die Augen aufschlug, war sie für einen kurzen Moment glücklich. Ihr Blick fiel über die ganze Länge des Bettes hinweg zu einem hässlichen Schrank, der fast so aussah wie der, den sie in ihrer Kammer in Frankfurt für ihre Habseligkeiten benützen durfte. Diese Kammer hatte sie in- und auswendig gekannt, dort hatte es keine Überraschungen gegeben …

Und schon war die Sekunde des Glücks vergangen, und Ida erinnerte sich an letzte Nacht: das Knurren, der Wind, das Wesen, die Flucht, der Zugriff. Kein Albtraum, Realität!

Sie erschauerte, und dabei gab sie einen Seufzer von sich, der Sophie Ruhleben auf Idas Erwachen aufmerksam machte.

»Liebes Kind, bist du endlich erwacht. Ich dachte schon, du würdest bis Weihnachten durchschlafen. Wie geht es dir? Besser, hoffe ich. Du hast schon wieder Farbe im Gesicht, und falls die nicht reicht, habe ich Wangenrot bei mir, das ein wenig nachhilft. Nun hopp, hopp, hopp, aufstehen, anziehen, mitkommen.«

Ida war noch nicht ganz wach. »Fahren wir weiter?«

»Leider nicht. Der reizende Leutnant von Collas hat mir soeben mitgeteilt, dass sich unsere Abreise um mindestens einen Tag verzögert. Die Brücke oben im Wald wurde weggespült. Also bleibt uns nichts anderes übrig, als das Beste aus dieser misslichen Situation zu machen und uns zu amüsieren. Aber wem sage ich das? Du hast letzte Nacht bereits damit angefangen, Kindchen.«

»Letzte Nacht. Wo … Was ist passiert? Wie bin ich hierhergekommen?«

»Erinnerst du dich nicht? Der Student von nebenan hat dich mitten in der Nacht ins Zimmer gebracht. Ich wäre beinahe aus dem Bett gefallen vor Schreck. Denke dir, da steht plötzlich ein völlig durchnässter Mann im Zimmer, und er trägt eine Frau in seinen Armen, und diese Frau sollte eigentlich neben mir im Bett liegen.«

Um Himmels willen!

»Hat er … Hat Benedikt Pohl etwas gesagt?«

»Natürlich hat er etwas gesagt, oder dachtest du, Kindchen, er würde dich wie einen Sack Zwiebeln abladen und einfach so davongehen? Er sagte, du wärst ihm geradewegs in die Arme gelaufen und völlig hysterisch gewesen, bis du zusammengebrochen bist. Natürlich habe ich ihm kein Wort geglaubt. Liebste, wenn du dich schon auf ein Stelldichein mit jungen Männern einlässt, solltest du es nicht im Freien tun, und schon gar nicht, wenn es regnet. Du hattest es wohl sehr nötig gehabt. Habe ich dich zu sehr angestachelt? Aber Kindchen, du hättest dir den Tod holen können!«

»Ich war nicht mit ihm verabredet!«

Sophie Ruhleben grinste Ida auf die Art an, mit der man auszudrücken pflegt: Halte mich bitte nicht für blöd.

»Gewiss, Kindchen. Natürlich warst du nicht mit ihm verabredet. Es gibt mindestens tausend andere Erklärungen dafür, dass eine junge Frau im Nachthemd um zwei Uhr nachts in den Wald läuft, wo sie zufällig auf einen sympathischen jungen Mann trifft, der sich zufällig im strömenden Regen dort aufhält und sie auf Händen tragend zurückbringt. Ist das Normalste von der Welt, passiert andauernd. Liebes, beruhige dich, bei mir ist dein kleines Geheimnis sicher aufgehoben.«

Es war Ida völlig egal, was Sophie Ruhleben über sie dachte. Aber was Benedikt dort im Wald gemacht hatte, das interessierte sie sehr wohl. War auch er von dem Hund verfolgt worden? Hatte er das unheimliche Wesen auch gesehen? Sie hoffte inständig, dass es so wäre. Denn würde ihr das, was sie erlebt hatte, sonst jemand glauben? Für die einen war sie nur ein ängstliches Mädchen, für die anderen eine dumme Dienstmagd. Den Hund, ja, den würde man ihr glauben, aber man würde sagen, die Furcht vor ihm hätte ihr einen Streich gespielt, und die Gestalt aus Laub und Wind wäre ein Produkt ihrer Einbildung.

Eine halbe Stunde später verließ Ida die Schänke mit Sophie Ruhleben. Sie war noch immer etwas benommen und verstand nicht, was Frau Ruhleben so dringend im Dorf zu erledigen hatte. Am liebsten hätte sie den Rest des Tages im Bett verbracht. Aber sie wollte nach dem schauderhaften Erlebnis von vergangener Nacht nicht allein bleiben, selbst wenn das bedeutete, Zeit mit Sophie Ruhleben verbringen zu müssen. Ida störte sich nicht so sehr daran, dass Sophie offensichtlich das war, was die Frau Geheimrat stets als »Frau mit zweifelhaftem Ruf« bezeichnet hatte, sondern die ewigen Tiraden dieser Dame.

»Wohin gehen wir?«, fragte Ida.

Sophies Augen leuchteten. »Ich brauche neue Schuhe.«

»Schuhe? Hier und heute?«

»Für eine Frau, die barfuß in den Wald geht und sich von Männern buchstäblich auf Händen tragen lässt, mögen Schuhe nicht so wichtig sein. Für eine Frau wie mich sind sie es durchaus. Überdies werden Schuhe von Schustern gefertigt, Handwerker mit starken Armen und geschickten Händen, du verstehst, Kindchen?«

Ida war sich nicht sicher, ob sie das verstehen wollte, deswegen tat sie so, als verstünde sie es. Und dass sie Paul wiedersehen würde, rechtfertigte sowieso alles, auch diesen Ausflug zum Schuster. Denn es war eigentlich kein Wetter, um aus dem Haus zu gehen, wenn man nicht unbedingt musste. Der Regen nahm kein Ende, und der Wind wehte ihnen unerbittlich ins Gesicht. Die wenigen Leute, denen sie begegneten, stapften genauso wie sie mit widerwillig gekrümmten Rücken und gesenkten Köpfen durch die Straßen, deren Graubraun nur von den letzten blutroten Eichenblättern ein wenig verschönert wurden, die wie Inseln auf dem Schlamm lagen.

Ida traf im Vorbeigehen nur auf ein einziges bekanntes Gesicht. Sie grüßte mit rasch erhobenem Kopf: »Guten Tag, Frau Wirtin.«

»Guten Tag, Fräulein.«

Lugus' Augen.

Guten Tag, Ida. Du weißt es nicht, aber ein Teil von dir gehört bereits mir. Deine Angst vor mir hat ihn mir verschafft. Dein Zorn und deine Liebe werden das Werk vollenden. Guten Tag, Ida. Guten Tag.

In Meister Michaels Werkstatt trafen die unterschiedlichsten Gerüche zusammen und vermischten sich in einer Weise, über die Ida nicht zu sagen vermocht hätte, ob sie sie faszinierend oder grauenhaft fand. Dem Leder, das überall herumlag, entströmte ein warmer, angenehmer Duft, der besonders an einem schaurigen Tag wie diesem heimelige Erinnerungen aufsteigen ließ. Von dem Kupfer für die Beschläge und den schweren, gusseisernen Ambossen und sonstigen Werkzeugen ging ein ansprechendes, mineralisch kühles Aroma aus. Doch die Muffigkeit der Werkstatt, das feucht-klamme Klima und ein Schweißgeruch in der Luft verdarben das alles, und Sophie Ruhlebens aufdringliches Parfüm tat ein Übriges. Wohin Ida ihre Nase auch wandte, stieg ihr stets ein anderer Geruch auf, der sie lächeln oder den Mund verziehen ließ.

Ganz ähnlich erging es ihr mit dem, was sie sah. Meister Michael war kein ansehnlicher Anblick, da half kein Drehen und Wenden. Gewiss, er war ein stattlicher Mann mit breiten Schultern, aber wie schon am letzten Abend in der Schänke ging etwas Bedrohliches von ihm aus, das Ida im Innersten erzittern ließ. Es waren seine Augen, die das bewirkten, schwarz und brennend. Paul war das genaue Gegenteil seines Meisters – Augen wie Wasser an einem sonnigen Tag, sanft und heiter.

»Meister Michael, ich vertraue Ihnen meine Füße an«, sagte Sophie Ruhleben, die offenbar nicht dasselbe wie Ida verspürte. »Ich benötige nämlich ein Paar Stiefel, die der wilden Gegend trotzen, in der wir uns hier befinden. Allerdings benötige ich sie schnell, denn morgen bin ich vielleicht schon weg.«

»Ich dachte, Sie würden heute weiterreisen, gnädige Frau.«

»Das dachte ich auch. Sie scheinen nicht zu wissen, dass die Brücke über den Bach zerstört ist. Wir sitzen hier fest.«

»Für wie lange?«

»Nun, bis die Brücke repariert ist, nehme ich an. Je eher es aufhört zu regnen, umso eher können wir zurück zur Kutsche.«

»Einen solchen Regen hat's noch nicht gegeben, seit ich hier wohne«, sagte er, und Ida fand, dass es sich beinahe wie ein Vorwurf anhörte, so als habe Sophie höchstselbst die Brücke mit sich gerissen.

Meister Michael machte sich an die Arbeit, Sophies Füße zu vermessen.

»Was ist denn das?«, rief er und deutete auf einen Fleck auf Sophies linkem Fuß.

»Ein Muttermal«, erklärte sie stolz. »Es sieht hübsch aus, nicht wahr? Ich habe es immer schon gemocht. Nichts sollte allzu perfekt aussehen, auch nicht der Fuß einer Dame. Durch einen winzigen Makel wird die Schönheit betont und nicht etwa beeinträchtigt, wissen Sie, Meister Michael.«

»Dieses Mal ist groß und schwarz. Das sieht aus wie ein Hexenmal.«

Sophie lachte. »Sie Schelm, Sie! So etwas gibt es doch gar nicht. Aber Sie haben trotzdem nicht ganz unrecht. Ein bisschen Hexe sollte in jeder Frau stecken, etwas Geheimnisvolles und Zauberhaftes.«

Meister Michael warf Sophie einen sehr langen, halb strengen und halb verlangenden Blick zu, so als wäre er gleichzeitig von ihr angezogen und abgestoßen. Ida gefiel dieser Blick überhaupt nicht, aber Sophie schien ihn zu genießen.

Sophie drehte sich verspielt eine Locke um den Finger und rief: »Ach, und bitte auch ein Paar Stiefel für meine junge Begleiterin, lieber Meister.«

»Nein«, sagte Ida. »Das kann ich mir nicht erlauben.«

»Aber ich kann es, liebes Kind. Keine Widerrede. Ich liebe es, die Gönnerin zu spielen, und du brauchst neue Schuhe. Deine sehen aus, als hätte schon Urgroßmutter sie getragen. Wirklich, sie sind ausgesprochen antik. Du kannst mir nicht erzählen, dass du dich darin wohlfühlst. Füße verlangen nach weichem, geschmeidigem Leder, nach Wärme und Passform, sodass man das Gefühl hat, über die stillen Wasser eines Sees zu schreiten. Oder in einem Berg von Wolle zu waten. Füße sind etwas sehr Wichtiges. Die meisten Menschen glauben, dass die Seele sich irgendwo in Brust oder Bauch befände, gleich neben dem Herzen, aber ich sage dir, dass die menschliche Seele in den Füßen steckt. Somit sind die Schuster dieser Welt die eigentlichen Seelenpfleger, weit mehr als die Pastoren. Schuster sind überdies die wahren Künstler dieser Erde.«

Es verstand sich von selbst, dass Sophie schon längst nicht mehr mit Ida sprach, sondern mit dem Mann, der ihre Füße in seinen Händen hielt.

Paul bat Ida mit einer Geste, sich zu setzen, damit er dasselbe bei ihr tun konnte. Ihr fester Vorsatz, das Geschenk der selbst ernannten Gönnerin höflich abzulehnen, schwand unter seinem Blick dahin wie Eis in der Aprilsonne. Während Sophie Ruhleben sich von Meister Michael bedienen ließ und dabei weiterhin über ihre Bewunderung für Schuster schwadronierte, nahm Ida auf einem Schemel Platz und ließ sich von Paul die alten Stiefel ausziehen. Er kniete vor ihr und konzentrierte sich auf seine Arbeit, wohingegen sie sich auf Paul konzentrierte.

»Da war jemand im Wald«, sagte er.

Ida war zu überrascht, um zu antworten. Meinte er sie oder jemand anderen?

»Ich?«, fragte Ida.

Er lachte. »Aber ja.«

Woher wusste er davon? War sie schon der Gesprächsstoff des Dorfes? Oder hatte er sie beobachtet?

»Deine Füße«, sagte er. »Die Sohlen sind schmutzig, siehst du?« Er puhlte an ihrer Ferse herum und zog eine Lärchennadel hervor. »Waldboden«, stellte er nüchtern fest.

Sie hatte vergessen, sich am Morgen zu waschen, was ihr nun ein bisschen peinlich war. Was das gestrige Erlebnis betraf, war der Schmutz an ihren Füßen allerdings das Allerletzte, was Ida bekümmerte.

Sie zog ihre Füße zurück. »Entschuldige, ich … Lassen wir das mit den Schuhen bitte bleiben.«

»Nein«, sagte Paul. »So habe ich das nicht gemeint. Es stört mich nicht, dass deine Füße schmutzig sind. Zufällig haben wir vorhin Wasser aufgesetzt.« Er füllte einige Kellen voll dampfenden Wassers aus einem großen Kessel über dem Feuer in eine Schüssel, in die er Idas Füße tauchte. Das Wasser war angenehm warm und eine Wohltat für die rissige und von zahlreichen kleinen Kratzern verletzte Haut, die bezeugte, dass Ida das alles nicht bloß geträumt hatte.

Pauls Hände streichelten die Sohlen und Zehen, und

Ida wusste nicht, ob sie lieber die Augen schließen und die sanfte Massage genießen oder Paul dabei zusehen sollte. Sie entschied sich für Letzteres, weil sein Blick von Zeit zu Zeit zu ihr hinaufging und Paul dabei lächelte. Ida fiel wieder ein, was Sophie Ruhleben vorhin gesagt hatte: starke Arme und geschickte Hände. Anschließend trocknete Paul ihre Füße mit einem Tuch ab, legte es beiseite und begann, ihre Füße auszumessen. Mit jedem Handgriff nahm ihr Wohlbefinden zu, ja, es kam ihr vor, als öffnete sich eine Blume in ihrem Innern.

Paul reichte ihr ein Stück Leder von der Größe einer Handfläche.

»Wie gefällt dir das?«, fragte er. »Es ist unser bestes.«

Es war wunderbar weich und von kastanienbrauner Farbe mit einem leichten rötlichen Schimmer. Sehr verführerisch.

»Das ist viel zu edel«, sagte sie. »Frau Ruhleben kann so etwas tragen, nicht ich. Ich brauche etwas Strapazierfähiges.«

»Warum? Weil du in diesen Stiefeln den Landweg nach Indien beschreiten willst?«

»Haha«, erwiderte sie. »Ich bin ein Dienstmädchen und …«

»Wer sagt denn, dass Dienstmädchen bei der Arbeit nicht schöne Stiefel tragen dürfen?«

»Unter dem langen Kleid sieht die Stiefel sowieso niemand.«

»Du siehst sie und kannst dich an ihnen erfreuen. Und wenn du willst, dass andere sie sehen …«

»Was dann?«

»Dann musst du tanzen gehen.«

»Ich und tanzen? Ich weiß nicht, wie das geht.«

»Man braucht dazu nur gute Laune im Herzen und gute Schuhe an den Füßen. Vielleicht hat deine Freundin ein bisschen recht, wenn sie sagt, dass in den Füßen die Seele steckt.«

»Sie ist nicht meine Freundin. Und deswegen kann ich keine teuren Stiefel von ihr annehmen. Das geht einfach nicht. Schluss damit.«

Ida war sehr bestimmend geworden, so als werde ihr das Gespräch mit Paul lästig. Aber das war überhaupt nicht der Fall. Sie redete gern mit ihm. Doch wie konnte sie guten Gewissens von einer Frau, mit der sie nichts gemeinsam hatte und die sie im Grunde nicht besonders mochte, teure Geschenke annehmen?

»Wie du willst«, sagte Paul, und Ida spürte seine Enttäuschung und Verunsicherung, weil sie seinen Vorschlag schroff zurückgewiesen hatte. »Für das gnädige Fräulein also das Dienstmädchenleder.«

»Nein, warte … Ich … Gibt es denn ein Leder, das besser ist als das Dienstmädchenleder, aber nicht ganz so edel? Das würde ich dann nehmen. Ich verlasse mich dabei ganz auf dich.«

Paul lächelte wieder. Und Idas innere Blume öffnete sich noch weiter.

Auf dem Rückweg in die Schänke schien der Regen noch stärker geworden zu sein, falls das überhaupt möglich war. Idas Haube troff nach wenigen Schritten wie frisch aus der Lauge gezogen, wohingegen Sophie Ruhleben unter einem kleinen Sonnenschirm einigermaßen geschützt war.

»Komm näher an mich heran, dann wirst du nicht

ganz so nass, Kindchen«, bot die Ruhleben ihr freundlich an. Das ließ sich Ida nicht zweimal sagen.

»Hast du Meister Michaels Augen gesehen? Solche Augen machen mich verrückt. Der Mann hat etwas Animalisches an sich«, sagte Sophie Ruhleben in einem Ton, als sei das etwas Gutes. »Als er mir meine Schuhe auszog, hat er fest zugepackt und mich dabei angesehen, als wollten seine Arme mich im nächsten Augenblick umschlingen.«

»Er hat von Hexen gesprochen.«

»Kein Mensch glaubt noch an Hexen, Kindchen. Diese Bemerkung war eine Art Gleichnis, eine Chiffre, verstehst du? Meister Michael ist von mir fasziniert.«

»Er hat eine seltsame Methode, das auszudrücken.«

»Der Mann lebt quasi im Wald, liebes Kind, und er prügelt von früh bis spät auf Leder ein. Von so jemandem darfst du nicht erwarten, dass er Liebesgedichte schreibt oder Galanterien von sich gibt. Er ist rau und so schlicht wie der Harz, die blanke Natur, und seine Gleichnisse sind der Wildheit seines Wesens angepasst. Was zwischen ihm und mir vorgeht, ist so alt und ursprünglich wie die Welt.«

Ida hatte keine Lust, dieses Gespräch fortzusetzen, weswegen sie auf Frau Ruhlebens weitere Hymnen auf den düsteren Schuster nicht einging.

»Er ist recht schmuck, dieser Paul«, sagte Sophie plötzlich. »Ein bisschen dumm vielleicht, aber …«

»Er ist keineswegs dumm. Jedenfalls nicht dümmer als ich.«

»Verzeih. Dumm war das falsche Wort. Ungeschickt und unerfahren, das wollte ich sagen. Sein schüchterner, hilfloser Blick suchte immer wieder Halt an mir.«

»An Ihnen?«, entfuhr es Ida.

»Der arme Junge. Ich fürchte, ich habe ihm den Kopf ein wenig verdreht. Ganz ohne Absicht, versteht sich. Wenn solche Bauernlümmel zum ersten Mal auf eine Dame treffen, die freundlich zu ihnen ist, denken sie sich gleich wer weiß was.«

Es konnte aber auch sein, dachte Ida, dass Damen im mittleren Alter sich gleich wer weiß was dabei dachten, wenn ein jüngerer Mann, der zufällig strahlend blaue Augen hatte, sie mit strahlend blauen Augen ansah.

Oder war Sophie Ruhleben gar eifersüchtig auf Ida und redete nur deswegen so daher, um sie zu ärgern? Dieser Gedanke hatte etwas Erfreuliches an sich: Eine Dame war eifersüchtig auf sie, ein Dienstmädchen. Und von einem Moment zum nächsten fühlte sich Ida reifer.

15

Johanna machte an diesem Tag etwas ganz und gar Verwerfliches und Unschickliches. Nein, sie brach keines ihrer Gelübde der Keuschheit, des Gehorsams oder der Armut. Sie hielt sich zudem an alle zehn Gebote. Weder log noch stahl sie, weder brachte sie jemanden ums Leben noch begehrte sie eines Mannes Weib. Und dennoch: Wenn die Äbtissin je davon erführe, wäre die Strafe erbarmungslos gewesen. Johanna besuchte einen evangelischen Gottesdienst.

Sie hatte keine Wahl, es gab in diesem Dorf und

auch in der Umgebung keine katholische Messe. Wieso auch, wenn hier keine Katholiken lebten? Die letzten Kriege hatten dafür gesorgt, dass die einen von den anderen Christen sorgfältig getrennt waren. Ausschlaggebend war die Religion des jeweiligen Landesfürsten. War er evangelisch, hatten auch die Untertanen evangelisch zu sein, war er katholisch, mussten sie katholisch werden oder auswandern.

Johanna war nicht nur katholisch, sondern auch Nonne, und eine Nonne hatte schon sehr lange nicht mehr, wahrscheinlich noch nie, den Gottesdienst des kleinen Harzer Dorfes besucht. Dementsprechend lang waren die Gesichter des Pastors und einiger seiner gläubigen Schäfchen. Johanna hätte sich und den Bewohnern gerne dieses Ärgernis ihrer Anwesenheit erspart, aber ein Gottesdienst war die einzige Möglichkeit für sie, möglichst viele Dorfbewohner auf einmal zu Gesicht zu bekommen. Ansonsten waren die Leute verteilt in ihren Häusern und Werkstätten und auf ihren Äckern. Nur in der Kirche waren alle versammelt und ließen sich von Johanna beobachten. Sie wusste auch nicht so genau, wonach sie suchen und worauf sie achten sollte. Es konnte alles Mögliche sein: ein bestimmtes Verhalten, das allen gemeinsam war; oder das Verhalten eines Einzelnen, das sich von dem Verhalten der anderen unterschied; irgendwelche Gesten, Blicke, Symbole; irgendeine Auffälligkeit, die auf die Einwirkung fremder Einflüsse zurückgeführt werden konnte.

Als sie durch die Pforte in die Kirche schritt, fiel ihr wieder der verwahrloste Knabe auf. Er stand einfach so da, neben ihm lagen Reste von Brot und zwei Eier, und eine Dorfbewohnerin drückte ihm im Vorbeigehen einen Apfel in die Hand, den er schweigend und ausdruckslos entgegennahm.

Sie wandte sich an ihn.

»Ich bin Schwester Johanna«, sagte sie, »oder einfach nur Johanna, wenn dir das lieber ist. Und wie heißt du?«

Er antwortete ihr nicht. Sein Zustand entsetzte sie: zerschundene Hände, löchrige Kleidung, Schuhe, die diesen Namen nicht verdienten, schlecht geschnittene und verlauste Haare, verdreckt von oben bis unten, traurige, aber auch seltsam trotzige Augen …

Zwölf Jahre alt und schon ein Bettler.

»Möchtest du nicht mit mir sprechen oder kannst du nicht?«

Er sagte nichts, sein Blick deutete nichts an. Langsam streckte er seine Hand aus, die Handfläche nach oben. Das war alles. Johanna hatte nichts dabei, was er essen oder wovon er sich etwas kaufen könnte. Ihr Reisebudget hatte sie im Schloss gelassen. Da fiel ihr der Rosenkranz ein, den sie immer im Ordensgewand mit sich trug. Die Perlen waren aus Holz, aber das kleine Kreuz war golden.

Sie ließ das Stück in seine Hand gleiten. »Tu damit, was du für richtig hältst«, sagte sie.

Er betrachtete den Rosenkranz, schloss die Hand darum und steckte ihn in die Tasche.

In diesem Moment trat der Pastor heran. Pastor Neumüller war ein hochgewachsener, spindeldürrer, nicht mehr junger Mann mit grauer Gesichtsfarbe und beinahe unnatürlich roten Lippen.

»Für heute hast du genug gebettelt. Verschwinde

jetzt! Worauf wartest du noch? Mach, dass du wegkommst.«

Der Junge hob das Brot und die anderen mildtätigen Gaben auf und ging fort. Währenddessen drehte er sich einmal zu Johanna um, was für sie wie ein Dankeschön war, das sie mit einem Lächeln quittierte.

Johanna mochte Pastor Neumüller nicht, obwohl sie ihm soeben zum ersten Mal begegnete. Es war eine rein gefühlsmäßige Abneigung. Doch sie wollte mehr über den Knaben wissen und fragte deshalb: »Verzeiht die Frage, Pastor Neumüller, aber was hat es mit diesem Jungen auf sich?«

Der Pastor sah Johanna mit säuerlicher Miene an, die besagte: Ich halte nichts von Nonnen im Allgemeinen und von dir im Speziellen.

Trotzdem ließ er sich zu einer Antwort herab. »Das weiß keiner so richtig. Er kam vor ungefähr zwei Jahren nach Ödrode, so verwahrlost wie heute. Schon mein Vorgänger wollte ihn in christlicher Nächstenliebe in ein Waisenhaus nach Wernigerode bringen, und ich habe es kürzlich ein weiteres Mal versucht. Aber der Knabe weigert sich. Er bettelt lieber, lebt in einer selbst gebauten Behausung irgendwo im Wald, einem Tier gleich.«

»Er spricht nicht?«

»Nein, nie, auch darin erinnert er an ein Tier. Wir nennen ihn Wolf. Immerhin, er hat zwei Winter überlebt dank der Gnade des Herrn und der Nahrungsspenden der Dorfbewohner. Er bekommt gerade so viel, wie er zum Überleben braucht. Es war nicht recht von Euch, ihm einen Schmuck zu schenken, das wird ihn nur anspruchsvoll machen.«

»Aber …«

Pastor Neumüller wandte sich ruppig ab. »Ich kann nicht länger mit Euch sprechen, ich muss die Leute zum Gottesdienst rufen.«

Statt einer Glocke nutzte die kleine Gemeinde in Ödrode eine Hillebille: ein Schlagbrett aus Hartholz, das an Lederriemen aufgehängt und mit einem Klöppel zum Tönen gebracht wurde. Der Klang war nicht angenehm, aber erstaunlich effektiv. Soweit Johanna wusste, war es ursprünglich ein Alarminstrument gewesen.

Sie betrat das Kirchenschiff. Die Feindseligkeit, die ihr entgegenschlug, war von allen Seiten spürbar; Skepsis konnte man das nicht mehr nennen. Es wäre normal für abgeschieden lebende Menschen gewesen, Fremden zunächst distanziert zu begegnen. Das gab es überall, in jedem Land. Doch die Leute sahen Johanna an, als wäre sie eine Missgeburt – sie fürchteten sich vor ihr, und zugleich verachteten sie sie inbrünstig. Die eine Hälfte tendierte mehr zu Ersterem, die zweite zu Letzterem. Und es hatte nichts mit der Ordenstracht zu tun, die Johanna trug, denn Ida Krüger, die jetzt dazukam, wurde mit denselben Blicken bedacht.

Sie gehörten beide derselben Reisegesellschaft an, kannten sich also flüchtig, und sie waren beide das Ziel ablehnender Gefühle, daher war es ganz natürlich, dass sie kurz vor Beginn des Gottesdienstes nebeneinander standen, ein Stück von den anderen Leuten entfernt, die auf den Pastor warteten.

»Warum bist du hergekommen?«, flüsterte Johanna Ida ins Ohr. »Du bist doch katholisch, oder?«

»Ja, noch«, antwortete Ida ebenfalls flüsternd. »Aber meine neue Herrschaft in Braunschweig verlangt von mir zu konvertieren, sonst kann sie mich nicht beschäftigen. Das hat mir der Erbverwalter gesagt. Und so dachte ich mir, ich fange mal an, mich mit den Gebräuchen der Protestanten zu beschäftigen. Außerdem …«

»Ja? Was?«

»Ich wollte mal von Frau Ruhleben weg.«

Johanna zwinkerte Ida zu.

»Das kann ich gut verstehen.«

»Ich will nichts Schlimmes über sie sagen, sie ist gewiss kein schlechter Mensch, aber … aber …«

»Sie spricht an einem Vormittag mehr Wörter als in der Bibel stehen, nicht wahr?«

Ida lächelte.

»Ja, Schwester. So ungefähr. Und trotzdem wollte ich nicht alleine sein.«

»Warum?«

»Einfach so. Mir war danach, mich unter Menschen zu begeben, und da fiel mir die Kirche ein. Wenn ich allerdings gewusst hätte, wie man mich empfängt … Wir sind hier nicht willkommen.«

»Das ist wahr.«

»Ich habe wenigstens einen guten Grund, hier zu sein. Aber Ihr, Schwester Johanna … Wieso tut Ihr Euch das an?«

»Der Herrgott hat mich nun einmal mit Neugier gesegnet.«

»Das ist der einzige Grund?«

»Wieso nicht?«

»Seltsam, aber – nein, nichts weiter.«

»Sprich dich aus, mein Kind.«

»Lieber nicht.«

»Nun mal heraus damit.«

»Einer Nonne sagt man so etwas nicht.«

»Was sagt man einer Nonne nicht?«

»Das kann ich ja nicht sagen.«

»Wenn du nicht augenblicklich sagst, was du gerade sagen wolltest, belege ich dich mit einem Fluch. Das kann ich. Nonnen sind Bräute Gottes und haben unglaublich gute Beziehungen zu ihrem Angelobten, wusstest du das nicht?«

Johanna hatte im Scherz gesprochen, und Ida verstand das. Sie lächelten sich an.

»Also gut«, gab Ida nach, »ich glaube Euch nicht. Ihr sagt mir nicht die ganze Wahrheit.«

»Wie kommst du darauf?«

»Zunächst einmal, weil Ihr fast jede Frage mit einer Gegenfrage beantwortet.«

»Wirklich?«

»Da, schon wieder.«

»Das tun neugierige Menschen nun einmal.«

»Außerdem lenkt Ihr immer wieder ab, sobald man Euch Fragen stellt. Das ist mir schon in der Postkutsche aufgefallen. Jeder von uns hat ein wenig über sich gesprochen, aber Ihr habt beharrlich über Euch und den Grund Eurer Reise geschwiegen.«

»Vielleicht habe ich ein Schweigegelübde abgelegt.«

»Ihr haltet mich für dumm, nicht wahr?«

»Aber nein, Ida, das stimmt nicht. Meine Bemerkung über das Schweigegelübde war doch bloß ein Scherz.«

»Eine Ablenkung war's. Es stimmt also: Ihr sagt nicht die ganze Wahrheit.«

»Du doch auch nicht.«

Ida errötete binnen Sekunden. »Ich? Wieso denn?«

»Ich war vorhin in der Schänke, um mich nach

deinem Befinden zu erkundigen, weil du gestern so schrecklich unter der Begegnung mit dem Hund gelitten hast. Du warst jedoch mit Frau Ruhleben unterwegs, und da erzählte mir die Wirtin, der Student habe dich mitten in der Nacht von draußen ins Haus getragen, weshalb sie ein amouröses Abenteuer vermutet.«

Ida brauste auf. »Wie kommt die Wirtin dazu …? Hat Benedikt Pohl etwa solche Andeutungen gemacht?«

»Nun bist du es, liebe Ida, die die Gegenfragen stellt.«

Damit hatte Johanna wieder einmal erfolgreich von sich abgelenkt. In der Postkutsche hatte sie es vermieden, über den Grund ihrer Reise zu sprechen, weil sie damit zum einen ohnehin nur Befremden und Kopfschütteln bei den Fahrgästen ausgelöst hätte und weil sie zum anderen ihre Mitreisenden nicht beunruhigen wollte, da die Kutsche immerhin mitten durch den Harz, den Ort des unheimlichen Geschehens, fuhr.

Inzwischen jedoch schwieg sie noch aus einem weiteren Grund, der sie beunruhigte. Jemand hatte an der letzten Poststation die Achse der Kutsche angesägt und damit erreicht, dass sie genau hier, in Ödrode, gelandet waren, und Johanna war fast überzeugt, dass jemand aus der Kutsche dafür verantwortlich war. Johanna durfte Ida nicht vertrauen, da sie derzeit die Einzige war, die in der Lage war, den Grund für die Morde, Selbstmorde und Verschwundenen herauszufinden, da der Leutnant offensichtlich eine einfache Erklärung einer komplizierten vorzog. Sie konnte sich daher leichtfertig eingegangene Freundschaften und Bündnisse mit Mitreisenden, von denen sie so gut wie nichts wusste, einfach nicht erlauben.

Doch nicht nur, dass sie erneut erfolgreich von sich

abgelenkt hatte – Johanna interessierte sich tatsächlich für die Episode mit dem Studenten Benedikt, der Ida mitten in der Nacht in die Schänke getragen hatte.

»Wenn ich Euch etwas anvertraue, Schwester Johanna«, sagte Ida, »müsst Ihr es dann für Euch behalten wie bei einer Beichte?«

»Nein, das muss ich nicht, liebe Ida, denn Nonnen kann man nicht beichten, nur Priestern. Aber ich werde es dennoch für mich behalten. Hat Benedikt Pohl dich … Ist er zu weit gegangen?«

»Benedikt Pohl? Nein, mit ihm hat es im Grunde gar nichts zu tun.«

Johanna erfuhr, was Ida in der Nacht zugestoßen war, und obwohl die junge Frau immer wieder versicherte, dass sich das, was sie erlebt hatte, unglaubwürdig anhörte, glaubte Johanna ihr jedes Wort. Sie wusste zwar, dass Menschen im Zustand der Angst oft Trugbildern erlagen und Stimmen hörten, wo keine waren. Sie wusste aber auch, dass die Getöteten und Verschwundenen der letzten Jahre ein Fakt waren, sodass Idas Beobachtung nicht leichtfertig als überdrehte Mädchenfantasie abgetan werden durfte.

»Ich finde das sehr interessant, Ida. Du solltest bei nächster Gelegenheit dem Leutnant davon berichten.«

»Oh, das könnte ich nie.«

»Weil er glauben könnte, du wärst ein wenig versponnen?«

Ida nickte zögerlich.

»Oder weil er es vielleicht weitererzählen würde, sodass auch Menschen davon erfahren, an denen dir etwas liegt und die sich dann von dir abwenden könnten?«

Ida gab es schließlich zu.

»Es ist natürlich deine Entscheidung. Aber wenn du der Meinung bist, etwas gesehen und erlebt zu haben, solltest du dazu stehen, und wenn andere dir nicht glauben, sagt das mehr über sie als über dich aus. Weißt du, in deinem Alter empfindet man es oft als erstrebenswert, dasselbe wie Gleichaltrige zu denken, um von ihnen akzeptiert zu werden. Die meisten schaffen es nicht, diese Angewohnheit abzulegen, sodass sie noch mit fünfzig und mehr Jahren das denken und tun, was Gleichaltrige von ihnen erwarten.

Was mich angeht, möchte ich nicht dasselbe wie andere denken müssen, nur weil sie es denken. Ich möchte mir meine eigene Meinung bilden. Es ist nicht immer leicht, zu ihr zu stehen, und es gelingt nicht immer, aber wenn es gelingt, ist das ein Sieg des Geistes. So, nun jedoch genug der gewichtigen Weisheiten einer alten Nonne. Was mich an deinem Erlebnis von gestern noch interessieren würde, ist, was Benedikt Pohl zu solcher Stunde im Wald gemacht hat.«

»Ich hatte noch keine Gelegenheit, ihn zu fragen.«

»Nach dem Gottesdienst hast du sie. Es würde mich sehr interessieren – neugierig wie ich bin.«

Kurz vorher hatte der Student die kleine Kirche betreten und sich auf die rechte Seite zu den Männern gestellt. Als Idas und sein Blick sich trafen, verbeugte Benedikt sich leicht.

Schon in der Kutsche hatte Johanna bemerkt, wie er Ida, während sie las, angesehen hatte. Doch der Aufmerksamkeit, die er ihr erwies, schien sie sich zu verwehren. Der Grund dafür stand vielleicht vier oder fünf Schritte von Benedikt Pohl entfernt, knetete verlegen seine Handwerkermütze in den Händen und blickte schüchtern zu Ida herüber: Paul. Ihm schenkte Ida das Lächeln, das sie Benedikt verweigert hatte.

Der Gottesdienst begann. Erstaunlich, welcher Nachdruck in der Stimme eines so flachbrüstigen Mannes liegen konnte, und erstaunlich auch, wie viele Menschen an einem Donnerstagmittag gekommen waren, um seine Predigt zu hören. Anderswo gingen die Leute zwei- oder dreimal wöchentlich in die Kirche, meist zur Früh- oder zur Abendmesse, voll waren die Kirchen nur sonntags.

Johanna vermutete, dass sich in den eifrigen Kirchenbesuchen der hiesigen Gemeinde ihre Not spiegelte. Die alte Geschichte: Wenn die Menschen wohlauf waren und genug Essen auf dem Tisch hatten, dachten sie wenig an Gott, erst wenn ein Unheil sie überfiel, erinnerten sie sich seiner, so wie man sich erst dann des Arztes besinnt, wenn man krank wird. Johanna machte deswegen niemandem Vorwürfe. Es war allzu menschlich und verständlich, dass Ertrinkende nach einem Strohhalm, Sieche nach einer Arznei griffen. Darin lag allerdings auch eine große Gefahr, denn so manche Arznei war in Wahrheit von verderblicher Natur.

Die Predigt Pastor Neumüllers gefiel Johanna ganz und gar nicht. Von einem kleinen Podest herunter rief er: »Gott hilft denen, die sich selbst helfen. Gott liebt die Eifrigen. Gott steckt in jenen, die das Böse bekämpfen und an seiner Wurzel ausrotten. Meine Gemeinde, seit Jahren kommt ihr zu mir in diese Kirche, um zu beten, und ihr wollt behaupten, dass ihr nicht schon längst die Stimme Gottes gehört habt? Sie spricht in euren Herzen. Was sagt sie euch? Dass ihr von Grafen und Behörden im Stich gelassen worden seid. Dass das Böse in eurer Mitte ist. Dass es dagegen etwas zu tun gilt. Das hört ihr.

Aber ihr, ihr wollt es nicht wahrhaben. Ihr zaudert und zögert. Ihr wartet auf ein Wunder. Doch das einzige Wunder, auf das ihr hoffen dürft, ist die Erkenntnis, dass ihr das Schicksal des Dorfes in die eigene Hand nehmen müsst. Wie lange wollt ihr das Böse noch mit Gebeten zu verjagen suchen? Ihr müsst das Böse hassen, ihr müsst es vernichten. Hasst, sage ich euch, hasst mit ganzer Seele, und kennt kein Erbarmen mit denen, die euch Übles wollen. Wer will euch Übles? Ihr könnt es fühlen. Horcht in euch hinein. Fühlt ihr es? Wer steht eurem Frieden im Weg? Wer tut euch weh? Habt ihr einen Verdacht? Nennt mir den Namen. Kommt zu mir, sprecht mit mir, Gott spricht durch euch. Die Kraft zur Tat ist in euch. Lasst sie zu, lasst sie frei, lasst sie …«

In diesem Moment gellte ein greller Schrei durch die Kirche, wie Johanna ihn noch nie gehört hatte. Es lag eine furchtbare Qual und maßloser Zorn darin, ausgestoßen wie von einem Tier, nicht von einem Menschen. Doch es war eine Frau von ungefähr vierzig Jahren, die nur drei Schritte von Johanna und Ida entfernt stand, die da so animalisch schrie.

»Das Böse«, rief der Pastor und deutete auf die Frau. »Da steht es mitten unter euch. Sie ist das Böse. Ergreift sie.«

Doch die Frau zückte ein langes Messer, wie die Fleischer es zum Zerteilen von Schweinen und Rindern benutzten, und stieß es einer Greisin in die Schulter. Wie alle anderen, so wichen auch Johanna und Ida zurück.

Die Greisin schien nicht ernstlich verletzt, sie taumelte fort und wurde von der Frau mit dem Messer nicht weiter beachtet.

Die Augen der Vierzigjährigen waren geweitet wie die einer Wahnsinnigen. Sie zischte. Einen nach dem anderen nahm sie die Menschen mit ihren großen Augen ins Visier, ohne ein Wort zu verlieren. Mal stieß sie gegen den einen vor, mal gegen eine andere, doch alle Leute wichen aus. Als sie gegen den Pastor anstürmte, floh der hinter den Altar. Dann blieb ihr Blick an Meister Michael haften. Sie ging einen Schritt auf ihn zu, und die Menschen um ihn herum wichen zurück, alle außer Paul, der tapfer an seiner Seite stehen blieb.

»Ihr«, sagte die Frau. »Ihr beide. Ihr beide.« Sie wiederholte das mehrmals, während sie sich dem Schuster langsam näherte, als wäre sie auf der Jagd.

»Paul«, flüsterte Ida. »Nicht, Paul. Tu es nicht.«

Johanna ergriff Idas Hand. »Er wird wissen, was er tut.«

Die Frau war nur noch ein kleines Stück von Meister Michael und Paul entfernt. »Ihr beide«, rief sie erneut, und dann lachte sie. »Ihr beide.«

Plötzlich stieß sie mit dem Messer auf Meister Michael ein, doch der konnte rechtzeitig ausweichen. Als Paul versuchte, ihr die Klinge zu entwinden, stach die Frau auch auf ihn ein, traf jedoch nur den linken Ärmel seines Hemdes, der dabei zerfetzt wurde.

»Geh zur Seite, Paul«, sagte Meister Michael. »Ich mache das alleine.«

»Nein, Meister. Ich lasse Euch nicht im Stich.«

Wieder lachte die Frau, und das Unheimliche daran war, dass dieses Lachen geradezu bezaubernd klang.

Doch fast im selben Moment stieß sie erneut zu, wenngleich ins Leere, weil Meister Michael erneut ausweichen konnte.

Von den Umstehenden wagte keiner, ihr nahe zu kommen – zu groß und scharf blitzte die Klinge in ihren Händen, und zu wild war ihr Blick. Jede Sanftmut und Schönheit, jede Klugheit und jede Vernunft waren aus ihren Augen gewichen. Diesen Augen war nicht mehr anzusehen, was die Frau als Nächstes tun würde.

> *Lugus' Augen*
> *Da ist sie. Gerlinde Menzel. Einundvierzig Jahre alt. Sieht aus wie fünfzig. Haare wie Flachs. Witwe. Sechs Kinder. Bäuerin und Fleischerin. Sie mochte Margeriten. Im Sommer trank sie gerne Minztee. An den Männern liebte sie feste Umarmungen. Das ist jetzt vorbei. Sie hat keine Kinder mehr, keine Vorlieben und Abneigungen, keinen Beruf, keinen Namen, keine Vergangenheit und keine Zukunft. Sie gehört mir, voll und ganz mir.*

Die Frau fing nun an, leise zu singen. Johanna kannte weder das Lied noch die Sprache, in der es gesungen wurde, und sie bezweifelte, dass irgendeiner der Gemeinde jemals dieses Lied gehört hatte – auch nicht die Frau, die es sang. Es schien von sehr weit her zu kommen, aus dem Reich der Fantasie. Dabei hörte die Frau nicht auf, mit dem Fleischermesser zu fuchteln. Zwischendurch lachte sie auf unheimliche Art und Weise, und manchmal wandte sie sich plötzlich um, als fühlte sie sich von hinten bedroht.

Gerade als Ida vor sich hin sagte: »Warum tut denn keiner etwas, um Paul zu helfen?«, warf sich Meister Michael der Frau entgegen, und Paul sprang ihm sofort bei. Gemeinsam gelang es ihnen, die Wahnsinnige zu überwältigen.

Nach einer Weile hatte man sich beruhigt. Meister Michael hatte das Messer dem Pastor übergeben, Paul hatte der Frau mit den Fetzen seines Hemdes die Hände gebunden, und die Leute hatten die Wahnsinnige, die bis vor ein paar Minuten noch zu ihrer Gemeinschaft gehört hatte, wie eine gefangene Bestie ausgiebig begafft.

»Endlich«, rief Pastor Neumüller von seinem Podest herab, »endlich ist es uns gelungen, dem Bösen habhaft zu werden, das sich bislang immer unserem Zugriff durch Selbstmord oder Flucht entzogen hat. Wir haben eine Kreatur des Teufels in unseren Händen. Zum ersten Mal, seit der satanische Fluch unser Dorf getroffen hat, sind wir in der Lage, zurückzuschlagen und den Teufel ins Mark zu treffen. Diese Gelegenheit dürfen wir uns nicht entgehen lassen, indem wir das Böse der Gerichtsbarkeit übergeben.«

Meister Michael trat nach vorne.

»Der Pastor hat recht. Wenn wir Gerlinde Menzel vor einen Richter stellen, wird er sie in ein Irrenhaus schicken. Was wird sich dadurch für uns ändern? Gar nichts. Gerlinde Menzel ist vom Bösen besessen. Sie ist eine Hexe.«

Bei diesem Wort zuckte Johanna zusammen. Alle Erinnerungen an damals, als die Nachbarin auf dem Scheiterhaufen verbrannt wurde, kehrten mit Wucht zurück, und für einen Moment bekam Johanna keine Luft mehr.

»Was ist mit Euch, Schwester?«, fragte Ida.

»Schon gut. Es geht wieder. Es war nur … Rasch, Ida, suche den Leutnant oder einen von seinen Soldaten, und führe sie hierher, so schnell du kannst. Ich versuche, diese Leute davon abzuhalten, ein furchtbares Verbrechen zu begehen.«

»Ja, Schwester.«

Ida verließ die Kirche, und Johanna sammelte ihre Kräfte. Der Moment, vor dem sie sich immer gefürchtet hatte, war gekommen. Denn es war als Frau äußerst gefährlich, eine der Hexerei Beschuldigte zu verteidigen. Ehe man es sich versah, galt man selbst als eine. Doch sie konnte nicht einfach daneben stehen und zusehen, wie neues Unrecht und neuer Wahnsinn um sich griffen.

»Tun wir, was der Pastor uns gepredigt hat«, fuhr Meister Michael fort. »Nehmen wir unser Schicksal in die eigene Hand, damit Gottes Hand uns wieder leitet. Seht diese Frau an, die sich als eine der Unseren getarnt hat, wo sie in Wirklichkeit ein Werkzeug des Teufels war.«

»Ich sage euch, sie muss vernichtet werden«, rief der Pastor. »Ihre Seele ist gefangen, erst das Feuer wird sie befreien.«

Als man Gerlinde Menzel, die inzwischen alles über sich ergehen ließ, zu Boden stieß und an den Haaren und Kleidern aus der Kirche schleifen wollte, trat Johanna vor.

»Ich bitte euch«, rief sie. »Wäre es nicht viel besser, diese Frau erst zu befragen? Vielleicht ist sie ja doch nicht vom Teufel besessen, vielleicht leidet sie – leidet ihr alle unter etwas anderem.«

»Der Pastor sagte, sie ist vom Teufel besessen, und er muss es wissen«, erwiderte Meister Michael.

»Es ist zu früh, ein solches Urteil abzugeben.«

»Geht beiseite, Ihr versteht nichts von solchen Dingen. Ihr habt nicht miterlebt, was wir erlebt haben.«

»Ja, ihr habt recht. Ich verstehe euch, ich verstehe euch alle. Ihr seid Opfer von etwas, das keiner von uns kennt. Gerade deswegen müssen wir uns die Zeit nehmen, uns mit dem Bösen zu beschäftigen, und nicht die Erstbeste, die wir für besessen halten, umbringen.«

Der Pastor drängelte sich durch die Menschenmenge.

»Wir bringen diese Frau nicht um«, sagte er. »Wir befreien ihre Seele.«

»Das hat man viele Jahrzehnte, ja, sogar jahrhundertelang getan – und was hat es genutzt? Man hat Frauen wie diese für alles Übel der Welt verantwortlich gemacht: Missernten, Unwetter, Fehlgeburten, Brände … Aber das Schlechte hat es schon immer gegeben und es wird auch weiterhin existieren – und wenn man noch so viele vermeintliche Hexen verbrennt.«

»Wie? Ihr seid Christin und glaubt nicht an die Schliche des Teufels und seiner Hexen-Bräute?«

»Ich glaube, dass es das Böse gibt, aber ich glaube, dass wir es nicht dadurch bekämpfen können, indem wir Frauen verbrennen, sondern indem wir untersuchen, wodurch es wirkt und wo es steckt.«

»Wieso setzt Ihr Euch für diese Frau ein, die – wie jeder sehen konnte – besessen ist? Fühlt Ihr Euch etwa mit ihr verbunden?«

»Ich kenne noch nicht einmal ihren Namen. Ich weiß nur, dass es falsch ist, Menschen zu verbrennen.«

»Das kann nur jemand sagen, dem daran liegt, dass Gerlinde Menzels Seele auf ewig dem Teufel angehört. Wer seid Ihr, Nonne? Vielleicht sollten wir Euren Rat befolgen und genauer untersuchen, wo das Böse steckt und wie es wirkt – an Euch. Ergreift diese Frau, die sich Gottesbraut nennt, aber einer Teufelsbraut das Wort redet.«

Johannas Arme wurden von Meister Michael zusammengebunden, ehe sie sich wehren konnte. Ein Lederriemen von seinem Wams schnitt sich in das Fleisch ihrer Handgelenke, doch es war nicht der körperliche Schmerz allein, der sie aufstöhnen ließ, sondern vielmehr das grauenvolle Bild vor ihrem inneren Auge, das Bild eines sich windenden, verkohlten, von den Flammen schon halb verzehrten Körpers, alte Erinnerung aus ihrer Kindheit, der zu ihrem Albtraum geworden war und nun als Wirklichkeit zurückzukehren drohte.

»Nicht«, rief sie. »Das dürft Ihr nicht tun, das dürft ihr nicht tun«, wiederholte sie und meinte damit nicht ihre Gefangennahme, sondern die drohende Verbrennung der Besessenen. Und dann hörte sie dieselben Worte aus dem Munde eines anderen.

»Das dürft Ihr nicht tun. Ich sage Euch, dass Euch schwere Strafe droht, wenn Ihr dieser Nonne etwas antut. Lasst sie sofort frei.«

»Wer verlangt das?«, fragte Meister Michael.

»Mein Name ist Benedikt Pohl. Ich bin Rechtsgelehrter, und als solcher kenne ich mich mit den Gesetzen aus.«

»Für einen Rechtsgelehrten seid Ihr ziemlich jung«, zweifelte der Meister.

»Für einen Schuster nehmt Ihr Euch zu viel heraus! Dazu bedarf es der Gewalt eines Richters. Schwester Johanna hat nur ihre Meinung gesagt, sonst nichts. Tut der Nonne etwas, und Ihr werdet es bitter bereuen. Der Pranger wartet auf Euch, er wartet auf Euch alle, die Ihr daran mitwirkt.«

Noch während die Leute unschlüssig waren, ob sie dem Befehl des Pastors oder den Drohungen des jungen Rechtsgelehrten folgen sollten, holte Benedikt Pohl sein Messer hervor und schnitt Johannas Fessel durch. Keiner schritt dagegen ein, auch Meister Michael nicht, und selbst der Pastor nahm es schweigend, wenn auch mit bitterer Miene hin.

»Und was die der Hexerei Beschuldigte angeht«, fuhr Benedikt mit unvermindert fester Stimme fort, »so ist es nicht an Euch, ein Urteil zu sprechen. Das obliegt allein einem Gericht. Zudem ist im Königreich Preußen die Strafe des Verbrennens abgeschafft worden. Übergebt die Gefangene dem Leutnant, das ist das Beste, was Ihr machen könnt.«

Es sah tatsächlich so aus, als brächte Benedikt die Leute dazu, sich zu besinnen. Zweifelndes Murmeln war zu vernehmen, die Gemeinde beriet sich. Johanna fand es zwar ein wenig ernüchternd, dass die Menschen sich eher von Gesetzen als von Vernunft und Mitgefühl beeindrucken ließen, aber Hauptsache, dass die wahnsinnige Frau vor dem Scheiterhaufen gerettet wurde.

»Also gut«, sagte Meister Michael. »Wir verbrennen die Gerlinde nicht. Aber sie hat mich angegriffen, jeder hat's gesehen. Sie wollte mich umbringen. Ich verlange, dass sie bestraft wird. Sie ist besessen, also prügeln wir sie so lange mit Ruten, bis ihr der Teufel aus dem Leib fährt.«

»Nein«, rief Benedikt. »Nein, das ist verboten.«

»Hört nicht auf den Rotzbengel«, sagte Meister Michael, und als Benedikt sich ihm in den Weg stellte, stieß er ihn zu Boden. Die lärmende Menschenmenge verließ, mit ihrem Opfer in der Mitte, die Kirche. Nur Paul blieb zurück.

Johanna half dem Studenten wieder auf die Beine.

Er bedankte sich bei ihr dafür.

»Ich habe Ihnen zu danken, junger Mann«, erwiderte Johanna. »Es war sehr mutig von Ihnen, diesem Pöbel entgegenzutreten.«

»Leider hat es wenig gebracht.«

»Mir hat es schon etwas gebracht. Mehr konnten wir nicht tun. Rechtsgelehrter sind Sie? Das heißt, Sie studieren Jurisprudenz?«

»Nein, Naturwissenschaften. Ich musste ein bisschen lügen.«

»Keine Einwände dagegen. Das haben Sie gut gemacht. Aber wenn Sie jemandem erzählen, dass ich Sie für eine Lüge gelobt habe, leugne ich alles.«

»Und was nun?«

»Jetzt können wir nur hoffen, dass Leutnant von Collas rechtzeitig eintrifft. Ich habe Ida nach ihm geschickt.«

Paul trat zu ihnen. Er verlagerte sein Gewicht abwechselnd von einem Bein auf das andere und knetete verlegen seine Mütze in den Händen.

»Ich wollte nur, dass Ihr wisst … Ich finde nicht gut,

was mein Meister tut, Schwester. Aber – aber er ist mein Meister, versteht Ihr?«

»Ja, natürlich, Paul. Mach dir keine Vorwürfe. Selbst wenn du dich gegen ihn gestellt hättest, hätte das nichts geändert. Die Leute in Ödrode sind wütend und verängstigt. Wer weiß, ob wir nicht so wie sie werden würden, wenn wir längere Zeit hier lebten. Ich gebe dir einen Rat, Paul. Bleibe nicht länger hier als unbedingt nötig.«

Die ersten Schreie der Gerlinde Menzel drangen in die Kirche. Johanna sank auf die Knie und faltete gerade ihre Hände zum Gebet, da ließ ein Schuss Johanna und die beiden jungen Männer zusammenzucken.

Ida kam durch die Pforte gerannt, aber als sie Benedikt und Paul nebeneinander stehen sah, blieb sie abrupt stehen.

An Johanna gewandt, keuchte sie: »Der Leutnant ist da.«

Johanna schlug das Kreuz. Dann ballte sie, wie eine Siegerin, die Hände zu Fäusten.

16

In einer solchen Lage war Robert noch niemals gewesen! Seine Soldaten und er richteten ihre Waffen gegen das eigene Volk, gegen Bauern und Handwerker, Frauen und halbe Kinder. Lieber wäre er in zehn Schlachten gegen einen ausländischen Feind gezogen, als auf seine Landsleute zielen zu müssen. Doch sie ließen ihm keine andere Wahl.

Selbstjustiz wurde nicht geduldet, auch wenn die Empörung gerechtfertigt sein sollte. Denn hatten die Leute sich einmal über das Gesetz gestellt, dann würden sie es auch ein zweites Mal tun, mit viel schlimmeren Folgen vielleicht, und dann ein drittes Mal, und irgendwann wäre das Recht nur noch ein hohles Wort. Er aber vertrat in diesem Dorf das Recht. Er war vom König beauftragt worden, das Volk zu beschützen, und hieße das auch, es vor sich selbst zu beschützen.

»Ja seid ihr alle miteinander verrückt geworden?«, schrie er sie an. Im Stillen bejahte er diese Frage. Er las Angst in den Augen dieser Menschen, Angst nicht vor den Gewehren seiner Soldaten, sondern vor dem Fremden, dem Unbekannten, vor dem, das sie nicht fassen konnten, das überall zu sein schien, aber bisher nie und nirgends eine Gestalt angenommen hatte. Endlich hatten die Leute in dieser Frau, auf die sie eindroschen, ein Opfer gefunden, an dem sie ihrer Lähmung und Ohnmacht mit Ruten und Stöcken ein Ende setzen konnten. Sie waren wie von Sinnen. Rasender Zorn mischte sich in ihre Schläge. Dem musste er durch ein deutliches Signal Einhalt gebieten.

Robert feuerte einen Schuss aus seiner Pistole ab. Er schoss in die Luft, doch das genügte, um die Leute, wie vom Donner gerührt, innehalten zu lassen. Einige hatten die Hand schon zum nächsten Schlag erhoben, andere hatten sich gebückt, um die Frau an den Haaren zu ziehen, und wieder andere hielten einen ihrer Arme oder ein Bein umklammert, an denen sie sie über den Boden geschleift hatten. Die Frau selbst lag benommen auf dem Bauch, und ihre leise wimmernde, vom strömenden Regen fast übertönte Stimme war das einzige menschliche Geräusch in der Stille nach dem Schuss.

»Lasst sie los! Zurücktreten!«, rief Robert, aber da keiner sich bewegte, schrie er mit aller Kraft: »Wird's bald!«

Die meisten taten nun, was er ihnen befohlen hatte. Nur der Schuhmacher folgte nur zögernd. Robert vermutete daher in ihm den Anführer.

»Du da! Vortreten!«

Meister Michael trat einen Schritt auf Robert zu, der die Pistole weggesteckt, aber seinen Degen gezogen hatte. Der Schuhmacher trug zwar keinen Stock oder dergleichen bei sich, aber seine Körperhaltung war die eines zu allem entschlossenen Mannes.

»Was geht hier vor?«, fragte Robert bestimmt. »Erkläre mir das.«

»Diese Frau hat mich mit einem Messer angegriffen. Sie ist eine von den Besessenen. Der Pastor sagt, sie ist eine Hexe.«

»Eine Hexe, soso. Und warum hat sie euch alle dann nicht schon längst in Kartoffeln verwandelt?«

Der Pastor trat vor. »Hört auf, Euch über ernste Dinge lustig zu machen, Leutnant. Ich muss Euch bitten, Euch aus Angelegenheiten des Glaubens herauszuhalten. Davon versteht Ihr nichts. Die Kirche hat …«

»Ich habe genug gehört«, unterbrach ihn Robert. Er gab seinen Soldaten Befehl, die Waffen zu senken, und er selbst steckte seinen Degen in das Futteral zurück. Robert wollte nicht, dass seine Autorität sich allein auf Klingen und Gewehre stützte. Die Unerschrockenheit seines Auftretens sollte – in Verbindung mit seiner blau-gelben preußischen Uniform – genug Respekt hervorrufen, um die Ordnung wiederherzustellen.

»Alle gehen nach Hause!«, verfügte er. »Außer du, Schuster.«

Robert befahl zweien seiner Männer, Meister Michael in Gewahrsam zu nehmen; die beiden anderen hoben die besessene Frau vom Boden auf und hielten sie fest, da sie sich kaum allein auf den Beinen halten konnte. Einer nach dem anderen trollten die Leute sich davon, schließlich auch der Pastor. Kaum war er seiner Rotte verlustig gegangen, brach auch Meister Michaels Kühnheit in sich zusammen.

»Ich habe doch nur mein Recht verlangt«, sagte er kleinlaut.

Robert beachtete ihn nicht. Er hatte Schwester Johanna bemerkt, die mit Ida, Benedikt Pohl und dem Schustergesellen aus einiger Entfernung das Geschehen beobachtet hatte. Er ging zu ihr.

»Seid Ihr verletzt?«, fragte er Johanna.

»Nicht der Rede wert. Gut, dass Ihr rechtzeitig zur Stelle wart.«

»Ja, das war knapp. Ein paar Minuten später, und die Frau wäre gestorben. Was hat es mit ihr auf sich?«

Sie entfernten sich ein paar Schritte von Ida und den anderen und suchten unter einer Linde ein wenig Schutz vor dem unvermindert herabfallenden Regen.

»Zweifellos ist etwas mit ihr vorgegangen«, sagte Johanna. »Ich habe schon viele Verrückte gesehen, aber noch keine, die von einem zum anderen Augenblick aus der Vernunft in den Wahnsinn übergetreten ist. Der Pastor hielt gerade eine Predigt, er ermahnte seine Gemeinde, das Böse zu hassen, und plötzlich ... So als wäre sie eine andere geworden.«

»Ihr meint, der Pastor habe sie angestiftet?«

»Nein, so kann man das nicht sagen. Er hat zwar dummes und gefährliches Zeug geredet, aber er hat niemanden aufgefordert, mit dem Fleischermesser Menschen zu bedrohen. Außerdem ist sie ja auf seine Kirchengemeinde losgegangen. Ich glaube nicht, dass er das wollte.«

»Wenn sie ein Fleischermesser eingesteckt hatte, muss sie ihren Anschlag geplant haben. Niemand bringt einfach so ein Messer mit in die Kirche.«

»Und doch ging sie nicht vor, als hätte sie einen Anschlag geplant. Zuerst ihr lang gedehnter, gellender Schrei, dann ihre Drohgebärden mit der Waffe – das passt nicht zu einer Attentäterin mit einem Plan. Und noch etwas ist seltsam: Als sie mit dem Messer in der Hand auf den Schuster zuging, sagte sie immer wieder: Ihr beide. Zwar stand Paul neben ihm, aber ihn sah sie dabei überhaupt nicht an.«

Ratlos und nachdenklich schwiegen sie eine Weile. Robert warf einen Blick zu seinen Rekruten hinüber, die noch immer die zitternde, zusammengebrochene Frau, die von Krämpfen geschüttelt wurde, sowie den Schuster im strömenden Regen festhielten.

»Ich werde die Frau verhören«, sagte er. »Auch von Verrückten ist manchmal etwas zu erfahren. Wie ich Euch kenne, möchtet Ihr dabei sein, Schwester.«

»Ihr könntet mich noch nicht einmal mit Waffengewalt daran hindern. Und ich habe eine weitere Bitte: Lasst auch den Schuster daran teilnehmen.«

»Wozu?«

»Bedenkt, Leutnant, dass Meister Michael, zusammen mit dem Pastor, hohes Ansehen bei den Leuten in Ödrode genießt. Er war der Angegriffene, und er war derjenige, der dazu anstachelte, die Frau zu Tode zu prügeln.«

»Ein Grund mehr, ihn in Arrest zu nehmen. Ich sperre ihn in den Keller der Schänke. Dort gibt es einen verschließbaren Lagerraum.«

»Pastor Neumüller ist unbelehrbar, aber wenn wir Meister Michael überzeugen können, dass Gerlinde Menzel keine Hexe, sondern einfach nur eine verwirrte Frau ist, dann könnte er die Leute beschwichtigen. Es ist allemal besser, die Menschen durch Argumente zu überzeugen, als sie mit aller Macht und Gewalt zu unterdrücken.«

Das sah Robert zwar genauso, trotzdem gefiel ihm dieser Vorschlag von Schwester Johanna überhaupt nicht. Der Leutnant hatte, was Meister Michael betraf, kein gutes Gefühl. Im Augenblick war dieser Mann eingeschüchtert von Roberts hartem Durchgreifen, aber wie lange würde das anhalten? Es war besser, ihn für ein paar Tage einzusperren. Andererseits warf das ein praktisches Problem auf. Außer dem Wirtshauskeller gab es in Ödrode keine geeigneten Räume, in denen man jemanden in Gewahrsam halten konnte. Die Besessene musste schließlich auch festgehalten und bewacht werden – vielleicht im Schlosskeller –, und da man die beiden unmöglich gemeinsam einsperren konnte, würde Robert zwei seiner Rekruten für die Bewachung abstellen müssen; den Wachwechsel eingerechnet, sogar alle vier Rekruten. Damit wären seine Handlungsmöglichkeiten beträchtlich eingeschränkt, und das, wo niemand wusste, was ihm und allen anderen noch an Herausforderungen bevorstand.

Gegen sein Bauchgefühl entschied Robert: »Einverstanden, der Schuster soll beim Verhör dabei sein. Ob er bestraft wird oder nicht, mache ich davon abhängig, wie er sich nach dem Verhör verhält.«

17

Johanna erwachte. Sie hatte nicht etwa geschlafen, sondern gebetet. Im Kloster bestand ihr Gebet meistens im Schließen der Augen, dem Falten der Hände, dem Beten des Rosenkranzes und einem Amen, dem sie den einen oder anderen Wunsch oder Dank hinzufügte. Manchmal aber – und so war es auch an diesem Donnerstagnachmittag – versenkte sie sich in ihrem Gebet in einen Zustand, der sich einerseits wie ein Traum anfühlte, in dem sie andererseits aber auch ihre Gedanken steuern konnte. Und wenn sie daraus »erwachte« – wie sie es nannte –, kam es ihr vor, als habe sie ein erfrischendes Bad genommen. Sie geriet immer ohne Plan und Absicht in diesen Zustand. Mitten im Gebet glitt sie dann ab und hatte festgestellt, dass es ihr stets dann geschah, wenn eine Sache sie besonders beschäftigte oder gar quälte.

Sie trank einen Schluck Wasser, rückte ihr Ordensgewand zurecht und verließ eilig ihr Gemach im Schloss. Sie wollte nicht zu spät zum Verhör der Gerlinde Menzel kommen. Robert hatte der geschundenen Frau einige Stunden Ruhe sowie eine Behandlung ihrer Wunden angedeihen lassen und den Zeitpunkt des Verhörs auf siebzehn Uhr festgesetzt. Der Blick auf eine reich geschmückte, vergoldete Standuhr verriet Johanna, dass sie sich sputen musste.

Als sie ins Freie trat, bemerkte sie, dass es aufgehört hatte zu regnen. Die Sonne blinzelte zwischen Wolkenlücken hervor und brachte Abertausende von Tropfen zum Glitzern. Zum ersten Mal seit Johannas Ankunft gaben ein paar Herbstblumen in den Gefäßen vor dem Schlosseingang eine Ahnung von ihrer Schönheit preis, und im Garten gelang es den allerletzten Rosen des Jahres, ihre schweren, triefnassen Köpfe ein wenig zu heben. Johanna wusste, dass es albern war, so zu denken, aber es kam ihr vor, als übertrüge sich ihr eigener erfrischter Zustand auf die ganze Welt.

Auch Marthe, die Magd der Gräfin, strahlte über beide Backen. Sie rechte gerade Laub auf dem Kiesweg zusammen, als Johanna mit einem Lächeln und einem Gruß an ihr vorbeiging.

»So spät noch fort, Schwester? Wo es doch schon dämmert.«

»Ja, Marthe. Der Leutnant erwartet mich im Dorf. Darum hab ich's ein bisschen eilig.«

»Geht es um die Gerlinde Menzel?«, fragte Marthe, ungerührt davon, dass Johanna schon im Weitergehen war.

Notgedrungen blieb Johanna stehen. »So ist es, Marthe. Nun muss ich aber …«

»Ich habe davon gehört. Eine schlimme Sache.«

»Gewiss, ich …«

»Dass es gerade die Gerlinde Menzel erwischt hat …«

»Ich muss nun wirklich weiter, Marthe. Bis später dann.«

»... wo die doch in letzter Zeit so fröhlich war.«

»Ach?« Dies fand Johanna wiederum interessant, und deshalb wandte sie sich Marthe aufmerksam zu. »Wieso fröhlich?«

»Tja, das würde ich auch gerne wissen, Schwester.« Marthe näherte sich Johanna um einen weiteren Schritt und wisperte verschwörerisch: »Es hieß, sie hätte etwas mit einem Mann. Ein – Ihr wisst schon ...« Marthe warf einen Blick auf Johannas Ordensgewand und korrigierte sich: »Na, vielleicht wisst Ihr's auch nicht. Ein Techtelmechtel. Und das in ihrem Alter. Muss doch schon bald vierzig sein. Aber ich hab's ihr gegönnt.«

»Weiß man, mit wem sie dieses Techtelmechtel unterhielt?«

»Nein. Wird wohl ein Verheirateter sein, wenn sie's geheim gehalten hat. Seit zehn Jahren ist sie trauernde Witwe, und plötzlich schlug sie über die Stränge, tänzelte herum, lachte und sang ...« Plötzlich hielt Marthe inne. »Was habt Ihr eigentlich damit zu schaffen, Schwester? Wieso dürft Ihr beim Verhör dabei sein?«

Warum interessierte sich Marthe dafür, welche Rolle Johanna in dem Ganzen spielte?

Vorsichtig antwortete Johanna: »Ich war Zeugin des Vorfalls, und da ich nicht von hier bin, meint der Leutnant, ich könnte unbefangener berichten, was in der Kirche passierte.«

»Und ich hab schon geglaubt, Ihr seid eine Exo... Exor...? Wie heißt das noch?«

»Exorzistin? Eine Teufelsaustreiberin? Nein, also wirklich nicht. Ich bin dem Leutnant ganz zufällig begegnet.« Um abzulenken, aber auch aus ehrlichem Interesse, fragte Johanna: »Übrigens, Marthe, ich habe

Sie gestern Abend zufällig gesehen, wie Sie einem Knaben – ich glaube, sie nennen ihn Wolf – etwas in die Hand gedrückt haben.«

»Ja, ja, der Wolf. Kommt alle paar Tage zu uns, wartet vor dem Schloss, bis einer rauskommt und ihm ein paar Reste aus der Küche gibt. Mal mache ich's, mal die Grete. Und sogar die Gräfin hat's schon getan. Der Herr Graf hatte ihn besonders gern, er hat's damals angeordnet, und jetzt, wo er nicht mehr lebt, führen wir seinen Willen fort.«

»Wissen Sie, wo Wolf wohnt?«

»Wohnt! Dass ich nicht lache. Er hat so ein Ding im Wald, halb Zelt, halb Höhle. Im Winter lassen wir ihn bei uns im Stall schlafen. Jetzt, wo's kalt ist, wird er wohl bald kommen. In zwei, drei Wochen vielleicht.«

Johanna setzte ihren Weg fort.

Der Waisenknabe Wolf hatte es ihr angetan, sie dachte viel über ihn nach. Wie gerne würde sie ihm helfen. Aber wollte er das überhaupt? Die Hilfe des Pastors hatte er abgelehnt. Lieber lebte er im Wald und bettelte sich durch, als dass er in ein Waisenhaus ginge. Aber irgendwie müsste man doch an ihn herankommen können. Sie würde sich etwas einfallen lassen.

Seltsam, dass Marthe sie für eine Exorzistin gehalten hatte. Wenn sie es sich jedoch recht überlegte, war es tatsächlich das, was zu tun war. Etwas Böses, das hier sein Unwesen trieb, musste vertrieben werden, nicht nur aus dem Körper von Gerlinde Menzel, sondern aus dem des ganzen Dorfes. Welche Waffe fürchtete das Böse am meisten, welche Klinge konnte es verletzen, welcher Stachel in sein Fleisch dringen? Keine Gewehrkugel, das stand fest. Auch kein Argument, denn wenn die Vernunft das Böse in Schach halten könnte, würden die Gefängnisse leer stehen.

Während Johanna den Hügel hinunter durch das Wäldchen ins Dorf lief, fand sie die Antwort, die schon seit ihrem intensiven Gebet als Samen in ihrem Herzen keimte. Nur durch die Liebe war das Böse zu bezwingen. Gerlinde Menzel war ein Opfer, das Mitleid und Zuwendung verdiente, und Meister Michael und die anderen Dorfbewohner brauchten Verständnis, also jemanden, der ihre Sorgen ernst nahm, der ihnen zuhörte und mit Rat und Trost zur Seite stand. Johanna war Nonne genug, um das fortan als ihre Aufgabe anzusehen.

Als sie an der Schänke eintraf, fing es schon wieder an, in Strömen zu regnen. Die Wolkenlücken hatten sich geschlossen, der Himmel war ein schmutziges Tuch und die Erde vollgesogen von seinem Nass. Es war nun fast dunkel, nur die Konturen der kleinen Häuser und die Silhouetten der Felsen und des Waldes hoben sich schwarz von dem dunklen Grau der Welt um Johanna herum ab.

Die Wirtin stand, gegen einen Holzpfosten gelehnt, unter dem Vordach der Schänke und sah Johanna missvergnügt an.

»Der verdammte Offizier hat meine Schänke beschlagnahmt«, lallte sie. Sie hatte wohl schon ein paar Becher Bier getrunken. »Für sein Verhör«, sagte sie weiter. »Was gibt es da zu verhören, hä? Und warum ausgerechnet in meiner Schänke? Dadurch gehen mir meine ganzen Tageseinnahmen flöten.« Plötzlich erhob sie ihre Stimme und rief in Richtung der Eingangstür hinter ihr: »Das ist verdammt viel Geld.« Dann wandte sie sich wieder an Johanna. »Könnt Ihr nicht mal mit ihm reden?«

Johanna nickte verständnisvoll. »Ich werde es versuchen, Frau …«

»Ich bin die Leonore.«

»Gibt es ein Schulhaus im Dorf, Leonore?«

»Das ist Anfang des Jahres abgebrannt, mitsamt dem Lehrer. Aber es gibt, verdammt noch mal, das Schloss. Nur will der noble Herr Leutnant die noble Frau Hochwohlgeboren wohl nicht in ihrem Heim stören. Lieber den armen Leuten, die sowieso nichts haben, ihr letztes bisschen nehmen. Ich darf noch nicht einmal mehr rein in mein eigenes Haus. Es heißt, das Verhör ist vertraulich.«

Jetzt erst bemerkte Johanna, dass die Wirtin einen Becher in der linken Hand hielt, den sie nun in einem Zug leerte.

Die Wirtin stieß einmal auf, blickte Johanna aus wässrigen Augen an und sagte: »Das heißt, Schwester, dass Ihr da auch nicht reingehen dürft. Außer Ihr wollt hoch in die Gästezimmer zu den beiden Damen oder« – sie kicherte – »zu dem jungen Herrn.«

Johanna sah die Wirtin nachsichtig an.

»Der Herr Leutnant erwartet mich.«

»Was habt Ihr mit dem Verhör zu schaffen?«, fragte Leonore, plötzlich hellwach.

Seltsam, dachte Johanna. Mit fast den gleichen Worten hatte Marthe sie dasselbe gefragt.

Johanna lächelte. »Ihr solltet früh schlafen gehen. Ich nehme an, Euer Bett ist nicht beschlagnahmt worden.

Und was die Schänke angeht, werde ich mit Leutnant von Collas reden. Es ist wirklich nicht recht, dass neben all dem Ärger, den Ihr habt, nun auch noch Euer Geldbeutel geschröpft wird.«

Mit diesen Worten ging sie an der Wirtin vorbei und betrat die Schänke.

Innen war es klamm und kalt, sehr ungemütlich. Ein volles Gasthaus heizte sich normalerweise von selbst auf, da die Menschen Wärme in den niedrigen Schankraum mit sich brachten. Ein leeres Wirtshaus jedoch – zudem an einem regnerischen Oktoberabend – war eine trostlose Sache. Kalter Biergeruch lag in der Luft. Der einzige Kamin rauchte wie eine riesige Tabakspfeife vor sich hin, ohne jedoch viel an Wärme und Behaglichkeit zu spenden. Dafür verursachte er bei Johanna einen Hustenanfall – und tränende Augen, durch die sie erst allmählich auf der anderen Seite des Raumes Robert von Collas erkennen konnte.

Zwei Rekruten waren bei ihm. Der eine stand hinter dem Stuhl, auf dem Gerlinde Menzel eingesunken und mit hängendem Kopf saß. Der zweite Soldat flankierte den Schuster. Nichts Aggressives war mehr an Meister Michael zu entdecken, er wirkte seit seiner Verhaftung sogar äußerst demütig: Sprach nicht, wenn er nicht dazu aufgefordert wurde, antwortete brav auf alle Fragen, und sogar seine sonst so stechenden Augen hatten etwas Sanftes angenommen.

Es schien, dass Leutnant von Collas recht gehabt hatte, den Aufrührer dingfest zu machen und damit ein Zeichen zu setzen. Er hatte ihn sozusagen weichgeklopft, und nun – so hoffte Johanna – könnte sie diesen Saulus zum Paulus bekehren und davon überzeugen, dass nicht Gerlinde Menzel das Problem, sondern lediglich das Opfer war.

»Komme ich zu spät?«, fragte Johanna.

»Nein. Es sei denn, Ihr seid an schweigenden Frauen interessiert«, antwortete Robert.

»Immerhin hat sie sich beruhigt, das ist doch ein gutes Zeichen.«

»Ein bisschen lebendiger dürfte sie gerne sein.«

»Vielleicht ist sie nur müde, Leutnant.«

»Meine Rekruten sagen, dass sie nicht eine Minute geschlafen hat, seit wir sie in Gewahrsam genommen haben. Sie hat bei der Misshandlung durch die Dörfler leichte Schürfwunden erlitten, die wir versorgt haben, und trotzdem sitzt sie nur stumpfsinnig herum, reagiert auf nichts.«

Johanna wandte sich an Meister Michael.

»Ist sie die Erste, die … die nach Gewaltakten ergriffen werden konnte?«

Er nickte. »Ja. Die anderen sind entweder verschwunden oder haben sich umgebracht.«

Johanna betrachtete erneut den erschlafften Körper der Gerlinde Menzel.

»Es ist, als sei alles Leben aus ihr entwichen«, murmelte sie Robert zu. »Ich habe übrigens erfahren, dass sie vermutlich eine heimliche Liebesbeziehung zu jemandem aus dem Dorf unterhielt.«

Johanna und Robert dachten beide dasselbe und blickten einvernehmlich den Schuster an.

»Also?«, fragte Robert.

»Was? Was denn? Ich soll schuld sein?«

Johanna trat vor ihn.

»Niemand spricht von Schuld, Meister Michael. Aber Sie als derjenige, der angegriffen wurde, sollten am meisten Interesse daran haben, dass alle Fakten auf den Tisch kommen. Und wenn Gerlinde mehr war für Sie, wenn sie ein wichtiger Mensch in Ihrem Leben war, dann erst recht. Denn sehen Sie sie an. Hat sie diese Leblosigkeit, diesen jämmerlichen Zustand verdient? Soll es denn immer so weitergehen mit dem Elend in diesem Dorf? Wir brauchen Antworten, Meister Michael, sonst können wir nicht helfen.«

Johannas Worte zeigten Wirkung. Der Schuster sah das armselige Häufchen Mensch auf dem Stuhl eine Weile an und sagte dann: »Wir hatten vor einiger Zeit was miteinander. Es hat nicht lange gedauert. Ich habe ihr irgendwann gesagt, dass wir damit aufhören müssen, weil … weil wir nicht zusammenpassen. Aber sie hat das nicht verstanden. Sie wollte weitermachen, hat so getan als … Es ging einfach nicht in ihren Schädel rein.«

Plötzlich zerbarst eine Fensterscheibe mit lautem Knall und ließ alle Anwesenden außer Gerlinde Menzel zusammenzucken. Ein Stein, der mit brennendem Stroh umwickelt war, flog durch das Fenster und traf Gerlinde Menzel an der Schulter, bevor er auf dem Boden auskullerte. Johanna trat das Feuer aus, während Robert zum Fenster rannte, die Scheibe ganz einschlug und gerade noch sah, wie zwei junge männliche Dorfbewohner davonrannten.

Er machte erst gar nicht den Versuch, sie zu verfolgen, denn sie waren zu schnell außer Sichtweite.

Johanna schüttelte den Kopf. Wenn sie und Robert nicht schnell zu Resultaten kamen …

Sie seufzte: »Der Hass in diesem Dorf ist enorm.«

»Was haben Sie denn erwartet?«, maulte Meister Michael sie an, wurde aber sofort von Robert zur Raison gebracht.

»Heb dir deine Kommentare für deinesgleichen auf. Los, mach schon, erzähl weiter von dir und Gerlinde Menzel.«

Meister Michael zuckte die Achseln. »Gar nicht. Ich habe ihr die Türe vor der Nase zugeschlagen, wenn sie nachts zu mir kam. Sie konnte ja nicht herumschreien, dann hätte jeder erfahren, dass sie sich zur Hure gemacht hatte.«

Johanna rümpfte die Nase. »So würde ich das nicht nennen. Gerlindes Gefühle scheinen doch ehrlich gewesen zu sein.«

»Meine waren es auch«, antwortete der Schuster. »Aber wenn Schluss ist, ist Schluss.«

Johanna tauschte einen Blick mit Robert, und wieder spürte sie, dass sie sich einig waren. Was der Schuster berichtete, erklärte die Messerattacke auf ihn – eine verlassene, enttäuschte, ins Mark ihrer Liebe getroffene Frau wollte sich an ihrem Freier, der sie im Stich ließ, rächen. Doch das erklärte noch nicht den Zustand, in dem sie sich derzeitig befand, und schon gar nicht das merkwürdige Verhalten vor ihrer Messerattacke. Wieso hatte Gerlinde Menzel bis zur Predigt gewartet, um Meister Michael anzugreifen? Bei anderen Gelegenheiten hätte sie es leichter gehabt, ihn niederzustrecken, zum Beispiel wenn er allein in seiner Werkstatt arbeitete. Warum hatte sie wie eine Wahnsinnige geschrien und gelacht? Und wieso hatte sie zunächst eine arglose, unbeteiligte Greisin verletzt und den Pastor angegriffen, bevor sie sich ihrem treulosen Michael zuwandte?

Johanna kniete sich vor Gerlinde Menzel, um ihr ins Gesicht sehen zu können. Sie streichelte ihre Hände und Wangen und strich ihr einige Strähnen aus der Stirn. Die Haut, die Johanna berührte, war fahl und rissig, die Haut einer viel und hart im Freien arbeitenden Frau, die vorzeitig gealtert war. Sie musste als Mädchen sehr hübsch gewesen sein, doch dieses Mädchenalter lag – obgleich nur fünftausend Tage – scheinbar fünfzig Jahre zurück. Sie hatte wenig Glück gehabt im Leben, das sah Johanna ihr an, und der heutige Tag hatte ihr den Rest gegeben, so schien es. Aus nur halb geöffneten Augen blickte Gerlinde Menzel gleichgültig in die Welt. Vor nur wenigen Stunden hatte sie noch eine überreiche Lebendigkeit besessen, sie hatte geschrien und getobt und gedroht, und ihre Augen hatten gleichsam Feuer gesprüht. Nun waren diese Augen erloschen.

»Kannst du mich hören?«, fragte Johanna sanft. »Ich tue dir nicht weh, ich bin deine Freundin, ich bin bei dir. Kannst du meine Hand fühlen? Sie ist ein bisschen kalt, das tut mir leid. Aber sie soll dir meine Hilfe anbieten. Sie ist ein Zeichen, verstehst du? Das Zeichen, dass ich in deinem Namen für dich sprechen möchte, falls du nicht für dich selbst sprechen kannst. Ich vertrete dich und sorge dafür, dass dir kein Unrecht widerfährt. Willst du das?«

Zunächst sah es so aus, als würde Gerlinde Menzel nicht reagieren. Aber plötzlich hob sie die Augenlider und sah Johanna an.

Johanna lächelte. »Du bist wieder bei uns, Gerlinde. Wie schön. Sorge dich nicht wegen der Soldaten, sie beschützen dich vor … vor den Leuten, die Angst vor dir haben. Aber das brauchen sie nicht, oder? Gerlinde? Die Leute brauchen sich nicht vor dir zu fürchten?«

Gerlinde Menzel bewegte den Kopf beinahe unmerklich nach links und rechts und wieder zurück – ein erster Hinweis, dass sie verstand, was Johanna sagte. Noch regte sich nichts in ihrem Gesicht, aber Johanna war zuversichtlich, diese Frau nach und nach ins Leben zurückholen zu können. Wieder hielt Johanna ihre Hände und streichelte ihre Wangen.

»Gerlinde, kannst du mir sagen, was du gerade fühlst? Drücke meine Hand, wenn du nicht sprechen kannst, drücke sie dann, wenn ich das richtige Wort finde. Empfindest du Angst? Ist es das, was du fühlst?«

Johanna wartete eine Weile, und als sie gerade weiterfragen wollte, spürte sie einen leichten Händedruck.

»Sie hat Angst«, sagte sie an Robert gewandt. »Wie ich vermutet habe: Sie ist ein Opfer, keine Täterin.«

Johanna spürte einen weiteren leichten Händedruck und deutete das als Zeichen, mit ihren Fragen fortzufahren. Halb erleichtert, weil es ihr gelungen war, eine Verbindung zu Gerlinde Menzel herzustellen, und halb gespannt, weil sie nicht wusste, wie nahe sie an das herankommen würde, was diese Frau gefangen hielt, fuhr sie fort.

»Schmerz? Fühlst du Schmerzen, Gerlinde?«

Der Druck war fester als beim ersten Mal.

Johanna stiegen die Tränen in die Augen. »Sie leidet unsäglich«, sagte sie zu Robert.

»Ihr macht das sehr gut«, lobte er sie. »Fragt weiter. Wir müssen so viel wie möglich von ihr erfahren.«

»Hoffnung, Gerlinde? Was ist mit der Hoffnung?«

Keine Antwort.

Das entsetzte Johanna. Ein Mensch, der nicht mehr hoffte, hatte aufgegeben, und wohl jeder, der solchen Menschen begegnete, spürte die Bedrückung und Schwermut, die von ihnen ausging. Johanna empfand dies stets doppelt so schwer. Für sie, die neugierig auf das Leben und seine unerforschten Geheimnisse war, die jeden Tag hoffnungsfroh aufstand und ebenso zu Bett ging, bedeutete die Resignation eines Menschen ein Scheitern derer, die eigentlich Sicherheit und Zuversicht vermitteln sollten: die weltlichen Lenker und die geistlichen Hirten. Zu Letzteren gehörte auch sie selbst. Daher verstand sie jede Entmutigung als persönliche Herausforderung.

»Traurigkeit, Gerlinde?«

Keine Antwort.

»Ist noch Freude in dir?«

Keine Antwort.

Johanna spürte einen Kloß im Hals, der sich erst durch mehrfaches Schlucken und tiefes Durchatmen halb auflöste.

»Zorn?«

Da, ein Drücken.

»Hass?«

Erneut eine Reaktion.

Johanna wagte es nach diesen ernüchternden Antworten fast nicht zu fragen: »Liebe, Gerlinde? Fühlst du noch ein bisschen Liebe?«

Und tatsächlich spürte Johanna Gerlindes sanften Händedruck.

Johanna seufzte erleichtert.

»Das reinste Gefühlschaos«, sagte Robert.

Johanna stimmte ihm zu. »Liebe, aber keine Freude. Schmerz, aber keine Traurigkeit. Angst, aber keine Hoffnung. Es ist, als würde man in die Hölle blicken.«

Johanna streichelte Gerlindes Hand.

»Danke, Gerlinde. Ich danke dir sehr.«

In diesem Moment bemerkte Johanna, dass Gerlindes leerer Blick sich über Johanna hinweg auf einen Punkt irgendwo hinter ihr richtete. Johanna folgte diesem Blick und wandte sich um. Da war nur ein Fenster. Draußen war es bereits dunkel, im Schankraum brannten einige Öllampen, sodass nichts außer der schwarzen Nacht hinter diesem Fenster zu erkennen war.

Johanna wandte sich gerade wieder Gerlinde zu, um sie zu fragen, was sie dort sehe, als sich die Hände der Frau um Johannas Hals legten und fest zudrückten.

Johanna bekam keine Luft mehr.

Sofort stürzten Robert und ein Rekrut auf Gerlinde Menzel, um sie von Johanna fortzuziehen, doch es gelang ihnen nicht. Diese schmächtige, abgearbeitete Frau verfügte plötzlich über außergewöhnliche Kräfte. Robert versuchte alles, um Johanna aus dem Griff zu befreien, er zerrte an Gerlinde Menzels Händen, die Johannas Kehle drosselten, er schlug viermal, fünfmal auf Gerlinde Menzels ausgestreckten Arm – vergeblich. Es war, als fühlte diese Frau nichts mehr.

Johanna schwanden die Sinne. Sie versuchte, Gerlinde zuzurufen, damit aufzuhören, aber sie brachte nur ein Krächzen hervor.

Mit den Augen flehte sie die Besessene an. Aber schon verschwamm das Gesicht vor ihr. Die aufgeregten Stimmen Roberts und der anderen Männer schienen dumpf und leiser zu werden, und auch ihre Körper schienen in größere Entfernung zu rücken, so als befände Johanna sich auf einer Fähre, die vom Ufer ablegt, um über den Fluss zu setzen.

Nebel senkte sich vor ihre Augen.

Zugleich tobte in Johannas Innerem ein furchtbarer Kampf. Ihr Herz rebellierte gegen den Tod, ihre Lungen, obgleich fast leer von Atem, schienen zu zerspringen, in ihrem Kopf rasten die Gedanken und produzierten Bilder über Bilder, die wie von Blitzen beleuchtet wurden und sogleich wieder verschwanden. Sie sah ihre verbitterte Mutter, die auf dem Scheiterhaufen schreiende Nachbarin, eine an den Pocken erkrankte und verstorbene Spielkameradin. Sie sah eine Kutsche mit vornehmen Damen vorbeifahren, einen in der Sonne glitzernden Teich, eine Wolke sich umkreisender Vögel. Sie sah den idyllischen Kreuzgang des Klosters, die lachende Mutter Oberin, die Schwestern beim Singen eines Chorals. Sie sah einen Weinkrug. Sie sah lächelnde Kranke, die Bettler von Würzburg, und sie sah sich selbst in einem Spiegel.

Ihre Arme und Beine erkalteten. In ihrer Brust hingegen loderte scheinbar ein Feuer auf, das sie innerlich verbrannte.

Zuletzt sah sie noch einmal klar: das gefühlskalte Gesicht von Gerlinde Menzel.

Dann hörte sie so etwas wie ein Krachen.

Das Gesicht des Leutnants schob sich in Johannas Blickfeld. Gleich danach traf sie ein kalter Wasserstrahl.

»Was …? Wo …?«

Johanna lag auf dem Boden der Schänke. Ihre Kehle war heiß, ihre Wangen glühten und ihr Kopf brummte, was kein schlechtes Zeichen war, zeugte es doch von Lebendigkeit.

»Wie lange war ich …?«

»Nicht lange«, sagte Robert. »Höchstens eine Minute. Ich habe Euch so lange geschlagen, bis Ihr es vorgezogen habt zu erwachen.«

Johanna richtete sich ein wenig auf.

»Dafür sollte ich mich wohl bedanken.«

»Habe ich doch gerne gemacht.«

Sie wusste, wie er es meinte, und sie war sogar dankbar für seine scherzhafte Art, lockerte sie doch das Dramatische, das eben geschehen war, etwas auf.

Dann bemerkte sie Gerlinde Menzel, die bewusstlos neben ihr auf dem Boden lag.

»Keine Sorge«, sagte Robert. »Sie lebt. Ich musste ihr eins mit dem Knauf meines Degens überziehen. Anders war ihr nicht beizukommen. Sie war wie besessen – na ja, eigentlich ist sie ja auch besessen. Wie auch immer.«

Johanna bat ihn, ihr auf die Beine zu helfen, aber kaum, dass sie stand, musste sie sich setzen, weil sich alles um sie herum drehte.

»Ich hätte mir nie träumen lassen, einmal mit brummendem Schädel in einer Schänke zu sitzen. Wenn die Mutter Oberin das hörte, würde sie sonst was denken.«

Alle sahen sie mitleidig und neugierig an. Als der Leutnant das bemerkte, befahl er den beiden Rekruten: »Ihr bringt die Frau wieder runter in den Keller. Macht ihr ein Bett aus Stroh, stellt ihr Brot, Wasser und einen Kübel für die Notdurft daneben und verriegelt dann die Tür. Ihr habt ja gesehen, wozu sie fähig ist.«

»Hab ich's nicht gesagt?«, rief Meister Michael. »Der Teufel ist in sie gefahren.«

»Und du schweig, oder soll ich dich zu deiner früheren Bettgenossin sperren?«

Damit war Meister Michael vorläufig mundtot gemacht.

Robert reichte Johanna seine Feldflasche.

»Ist das die mit dem Branntwein?«, fragte Johanna skeptisch.

»Glaubt Ihr, ich hätte Euch eben mit Branntwein übergossen?«

»Euch ist alles zuzutrauen.« Johannas Humor war nur ein Schutz gegen ihre innere Erschütterung. Sie hatte den Tod vor Augen gehabt, nicht nur ihren eigenen, sondern auch den geistigen und seelischen Tod von Gerlinde Menzel. Sie trank zitternd die mit frischem, kaltem Quellwasser gefüllte Flasche bis auf den letzten Tropfen leer.

Eine Weile schwiegen sie, das Ungeheuerliche steckte ihnen noch in den Knochen, und sie wussten, dass es auch anders hätte ausgehen können. Was sie hier taten, war kein kalkulierbarer Feldzug, es glich eher einer Expedition in unbekanntes Terrain, auf der jederzeit ein jeder von ihnen umgebracht oder verrückt werden konnte.

Was Johanna fast verzweifeln ließ, war, dass sie kein Muster erkannte. Das Böse – so hatte sie durch ihre langjährigen Studien herausgefunden – suchte rücksichtslos nach einem Vorteil für sich selbst. Doch worin bestand der Vorteil, wenn Menschen dem Wahnsinn verfielen, also nicht mehr selbst kontrollieren konnten, was sie taten? Wenn sie selbst nicht für das verantwortlich waren, was sie an Bösem vollbrachten, dann waren ihre Seelen nicht der Verdammnis anheimgefallen. Einige Leute verschwanden einfach, ohne dass sie etwas verbrochen hatten. Wie konnte das Böse davon profitieren?

Ein anderes Merkmal des Bösen war, dass es sich selbst nicht als böse definierte, eben aus dem Grund, dass es nichts anderes tat, als sich selbst am Leben zu erhalten. Doch wenn es Mütter und Väter dazu brachte, die eigenen Kinder zu ermorden, wenn ein Jäger ohne ersichtlichen Grund zwei im Wald spielende Jungen erschoss, wenn ein Pastor sich während der Messe umbrachte, eine Kräuterkundige – ohne einen Auftrag – eine ganze Hochzeitsgesellschaft vergiftete und eine junge Frau ihren schlafenden Bruder erdrosselte, dann waren das Taten, denen kein Motiv zugrunde lag, demzufolge kein Nutzen – und demzufolge waren sie als grundlos schlecht anzusehen.

»Ihr hattet sie schon so weit, dass sie etwas von sich preisgab«, sagte Robert. »Sie hat Euch mit kleinen Gesten geantwortet, gewissermaßen mit Euch gesprochen. Und wie aus dem Nichts …«

Johanna fiel das Fenster wieder ein.

»Kurz bevor sie ihre Hände um meinen Hals presste, hat sie dorthin geblickt, über mich hinweg zu diesem Fenster.«

Sie wollte aufstehen, doch sie war noch zu schwach auf den Beinen. Stattdessen ging der Leutnant zum Fenster. Es besaß keine Vorrichtung zum Öffnen. Weil es in der Schänke hell und draußen dunkel war, bedeckte er seine Augen mit den Händen und blickte hinaus.

»Nichts zu sehen.«

»Vielleicht hat sie nicht etwas jenseits des Fensters, sondern diesseits des Fensters betrachtet.«

Auf dem schmalen Fensterbrett standen eine Öllampe, die jedoch nicht brannte, zwei hölzerne Schalen, die zum Waschen der Finger bei Bedarf mit Wasser gefüllt werden konnten, sowie ein Pendel. Dieses Pendel war der einzige Gegenstand, der keinen praktischen Zweck erfüllte. Robert nahm es in die Hand und stellte es vor Johanna auf den Tisch.

Johanna hatte schon von Pendeln gehört, aber noch nie eines gesehen. Es hatte ungefähr die Länge einer Handfläche und bestand aus einer dünnen Stange in der Form eines umgekehrten L – man könnte auch sagen, in der Form eines Galgens, der auf einer Plattform befestigt war. Vom oberen Ende der Stange hing ein Faden herunter, an dem eine kleine Eisenkugel befestigt war. Der Faden war gerade so lang, dass die Kugel die Plattform nicht berührte.

»Dient dieses Pendel der Wahrsagerei?«, fragte Johanna.

»Nein«, antwortete Robert. »Das Pendel einer Wahrsagerin sieht anders aus. Ich war mal bei einer, mehr aus Jux. Ich hatte mit Kameraden ein bisschen zu viel gezecht, und da … Na, ist ja nicht so wichtig. Die Wahrsagerin nahm den Faden in die Hand und hielt ihn über seltsame Schriftzeichen. Außerdem hing eine Art Kegel am Faden, keine Kugel.«

»Und welchen Sinn hat dieses Pendel vor uns?«

»Welchen Sinn es hat, weiß ich auch nicht, aber es handelt sich um ein magnetisches Pendel. In der Plattform sind drei im Dreieck angeordnete Magnete verborgen. Wenn Ihr die Kugel anstoßt …«

Robert führte es Johanna vor. Er schnippte gegen die Kugel, die nun in verschiedene Richtungen pendelte, mal von dem einen Magneten, mal von dem zweiten oder dritten angezogen. Es dauerte eine Weile, bis einer der Magneten sie »eingefangen« hatte. Als Robert den Vorgang wiederholte, wurde die Kugel von einem anderen Magneten eingefangen.

»Die Magneten sind gleich stark«, erklärte er. »Man kann nicht vorhersagen, wo die Kugel stehen bleibt. Von manchen wohlhabenden Familien werden solche Pendel als Kinderspielzeug gekauft. Man kann kleine Beträge oder Holzgeld auf einen Magneten setzen und hoffen, dass man gewinnt. Ein harmloser Zeitvertreib.«

»Wohlhabende Familien sagt Ihr?«

»Diese Pendel sind ziemlich teuer. Magnete wachsen nicht wie Gras, sie müssen von Fachkundigen hergestellt werden.«

»Wie kommt das Pendel dann in diesen abgelegenen Ort, wo die Menschen nur das Notwendigste besitzen?«

»Darf ich etwas sagen?«, mischte sich der Schuster ein.

Robert blickte ihn streng an.

»Nur, wenn du auf Verdächtigungen und Beschimpfungen verzichtest.«

»Vor einigen Jahren kam ein fahrender Händler durch Ödrode. Er hatte allerlei Krimskram geladen, viele nützliche Sachen. Der nächste Markt ist weit, daher war der Händler uns sehr willkommen. Er hat jedem, der etwas bei ihm kaufte, eines dieser Pendel geschenkt. Bestimmt die Hälfte der Leute hat eines. Wie Ihr sagtet, Herr Leutnant, die Kinder freut's. Aber wenn sie erwachsen werden, beachten sie die Pendel kaum noch. Sie stehen irgendwo herum so wie hier auf dem Fensterbrett.«

Johanna überlegte. Das Pendel bedeutete vielleicht überhaupt nichts, es führte womöglich auf eine völlig falsche Fährte. Doch wenn es nur eine einzige Fährte gab …

Sie fragte den Schuster: »Vor einigen Jahren? Wie viele Jahre?«

»Fünf, sechs.«

Johanna und Robert tauschten einen langen Blick.

»Ungefähr da fing es an«, sagte er.

»Ungefähr da fing es an«, wiederholte sie.

»Heißt das«, fragte Meister Michael besorgt, »dass diese Pendel Zauberwerk sind? Der Händler war ein Zauberer und das Dorf ist verflucht?«

Johanna fühlte sich wieder kräftig genug, um aufzustehen. Obgleich noch schwach auf den zittrigen Beinen, trat sie vor Meister Michael und sagte geduldig: »Ich verstehe, dass Euch und allen im Dorf im Laufe der Jahre angst und bange geworden ist. Ich gehöre einem Orden an, der überall in Europa gegen sogenannte Geisterbeschwörer und Magier vorgeht. Denkt Ihr, wenn ich einen Anhaltspunkt hätte, dass hier irgendwelche Zauberer oder Hexen am Werk wären, würde ich dies vor Euch verschweigen? Warum sollte ich das tun? Der Leutnant und ich werden dahinterkommen, was Ödrode widerfährt. Ich bitte Euch, uns zu vertrauen. Wollt Ihr mir versprechen, nicht wieder gegen wen auch immer Gewalt zu schüren oder anzuwenden?«

Der Schuster senkte den Kopf. Nach einer Weile sagte er: »Ich verspreche es. Es tut mir leid, dass ich Euch … und dass ich die Gerlinde … es ist nur, weil wir … weil ich …«

»Ist schon gut«, sagte Johanna. »Nun geht – sofern der Leutnant keine Einwände hat.«

Ihr Blick bat Robert, den Schuster freizulassen, und nach einem Moment der Unschlüssigkeit stimmte der zu.

»Eines möchte ich von dir noch wissen«, sagte Robert. »Und ich rate dir, dich bei der Antwort anzustrengen. Kamen vor einigen Monaten – im Mai und August – Fremde in das Dorf, Ermittler der Polizeibehörde?«

»Ja, Herr Leutnant. Sie haben viele Fragen gestellt und mit fast jedem im Dorf gesprochen. Der eine hat viel Zeit in der Schänke verbracht und war bald tot, der andere ist tagelang mit einem Gewehr durch den Wald gelaufen und kam irgendwann nicht zurück. Mehr weiß ich nicht.«

»Ist gut, du kannst gehen.« Als Meister Michael gegangen war, sagte Robert jedoch: »Ich habe kein gutes Gefühl bei dem Kerl.«

»Verzeihen ist ein wichtiger Grundsatz meines Glaubens.«

Robert brachte Johanna auf dem Rücken seines Pferdes, das er am Zügel führte, zum Schloss. Es war bereits stockdunkel, und Johanna war todmüde. Der vergangene Tag hatte ihr viel abverlangt. Ihre Handgelenke schmerzten, ihre Kehle brannte, und in ihrem Kopf herrschte ein großes Durcheinander, das nur ein langer, tiefer Schlaf würde beseitigen können.

So neugierig sie auch war, was es mit dem Pendel auf sich hatte, und so gerne sie sich sofort auf ihre Bücher gestürzt hätte, um der Fährte zu folgen – ihr Körper verweigerte den Dienst. Im Schloss schlug sie sogar die Einladung der Gräfin aus, zusammen mit ihr und

Robert eine leichte Nachtmahlzeit zu sich zu nehmen. Dem Leutnant tat sie damit ganz nebenbei einen Gefallen, denn er genoss augenfällig die Gesellschaft dieser schönen und noblen Frau. Sie ließ sich von Marthe – die natürlich versuchte, Johanna über das Verhör auszufragen – nur noch eine Tasse Kamillentee und einen Becher Wein bringen. Dann fiel sie in einen zehnstündigen Schlaf.

18

Ida hatte sich beim Zubettgehen einen zehnstündigen Schlaf gewünscht, aber gegönnt waren ihr gerade einmal fünf Stunden. Es war ihr am gestrigen Abend lange nicht gelungen einzuschlafen. Davor hatte sie mit Sophie Ruhleben notgedrungen Karten gespielt, denn in einem Gastzimmer einer Schänke im Harz, zudem bei schlechtem Wetter und tiefster Nacht, waren die Möglichkeiten des Zeitvertreibs äußerst begrenzt.

Ida hatte zunächst den Schäferroman weitergelesen, aber die Ruhleben hatte sich gelangweilt, und deswegen hatte Ida vier Stunden lang mit ihr Faro gespielt. Sie hasste dieses Spiel, weil die Frau Geheimrat früher an zwei Nachmittagen in der Woche Faro gespielt hatte, und zwar mit ihrer besten Freundin, einer unsagbar gemeinen und hochnäsigen Dame, die in dieser Zeit das Personal runtergeputzt hatte, wo sie nur konnte, obwohl es nicht ihr eigenes gewesen war.

Aber Sophie Ruhleben bestand auf diesem Spiel –

»in allen Salons, die etwas auf sich halten, spielt man Faro, das ist ein Muss« –, und Ida kannte selbst keines, das sie als Alternative hätte vorschlagen können. Mit einem Augenzwinkern hatte die Ruhleben mehrmals angeboten, etwas anderes zu spielen, doch wäre dafür ein dritter Mitspieler nötig gewesen – Benedikt Pohl –, und Ida waren die aufdringlichen Verkupplungsversuche der Ruhleben noch unangenehmer als die Erinnerung an die Kartenspielnachmittage der Frau Geheimrat.

Es war Ida über Stunden nicht gelungen einzuschlafen. Immer wieder hatte sie das blöde Augenzwinkern vor sich gesehen. Als sie es endlich erfolgreich aus dem Blickfeld ihres geistigen Auges verdrängt hatte, ließ die wesentlich angenehmere, aber aufwühlende Erinnerung an Pauls Hände, die Idas Fuß und Schenkel berührt hatten, sie nicht zur Ruhe kommen. Dazu kam ein mörderischer Durst. Idas Mund war staubtrocken, weil sie den ganzen Abend über kein Wasser mehr getrunken hatte, um in der Nacht ja nicht zur Latrine gehen zu müssen.

Auch im Schlaf fand das Mädchen keine Erholung. Sie träumte, dass die Frau mit dem Messer hinter ihr her war und niemand sie beschützte. Im Gegenteil – Sophie Ruhleben schloss sich der bösen Frau Menzel an und ihr wiederum Meister Michael. Als Ida auf der Flucht in Benedikt Pohls Arme rannte, fing er furchtbar zu lachen an, und zwar so laut, dass sie davon aufwachte.

Ihr Nachthemd war völlig durchgeschwitzt. Es klebte unangenehm an ihrem Körper, wie es sonst nur in sehr heißen Sommernächten vorkam. Doch es war Oktober, und das Zimmer war kühl. Idas Haare waren ebenfalls leicht feucht, als ob ein feiner Sprühregen auf sie niedergegangen wäre.

Sophie Ruhleben schnarchte mit weit geöffnetem Mund. Diese Dame, die bei Tage herausgeputzt wie ein bunter Stieglitz herumflatterte, wirkte bei Nacht wie ein alter Hund, und Ida überlegte sich, ob und bei welcher Gelegenheit sie ihr dies mal unter die Nase reiben sollte.

Eine Weile lang versuchte Ida, wieder einzuschlafen. Aber der Morgen graute bereits, und sie war es seit ihrer frühen Kindheit und erst recht seit der Anstellung bei der Frau Geheimrat nicht gewöhnt, über das Morgengrauen hinaus im Bett zu liegen. Idas Körper sagte schlicht Nein, und so ging sie also zur Waschschüssel, füllte kaltes Wasser aus dem Krug hinein und benetzte, nachdem sie das Nachthemd ausgezogen hatte, Gesicht, Hals und Arme mit dem kühlen Nass. Einen großen Schluck des Wassers aus dem Krug trank sie hastig, weil sie den Durst nicht länger ertrug. Eher zufällig blickte sie in einen Spiegel, der auf der Anrichte stand, und sah im fahlen Licht des beginnenden Tages zu, wie die Wasserperlen langsam ihr Gesicht und ihren Hals bis zu den Brüsten hinunterliefen.

War sie schön? Waren ihre Brüste schön? Schön genug? Schön genug für Paul? Sicherlich fand er Ida irgendwie reizend, denn er hatte sie auf eine bestimmte Art angesehen, die … Aber würde er Ida auch noch schön finden, wenn er sie …? War sie nicht zu dünn? Oder war sie vielleicht sogar zu dick?

Ida hätte liebend gerne von einer Frau Antworten darauf bekommen, aber Sophie Ruhleben mochte sie nicht fragen. Und eine Nonne durfte sie nicht fragen: Sind meine Brüste schön? Tauge ich für die Liebe? Was kann ich tun, um begehrenswerter zu werden?

Ihr fiel jedoch wieder ein, was Schwester Johanna in der Kirche zu ihr gesagt hatte: Ida sollte nicht denken, was andere dachten, sondern sich eine eigene Meinung bilden und sich selbst vertrauen. Galt das auch für die Meinung, die sie über sich selbst hatte? Wenn ja, war die Sache klar. Ida genügte sich. Nur spukte ihr die Frage im Kopf herum, ob sie auch dem Mann genügte, der ihr gefiel, und einem Spuk konnte man nicht einfach die Tür vor der Nase zuschlagen wie einem lästigen Händler.

Der Zufall wollte es, dass Ida in diesem Moment hörte, wie im Untergeschoss eine Tür geöffnet und wieder geschlossen wurde. Ohne besonderes Interesse – eher, um dem Spiegel zu entfliehen – ging sie zum Fenster. Die Scheibe war schmutzig und voller Wasserflecken, aber Ida erkannte dennoch die Wirtin, wie sie das Haus verließ. Das war, trotz der frühen Stunde, nicht ungewöhnlich. Vielleicht ging die Wirtin zum Brunnen. Doch trug sie keinen Eimer. Möglicherweise wollte sie ein paar Kräuter ernten, denn die Morgendämmerung war dafür die beste Zeit. Aber wo war dann ihr Korb oder Beutel?

Ida beschloss, dass sie das nicht zu interessieren hatte. Gerade als sie sich vom Fenster abwenden wollte, bemerkte sie allerdings, dass die Wirtin sich mehrmals nach allen Seiten umsah, so als wollte sie sicherstellen, unbeobachtet zu sein. In dem Moment, als sie auch zu dem Fenster im Obergeschoss hinaufblickte, sprang Ida zur Seite. Sie wusste auch nicht genau, warum; es war ja nicht verboten, am Fenster zu stehen.

Ida verharrte zwei, drei Atemzüge lang, bevor sie sich wieder vorsichtig aus der Deckung wagte.

Die Wirtin war inzwischen weitergegangen. Zielgerichtet ging sie auf den Saum des Waldes zu, der ungefähr hundert Schritte entfernt vor ihr lag. Dabei zeigte sie keine Eile, was Ida merkwürdig vorkam, weil es in Strömen regnete. Die Schankwirtin trug weder Kopftuch noch Haube zum Schutz, der Regen schien sie nicht im Geringsten zu stören.

Wäre es töricht, ihr zu folgen? Ida hatte allen Grund, dort zu bleiben, wo sie war, in der Sicherheit des Zimmers. Mit dem Wald hatte sie keine guten Erfahrungen gemacht, und wenngleich die Wirtin in eine andere Richtung ging als Ida in der vorletzten Nacht panisch geflohen war und zudem das Tageslicht inzwischen die Dunkelheit besiegte, blieb Wald doch Wald.

Dazu kam noch die brodelnde Stimmung im Dorf. Was, wenn irgendeiner der Ansässigen Ida in den Wald gehen sah? Auf welche dummen Gedanken könnten diese Leute kommen?

Dass Ida trotzdem ihr Nachthemd anzog, sich einen Mantel der Ruhleben überwarf, rasch in ihre Schuhe schlüpfte und das Zimmer verließ, konnte sie sich selbst schwer erklären. Sie dachte nur kurz darüber nach, die Entscheidung fiel nicht in ihrem Kopf, sondern in ihrem Bauch. Seltsame Dinge gingen in Ödrode vor: Idas eigenes Erlebnis, der Anfall von plötzlichem Wahnsinn einer Kirchgängerin, die verdrießlichen, gewaltbereiten Menschen, ein Trupp Soldaten, eine neugierige Nonne … Ida ahnte, dass sie ihr unheimliches Erlebnis nie würde vergessen können und dass es sie lange Zeit, vielleicht sogar ihr ganzes Leben lang, bis in ihre Träume verfolgen würde – es sei denn, sie würde verstehen, was es damit auf sich hatte.

An der Zimmertür schreckte sie zurück. Alleine in den Wald zu gehen war gefährlich. Sollte sie Sophie Ruhleben wecken? Die würde ohnehin ablehnen, und selbst wenn sie Ida begleiten würde, bräuchte sie eine Stunde, um sich anzuziehen, die Haare zu frisieren und das Gesicht zu pudern.

Ida verließ das Zimmer. Als sie an Benedikt Pohls Tür vorbeieilte, kam ihr kurz der Gedanke, ihn um Hilfe zu bitten. Er würde sich wohl – so wie sie ihn einschätzte – nicht verweigern. Aber ein Gefühl, von dem sie nicht wusste, welches es war, hinderte sie daran.

Morgendunst lag über dem Dorf. Die Wege – Straßen konnte man diesen Schlamm nicht mehr nennen – waren jedoch noch menschenleer, und außer ein paar Krähen auf Futtersuche sowie einer Bäuerin, die in einiger Entfernung Kartoffeln vom Feld sammelte, schien die Welt ausgestorben.

Die Schankwirtin war bereits irgendwo im Dunst verschwunden. Ida schlug sich die Kapuze des Mantels über den Kopf und stapfte einen aufgeweichten Weg entlang in der Richtung, in der sie die Wirtin vom Fenster aus hatte weggehen sehen.

Bald war sie am Waldrand angekommen. Von der Wirtin noch immer keine Spur. Nach einem Seufzer, der Furcht und Überwindung zugleich ausdrückte, tauchte Ida in das Gewirr des Waldes ein. Der Weg wurde zu einem Trampelpfad, der zwischen mächtigen Buchen, schlanken Kiefern, Brombeergestrüpp, Holunderbüschen, Heidelbeerkissen und Felsgestein hindurchführte.

War sie hier richtig? War die Wirtin überhaupt in den Wald gegangen oder vorher abgebogen? Vielleicht saß sie in diesem Augenblick in irgendeinem Haus und stattete jemandem einen harmlosen Besuch ab, während Ida in der Dämmerung einem Geheimnis nachging, das nur in ihrem Kopf existierte. Ihre Überzeugung, dass das Verhalten der Wirtin seltsam gewesen war, wurde auf die Probe gestellt und fing ebenso an aufzuweichen wie der Waldboden, auf dem sie sich mühte voranzukommen. In ihre Schuhe drang Wasser, und der Mantel wurde von einem Dornenstrauch eingerissen, was ihrer Besitzerin bestimmt nicht verborgen bliebe. Dieser Ausflug würde Ida teuer zu stehen kommen.

Ihre Hartnäckigkeit zahlte sich aus. Als sie schon nicht mehr daran glaubte, erblickte sie etwa dreißig Schritte vor sich den grauen Mantel der Wirtin, und zwar gerade noch rechtzeitig, denn diese verließ den Pfad und ging nun querwaldein. Damit war Ida klar, dass sie die richtige Vorahnung gehabt hatte, denn nur etwas Verbotenes könnte eine Frau veranlassen, zu dieser Stunde und bei diesem Wetter unzureichend bekleidet quer durch den Wald zu laufen. Doch war das für Ida kein Grund, innerlich zu jubilieren. Im Gegenteil. Die Verfolgung der Frau führte Ida immer tiefer in den Wald hinein, über umgestürzte Baumstämme, Felsen und sumpfigen Grund hinweg, durch Dickicht und Unterholz. Sie musste dabei nahe genug an der Wirtin bleiben, um sie nicht aus den Augen zu verlieren, und weit genug von ihr entfernt, um nicht auf sich aufmerksam zu machen.

Auf einmal blieb die Wirtin stehen, so wie eine halbe Stunde zuvor vor der Schänke, als sie sich vergewissern wollte, dass sie unbeobachtet war. Vorausahnend, was geschehen würde, suchte Ida Deckung, blieb aber mit dem Fuß an einer Wurzel hängen und verursachte dabei ein Geräusch. Hinter dem Stamm einer Eiche verharrte sie, ohne zu wissen, ob sie entdeckt worden war. Sie lauschte auf Schritte. Doch das Rauschen des Regens übertönte alles.

Die Verfolgerin blieb lange hinter dem Baumstamm stehen – etwas zu lange, denn als sie vorsichtig hervorlugte, war die Verfolgte abermals verschwunden.

Nun setzte Ida alles auf eine Karte. Um die Wirtin nicht endgültig aus den Augen zu verlieren, musste sie beherzt voranschreiten und dabei riskieren, entdeckt zu werden.

Der Dunst verdichtete sich. Er stieg von einem mit Farnen bewachsenen und von Hunderten Rinnsalen durchzogenen Boden auf und bildete ungefähr auf Idas Augenhöhe einen weißgrauen, schwebenden Schleier. Immer buschiger und felsiger wurde der Wald. Gesteine ragten wie Riesen aus dem Boden, kantig und zerklüftet, andere wölbten sich glatt und gebogen wie Schildkrötenpanzer aus dem Morast hervor.

Als Ida, die schon längst planlos durch dieses Gewirr stapfte, einen der steinernen Kolosse umkreiste, war sie plötzlich nur wenige Meter von der Verfolgten entfernt und blickte auf deren Rücken. Langsam und jeden Schritt behutsam setzend, schlüpfte Ida hinter einen Felsen. Die Gefahr, die Wirtin aus den Augen zu verlieren, bestand nun nicht mehr, da deren Weg von einem ungefähr fünf Meter hohen Felsmassiv versperrt wurde. Der Schritt der älteren Frau verlangsamte sich, als sie auf das Massiv zuging.

Ida hatte nicht die geringste Vorstellung, warum die Schankwirtin an diesen Ort gegangen war und was als Nächstes passieren würde. Mittlerweile hielt sie alles für möglich. War dies ein Treffpunkt für Hexen? Wurde hier der Teufel angerufen? Oder verbarg sich in dem unübersichtlichen Gelände eine Räuberbande, und die Wirtin war deren Gespielin?

Die Frau hatte nun fast die Felsen erreicht. Nur noch drei oder vier Schritte trennten sie von dem Massiv, doch die konnte sie nicht gehen, da sie – wie Ida jetzt erkannte – von einer Erdspalte daran gehindert wurde.

Die Wirtin blieb davor stehen.

Ida konnte von links hinten das Profil ihres Gesichts sehen. Darin sah sie eine große Ruhe, vielleicht sogar Gleichgültigkeit. Keine Spur von Angst, Verzweiflung oder Aufregung.

Und dann sprang die Wirtin kopfüber in die Erdspalte.

Ida verstand einige Augenblicke lang nicht, was vor sich gegangen war. Als sie schließlich ihre Deckung verlassen und sich bis zum Rand der Erdspalte vorgewagt hatte, blickte sie in ein Loch, in das das Tageslicht nur wenige Meter eindrang. Darunter war nichts als Finsternis.

»Oh, mein Gott«, sagte sie, hielt die Hand vor den Mund und vergaß vor Entsetzen, sich zu bekreuzigen.

Die Wirtin hatte sich in den Tod gestürzt. Ida hatte in ihrem Tun irgendeine Schurkerei vermutet, sie hatte ihr dunkle Machenschaften zugetraut, sie für ein Räuberliebchen gehalten, für eine Hexe, eine Teufelsanbeterin – und dabei war sie nur eine arme Seele, eine Selbstmörderin. Plötzlich ergab alles einen Sinn: Warum die Wirtin sich nicht um den Regen scherte; warum sie ungestört sein wollte; warum sie den Wald nicht fürchtete. Wieso auch sollte jemand, der vorhatte, sich das Leben zu nehmen, noch einen Gedanken an das Wetter oder wilde Tiere verschwenden?

Ida hob einen faustgroßen Stein auf und ließ ihn in die Erdspalte fallen. Sie zählte: eins, zwei, drei, vier. Bei vier hörte sie einen dumpfen Aufprall, der eindeutig nicht nach einer Wasserfläche klang. Das bedeutete, dass die Wirtin diesen Sprung nicht überlebt haben konnte, denn obwohl Ida einen solchen Versuch noch nie unternommen hatte, stellte sie sich vor, dass ein Stein ungefähr von der Höhe einer Kirchturmspitze aus in die Tiefe fallen musste, damit man bis vier zählen konnte.

»Oh, mein Gott«, wiederholte sie, und diesmal bekreuzigte sie sich. Dann faltete sie die Hände, kniete unmittelbar vor der Spalte nieder und sprach mit geschlossenen Augen ein Gebet.

Mittendrin vernahm sie das Knacken eines Zweiges.

Sie öffnete die Augen wieder. Ein wenig schwindelte ihr, als sie sich umwandte, und sie musste sich mit einer Hand auf dem Boden am Rand der Spalte abstützen.

Dann sah sie, dass jemand hinter ihr stand.

Benedikt Pohl blickte mit steinernem Gesichtsausdruck auf sie nieder.

19

Johanna wurde unsanft von Gepolter geweckt, das sich anhörte, als sei etwas Weiches zu Boden gefallen. Das Erste, was sie sah, als sie die Augen aufschlug und sich im Bett aufrichtete, war das offene Fenster. Gestern Abend war es noch geschlossen gewesen, da war sie sich sicher. Die Morgenluft wehte kalt und frisch in das Zimmer herein. Dann blickte Johanna zur Seite. Jemand kniete vor dem Tisch und las irgendetwas vom Teppich auf.

»Marthe«, rief Johanna.

Marthe wandte sich zur Nonne um.

»Schwester Johanna. Jetzt habe ich Euch durch meine Tollpatschigkeit aufgeweckt. Wie dumm von mir. Tut mir leid.«

»Nicht so schlimm, Marthe. Was tust du denn da?«

»Ich habe Euch das Frühstück bringen wollen. Eine Scheibe Brot mit Pottsuse, eine Birne und eine Tasse Milch. Als ich das Tablett auf den Tisch stellte, bin ich gegen den Bücherstapel gestoßen. Ich hoffe, ich habe nichts kaputt gemacht.«

»Ach, so schlimm kann es nicht sein. Bücher sind ja zum Glück nicht aus Porzellan.«

Tatsächlich hatte Marthe Johannas Bücherstapel vom Tisch gefegt. Sieben dicke Bände, die allesamt voll von Symbolen und Zeichen aus ferner Vergangenheit waren und von Johanna noch gestern Abend ausgewählt und für heute zurechtgelegt worden waren, darunter die deutsche Übersetzung von Dantes *Inferno,* das Buch *Satans Spuren, Symbole in den Visionen des Michel de Nos-*

tredame und *Das Totenbuch der Sachsen.* Doch nur sechs dieser Bücher waren auf den Teppich gefallen. Das siebte Buch lag aufgeschlagen in der Mitte des Tisches – Johanna wusste, dass sie es gestern Abend nicht aufgeschlagen hatte.

Die Nonne war neugierig, welches Werk Marthe interessierte, aber sie wollte sich das nicht anmerken lassen. Also ging sie zum Tisch, nippte an der Milch und warf dabei einen Seitenblick auf das Buch. Es handelte sich um *Yggdrasil,* ein rund achthundertseitiges Werk, das die Mythologie der Germanen und Kelten behandelte.

Marthe klappte das Buch zu, ohne ein Wort darüber zu verlieren, und legte es auf den Stapel zurück.

»Danke, Marthe.«

Johanna biss in ihr Schmalzbrot und spülte mit einem Schluck Milch nach, während Marthe das Federbett aufschüttelte.

»Ist der Leutnant schon wach?«, fragte Johanna.

»Er ist vor einer halben Stunde in den Stall gegangen. Ich glaube, er ist ausgeritten. Soll ich ihn zu Euch schicken, wenn er zurückkommt?«

»Das wäre lieb. Aber ich brauche wenigstens noch eine halbe Stunde für mich.«

Marthe verließ das Zimmer. Johanna fand, dass die Magd zuletzt ziemlich wortkarg gewesen war, so ganz anders als gestern, als Johanna Mühe gehabt hatte, von ihr wegzukommen.

Sie wusch sich eilig, kleidete sich an, betete ein Morgengebet, biss noch einmal vom Brot ab und machte sich dann an die Bücher. Der Stapel war selbst für eine erfahrene Leserin furchterregend, zusammengenommen mehr als dreitausend Seiten, und Johanna wusste noch nicht einmal genau, wonach sie suchte.

Das Pendel war der einzige Hinweis, den sie hatte. Irgendetwas Übles musste von ihm ausgehen. Allerdings konnte sie bei ihren Selbstversuchen mit dem Pendel nichts Außergewöhnliches an ihm bemerken, sooft sie es auch anstieß. Sie fand es weder unterhaltsam noch faszinierend, einer Eisenkugel dabei zuzusehen, wie sie, sobald man sie anstieß, von drei unsichtbaren Magneten mal hierhin und mal dorthin gezogen wurde, bis sie sich geschlagen gab und über einem Punkt verharrte. Gewiss, wenn man ein Kind war oder Wetten schätzte, dann könnte man vielleicht ... Aber selbst dann verlor es bald seinen Reiz.

Auch ein Lesestoff von sieben Bänden begann mit der ersten Seite, und Johanna schlug sie demütig und voller Respekt auf. Natürlich konnte sie viele Seiten nur überfliegen, was zwar Zeit sparte, aber auf die Dauer weit anstrengender war als das Werk im Zusammenhang zu lesen. Auch durfte sie nicht zu freimütig werden im Überblättern, war es doch denkbar, dass der entscheidende Hinweis sich in einer einzigen Zeile verbarg. Diese Art des Lesens verlangte höchste Konzentration und war die Quadratur des Kreises: zügig vorankommen, aber dabei doch gründlich sein.

Die meisten der Bücher hatte Johanna schon einmal gelesen, als sie sie erworben hatte. Die Mutter Oberin stellte ihrem Ordensmitglied ein jährliches Budget zur Verfügung, um ihre »Leidenschaft für das Fremde und Böse«, wie sie stets sagte, zu befriedigen und Literatur anzukaufen. Das Budget war jedoch so gering bemessen, dass sich Johanna oft nur beschädigte Exemplare leisten konnte. Manche Einbände waren aufgerissen oder fleckig, die Schrift war schwer leserlich, und so manche Seite fehlte oder lag lose bei. Allerdings versuchte der Würzburger Buchhändler selbst für solche Bücher noch möglichst viel Geld herauszuschlagen, weshalb Johanna gezwungen war, ganze Nachmittage hindurch mit ihm zu feilschen, bis er aufgab und lauthals wünschte, dass Johanna in einen Orden mit Schweigegelübde übertreten möge.

Sie war sich jedoch sicher, dass das Schlitzohr – kaum, dass sie den Laden verlassen hatte – stets sein Grinsen wiederfand. Denn die Werke, für die Johanna sich interessierte, waren kaum gefragt. Viele waren vor langer, manche vor sehr langer Zeit verfasst worden, und die Sprache, derer sie sich bedienten, war eine schwer verständliche. Das Deutsch war noch ein anderes gewesen, das Latein eher selten, und das Griechisch, das Johanna eigens gelernt hatte, um ihre Studien auszuweiten, verstand ohnehin kaum noch jemand. Derzeit lernte Johanna Französisch, was es ihr ermöglichte, das zweite Buch, das Traumbuch des Michel de Nostredame, zu lesen.

Sie war in jenem Buch zwanzig Seiten weit gekommen, als Robert an ihrer Tür klopfte.

»Ich habe schon auf Euch gewartet, Leutnant. Ihr könnt mir helfen. Gibt es etwas Neues?«

»Nein. Außer, dass ich das Gefühl habe, dass der Regen immer schlimmer wird. Die Böden sind völlig aufgeweicht, die Rinnsale zu Bächen geworden und die Bäche zu reißenden Flüssen. Ich sehe nicht, wie ich innerhalb der nächsten Woche die Brücke instand setzen könnte.«

»Seid Ihr noch immer so versessen darauf, Eure Gifttheorie dem König zu melden?«

Er setzte sich auf den Stuhl neben Johanna, nahm den Hut vom Kopf, knöpfte sich seine blaue Uniformjacke halb auf und lehnte sich körperlich entspannt, aber nachdenklich zurück.

Johanna wusste, was er gleich sagen würde. Obwohl sie ihn erst seit vorgestern kannte, konnte sie ihn bereits gut einschätzen. Das vermochte sie durchaus nicht bei jedermann, und dass es ihr bei Robert gelang, lag nicht daran, dass er von simplem Gemüt gewesen wäre.

Es hatte etwas mit Sympathie zu tun. Da sie den Leutnant mochte, ließ sie sich auf seine Art zu denken ein – was nicht hieß, dass sie sie immer teilte. Doch sie konnte sie nachvollziehen. Und für das, was er als Nächstes sagte, hatte sie sogar großen Respekt.

»Ich muss mich korrigieren«, sagte er. »Nein, falsch. Ich möchte mich korrigieren. Nach dem gestrigen Erlebnis mit der Besessenen … Kurz gesagt: Ihr hattet recht, als Ihr meine These für töricht hieltet, mehr noch, für … für …«

»Idiotisch?«

»Danke sehr, dieses Wort hat mir gefehlt.«

»Mir nicht«, sagte sie.

Er konnte schon wieder lächeln, und Johanna schob ihm – wie ein kleines Mädchen es für seinen untröstlichen Spielkameraden tun würde – die zweite Hälfte des Schmalzbrotes zu.

Viel zu wenige Menschen waren in der Lage, ihre Irrtümer zu benennen und sich gegen sie zu wenden. Lieber ließen sie sich von ihnen mitreißen, auch und gerade dann, wenn sie sie im tiefsten Innern erkannt hatten. Leutnant von Collas gehörte nicht zu ihnen.

»Wie geht es Gerlinde Menzel?«, fragte sie, nicht nur, um das Thema zu wechseln.

»Brütet reglos vor sich hin wie ein Sumpfhuhn.«

»Bedenkt, sie ist eine arme Seele.«

»Ich weiß, doch das hilft mir nicht weiter. Außerdem habe ich das Gefühl, dass dieser Regen nicht nur die Erde, sondern auch meine Geduld aufweicht.«

»Das ist normal. Als Offizier seid Ihr dahingehend erzogen, die Kontrolle zu gewinnen. Das verlangen Eure Vorgesetzten von Euch, so wie Ihr es von Euren Untergebenen verlangt. Aber das Wetter ist unkontrollierbar und die Situation im Dorf ist es auch.«

»Und Euch geht das nicht auf die Nerven?«

»Nonnen unterscheiden sich von Soldaten in vielerlei Hinsicht ...«

»Allerdings!«, unterbrach er sie.

»... unter anderem darin, dass unser Vorgesetzter schwer durchschaubar ist. Wir sind es gewöhnt, mit seinen Launen zu leben, und so manche seiner Launen dauert ein ganzes Jahrhundert. Ihr seht, wir nehmen unsere Bestimmung an und machen das Beste daraus. Betrachtet zum Beispiel diese dreitausend Seiten schlecht beschriebenen Papiers, die vor mir liegen. Jeder normale Mensch würde schreiend davonlaufen. Und was mache ich?«

»Sie lesen. Ihr habt mein volles Mitgefühl.«

»Ihr habt mir nicht zugehört. Ich sagte doch, wir Nonnen machen stets das Beste aus allem. Ich werde bloß die Hälfte von diesem Zeug lesen. Und die andere Hälfte ... Möchtet Ihr den Satz vervollständigen?«

»Ihr seid eine Tyrannin.«

»Selbstverständlich! Würde es mir sonst solche Freude bereiten, im Kloster Kranke zu pflegen?« Sie schob ihm das dickste Buch zu. »Hier bitte, Ihr dürft in *Satans Spuren* nach Pendeln suchen. Im Spurenlesen seid Ihr als Soldat ja geübt. Waidmanns Heil.«

Die nächste Stunde schleppte sich zäh und schweigsam dahin. Einzig ein gelegentliches Rascheln des Papiers, wenn Seiten umgeblättert wurden, und das beständige Klopfen des Regens gegen die Fenster erfüllten den Raum.

Das trübe Licht und die unangenehme Herbstkälte machten die Aufgabe für Johanna und Robert nicht angenehmer, und die Erfolglosigkeit tat ein Übriges, um in Resignation zu verfallen. Zwei Bücher waren durchgeblättert, zwei weitere lagen bleischwer in den Händen. Und von einem Pendel nirgendwo ein Wort.

Das überraschte Johanna nicht. Sie war bei ihren jahrelangen Studien noch nie einem Pendel begegnet, immer nur anderen Symbolen des Bösen. Raben und Krähen galten als Tarnungen für Magier; der Satan steckte angeblich in Fledermäusen, denen man auch nachsagte, sich bei Nacht in langen Frauenhaaren zu verfangen und die Köpfe auszusaugen, weshalb von den Frauen Nachthauben getragen wurden; die Schlange war Symbol teuflischer Verführung und Finsternis, aber auch Vorbote und Künder der Apokalypse; Wölfe waren Begleiter von allerlei dunklem Volk der Unterwelt, und wer einen Totenkopf fand, der hatte nicht mehr lange zu leben; umgekehrte Pentagramme wurden von Teufelsbeschwörern verwendet. All diese Tiere und Symbole wurden – nach Epoche und Kulturraum ganz unterschiedlich – mit dem Bösen in Verbindung gebracht, und zu Recht oder zu Unrecht wurde ihnen etwas Dunkles, Abstoßendes oder Gefährliches zugeschrieben. Aber auch so verführerischen Dingen wie dem Geld wohnte das Böse inne, da es Gier hervorbrachte.

Ein Pendel wies keines dieser Merkmale auf, es stieß nicht ab und zog nicht an. Und doch kam ihm – da war Johanna sich fast sicher – eine Bedeutung in diesem Rätsel zu.

Und dann rückte des Rätsels Lösung in einem einzigen Satz ganz plötzlich näher.

Robert sagte: »Hier steht etwas von einem Pendel.«

Johanna nahm das Buch von ihm entgegen und lies sich die Stelle zeigen. Das Pendel fand nur kurze Erwähnung.

Sie las: »Kelten und Germanen kannten wie fast alle Heiden die Kräfte der Magneten, in denen sie Gesteine aus der Zeit vor der Entstehung der Welt sahen, als das Chaos herrschte. Dem Chaos schrieben sie das Pendel als Symbol zu. Von den Germanen weiß man, dass sie es in Runen schnitzten und ihm unheilvolle Bedeutung beimaßen.«

Dieser kleine Absatz war der einzige Hinweis, danach wurde über andere Symbole geschrieben, die nichts mehr mit dem Pendel zu tun hatten.

Johanna dachte nach.

Robert sagte: »Tja, und jetzt? Ich wüsste nicht, wie uns das weiterhelfen könnte. Die Germanen kannten Magneten und Pendel und glaubten, das Chaos habe sie erschaffen. Welches Chaos? Und was hat das mit uns zu tun?«

»Nicht so eilig, Leutnant. Ihr stellt die richtigen Fragen, aber an ihre Beantwortung müssen wir mit Sorgfalt gehen. Bitte stoßt die Eisenkugel an.«

»Ich soll … Wozu? Also gut, wenn es Euch weiterhilft.«

Robert nahm die kleine Eisenkugel, die nicht größer als eine Erbse war, zwischen Daumen und Zeigefinger, hob sie ein wenig an und ließ sie dann los. Das Pendel schlug in alle Richtungen aus, mal heftig, mal moderat, und es dauerte beinahe eine Minute, bis es, von einem der Magneten eingefangen, zum Stillstand kam.

»Und nun, Leutnant, wiederholt den Vorgang, wobei Ihr bitte darauf achtet, die Kugel in möglichst derselben Position loszulassen.«

Dieses Mal wurde die Kugel von einem anderen Magneten eingefangen.

»Habt Ihr bemerkt«, fragte Johanna, »dass die Kugel von dem Moment an, als Ihr losgelassen habt, einen anderen Weg genommen hat als beim ersten Mal?«

»Natürlich.«

»Ihr könntet tausend Versuche starten, aber keiner würde so verlaufen wie beim ersten Mal, keiner wie beim zweiten, dritten, zehnten, fünfundsechzigsten, siebenhundertzweiundvierzigsten Mal. Zwar pendelt sich die Kugel stets über einem der drei Magneten ein, aber die Flugbahn ist immer eine andere. Sie ist unvorhersehbar und unberechenbar, folglich also …«

»Chaotisch«, stellte Robert fest.

»Chaotisch«, bestätigte Johanna. »Die Kelten und Germanen hatten wenig Ahnung von Naturwissenschaften. Wenn man ein einfaches bildliches Symbol für das Chaos sucht, dann ist das magnetische Pendel geradezu ideal.«

»Einverstanden. Aber ich verstehe immer noch nicht …«

»Ich auch nicht«, unterbrach ihn Johanna.

Sie dachte nach. Sie versuchte sich an alles zu erinnern, was sie bisher über das Chaos gelesen haben könnte, aber ihr, der Expertin für das Böse und Übersinnliche, fiel einfach nichts ein. Es sah so aus, als wären sie nicht viel weiter als vor Roberts Entdeckung.

»Ich weiß über das Chaos nur«, sagte Robert, »was in der Bibel darüber steht.«

Johanna nickte. »Der erste Satz der Bibel: Am Anfang war die Erde wüst und leer. Im Hebräischen steht für ›wüst und leer‹ das Wort ›tohuvavohu‹, was besser mit ›Chaos‹ übersetzt wird.«

Roberts Hinweis auf den ersten Satz der Heiligen Schrift war interessant, erinnerte er Johanna doch daran, dass das Chaos nach christlichem Verständnis mit Gottes Schöpfung bezwungen war. Trotzdem gab es Anzeichen für seine Präsenz in diesem Dorf. Fand hier eine Art Kampf statt? Waren die Vorfälle in Ödrode Anzeichen für die Rückkehr des Chaos? Irgendwo hatte sie schon einmal darüber gelesen.

Dann fiel es ihr ein. Vor einigen Jahren hatte sie eher zufällig ein viele Hundert Jahre altes Buch erworben, das die wichtigsten Berichte der Missionare zusammenfasste, die in der Zeit der Völkerwanderung den Heiden das Christentum gebracht hatten, wie zum Beispiel Remigius, dem Frankenmissionar, Patrick, der die Iren bekehrt hatte, Willibrord die Friesen und Bonifatius die Hessen.

Sie alle hatten ihre Erlebnisse mit den Heiden nach Rom berichtet und auf diese Weise Zeugnis abgelegt von den Mühen, Widerständen und Erfolgen ihrer Missionierung im Namen des Herrn.

Bonifatius hatte im Jahr 723 die Donareiche gefällt, um den Heiden vor Augen zu führen, dass ihre Götter machtlos geworden und gestürzt waren. Viele ließen sich daraufhin von ihm taufen. Die letzten Zweifler jedoch musste er mit Worten überzeugen. Er schlug sie mit ihren eigenen Waffen, indem er sich der germanischen Mythologie bediente.

Wie lauteten noch gleich seine Worte?

Johanna eilte zu ihren Bücherkoffern. Der Leutnant fragte sie etwas, doch sie war voll konzentriert auf der Suche nach diesem einen Buch. Hatte sie es überhaupt mitgenommen? Sie war sich nicht sicher. Johannas ureigene kleine Klosterbibliothek umfasste etwa einhundertfünfzig Bücher, doch sie hatte nicht mehr als ein Drittel davon auf die Reise in den Harz mitnehmen können. Da sie in Würzburg noch nicht gewusst hatte, in welche Richtung das Rätsel sich entwickeln würde, war ihr die Auswahl an Literatur schwergefallen. So manche Entscheidung, ein Buch mitzunehmen oder zurückzulassen, hatte sie willkürlich fällen müssen.

Sie durchwühlte den ersten und zweiten Koffer, aber erst im dritten, und zwar ganz unten, fand sie das, was sie gesucht hatte.

»Gott sei Dank«, rief sie und drückte den halb verfallenen Einband wie ein Kind an sich.

Missus sacratus, Heilige Sendung, lautete der Titel. Im Kapitel über Bonifatius schlug sie die entsprechende Stelle nach, von der sie sich einen weiteren Hinweis erhoffte.

Laut las sie vor: »Und als Bonifatius einige Monate

nach dem Fällen der Donareiche auf verstockte Heiden traf, die zwar daran glaubten, dass ihre Götter gestürzt waren, nicht aber, dass der Christengott der wahre Gott sei, hielt er ihnen ihre eigenen Überlieferungen vor. Demnach folgte der Götterdämmerung, die sie Ragnarok nannten, das große Chaos. Denn nur Lugus, der der Gott des Chaos war, überlebt die Götterdämmerung. ›Doch wo‹, fragte Bonifatius, ›ist das große Chaos? Es ist ausgeblieben. Christus ist stärker als Lugus. Lugus ist zusammen mit den anderen Göttern gestorben, er wurde vom himmlischen Herrn verschlungen, und entstehen kann nun das Reich Gottes auf Erden.‹ Freilich verschwieg er ihnen, dass ein junger germanischer Priester namens Fenrir, den Bonifatius verfolgen ließ, durch die Lande zog und von seiner Religion zu retten versuchte, was möglich war. Er behauptete, Lugus schlafe nur und werde nach tausend Sommersonnenwenden erwachen. Was dann geschehe, wisse niemand.«

Johanna schlug das Buch zu.

»Da steht noch mehr, aber nichts mehr über diesen Lugus.«

»Ihr glaubt doch nicht etwa …? Dies ist eine heidnische Legende, also bloß eine Geschichte, nicht mehr und nicht weniger. Es gibt keinen Lugus, und es hat niemals einen Lugus gegeben. Er existierte nur in den Köpfen der Heiden.«

»Tausend Jahre Schlaf, Leutnant. Die Donareiche wurde im Jahr 723 nach der Geburt des Heilands gefällt. Wir schreiben das Jahr 1729, und die bösen Ereignisse in dieser Gegend nahmen vor wenigen Jahren ihren Anfang.«

»Und die Donareiche stand im Harz?«

»Nein, bei Fritzlar in Hessen.«

»Seht Ihr.«

»Nordhessen ist nicht allzu weit entfernt. Es kann tausend Erklärungen dafür geben, dass …«

»Als Nonne könnt Ihr doch nicht ernsthaft an heidnische Götter und Monster glauben.«

»Ich webe gleichsam an einem Teppich, dessen Muster sich mir nur langsam erschließt, Faden auf Faden. Das Pendel symbolisiert das Chaos, das Chaos wird von Lugus personifiziert, und Lugus wurde vor eintausendsechs Jahren von der Götterdämmerung verschont.«

»Da es keine Götter gab, gab es auch keine Götterdämmerung. Muss ich das tatsächlich einer Braut Christi erklären?«

»Erinnert Ihr Euch, was Ihr sagtet, als ich in der Schänke mit Gerlinde Menzel in Verbindung trat und ihre verworrenen Empfindungen wiedergab?«

»Nein, nicht mehr so genau.«

»Ihr sagtet wortwörtlich: Das reinste Gefühlschaos. Damit hattet Ihr den Nagel auf den Kopf getroffen. Chaos war die knappeste und beste Beschreibung für das, was in dieser Frau vorging, und das trifft ebenso auf die anderen Phänomene zu, von denen wir erfahren haben. Wir stoßen wieder und wieder auf dieses Wort, auf das Chaos. Dafür muss es einen Grund geben.«

»Einverstanden. Aber ich weigere mich, an einen Gott namens Lugus zu glauben.«

Johanna nickte. »Ich teile Eure Skepsis, Leutnant. Der Begriff Gott hat auch mir sehr zu schaffen gemacht, seit ich mich mit Phänomenen wie jenem, welches wir untersuchen, beschäftige. Ich habe jedoch zu akzeptieren gelernt, dass es Dinge gibt zwischen Himmel und Erde, die unser derzeitiges Wissen übersteigen.«

»In der Bibel steht nichts von Geistern und Göttern.«

»Das weiß ich selbst«, fuhr sie ihn ungeduldig an, »aber wir müssen uns jetzt mit Fakten auseinandersetzen. Starrköpfigkeit bringt uns nicht weiter.«

Johanna hatte zu heftig reagiert. Sie versuchte immer, stark zu sein, aber auch ihr verlangte das bedrohliche Geheimnis um Lugus einiges ab. Dass sie beinahe von Gerlinde Menzel erwürgt worden wäre, steckte ihr nicht nur in den Knochen und verursachte ihr starke Halsschmerzen, die sie so schnell nicht loswurde, sondern zerrte auch an ihren Nerven. Noch immer zitterte sie, wenn sie daran dachte, wozu dieses Wesen, mit dem sie es hier zu tun hatten, fähig war.

In diesem Augenblick wurde das Gespräch von einem aufgeregten Klopfen an der Tür unterbrochen.

»Ja, bitte«, rief Johanna.

Die Gräfin kam in das Zimmer gerannt. Sie war außer Atem und kreidebleich.

Robert stürzte sofort auf sie zu, um sie aufzufangen, bevor sie zusammenbrach.

»Was ist mit Euch?«

Er führte sie behutsam zu einem Sessel.

»Es ist …«, keuchte sie, konnte jedoch nicht weitersprechen.

Johanna brachte einen Becher Wasser, Robert nahm ihn entgegen und half der Gräfin, einen Schluck zu trinken.

»Ganz ruhig«, flüsterte er ihr zu.

Die Gräfin sah abwechselnd Robert und Johanna an. »Es ist etwas Schreckliches passiert.«

20

Ida atmete schwer. Sie lief viel zu schnell, was nur zum Teil mit dem heftigen Regen zu tun hatte, der auf sie niederprasselte. Benedikt Pohl folgte ihr im Abstand von wenigen Schritten.

»Wieso laufen Sie vor mir weg?«, fragte er. »Haben Sie Angst vor mir?«

»Ich laufe nicht vor Ihnen weg. Ich habe keine Angst.«

»Ist das Ihre übliche Gehgeschwindigkeit?«

Das war sie natürlich nicht. Ida kam bereits aus der Puste.

»Ich will auf dem schnellsten Weg zum Schloss, um dem Leutnant zu berichten, was ich beobachtet habe. Mit Ihnen hat das überhaupt nichts zu tun«, antwortete Ida und versuchte, sich ihre Atemlosigkeit nicht anmerken zu lassen.

»Irgendetwas passt Ihnen nicht, das spüre ich genau.«

»Ich habe gerade mit ansehen müssen, wie eine Frau …«

»Nein, das meine ich nicht. Es geht um etwas, das mit mir zu tun hat.«

»Ich glaube, Sie bilden sich zu viel ein. Es dreht sich nämlich nicht immer alles um Sie.«

»Sie weichen mir aus.«

»Überhaupt nicht. Aber wenn es so wäre, hätte ich allen Grund dazu. Überall müssen Sie sich hineindrängen, mir überallhin folgen …«

Beinahe stürzte sie auf dem schlammigen Weg. Benedikt sprang ihr bei, doch Ida wies seine Hilfe zurück.

»Danke, ich komme allein zurecht«, sagte sie und

setzte ihren schnellen Fußmarsch fort. Ida war von der Heftigkeit ihrer Worte und Gesten überrascht. So kannte sie sich nicht, Patzigkeit war nicht ihre Art. Aber Benedikts Nähe löste etwas in ihr aus. Sie hatte das unbestimmte Gefühl, sich gegen ihn wehren zu müssen, obwohl er ihr keinen ersichtlichen Grund dafür lieferte.

»Verzeihen Sie mir, gnädiges Fräulein, aber Sie verhalten sich kindisch.«

Sie blieb abrupt stehen. »Kindisch? Kindisch, ich? Dazu kann ich nur sagen, Herr Pohl, dass Ihr Verhalten weit mehr einem Kind ähnelt als meines. Sie kommen mir vor wie ein Halbwüchsiger, der seine ältere Schwester zu beschützen versucht.«

»Jüngere Schwester«, korrigierte er sie lächelnd.

Er stand ihr gegenüber, und weil er einen halben Kopf größer war als sie, traf sein plötzlich sehr inniger Blick sie von schräg oben. Seine Stimme wurde mild und leise, sie ging im Rauschen des Regens fast unter: »Nein, wirklich, ganz im Ernst, ich habe keineswegs das Gefühl, meine ältere Schwester beschützen zu müssen.«

Ida konnte seinem Blick nicht länger standhalten. »Warum sind Sie mir in den Wald gefolgt?«, fragte sie, sich halb von ihm abwendend.

»Als ich vorhin Geräusche vor meiner Zimmertür hörte, wollte ich nachsehen, was vor sich ging, und da habe ich Sie die Treppe hinuntergehen sehen. Ich habe mir Sorgen gemacht wegen … Sie wissen schon, wegen des Wetters und der Dämmerung und so weiter. Und mal Hand aufs Herz: Was wir da im Wald erlebt haben … Man ist in einer solchen Situation lieber nicht allein, oder?«

Genau besehen, hatte er recht. Dabei zu sein, wie ein Mensch starb, war eine belastende Erfahrung an sich, aber wenn dieser Mensch freiwillig in den Tod ging, wenn er in ein dunkles, tiefes Loch sprang, war das gruselig und albtraumhaft.

Was war nur in der armen Frau vorgegangen? Diese ruhige Entschlossenheit hatte Ida noch nie bei einem Menschen beobachtet. Die Wirtin schien ohne innere Regung gewesen zu sein, nicht anders, als würde sie lediglich die Schwelle von einem Raum in den anderen überschreiten.

Es gab Hunderte Arten, sich das Leben zu nehmen. In Idas Heimatstadt hatten sich schon Leute erhängt, erschossen, die Adern geöffnet … Man hörte von solchen armen Seelen. Aber das Schlimmste, was man sich antun konnte, war, an einem nebligen, verregneten Morgen in eine Spalte im Wald zu springen, von der man nicht wusste, wie tief sie war und was sich an ihrem Grund befand. Was, wenn man bei dem Sprung nicht starb? Man würde verhungern. Was, wenn sich dort unten ein Sumpf befand, in dem man ganz allmählich versinken würde? Oder ein grausames Tier, das einen nur verletzen und dann Stück für Stück bei lebendigem Leib …

Ida erschauerte bei diesem Gedanken und war milder gestimmt, als sie zu Benedikt sagte: »Nun ist es aber genug. Sie meinen es sicherlich gut. Ich kann niemandem wirklich böse sein, der sich um mich sorgt. Und es passieren hier merkwürdige Dinge. Ich mache Ihnen keinen Vorwurf mehr, dass Sie mir gefolgt sind. Aber in Zukunft unterlassen Sie das bitte. Denken Sie daran, dass Sie ein Fremder für mich sind, nichts weiter.«

Eine Weile gingen sie schweigend nebeneinander her. Ida wagte nicht, Benedikt anzusehen. Als sie den Wald verlassen hatten, sagte sie: »Von hier ab gehe ich allein weiter, Herr Pohl. Das Schloss ist nicht mehr weit. Ich hoffe, den Leutnant dort anzutreffen, um ihm den Vorfall zu berichten. Guten Tag einstweilen.«

Nachdem Ida ein paar Meter gegangen war, bemerkte sie, dass Benedikt ihr weiterhin folgte.

Verärgert wandte sie sich zu ihm um.

»Sie vergessen«, sagte er mit einer gewissen Genugtuung, »dass auch ich den Vorfall mit der Wirtin beobachtet habe. Ich bin ein Zeuge wie Sie.«

»Sie haben weit hinter mir gestanden und fast gar nichts gesehen.«

»Das sollen andere beurteilen. Darf ich vorschlagen, dass wir den Weg fortsetzen.«

Das taten sie denn auch, ohne noch ein einziges Wort zu wechseln.

Ida fühlte sich so elend wie nie zuvor. Da saß sie nun zum ersten Mal in ihrem Leben in einem Schloss, das zudem wunderschön eingerichtet war – rote Samtbezüge, große Spiegel, geschwungene Tisch- und Stuhlbeine, Porzellantassen –, und konnte keinen einzigen Moment genießen. Sie fror von den Ohren bis zu den Zehenspitzen, der Rock ihres Kleides triefte vor Nässe, wohingegen der obere Teil völlig verschwitzt vom Laufen war.

»Armes Kind«, murmelte die wohlbeleibte Magd, die ihr eine warme Decke und heiße Schokolade brachte.

Ida war der Magd, die sich als Marthe vorstellte, sehr dankbar, aber sie hätte ihr am liebsten den Mund zugehalten, als sie, an Benedikt Pohl gewandt, sagte: »Kümmern Sie sich bitte um sie, junger Herr. Der Herr Leutnant wird sicherlich gleich kommen. Die Gräfin holt ihn.«

Schweigend warteten Ida und Benedikt darauf, dass Robert von Collas kam. Ida füllte sich den Bauch mit heißer Schokolade, von der sie innerlich gewärmt wurde. Sie trank mit zitternder Hand die ganze Kanne leer und merkte erst bei der letzten Tasse, dass Benedikt das heiße Getränk nicht angerührt hatte, obwohl er kaum weniger fror als sie. Er vermied es sowohl, sie anzusehen, als auch das Wort an sie zu richten. Stattdessen holte er Pfeife und Zunderbeutel hervor, ohne die er wohl nie das Haus verließ, und sie wurde Zeugin einer Prozedur, der sie in den letzten Tagen schon ein Dutzend Mal unfreiwillig in der Kutsche und in der Schänke beigewohnt hatte.

Benedikt Pohl streute eine Prise Zunder in eine kleine Holzschale, erzeugte Funken, indem er Feuerstahl gegen Pyrit schlug, entzündete auf diese Weise den Zunder und hielt ein dünnes Schwefelholz in die Glut. Damit steckte er sich seine Tonpfeife an, die er zuvor mit Tabak gestopft hatte. Und das alles in größter Seelenruhe.

Endlich traf der Leutnant im Salon ein, gefolgt von Schwester Johanna und der Gräfin. Wie es sich gehörte, machte Ida vor der Gräfin ihren Dienstmädchenknicks. In Anwesenheit von hochgestellten Persönlichkeiten war sie stets befangen, das lag an ihrer niederen Stellung, und so verpasste sie die Gelegenheit, als Erste das Wort zu ergreifen. Leutnant von Collas wandte sich an Benedikt. »Sie haben schlechte Nachricht, wie ich gehört habe. Ein weiterer Todesfall?«

»Ja, Leutnant«, antwortete Benedikt. »Doch Ihr solltet mit Fräulein Ida sprechen. Sie war viel näher am Geschehen, und dass wir diese Beobachtung machen konnten, ist allein ihr zu verdanken. Sie war sehr mutig.«

»Fräulein Ida«, wandte sich der Leutnant erwartungsvoll an sie. »Bitte berichtet uns. Wir sind gespannt.«

Ida war sowohl von Benedikt Pohls Geste überrascht wie auch darüber, so plötzlich im Zentrum der Aufmerksamkeit zu stehen. Doch sie sammelte sich und erzählte die Geschichte von Anfang an, ohne ins Stocken zu geraten. Als sie damit fertig war, wurde sie von Schwester Johanna durch ein Lächeln und ermutigendes Nicken dazu aufgefordert, die Gelegenheit zu nutzen, um auch die Geschichte der vorgestrigen Nacht zu erzählen. Also fasste sie sich ein Herz.

Es gelang ihr diesmal jedoch nicht, einen flüssigen Bericht abzuliefern. Immer wieder musste sie innehalten. Sie fand, dass sich das, was sie erzählte, unglaubwürdig anhörte, und hätte sie es nicht selbst erlebt, hätte sie sich wohl ebenso verhalten wie der Leutnant, die Gräfin, deren Dienstmagd und Benedikt Pohl, die sich gegenseitig Blicke zuwarfen, so wie man es tut, wenn jemand flunkert und Ammenmärchen erzählt.

Die Sache mit dem Hund ging ja noch. Jeder hatte ihn tags zuvor im Wald gesehen. Aber als sie an die Stelle mit dem Wesen aus Wind und Laub kam, konnte sie niemandem mehr in die Augen sehen, noch nicht einmal Schwester Johanna, die ihr geglaubt und sie zur Wahrheit ermuntert hatte. Das Weitere zu berichten fiel ihr immer schwerer, und beim letzten Satz versagte ihr die Stimme ganz. Zu der Peinlichkeit, die Ida empfand, kam noch die schreckliche Erinnerung, und einen Augenblick lang hätte sie sich am liebsten in Schwester Johannas Arme geflüchtet.

Sie wartete darauf, dass der Leutnant sich räusperte und ihr einen mitleidigen Blick zuwarf. Doch er tat nichts dergleichen. Allerdings ging er auf die Geschichte mit dem Hund und der Laubgestalt überhaupt nicht ein, sondern befragte sie ausschließlich zu dem Vorfall mit der Wirtin.

»Und Sie haben wirklich keine Anzeichen von Verwirrung oder Furcht bei dieser Frau entdeckt?«

»Nein, Herr Leutnant.«

»Auch nicht als sie am Rand der Erdspalte stand?«

»Sie war die Ruhe selbst, Herr Leutnant. Ich fand sogar, dass sie ein bisschen – sie sah gelangweilt aus.«

»Gelangweilt? Sind Sie sicher?«

»Sie wirkte irgendwie – mir fällt das richtige Wort nicht ein.«

»Unbeteiligt«, half ihr Benedikt.

»Ja, das stimmt, Herr Leutnant«, griff Ida das Wort auf. »Sie wirkte unbeteiligt. Und noch etwas war seltsam: Sie sprang kopfüber in die Spalte. Das ist mir gleich aufgefallen.«

»Was finden Sie daran seltsam?«, fragte Robert.

»Ich weiß nicht – ich habe mir nie Gedanken um so etwas gemacht –, aber wenn ich – also Ihr versteht –, falls ich mich dafür entschieden hätte, in den Tod zu springen, dann würde ich das nicht kopfüber tun. Außer wenn ich verzweifelt und wild wäre, aber das war die Wirtin nicht, wie ich schon sagte.«

Der Leutnant dachte einen Moment darüber nach, dann nickte er.

»Das haben Sie gut beobachtet«, lobte er.

Nun wandte er sich Benedikt Pohl zu. »Sie haben also dasselbe wie Fräulein Ida beobachtet? Haben Sie sie begleitet?«

»N-nein, Herr Leutnant, begleitet kann man das wohl nicht so ganz nennen.«

»Sondern? Ich höre.«

»Ich bin ihr nachgegangen, als ich sie aus der Schänke gehen sah.«

»Warum?«

»Ich habe mir Sorgen gemacht. Ich war immer ungefähr fünfzig Schritte hinter ihr. Der Frühnebel war ziemlich dicht, so habe ich zunächst nicht bemerkt, dass auch Ida – Fräulein Krüger – jemandem folgte. Ich dachte, sie geht spazieren oder …«

»Oder?«

»Oder besucht jemanden. Die Wirtin habe ich erst gesehen, als sie bereits vor der Erdspalte stand. Ich kann jedes Wort bestätigen, das Fräulein Krüger sagte.«

»Sie finden die Stelle wieder, an der die Wirtin in den Tod sprang?«

»Ja, ohne Weiteres.«

»Dann gehen Sie zurück in die Schänke und ziehen sich trockene und warme Sachen an. In einer Stunde hole ich Sie ab.«

»Ich komme mit in den Wald«, sagte Ida und rief damit beim Leutnant Stirnrunzeln hervor.

»Also bitte. Aber wenn wir im Wald sind, dann befolgen Sie meine Anweisungen. Darüber wird nicht verhandelt. Habe ich mich deutlich ausgedrückt?«

Ida nickte. Am liebsten wäre sie dem Leutnant um den Hals gefallen. Am heutigen Tag hatte sie zum ersten Mal in ihrem Leben ihre Ängste überwunden.

21

Johanna saß in ihrem Zimmer zwischen den aufgeschlagenen Büchern. Sie war nicht mit den anderen in den Wald gegangen. Was der Leutnant vorhatte, war verwegen und notwendig, und sie betete für seine unversehrte Rückkehr, aber dort im Wald konnte Johanna nichts tun. Ihr Platz war bei den Schriften, die Auskunft über Lugus gaben. Lag sie richtig, was ihn anging? Sie konnte sich auch irren. So überzeugt, wie sie vor dem Leutnant getan hatte, war sie nicht.

Zwar schien ihr die literarische Spur, die zu Lugus führte, lückenlos zu sein, aber es erforderte viel Fantasie und intellektuellen Mut, um anzunehmen, dass ein mythologisches Wesen die Ursache des Übels war, das diese Harzregion heimsuchte. Machte sich vielleicht nur jemand seine Kräfte zunutze? Aber wieso hier? Wieso gerade jetzt? Und warum? Wer oder was genau war Lugus? Welchen Schaden konnte er anrichten? War auch sie in Lebensgefahr? In Anbetracht dieser zahlreichen offenen Fragen schien es geradezu vermessen, schon jetzt an das Ende zu denken: Wie wurde man dem Chaos Herr, wie war Lugus zu bezwingen oder zu vertreiben? Die Antwort darauf – wenn es überhaupt eine gab – lag wohl noch in weiter, weiter Ferne.

Als Erstes nahm Johanna sich *Yggdrasil* vor, jenes Buch, für das Marthe sich interessiert hatte und das die germanische und keltische Götterwelt behandelte. Das Buch war von einem Anonymus geschrieben worden, und zwar kurz nach dem Fällen der Donareiche und dem Anfang vom Ende des germanischen Heidentums. Es nahm explizit Bezug auf dieses Ereignis, das den Verfasser sehr mitgenommen haben musste. Nur wenige Gegenden Mitteleuropas waren noch nicht zum Christentum bekehrt, dementsprechend wehmütig war der Tonfall.

Wie auch immer, die schlechte Nachricht war, dass eben dieses enorme Alter des Buches Johanna in die größten Schwierigkeiten brachte. Die Schrift war noch blasser als in den anderen Folianten, die sie mit sich führte. Auf einigen Seiten konnte Johanna selbst mit einem Vergrößerungsglas kaum entziffern, was dort stand. Jedes Wort war eine neue Herausforderung. Buchstabe für Buchstabe mühte sie sich voran und übertrug das Gelesene auf ein Papier, um irgendwann zu merken, dass das vorliegende Kapitel noch nicht das richtige war. Mehrmals machte sie einen Neuanfang auf einer anderen Seite, las über Thor und Wotan, über Freyr und Gefjon, Hel und Mimir, über die Götterwelt Asgard und über Yggdrasil, den germanisch-keltischen Kosmos, der dem Werk seinen Namen gegeben hatte. Es verging eine geschlagene Stunde, bis sie erstmals auf den Namen Lugus stieß.

Sie las und schrieb: »Lugus ist der Einzige unter den Göttern, von dem man sich keine Vorstellung macht. Seine Gestalt ist nicht überliefert, er hat keine heiligen Stätten und keiner betet ihn an. Von allen Bewohnern Walhalls und Asgards ist er der unberechenbarste.«

Allein für diese drei Sätze brauchte Johanna beinahe eine halbe Stunde – und das Kapitel umfasste zwölf Seiten.

Sie las und schrieb weiter: »Er übertrifft alle an Schlauheit und Tücke. Seine Werkzeuge sind Betrug und Täuschung. Er sät Zwietracht und Chaos unter den Göttern, und nie kann man sich sicher sein, ob ein Streit nicht von ihm entfacht wurde, gleich einem Feuer, das der wechselnde Wind in alle Richtungen treibt und alle verschlingt, sowohl jene, die vor ihm davonlaufen als auch andere, die sich mühen, es zu löschen. Daher haben die Götter seine Macht auf Erden begrenzt. Denn wie groß erst wäre seine Gewalt über die Menschen, wenn schon die Götterwelt Asgard durch ihn in große Wirrnis gestürzt wurde.

Doch es ist geschrieben und geweissagt und von mir selbst beschworen, dass er den Weltuntergang überdauert und der Letzte seiner Art sein werde und dass er aus dem Stamm einer Eiche auf die Erde kommen und großes Unheil bringen werde. Er wird die Menschen in seine arglistigen Fallen locken …«

Johanna legte die Feder zur Seite. Ihre Augen schmerzten und ihr Nacken war verhärtet. Sie gönnte sich eine kurze Pause und dachte über das nach, was sie gelesen hatte. Zwietracht, Chaos und Unheil waren Begriffe, mit denen man durchaus die Situation vor Ort beschreiben konnte. Allerdings fehlten noch immer eindeutige Beweise für die Existenz und das Wirken dieses Wesens. Wie lockte es die Menschen in die Falle? Durch Tücke, ja, doch welcher Art war diese Tücke? Und was geschah mit Menschen, die in seine Falle gerieten? Wie ging dieses Wesen vor? Woran erkannte man es? Das Buch sprach von der Gestalt eines jungen, schönen, anmutigen Mannes. Aber war es wirklich so einfach, den Übeltäter zu erkennen? Johanna glaubte das nicht. Das Buch betonte ausdrücklich Lugus' große Tücke und Fähigkeit zur Täuschung.

Es half nichts, sie musste weiterlesen.

22

Sie waren an der Stelle angekommen. Ida und Benedikt waren sich einig gewesen und hatten den Leutnant und seine drei Rekruten geradewegs dorthin geführt. Alles war wie zuvor, stellte Ida fest, nur der Nebel hatte sich inzwischen auf die Höhe der Baumkronen verzogen, wo er in Schwaden durch das Geäst trieb. Der Regen hatte aufgehört, tropfte jedoch schwer von den Ästen.

Ida setzte sich auf einen glatten Felsklotz und sah dem Leutnant bei seinen Vorbereitungen zum Abstieg zu. Der Weg durch den Morast war für sie beschwerlich gewesen. Aber wenigstens hatte sie trockene Füße. Als sie vor einer Stunde in die Schänke zurückgekehrt war, hatte ein Paar nagelneuer Stiefel vor der Zimmertür gestanden. Ein Zettel hatte dabeigelegen: »Herzlich. Paul.« Sie passten hervorragend, waren schön anzusehen und vor allem wetterfest. Und das Beste an ihnen war der Zeitpunkt ihrer Lieferung, gerade als Ida sich nichts sehnlicher gewünscht hatte, als aus ihren durchnässten Schuhen herauszukommen.

Ida holte Pauls Zettel hervor. Sie lächelte. Die Schrift darauf war kindlich ungeschickt. Man merkte, dass Paul nur selten schrieb, ja, dass er es fast verlernt hatte, wenn er es überhaupt je wirklich gelernt hatte. Umso mehr spürte sie die Anstrengung, die in den zwei Worten steckte. Was andere schnell und ohne nachzudenken zu Papier gebracht hätten, musste für den Schustergesellen Paul eine große Mühe bedeutet haben, der er sich nicht hätte unterziehen müssen, die er sich aber dennoch nicht hatte nehmen lassen. Der herzliche Gruß war herzlich gemeint. Paul hatte sogar ein Herz unter seine Unterschrift gemalt, es dann aber vielfach durchgestrichen. Dennoch war es für Ida noch zu erkennen.

Als Benedikt Pohl, der sich neben sie gesetzt hatte, aus den Augenwinkeln auf den Zettel blickte, steckte sie ihn wieder ein.

»Sehr schöne Stiefel«, sagte Benedikt.

»Danke. Aber wir sollten nicht von Stiefeln reden. Nicht an diesem Ort, an dem sich vor zwei Stunden eine Tragödie ereignet hat.«

»Wir haben die Wirtin doch kaum gekannt.«

»Ich finde das ziemlich herzlos von Ihnen, so zu reden.«

»Ich bin nicht herzlos. Ich bin bloß ehrlich. Die Frau hat mich nicht gemocht. Sie hat mir nur kleine Portionen zum Essen gegeben und mir eine zweite Decke für mein Bett verweigert. Warum sollte ich um sie trauern?«

»Dass sie Ihnen keine zweite Decke gab, ist noch lange kein Grund, Ihr etwas Schlechtes zu wünschen.«

»Das tue ich doch überhaupt nicht.«

Ida erhob sich und ging in die Nähe der Erdspalte. Sie wollte einem weiteren Gespräch mit Benedikt aus dem Weg gehen. Glücklicherweise wurden ihre Gedanken auf Robert von Collas gelenkt, der sich an den Abstieg machte.

Er hatte ein langes Seil so präpariert, dass dicke Doppelknoten in Abständen einer Beinlänge Halt und Stütze beim Hinunterklettern gaben. Die Rekruten machten es an einer stabilen Buche in einigen Schritten

Entfernung vom Abgrund fest. Zusätzlich band er sich ein zweites Seil um die Hüfte, an dem sein Trupp ihn abseilen würde. Ida bewunderte den Mut des Leutnants, einige Dutzend Meter in eine finstere, kalte, nasse und nicht allzu breite Spalte hinabzusteigen, in der er mindestens eine Tote finden würde – wenn nicht noch mehr, denn es waren in letzter Zeit ja wohl einige Leute spurlos verschwunden.

Aber vor allem bewunderte sie die Selbstsicherheit, mit der Robert auf sein Geschick vertraute. Der Abstieg würde kräftezehrend sein – wie sehr, das erfuhr Ida erst, als der Leutnant in der Spalte verschwunden war und die drei Soldaten untereinander ganz offen von einer Tollheit und Wahnsinnstat ihres Vorgesetzten sprachen, den, wie sie meinten, der Teufel ritt.

Nach diesen Worten vergingen nur wenige Momente, bis der Wind plötzlich auffrischte. Die Baumwipfel wankten, ein Rauschen und Flattern war zu hören. Dann wehte der Wind einen Hügel herab, ja, er war beinahe zu sehen, da er allerlei Laub und Zweige vor sich hertrieb. Binnen Sekunden hatte er die Wald- und Felsenlandschaft, in der Ida und die anderen sich befanden, erreicht. Er zerrte an den Hosen und Röcken, wehte den Rekruten die Hüte vom Kopf und wirbelte die mitgebrachten Utensilien durcheinander. Morsche Äste fielen herab. Das Pferd des Leutnants scheute und versuchte, in Panik und laut wiehernd, sich von der jungen Kiefer, an der es festgebunden war, loszureißen.

Ida konnte kaum noch etwas sehen. Wohin sie sich auch wandte, trieben ihr Laub und Schmutz ins Gesicht. Kein Fels bot Deckung. Die Rekruten riefen aufgeregt, doch das Brausen zerriss ihre Worte, von denen nur Bruchstücke übrig blieben. In diesem Durcheinander verloren sie sich aus den Augen.

Wo war Benedikt?

Sie rief seinen Namen. Er antwortete nicht.

Der Leutnant fiel ihr ein. Die Rekruten mussten ihn hochziehen.

Gegen den Wind ankämpfend, schritt Ida voran, um zur Erdspalte zu gelangen. Sie schützte ihre Augen mit den Händen.

Da sah sie etwas auf sich zukommen und sprang zur Seite.

Das Pferd galoppierte haarscharf an ihr vorbei, es streifte sie an der Schulter, sodass sie zu Boden fiel. Sie war unverletzt und rappelte sich wieder auf.

Kaum, dass sie stand, hörte sie einen Schrei, ohne zu wissen, woher er kam und wer ihn ausgestoßen hatte.

23

Es begann mit einem drohenden Heulen. Die röhrenartige Form der Erdspalte, die Robert hinunterstieg, verstärkte alle Geräusche von oben und ließ sie nachhallen. Als der Wind zu heulen anfing, rief Robert: »Was ist da oben los?«

»Ich weiß es nicht, Herr Leutnant«, antwortete einer der Rekruten. »Da hinten fegt eine Windböe durch den Wald. Sie – sie kommt auf uns zu. Besser, wir holen Euch wieder rauf.«

»Erzählt mir nicht, dass ihr euch vor einer Windböe in die Hosen macht.«

»Wirklich, Herr Leutnant. Das sieht nicht gut aus.«

Robert überlegte. Er war zehn, vielleicht zwölf Meter weit gekommen, und der Boden war noch nicht zu sehen. Er könnte oben nach dem Rechten sehen und später einen zweiten Versuch wagen.

»Also gut«, rief er widerwillig. »Zieht mich rauf.«

Die Soldaten zogen an dem Seil, das er sich um die Hüfte gebunden hatte, und halfen ihm so dabei, sich auf dem zweiten Seil von Knoten zu Knoten hinaufzuhangeln.

Er war zwei Knoten weit gekommen, als plötzlich Unmengen von Laub in die Spalte fielen. Auch allerlei Dreck, Staub und kleine Zweige regneten herab.

»Verdammt!«, rief er. »Macht schneller.«

Doch statt dass der Zug stärker wurde, ließ er nach.

»Was ist denn?«

Er bekam keine Antwort. Das Heulen des Windes wurde immer lauter, und es klang beinahe, als würde es von einer menschlichen Stimme ausgestoßen.

Die Seile begannen zu schwanken.

»He. Reißt euch gefälligst zusammen da oben. Ich komme mir vor wie auf einer Schaukel.«

Von oben kam nur Getöse.

»Antwortet mir! Ich will …«

Das Seil, das von seinen Leuten gehalten worden war und ihm zusätzlichen Halt geben sollte, verlor jegliche Spannung. Lose hing es von Roberts Hüfte. Das andere Seil begann immer stärker zu schwanken. Zwar konnte der Leutnant sich mit einer Hand an der Wand der Spalte abstützen und somit seine Lage stabilisieren, aber das bedeutete, dass er nur eine Hand und seine Füße frei hatte, um sich am Seil festzukrallen. Das beraubte ihn der Möglichkeit, aus eigener Kraft zum Ausgang der Spalte zu gelangen. Er konnte nichts tun. Versuchte er, nach oben zu klettern, würde er immer wieder gegen die Wand prallen. Stützte er sich hingegen ab, kam er nicht von der Stelle.

»Verflixt und zugenäht«, rief er. »Das ist nicht mehr witzig.«

Wie zum Beweis dessen, was Robert eben noch festgestellt hatte, stürzte plötzlich inmitten des Getöses, des Heulens und des auf ihn niederprasselnden Unrats ein Mensch an ihm vorbei in die dunkle Tiefe, gefolgt von einem Schrei.

»Mein Gott!«, entfuhr es dem jungen Leutnant.

Es war der Schrei eines Mannes gewesen, so viel hatte er erkannt.

Besorgt rief er die Namen der drei Rekruten: »Kolbe? Kuppe? Preller?« Dann fügte er hinzu: »Pohl?«

Von unten kam keine Antwort. Konnte man diesen Sturz überleben?

Robert war hin und her gerissen. Lange konnte er sich nicht mehr halten, irgendwann würde er einen Krampf in den Fingern und Beinen bekommen, und dann … Er musste sich fortbewegen, auch auf die Gefahr hin, gegen die Wand geschleudert zu werden. Doch sollte er nach oben steigen, wo etwas Dramatisches vor sich ging? Oder nach unten, wo ein Mensch vielleicht seine Hilfe brauchte?

Er entschied sich für oben.

Sofort prallte er mit der Schulter gegen die Wand, dann ein zweites Mal mit dem Rücken. Trotzdem kam er glimpflich davon, die Schmerzen waren auszuhalten.

Auch auf die Gefahr hin, Staub in die Augen zu bekommen, warf er einen Blick nach oben zum Rand der Erdspalte hinauf. Er war bereits ein gutes Stück vorangekommen. Vier, vielleicht fünf Meter noch …

Dann aber passierte etwas, das ihn erstarren ließ.

Robert hatte schon des Öfteren Angst gehabt, nicht mehr und nicht weniger als die meisten anderen Menschen. Aber er hatte sich nie von der Angst beherrschen lassen, sondern hatte sie ausgehalten und durchgestanden. Ein Duell gegen einen wesentlich besseren Fechter, eine offene Meinungsäußerung gegen mächtige, intrigante Leute, das Werben um das schönste Mädchen in seiner Heimatstadt – er hatte alle diese Herausforderungen angenommen. Und auch, wenn er die Gunst des Mädchens nie erhalten, eine Niederlage samt Narbe am Bauch eingesteckt und mehrere Knüppel zwischen die Beine geworfen bekommen hatte, so hatte er doch wenigstens immer das Gefühl gehabt, er selbst zu bleiben.

Dieses Mal war das anders.

Als sich plötzlich das Maul des großen Hundes über den Rand der Spalte beugte und Robert von zwei stechenden schwarzen Augen von oben herab angeblickt wurde, da war ihm zum ersten Mal in seinem Leben nach Davonlaufen zumute. Der Hund – und das war das Unheimliche – stand völlig ruhig inmitten des umherwirbelnden Laubes. Sein Blick war eiskalt. Er war nicht aggressiv oder angriffslustig, sondern kalt wie der Tod. Die Augen, die auf Robert hinabsahen, schienen einer Schlange zu gehören.

In dem Moment, als das Maul des Hundes nach dem

Seil schnappte und es mit den Zähnen zu zermalmen anfing, wurde Robert von Angst erschüttert, wie er sie noch nie erlebt hatte. Dieser Angstschub wiederholte sich wieder und wieder, wie ein Pulsschlag ging er durch Roberts Körper, ein Pulsschlag des Todes. Der Leutnant spürte, dass er nicht mehr ganz sich selbst gehörte, und dieses Gefühl lähmte ihn sekundenlang, bevor er den Drang hatte, vor ihm zu fliehen.

Seine Bewegungen wurden hektisch und unüberlegt. Zuerst drängte es ihn nach oben, aus diesem Loch, dieser Falle heraus. Aber dann sah er wieder den Hund, und er wusste, er würde es nicht über sich bringen, sich diesem Hund zu nähern. Selbst wenn er es schaffen sollte, nach oben zu klettern – die Hand, die er ausstrecken würde, um sich aus der Spalte zu ziehen, würde von dem Hund zerfleischt werden.

Dann versuchte er, sich an der Wand festzuhalten, doch das war aussichtslos, weil sie viel zu glatt war und keinen Halt bot. Als er endlich auf die Idee kam, nach unten zu klettern, krachte das Seil bereits gewaltig.

Robert verlor die Beherrschung. Er benutzte seine Beine und Füße kaum noch, um sich an den Knoten des Seils Stück für Stück abzulassen, sondern lockerte schubweise den Griff seiner Hände und rutschte in die Tiefe. Seine Handflächen schürften auf, und ein heißer Schmerz ließ ihn glauben, nur noch zwei blutige Klumpen anstelle der Hände zu haben.

Das Seil riss.

Robert fiel.

Nach nur einer Sekunde schlug er auf dem Boden auf. Der Aufprall war hart, aber zum Glück nicht aus ganzer Höhe erfolgt. Robert war mit dem Leben davongekommen, und er hatte sogar das Glück, dass kein Arm und kein Bein gebrochen waren. Er war mit dem Rücken aufgeschlagen, doch auf ebenerdiger Stelle, und so konnte er sich bewegen.

Sein erster Blick ging nach oben. Der Ausgang der Erdspalte wirkte aus der Tiefe so rund und klein wie der Sonnenball. Der Kopf des Hundes war darin nur ein kleiner Fleck, der kurz danach verschwand.

Ein schwaches Licht, vergleichbar mit einer späten Dämmerung, fiel bis zu ihm zum Grund der Spalte, sodass Robert sich orientieren konnte. Neben sich, nur eine Armeslänge entfernt, entdeckte er einen seiner Rekruten.

»Kolbe! Kolbe!«

Aber es war nichts mehr zu machen. Kolbe war tot.

Robert stand auf. Seine Augen hatten sich inzwischen an die Dunkelheit gewöhnt und suchten den Boden der Spalte ab. Er war, als er sich entschlossen hatte, in die Spalte zu klettern, auf alles gefasst gewesen.

Aber nicht auf dieses Bild des Grauens, das sich ihm nun bot.

24

Ein Windstoß blies die Kerze aus, die Johanna sich angezündet hatte, um die Zeilen des Buches besser entziffern zu können. Das Fenster war noch immer geöffnet, wie sie erst jetzt bemerkte. Sie war so sehr mit ihrer Lektüre auf der Suche nach Lugus beschäftigt gewesen, dass sie alles um sich herum vergessen hatte.

Nun stand sie auf, um das Fenster zu schließen. Noch immer lag Nebel über den Bäumen im Tal, so dicht und hartnäckig, als sei er aus Marmor. In der Ferne nahm Johanna das Sausen des Windes wahr, doch sie kümmerte sich nicht darum, lockerte ihren arg strapazierten Nacken und ging zurück an ihre Arbeit. Aufs Neue entzündete sie die Kerze. Im Schein der kleinen Flamme ging sie das, was sie in der letzten Stunde aus dem schwer lesbaren Buch herausgeschrieben hatte, noch einmal durch.

Er wird die Menschen in seine arglistigen Fallen locken. Dabei wird er eine besondere Fähigkeit zu nutzen wissen, die nur ihm und keinem anderen je gegeben war. Lugus kann sich verwandeln in alles, was er möchte, sei es Mensch oder Tier. Doch das allein wäre nicht einzigartig, berichten doch viele Chroniken von der Verwandlungsfähigkeit höherer Wesen. Lugus jedoch kann gleichzeitig in mehreren Körpern erscheinen, die er selbst hervorbringt. So könnte er zur selben Zeit ein Schwan und ein Mädchen sein. Wenn das Mädchen den Schwan streicheln würde, wäre Lugus in seiner eigenen Gesellschaft. Die höchstmögliche Anzahl seiner Gestalten ist der Anzahl der Elemente gleich. In den Quellen stand geschrieben, dass noch nicht einmal die Götter ihn durchschauten. So kam es, dass Gott Thor eine wunderschöne Menschenfrau begehrte, die sich zu Thors Entsetzen erst nach einiger Zeit als Lugus herausstellte.

Lugus kann durchaus Witz haben. Er kann alles sein, fröhlich und liebenswürdig, aber auch nachdenklich und still. Ein bestimmter Charakter ist ihm nicht eigen. Er kann lieben und töten. Das Chaos ist sein Wesen und sein Spiel. Sein Verbündeter ist der Wind, den er sich nach Belieben zunutze macht.

Johanna hatte auf dieser Seite etwas mehr über Lugus erfahren. Aber noch immer verstand sie nicht, wie er vorging. Wie war aus Gerlinde Menzel eine Wahnsinnige geworden? Mittels welcher Kraft zerstörte er die Menschen, sodass sie dem Chaos anheimfielen? Wieso hatte der Graf sich und seine Tochter getötet? Was brachte die Menschen dazu, zu vergessen, was sie waren und was sie für andere an Gutem und Reinem empfanden?

Immerhin war der Hinweis auf die Vielgestaltigkeit äußerst hilfreich. Es gab vier Elemente, also steckte Lugus immer gleichzeitig in vier verschiedenen Körpern, die er selbst erschaffen hatte. Wenn das stimmte, dann konnte Lugus überall sein, und schlimmer noch, er konnte jedermann sein. Man würde dem Gegenüber, mit dem man spricht und lacht, nicht anmerken, dass sich in ihm der Feind verbirgt.

Dass Lugus sich nicht in Mensch und Tier hineinzuversetzen vermochte, sondern diese Körper erst erschaffen musste, war jedoch ein gewisser Vorteil, wenn man ihn aufspüren wollte. Keiner, der bereits seit sieben oder mehr Jahren in der Umgebung wohnte, konnte demnach eine von Lugus' Gestalten sein. Johannas Mitreisende in der Postkutsche allerdings … Ida Krüger, Sophie Ruhleben, Benedikt Pohl … Einige aus dem Dorf … Marthe und die Gräfin … Meister Michael und der Schustergeselle Paul … Der Pastor Neumüller … Auch die Wirtin, die sich in den Tod gestürzt hatte, war noch nicht sehr lange in Ödrode gewesen.

Das waren mindestens neun infrage kommende Personen, und die Liste war noch nicht vollständig. Sie zu verhören würde überhaupt nichts bringen. Mit den üblichen Mitteln war Lugus nicht auf die Schliche zu kommen.

Was war sein Plan? Worauf zielte er ab? Welches waren die Warnzeichen für sein bösartiges Tun?

Die Fragen nahmen kein Ende. Nur zweierlei galt Johanna bereits jetzt schon als sicher. Das eine war, dass es sich bei dem Hund, den sie im Wald gesehen hatte, um eine von Lugus' Gestalten gehandelt hatte. Und das andere, dass Robert von Collas sie, wenn sie ihm nachher all das berichtete, was sie herausgefunden hatte, für eine komplette Närrin halten würde.

25

Ida taumelte, noch immer dem heftigen Wind und Regen preisgegeben, zum nächstgelegenen Baum, um sich an ihm festzuklammern. Dort sah sie, nur wenige Schritte entfernt, zwei der Rekruten, die hektisch versuchten, ihre Gewehre zu laden. Anscheinend war das Pulver nass geworden, sie fluchten und schrien sich an, doch Ida verstand ihr Geschrei nicht. Der eine steckte das Bajonett auf, der andere gestikulierte wild mit den Händen, warf sein Gewehr schließlich zu Boden und rannte davon.

Der letzte am Ort verbliebene Rekrut näherte sich in gebückter Haltung dem Rand der Erdspalte, und jetzt erst sah Ida, worauf er abzielte. Der große Hund, Idas schlimmste Angst, war wieder aufgetaucht! Er hatte das Seil durchgebissen, an dem der Leutnant sich abgelassen hatte, und wandte sich nun, da er den Soldaten in seinem Rücken bemerkte, zu diesem um. Der wagte es nicht, auch nur noch einen einzigen Schritt vorwärts zu machen. Er bedrohte den Hund mit der Spitze des Gewehrs, an der das scharfe Bajonett befestigt war, doch der Hund ließ sich davon nicht beeindrucken, sondern näherte sich nun seinerseits dem Rekruten, der Schritt für Schritt zurückwich.

Ida suchte verzweifelt nach einer Waffe, mit der sie den Bedrängten unterstützen konnte. Doch alles, was sie fand, war ein abgebrochener, maroder Ast, den sie nur aufzuheben vermochte, wenn sie all ihre Kraft und beide Hände zu Hilfe nahm. Wie einen riesigen Speer hob sie ihn hoch und rammte ihn in das Hinterteil des Hundes. Der fletschte kurz die Zähne, beachtete Ida jedoch kaum und stieß, durch den Stoß gereizt, umso energischer gegen den Rekruten vor. Nur noch wenige Sekunden lang hielt dieser stand, dann floh auch er.

Die Augen des Hundes ruhten nun auf Ida.

Sie hatte dem Rekruten helfen wollen – aber wie elend war es ihr gedankt worden. Plötzlich stand sie allein da, mit nichts anderem zwischen sich und dem furchterregenden Hundemaul als einem wurmstichigen Ast, der schon zu zerbröckeln begann. Ihre Blicke irrten über den aufgewühlten Boden, in der Hoffnung, das weggeworfene Gewehr zu finden oder wenigstens einen Baum, auf den sie sich retten konnte. Aber die Buchen hatten im unteren Teil der Stämme keine Äste, die Birken waren zu jung, die Holunder zu kleinwüchsig. Und vom Gewehr keine Spur. Nahm dieser Albtraum denn nie ein Ende?

Wie aus dem Nichts tauchte da Benedikt an ihrer Seite auf. Seine Kleidung und sein Gesicht waren mit Schlamm bedeckt. Für Fragen war jetzt nicht die Zeit. Benedikts Hände krampften sich neben den ihren um den morschen Ast. Vier Hände und ein weiches Stück Holz standen gegen einen riesigen Hund – mit Zähnen so lang und dick wie Zeigefinger.

Wie viel Zeit verging? Irgendwann ließ der Wind nach oder, besser gesagt, er verschwand von einem Moment zum anderen, als hätte jemand einen Deckel auf ihn gelegt. Der Hund rannte plötzlich ins Gebüsch, rasch verloren sie ihn aus den Augen.

Es herrschte Stille. Kaum zu glauben, dass eben noch ein Unwetter getobt hatte, als würde die Welt untergehen.

Plötzlich dieser Frieden. Der Dunst hatte sich aufgelöst. Die Sonne blitzte hervor und warf durch das Geäst der Baumkronen heitere Strahlen in den Wald. Ein aufgewühlter Boden verbreitete seinen beruhigenden erdigen Geruch, und ein laues Lüftchen streichelte Idas Haut.

»Was war das?«, fragte Benedikt so leise, als traue er dem Frieden nicht.

Ida war genauso misstrauisch. Sie wollte gern glauben, dass der Schrecken vorbei war, aber die Erfahrung hatte sie Misstrauen gelehrt. Keiner machte einen einzigen Schritt, und erst, als Ida wieder der in die Erdspalte herabgelassene Leutnant einfiel, löste sich allmählich ihre Versteinerung.

»Herrje, der Leutnant! Wir müssen ihm helfen.«

Sie eilten zur Erdspalte und riefen in die dunkle Tiefe hinab.

»Herr Pohl? Fräulein Krüger?«, schallte es zurück.

»Ja, wir sind es. Gott sei Dank, Ihr lebt.«

»Danke ebenso. Was ist mit den Rekruten Preller und Kuppe?«

»Die sind«, rief Ida, hielt inne und schluckte das Wort »abgehauen« herunter. »Die sind irgendwie in dem ganzen Wind und Durcheinander abhandengekommen. Zwei habe ich gesehen. Wo der Dritte ist, weiß ich nicht.«

»Er liegt hier unten, er ist tot. Ich brauche ein neues Seil. Nehmen Sie das, das am Baum befestigt war, dann binden Sie Knoten hinein und werfen es mir runter.«

Ida und Benedikt befolgten die Anweisungen des Leutnants. Sie benötigten eine Weile, um das Seil entsprechend zu präparieren, und in dieser Zeit sprachen sie nicht, jedenfalls nicht mit Worten. Ihre Augen hingegen waren beredt. Der Schreck steckte Ida und Benedikt in den Knochen. Aber er hatte sie auch vereint. Ihr gemeinsames Durchleben von Todesangst.

Der Leutnant brauchte lange, um am Seil hochzuklettern. Als er endlich oben angekommen war, verstand Ida, warum: Er hatte die Leiche des Rekruten an sich festgebunden. Benedikt band den Toten von ihm los. Völlig erschöpft sank Robert ins nasse Laub, wo er sich eine Viertelstunde lang erholte. In dieser Zeit stellten ihm weder Ida noch Benedikt irgendwelche Fragen, wie auch er sie kaum beachtete. Auch als der Leutnant wieder einigermaßen bei Kräften und auf den Beinen war, hielt das Grauen, das in seinem fahlen Gesicht zu lesen war, sie davon ab, auch nur eine einzige Bemerkung zu machen.

Das Pferd kehrte bald darauf zurück. Vermutlich hatte es, in Panik fliehend, den Rekruten Kolbe in die Erdspalte gestoßen, wie es ja auch Ida beinahe überrannt hätte.

Benedikt half, die Leiche über den Rücken des Pferdes zu legen und festzubinden, während Ida alle Gegenstände, die auf diesen unseligen Marsch mitgenommen worden waren, aufsammelte und in den Satteltaschen verstaute. Immer noch sprach keiner von ihnen ein Wort.

Erst als sie die Hälfte des Weges zum Dorf geschafft hatten, sagte der Leutnant: »Ich will nachher alles von Ihnen erfahren, was passiert ist, während ich in der Spalte war.«

Ida und Benedikt nickten.

Ida spürte – neben der verständlichen Betroffenheit wegen des Todes eines Rekruten und der Verwirrung wegen des höchst seltsamen Vorfalls – noch etwas anderes bei Robert von Collas. Es war schwer zu benennen … eine Erschütterung … eine enorme Ungläubigkeit … so als hätte er ein Gespenst gesehen. Weil sie selbst dergleichen vor zwei Tagen erlebt hatte, konnte sie sich gut in ihn hineinversetzen.

Doch was genau hatte er gesehen? Das Laubwesen so wie sie? Oder etwas ganz anderes?

Kurz bevor sie im Dorf ankamen, nahm sie allen Mut zusammen und fragte: »Habt Ihr die Wirtin gefunden, Herr Leutnant?«

Er sah Ida sehr lange ausdruckslos an. Mit stockender Stimme antwortete er: »Nein. Die Spalte ging noch sehr viel tiefer, unermesslich tief. Ich war nur auf einem Zwischenplateau. Die Leiche der Wirtin wird nie geborgen werden können.«

Ida gab sich vorgeblich mit der Antwort zufrieden. Doch in Wahrheit glaubte sie dem Leutnant kein Wort.

26

Johanna wurde durch ein leises Klopfen an der Tür in ihrem Studium unterbrochen.

»Ja, bitte.«

Robert kam herein. Er war in einem entsetzlichen Zustand – und das in jeder Hinsicht. Seine blau-gelbe Uniform war verdreckt, das Gesicht schmutzig, die Haare zerwühlt, sein Gang schlurfend und müde – Äußerlichkeiten, die auch sein Inneres widerspiegelten. Er sah aus, als kehrte er heim aus einer Schlacht, in der er dem Grauen schlechthin begegnet wäre.

Johanna, die durch seinen Anblick selbst beunruhigt wurde, ging mit hämmerndem Herzen auf ihn zu, half ihm, den Mantel auszuziehen und bot ihm einen Platz an. Ein wenig Wein war noch übrig, und da es inzwischen Mittag geworden war, fand sie nichts dabei, ihm einen Becher des roten Rebensaftes zu reichen.

»Was ist passiert?«

»Ein Sturm fing wie aus dem Nichts zu wüten an, der Hund tauchte wieder auf, es kam zu einem großen Durcheinander und … Kolbe ist tot.«

»Wer?«

»Kolbe. Einer meiner Rekruten. Ich … ich weiß fast nichts über ihn, außer … er war der Beste von den vieren. Die beiden anderen, die ich in den Wald mitgenommen habe, sind abgehauen, als es ernst wurde. Inzwischen sind sie wieder ins Dorf zurückgekommen, aber … Wenn Benedikt Pohl und Ida Krüger nicht gewesen wären …«

Johanna verstand. Robert hatte zum ersten Mal einen Mann unter seinem Kommando verloren. Für einen Offizier wie ihn, der seine Verantwortung ernst nahm, war das, als würde ein Arzt einen Patienten an den Tod verlieren oder ein Priester eine Seele an das Laster. Aber Johanna kannte den Leutnant schon gut genug, um zu bemerken, dass sich in den Kummer um Kolbes Tod auch die Scham mischte, dass zwei Zivilisten – zudem recht junge und einer davon sogar weiblich – Tapferkeit bewiesen hatten, während seine schwer bewaffneten Soldaten die Beine in die Hand genommen hatten. Ein bisschen gekränkte Eitelkeit war also auch im Spiel. Doch nahm sie ihm das nicht übel, kleine Schwächen hatte schließlich jeder.

»Ich werde für ihn beten«, sagte Johanna.

»Kolbe war Protestant.«

»Keine Sorge. Ich werde zu dem Gott beten, der ihn und mich erschaffen hat. Der ist nämlich derselbe.«

Sie ließ Robert in den nächsten Minuten in Ruhe. Zwar hatte sie ihm viel zu erzählen, und sie sah ihm an, dass es sich umgekehrt genauso verhielt, aber sie hätte es für unangemessen gehalten, ihn sofort mit Neuigkeiten oder Fragen zu bedrängen. Geräuschlos klappte sie das Buch zu, in dem sie herumgestöbert hatte, und räumte den Schreibtisch auf.

Es dauerte jedoch nicht lange, bis Robert von sich aus das Gespräch suchte.

»Ich bin in der Erdspalte gewesen.«

An der Art und Weise, wie er das sagte, ahnte Johanna, dass er auf etwas Unheimliches gestoßen war.

»Ihr habt es geschafft«, sagte Johanna. »Ihr habt etwas herausgefunden, das uns weiterbringt.«

»Ja, aber … Ich bin mir nicht sicher, ob ich nicht lieber die Leiche einer Selbstmörderin gefunden hätte als – das.«

»Raus damit, Leutnant. Ich ertrage meine Neugier keine Minute länger.«

»Darüber zu reden ist … eigentlich unmöglich«, sagte er und fuhr sich mit beiden Händen durch die Haare. Seine Stimme klang merkwürdig belegt, so als wäre er verletzt und könnte nur mit großer Mühe sprechen. Er war ein vernunftorientierter Mann, der nicht an Mythen, Geister und Dämonen glaubte, sondern nur an das, was er mit eigenen Augen sehen konnte.

Doch nun hatte er etwas gesehen, was nicht in dieses Weltbild passte. Gerade deswegen hielt er sich an eine eher nüchterne Sprache und Beschreibung.

»Ich habe tatsächlich so etwas wie Leichen entdeckt. Es waren genau neun. Frauen, Männer, Alte, Junge. Der Boden der Spalte war übersät von ihnen, sie lagen kreuz und quer. Aber sie … sie waren nicht verwest. Ich habe ihre Gesichter gesehen, ihre Augen waren weit aufgerissen, und sie sahen aus, als wären sie eben erst gestorben. Oder nein, das stimmt nicht, im Grunde sahen sie aus, als würden sie noch leben. Sie wiesen keinerlei Verletzungen auf. Ihre Wangen waren gerötet, ihre Lippen angefeuchtet, in ihren Augen lag ein

Glanz. Wirklich, ich hätte glauben können, sie stünden im nächsten Moment auf, wenn sie nicht …

Jetzt kommt das Unglaublichste. Ihre Körper waren, wie ich schon sagte, unversehrt. Aber – aber sie waren – erschlafft. Ich finde nicht den richtigen Ausdruck dafür. Normalerweise bleibt von einem Toten das Skelett übrig, während die Haut zerfällt. Bei diesen neun Leichen war es umgekehrt. Nur ihre Haut war noch übrig. Sie sahen aus wie – wie Hüllen, versteht Ihr? Zusammengefallene, unversehrte Hüllen, denen das Gerüst fehlt. Ich habe so etwas noch nie gesehen, und ich hätte mir nicht vorstellen können, dass so etwas möglich ist. Ich kann es noch immer nicht glauben. Obwohl ich dort war und es mit eigenen Augen gesehen habe, fällt es mir schwer, mich nicht für verrückt zu erklären.«

Entsetzt blickten sie sich an. Johanna hatte geglaubt, besser vorbereitet zu sein auf das, was sie in dieser entlegenen Gegend des Harzes entdecken würde. Seit vielen Jahren betrieb sie Studien über seltsame Phänomene, in Dutzenden von Büchern hatte sie Unglaubliches gelesen, Berichte über Kreaturen, Geister und mythologische Geschöpfe. Bei ihrer Abreise aus dem Kloster hatte sie sogar gehofft, endlich einmal aus nächster Nähe einem solchen Phänomen auf die Spur zu kommen und ihm leibhaftig zu begegnen. Doch nun, wo es so weit war, zweifelte sie an sich selbst.

Was Robert erzählte, stand in keinem Buch. Dies war kein Kapitel des Alten Testaments, der babylonischen Geheimschriften oder keltischen Sagen. Jemand, dem sie weitgehend vertraute, hatte es mit eigenen Augen gesehen, und plötzlich brach das Unfassbare, Unerklärbare und Nebulöse in das Hier und Jetzt ein, in die

Wirklichkeit. Noch nicht einmal das Ereignis um Gerlinde Menzel – so unheimlich es gewesen war – war mit Roberts Entdeckung vergleichbar, denn Wahnsinn war ja auch mit dem Verstand zu erklären, wohingegen dies hier … Neun menschlich erscheinende Hüllen. Der Abfallhaufen eines germanischen Gottes, der sich der Körper entledigte, die er erschaffen hatte und die er aus irgendeinem Grund wieder ablegte.

Johanna gab Robert ihrerseits einen Überblick über das, was sie im *Yggdrasil* über Lugus herausgefunden hatte. Sie verzichtete darauf, Robert den ganzen Text vorzulesen, sondern fasste ihn in wenigen Sätzen zusammen.

»Ein viergestaltiges Wesen würde die Hüllen erklären, die im Spalt lagen«, resümierte Johanna.

»Ich habe jedoch neun Hüllen gesehen.«

»Lugus scheint die Körper des Öfteren zu wechseln. Offenbar kann er sich ihrer nur entledigen, indem er sie gewissermaßen tötet oder zumindest ablegt. Sie lassen sich nicht vollständig auflösen, also beseitigt er ihre Spuren, indem er sie – also sich – in einen unzugänglichen Felsgraben stürzt. Diese Leute verschwinden einfach.«

»Demnach wäre die Wirtin …«

»… in Wahrheit Lugus gewesen. Höchstwahrscheinlich.«

»Aber wozu? Ich meine, was hat er davon?«

»Das ist eine fast theologische Frage, Leutnant. Wir müssen uns vor Augen halten, dass Lugus das personifizierte Chaos ist. Es liegt ihm vielleicht daran, die Welt in ihren Urzustand zurückzuversetzen, in eine Welt ohne Menschen. Oder er hat überhaupt kein Ziel.

In der Literatur über Lugus stieß ich mehrmals auf das Wort ›Spiel‹. Es ist die Natur des Chaos, keinen Sinn zu haben. Es ist sinnlos. Es führt zu nichts. Es zerstört, ohne darüber nachzudenken, denn für das Chaos ist die Zerstörung ein selbstverständlicher, legitimer Akt, einschließlich der Zerstörung des Menschen. Und das ist es, was Lugus hier tut: Er zerstört Menschen.«

»Und wie? Mithilfe der Pendel?«

»Ich glaube, dass das Pendel nur ein Symbol ist, eine Art Banner, wie eine Armee es vor sich herträgt. Das Pendel ist die Standarte des Chaos, nicht weniger, aber auch nicht mehr.«

»Also sind wir nicht viel weitergekommen.«

»Doch. An einer Stelle fand ich den vagen Hinweis, dass Lugus sich die größten Gefühle der Menschen zunutze macht, um sie für sich zu gewinnen.«

»Die größten Gefühle?«

»Darüber habe ich gerade nachgegrübelt, als Ihr gekommen seid. Mir ist aufgefallen, dass es im Wesentlichen drei Gefühle sind, die uns Menschen antreiben, beziehungsweise unsere Handlungen bestimmen. Und es ist bestimmt kein Zufall, dass alle drei Gefühle uns in ein schreckliches Chaos stürzen können. Den Verstand verlieren – diese Redewendung benutzen wir oft nicht im wörtlichen Sinn, sondern als Beschreibung für jemanden, der etwas ganz und gar Unvernünftiges tut. Und wann geschieht so etwas? Zum Beispiel wenn wir Angst haben. Die Angst um uns und unsere Liebsten ist äußerst mächtig, sie ist in der Lage, uns alles vergessen zu lassen: Pflicht, Erziehung, Glaube, Freundschaft ... Angst kann lähmen und Angst kann töten. Ähnlich unvernünftig handeln wir, wenn wir hassen. Dazu zählen auch Eifersucht, Zorn und Neid, die Varianten des Hasses sind. Und schließlich …«

»Moment bitte, Ihr werdet doch wohl nicht die Liebe ins Feld führen?«

»Genau das.«

»Liebe und Leidenschaft sind das Beste, was uns passieren kann.«

»Trotzdem wühlen sie uns bis ins Innerste auf. Manche Menschen können ihretwegen nicht schlafen, nicht essen, nicht denken, und so mancher täte sonst was, um sich sein Liebesglück zu sichern. Das kann so weit gehen, dass man für die Liebe zum Verbrecher wird. Auch sind schon Königreiche untergegangen, weil Könige liebten. Man darf also getrost sagen, dass die Liebe ein chaotisches, verworrenes Gefühl sein kann, das kein Gesetz anerkennt.«

»So weit, so gut. Aber eines verstehe ich noch nicht: Menschen ängstigen, hassen und lieben doch andauernd. Was hat das mit Lugus zu tun?«

»Im *Yggdrasil* steht sinngemäß, dass die größten Gefühle dafür verantwortlich sind, dass Menschen dem Chaos, also Lugus, verfallen und die schlimmsten Taten gegen sich und andere begehen. Wenn das so ist, kann es nicht anders sein, als dass diese größten Gefühle dem Gott selbst entgegengebracht werden müssen, damit das Chaos wirken kann. Ich wage eine These: Wer einen von Lugus' Körpern liebt, wer außerdem einen seiner Körper hasst und wer angesichts eines seiner Körper in Todesangst gerät, der fällt ihm anheim, der ist nicht mehr Herr seiner Sinne.«

»Das hört sich an, als würde man seine Seele an den Teufel verlieren.«

»In gewisser Weise ist es auch so. Nur dass Lugus noch viel perfider als der Teufel ist. Man muss noch nicht einmal etwas Böses tun, um von ihm beherrscht zu werden. Mehr noch, man muss gar nichts *tun*, es genügt schon, intensiv zu fühlen. Es ist ein grausames Spiel, das Lugus mit uns treibt.«

»Alles Theorie, Schwester. Es gibt keinen Beweis, dass es sich so verhält. Wir stochern noch blind herum.«

»Ich bin darauf gekommen, weil mir wieder etwas eingefallen ist, was mir Ida gestern erzählte. Sie sagte, sie habe noch nie solche Angst gehabt wie in jenem Augenblick, als sie vor dem Hund in den Wald rannte, und dass sie das Gefühl gehabt hätte, sie werde von Angst ergriffen, ja, als packe jemand zu und ...«

Robert zuckte plötzlich zusammen.

»Was ist mit Euch, Leutnant? Ist Euch nicht gut?«

»Ich – ich hatte vorhin dasselbe Gefühl. Dort unten, in der Spalte, als der Hund anfing, das Seil durchzubeißen ... Für die Dauer von zwei, drei Atemzügen war mir, als lege sich eine Faust um mein Herz, meinen Kopf, um mein ganzes Wesen. Es lag nicht an der bedrohlichen Lage, in der ich mich befand. Es war dieser ... dieser ...«

»Der Hund.«

»Ja. Seine Augen waren ... gar nicht mal böse, sondern eiskalt.«

»Die Kälte der Gleichgültigkeit, Leutnant. Euer Leben interessiert Lugus nicht. Ihn interessiert nur das Spiel. Er will Euch zerstören.«

»Ihr meint, ich bin schon zum Teil von ihm ...?«

»Vermutlich. Ihr habt Euch vor einer seiner Gestalten zu Tode gefürchtet. Aber Lugus kann Euch erst beherrschen, wenn Ihr auch einen seiner Körper hasst und liebt.«

Sie schwiegen eine Weile. Die Vorstellung, dass Lugus bereits mitten unter ihnen war, in diesem Raum, dass er einen kleinen Teil von einem von ihnen bereits besetzt hielt und beide in einer Gefahr schwebten, gegen die sie sich nicht wehren konnten, war grauenhaft.

»Das heißt«, sagte Robert und schluckte, »dass alle diese Mörder, Selbstmörder, Brandstifter, Giftmischer und so weiter Opfer seines Spiels geworden sind?«

»Wir müssen davon ausgehen. Ich glaube aber nicht, dass Lugus seinen Opfern, nachdem sie ihm anheimgefallen sind, befiehlt, etwas Bestimmtes zu tun. Das entspräche nicht seinem chaotischen Wesen. Nein, ich glaube vielmehr, dass sie aller Vernunft, allem Verstand und aller Selbstkontrolle beraubt sind und dass sie daher Dinge tun, die tief in ihnen als dunkle Wünsche leben, meistens ohne dass sie je etwas davon wussten.«

»Das würde ja bedeuten, dass eine Mutter aus Ödrode in ihrem tiefsten Innern den Wunsch verspürte, ihre Kinder zu töten. Das ist schwer vorstellbar.«

»Und doch müssen wir es annehmen, denn wir sehen es an den offensichtlicheren Wünschen mancher Opfer. Gerlinde Menzel beispielsweise ging auf Meister Michael los, nachdem sie den Verstand verloren hatte. Und warum? Weil er sich ihrer als Geliebte entledigt hatte. Auch wenn ich mir andere Fälle ansehe … Die Gräfin berichtete von einer jungen Frau, die ihren kleinen Bruder im Schlaf erstickte. Es wäre doch möglich, dass ihr der Bruder stets vorgezogen worden war –

da entstehen rasch dunkle Gedanken, von denen man nichts wissen will.

Ein weiteres Beispiel wäre der frühere Pastor Ödrodes, der sich während des Gottesdienstes selbst tötete. Selbstmord gilt als Todsünde. Es wäre doch möglich, dass dieser Geistliche schon seit Längerem Selbstmordgedanken hatte, sie aber vor sich selbst verleugnete, weil sie tabu sind. Und die beiden Ermittler, die vor Euch ihr Glück versucht haben, sind binnen weniger Tage von Lugus unschädlich gemacht worden. Er hat sie in Angst versetzt ...«

»Gesetzt den Fall, Ihr habt recht – und ich gebe zu, dass es möglich ist –, dann bleiben immer noch zwei wichtige Fragen, vielleicht die wichtigsten. Erstens: Wer sind die vier Gestalten des Lugus?«

Johanna nickte. »Präziser müsste die Frage lauten: Wer sind die vier Gestalten des Lugus *im Moment?* Denn die schrecklichen Hüllen, die Ihr in der Spalte entdeckt habt, zeigen ganz deutlich, dass Lugus gerne seine Gestalt wechselt. Das ist auch insofern plausibel, da er mit neuen Gestalten auch neue Liebe, neuen Hass und neue Angst ernten kann, und zwar bei Leuten, die bisher noch nicht oder nicht vollständig seine Opfer geworden sind. Wir können den großen Hund getrost als Lugus betrachten, er verbreitet Angst. Die Gestalt der Wirtin hat Lugus abgelegt, was bedeutet ...«

»... dass in Kürze eine andere Gestalt in Ödrode erscheinen wird.«

»Wieder eine Frau, würde ich wetten. Die Wirtin war sehr schön, sie hat gewiss manchem Mann den Kopf verdreht und manche Frau rasend vor Eifersucht gemacht. Aber ihre Möglichkeiten waren wohl ausgeschöpft, sodass Lugus sich ihrer entledigte und bald in Gestalt einer neuen, auf andere Art schönen Frau erscheinen wird.«

»Gut zu wissen. Wir sind Lugus also einen Schritt voraus. Dieses verdammte Chaoswesen weiß zwar, dass ich seine abgelegten Körper entdeckt habe, aber es weiß nicht, dass wir weitgehend verstanden haben, was hier vorgeht. Das ist ein großer taktischer Vorteil, Schwester.«

Johanna schüttelte den Kopf. Nun gut, es war ein Vorteil, dass sie und Robert so weit mit ihren Überlegungen und Entdeckungen gekommen waren. Sollte tatsächlich in Kürze eine Fremde im Dorf auftauchen, wäre Johannas These bestätigt. Aber an diesem Punkt endeten die guten Nachrichten – und die schlechten türmten sich dahinter auf. Johanna wurde ganz schlecht und sogar zornig, wenn sie daran dachte.

»Ich gieße nur ungern Wermut in den Wein, Leutnant. Wir haben es nicht mit einem gewöhnlichen Verbrecher, sondern mit einem Gott zu tun, der Wahnsinn, Qual und Tod über die Menschen bringt. Was auch immer wir gegen ihn unternehmen, wird ihn nur noch gefährlicher machen, und mit seiner Viergestaltigkeit kann er jeden Versuch, ihn zu bezwingen, vereiteln. Denn wer sind seine beiden anderen Körper? Ihr könnt nicht jeden im Dorf, der weniger als sechs Jahre hier lebt, verhaften.«

»Irgendetwas müssen wir aber doch tun können!«

»Zunächst einmal müssen wir allen misstrauen. Das ist ganz und gar gegen mein Naturell, aber uns bleibt keine Wahl.«

»Ein paar Leute können wir ausschließen.«

»Ach ja? Wen zum Beispiel?«

»Das Dienstmädchen fällt mir zuerst ein: Ida Krüger. Sie war es doch, die Euch berichtete, dass sie von Angst ergriffen wurde. Benedikt Pohl half vorhin, den Hund zu verjagen. Und …«

Johanna schüttelte wieder mit dem Kopf und hielt *Yggdrasil* in die Höhe.

»Hier steht«, rief sie erregt, »dass Lugus mit allen Wassern gewaschen ist. Er ist so tückisch, dass wir vom Schlimmsten ausgehen müssen. Benedikt Pohl kann Euch zu Hilfe gekommen sein, um Euer und Idas Vertrauen zu gewinnen. Und was Idas Erlebnis angeht, so könnte sie es mir aus demselben Grund erzählt haben, nämlich um unverdächtig zu erscheinen. Einer aus der Kutsche hat die Achse angesägt, das steht für mich fest, und da ich es nicht war, bleiben nur drei andere übrig. Ida gehört dazu.«

Johanna konnte sich kaum beruhigen. Und je länger sie darüber nachdachte, wer ihr Feind war, desto mehr wühlte es sie auf. Sie hatten es hier mit einer bösen Macht zu tun. Dadurch, dass Lugus vielfache Gestalten annehmen konnte, vervielfältigten sich auch seine Möglichkeiten der Täuschung, und Täuschung war die gefährlichste Waffe, die man sich denken konnte. Lugus war fähig, seine Gestalten so einzusetzen, dass sie sich gegenseitig den Rücken stärkten, sich gegenseitig das Vertrauen aussprachen, oder umgekehrt, dass sie sich denunzierten, um Johanna und Robert auf falsche Fährten zu locken oder um die Dorfbewohner aufzuhetzen. Die Stimmung unter den Leuten war jetzt schon gereizt. Ein kleiner Fehltritt würde genügen, um …

Das mochte Johanna sich nicht weiter vorstellen.

Sie redete eindringlich auf Robert ein: »Außerdem verfügt Lugus vermutlich über die Fähigkeit, sehr schnell die Schwachstelle eines jeden Menschen zu finden und sie sich zunutze zu machen, um seine perfiden Ziele zu erreichen. Es ist enorm wichtig – ich wiederhole, *enorm wichtig* –, dass wir auf der Hut sind, und zwar sowohl vor dem, was andere uns erzählen, als auch vor unseren eigenen Gefühlen. Denkt immer daran: Lugus ist ein chaotischer Gott. Er kennt keine Regeln. Er ist ...«

Johanna hatte sich immer weiter in ihren flammenden Appell hineingesteigert, sodass sie das Klopfen an der Tür überhört hatte. Robert machte sie darauf aufmerksam, stand auf und öffnete.

Marthe trug eine Schüssel Wasser herein, und die Gräfin hielt Leinentücher in der Hand. Sie war gekommen, um höchstpersönlich die Schürfwunden zu verbinden, die sich Robert an den Händen zugezogen hatte. Johanna waren sie nicht aufgefallen, jetzt erst bemerkte sie, dass sie zwar schlimm aussahen, aber wohl nicht allzu lange brauchen würden, um zu verheilen.

»Ihr habt schöne Hände, Gräfin«, sagte Robert und entlockte der Gräfin damit ein Lächeln.

»Was ich von Euren im Moment nicht behaupten kann«, erwiderte sie, wobei sie viel Sanftheit in ihre Stimme legte. »Ihr müsst Euch schonen. Was immer Ihr tut, tut es vorsichtiger als bisher.«

»Ich bin hier, um Euch zu beschützen, schon vergessen?«

»Tut Ihr alles mit so viel Hingabe?«

»Nein«, antwortete Robert. »Nur für eine edle Sache.«

»Und die habt Ihr hier gefunden?«

»Ich bin ihr ganz nah.«

Johanna verdrehte die Augen. Den zwei Turteltäubchen zuzuhören war anstrengender, als sich eine Nacht über Büchern um die Ohren zu schlagen.

Sie ging der Gräfin zur Hand. Im Klosterspital hatte sie schon viele Wunden behandelt, aber sie hatte es noch nie mit einem solch aufgewühlten Herzen getan, daher machte sie einiges falsch, was von der Gräfin mit einem nachsichtigen Blick kommentiert wurde. Es fiel Johanna schwer, sich zu konzentrieren. Immer wieder stellte sie sich die Frage, ob sie nicht gerade dabei war, Lugus zu assistieren. Steckte in dieser entzückenden, anmutigen Gräfin in Wahrheit ein arglistiges, gefährliches Wesen? Andererseits: Der Leutnant war ein fescher adeliger Bursche, die Gräfin eine hübsche junge Witwe. Eine etwaige Annäherung der beiden war im Grunde nichts Ungewöhnliches oder gar Schlimmes.

Und Marthe? Diese gemütliche Matrone hatte am Morgen genau jenes Buch aufgeschlagen, in welchem über Lugus berichtet wurde. Ein Zufall? Vielleicht, vielleicht auch nicht. Fing Johanna schon an, Gespenster zu sehen?

Dieser Argwohn wühlte sie auf. Da er nicht in ihrem Charakter angelegt war, fühlte er sich wie etwas Fremdes an, das sich gewaltsam Zutritt verschafft hatte und nun das eigene Reich besetzt hielt. Und er erinnerte sie an die schlimmen Zeiten des Hexenwahns, als jeder jeden verdächtigte.

Johanna wurde von Lugus gezwungen, genau jenes Misstrauen walten zu lassen, das sie stets verabscheut und bekämpft hatte, und allein dafür hasste sie diese Kreatur schon.

Aber das Allerschlimmste stand ihnen erst noch bevor, wie sie herausgefunden hatte. Denn in der Schrift des unbekannten Autors hatte sie ganz am Ende einen Hinweis gefunden, auf welche Art und Weise die Gestalten des Lugus vernichtet werden konnten. Es gab nur eine einzige Möglichkeit. Diese Frage war zwischen Johanna und Robert noch unerwähnt geblieben, und Johanna hatte vorläufig auch nicht vor, sie zur Sprache zu bringen.

»Ich frage mich«, sagte die Gräfin, »ob ich es wagen darf, einen Spaziergang zu machen. Ich fürchte mich vor dem Hund, von dem alle reden.«

»Zu Recht«, sagte Robert. »Aber ein Garten, wie Ihr ihn habt, wäre Verschwendung, wenn man ihn nicht nutzte. Wenn Ihr mir gestatten würdet, Euch zu begleiten … Es wäre mir eine Freude.«

»Das muss ich mir erst noch überlegen«, sagte sie kokett. »Welches Gesprächsthema schlagt Ihr vor?«

»Welches Euch beliebt.«

»Berlin? Die neueste Mode dort? Und welche Bücher gelesen werden?«

»Ich glaube, Ihr werdet zufrieden sein mit dem, was ich Euch über das Berliner Leben berichten kann.«

»Gut, Leutnant, dann erwarte ich Euch in einer Stunde.«

Gräfin Helene hatte Robert nun verbunden, trotzdem lösten sich beider Hände nur zögerlich voneinander. Es war unübersehbar, dass die Gräfin seit Roberts Ankunft vor zwei Tagen aufgeblüht war. Die Aura der Melancholie, die sie umgeben hatte, war einem Hauch von Frühling gewichen.

Als die Gräfin und Marthe gegangen waren, sagte Johanna: »Ihr habt hoffentlich nicht vergessen, was ich vorhin über Lugus' Tücke sagte.«

»Es ist nur ein Spaziergang«, erwiderte Robert ungeduldig.

»Solange es dabei bleibt ... Haltet Euch immer vor Augen, Leutnant: Wir alle sind in Gefahr, und wir können unsere Feinde nicht von den Freunden, das Böse nicht von seinen Opfern unterscheiden. Es kann jeden von uns treffen, jederzeit. Im Moment stehen wir mit dem Rücken zur Wand, sind gefangen in einem Talkessel und haben keine Idee, wie wir das Böse besiegen könnten. Das Mindeste ist, dass wir gegenseitig auf uns achtgeben.«

»Natürlich.«

»In diesem Sinne ... Schönen Spaziergang.«

Johanna war sich nicht sicher, ob Robert ihre Mahnung wirklich verstanden hatte. Er war Soldat und als solcher darauf gedrillt, den Feind zu stellen und zu attackieren.

Bei den Kämpfen, die er auszufechten hatte, standen sich gut sichtbare Truppen gegenüber, donnerten, schossen und stachen aufeinander ein. Auf solchen Schlachtfeldern musste man sich weder vor jungen Gräfinnen noch vor Dienstmädchen, Studenten, Schustern oder Pastoren in Acht nehmen.

Der Kampf, der ihnen in Ödrode bevorstand, würde von ganz anderer Natur sein. Er würde sie vielleicht an ihre körperlichen, ganz sicher aber an ihre geistigen, emotionalen und seelischen Grenzen führen. Und der Ausgang wäre ungewiss.

Dieser Krieg würde vor allem einer gegen sich selbst sein, gegen die eigenen Gefühle, gegen den Wunsch, zu vertrauen und zu lieben, gegen den Verstand, der dieses scheinbar irreale Geschehen nicht wahrhaben wollte, gegen alles, was Menschen ausmachte. Der grausame Feind Lugus würde sie zur Grausamkeit zwingen, der tückische Gegner zur Tücke, der chaotische Widersacher ins Chaos führen.

Welche schrecklichen Ausmaße das annehmen konnte, ließ bereits die Frage erahnen, was eigentlich zu tun wäre, wenn man tatsächlich einen Körper des Lugus in seine Gewalt bekäme. Ihm, dem germanischen Gott, den Prozess machen? Absurd! Erschießen? Lebendig begraben? Nutzlos! Ihn in einem Kerker für immer wegsperren? Unsicher!

Johanna hatte im *Yggdrasil* den entscheidenden Hinweis gefunden, wie Lugus' Körper für alle Zeit vernichtet werden konnten: allein durch Feuer. Man musste seine vier Gestalten bei lebendigem Leib verbrennen, so wie man vermeintliche Hexen seit Jahrhunderten verbrannte, erst dann wäre er für immer besiegt.

Aber was würde das auslösen? Wenn man mit den Verbrennungen anfinge – wohin würde das führen? Ließe sich eine fünfte, zehnte, fünfzigste Verbrennung verhindern? Allzu schnell wurden Menschen, die auf der Jagd nach dem Bösen waren, selbst zu einem Teil des Bösen, und ein Funke wurde leicht zum Flächenbrand.

Nicht nur für Frauen, aber ganz besonders für sie war diese Entwicklung lebensgefährlich.

27

Ida war froh, als sie endlich allein war und ihre Beine auf dem Bett langstrecken konnte. Sophie Ruhleben war endlich ausgegangen. Vorher hatte sie Ida allerdings Löcher in den Bauch gefragt: Wo warst du, Kindchen? Wie siehst du denn aus? Was ist mit meinem schönen Mantel geschehen, dass er plötzlich aussieht wie ein zerlumptes Bettlergewand? Ida war – schon allein wegen des ruinierten Mantels – nicht darum herumgekommen, Sophie Ruhleben das Allernötigste zu berichten, aber sie hatte sie dringend gebeten, es für sich zu behalten.

Dass die Wirtin sich umgebracht hatte, war kein Geheimnis. Der Ort und die Umstände ihres Ablebens allerdings so merkwürdig, dass es besser war, sie vorerst zurückzuhalten. Daher hatte Ida sich auf vage Andeutungen gegenüber der illustren Frau Ruhleben beschränkt, die sich anschickte, die Regenpause für einen Spaziergang zu nutzen, und Idas wirrem Bericht wenig Aufmerksamkeit entgegenbrachte.

Die Sonne fiel so durch das kleine Fenster, dass sie Ida direkt ins Gesicht schien, als sie auf dem Bett lag. Ida schloss die Augen. Was für ein schrecklicher Tag, dachte sie. Was für ein spannender Tag, dachte sie anschließend. Und schließlich: Was für ein Tag! Nicht alles an ihm war schrecklich und schlecht gewesen: Da war der Zettel von Paul bei ihren neuen Stiefeln; da war ihre Spürnase, mit der sie richtiggelegen hatte, als sie der Wirtin gefolgt war; da war das triumphale Gefühl, nachdem sie dem Hund getrotzt hatte.

Beinahe wäre Ida eingeschlafen, aber ihr Magen knurrte. Es war schon Nachmittag und sie hatte noch keinen Bissen gegessen. Doch sie hatte kein Geld mehr.

Ihr fiel ein, dass die Schänke seit dem heutigen Tag ohne Besitzer war. Die Wirtin war tot, einen Wirt gab es auch nicht mehr, und ein Erbe war weit und breit nicht in Sicht. Wem täte sie also weh, wenn sie sich bei den schnell verderblichen Vorräten bediente?

Die Frage war schnell im Sinne des knurrenden Magens beantwortet. Ein wenig müde ging sie die Treppe hinunter und warf einen Blick in alle Räume. Kein Mensch war zu sehen. In der Vorratskammer hing ein riesiger getrockneter Schinken, der nach Wacholder duftete. Gleich daneben lagen ein Paar Würste und ein halber Käse, der einst den Umfang eines Mühlsteins gehabt hatte. Das Brot war ebenfalls schnell gefunden, und das Schlemmermahl konnte beginnen. Ida schnitt sich von allem ein paar Scheiben ab, stapelte es auf einem Holzbrett und trug es wie eine Trophäe vor sich her in den Schankraum, wo sie es sich am sonnigsten Platz gemütlich machte. Als sie vom salzigen Schinken und würzigen Käse durstig wurde, holte sie sich noch Buttermilch.

So gut hatte sie noch nie gegessen! Ihre der Entkräftung geschuldete Müdigkeit ging in eine wohlige, gesättigte Müdigkeit über. Als sie den letzten Bissen hinunterschluckte und auf ihr geleertes Holzbrett blickte, konnte sie kaum glauben, dass die ganzen Speisen in ihren zierlichen Körper hineingepasst hatten.

Und dann musste sie lachen. Nicht sehr laut, nur ein wenig kichern. Sie wusste nicht recht, wieso. Es kam einfach aus ihr heraus. All das, was sie in den letzten

Tagen und Stunden mitgemacht hatte, war so unwirklich … manches davon bedrohlich … anderes angenehm, ja sogar bezaubernd. Ida wusste weder mit dem einen noch mit dem anderen umzugehen. Ihr war nach leisem Lachen zumute und gleich darauf nach stillem Weinen.

Ein Räuspern schreckte sie auf.

»Paul! Was für eine schöne Überraschung!«

»Guten Tag, Ida. Wie ist es, passen die Stiefel?«

»Besser geht's nicht. Ich habe mich sehr darüber gefreut, vielen Dank. Komm doch näher. Setz dich zu mir. Oder hast du keine Zeit?«

»Doch, ich habe Zeit. Der Meister hat mir für den Rest des Tages freigegeben.«

»Das ist schön. Du hast Glück. Der Regen scheint sich verzogen zu haben. Das solltest du ausnutzen.«

»Das tue ich gerade. Deswegen bin ich hier.«

Sie lächelte. Paul war natürlich nicht wegen der Stiefel, sondern ihretwegen gekommen. Das hatte sie geahnt, aber es tat gut, es aus seinem Mund zu hören.

»Möchtest du einen Spaziergang mit mir machen?«, fragte er. »Wir könnten ein wenig die Gegend erforschen.«

Nichts hätte sie lieber getan, als mit einem Schäfersohn einen Streifzug durch die Landschaft zu machen, die Gerüche der Natur einzuatmen … Sie könnten eine Decke mitnehmen und sie im Gras ausbreiten, die letzte Oktobersonne genießen, Seite an Seite liegen, scherzen, reden, sich berühren … Aber da Ödrode von Wald umgeben war, mussten sie erst den Wald durchqueren, um auf eine schöne Lichtung zu gelangen, und Ida war fürs Erste mit Ausflügen in den Wald bedient.

»Wenn es dir nichts ausmacht, bleiben wir lieber hier. Meine Füße tun mir weh.«

Sie betrachteten gemeinsam Idas Stiefel unter dem Tisch: dreckig, nass, ein trauriger Anblick, kein Vergleich zu dem, was Paul am Morgen abgeliefert hatte. Ida war noch nicht dazu gekommen, sie zu putzen; sie hatte ja nun wirklich auch anderes zu tun gehabt. Doch jetzt war es ihr unangenehm, sie ihrem Schuster in diesem Zustand zu präsentieren.

»Zieh sie aus«, sagte Paul. »Ich putze sie dir.«

»Aber nein, Paul, das geht doch nicht.«

»Warum denn nicht?«

»Ich muss mich schon selbst um meine Schuhe kümmern.«

»Ach was. Schuhe putzen gehört zum Schusterleben. Keine Widerrede. Ausziehen.«

Da hatte er ihre beschuhten Füße bereits in der Hand, und ehe sie es sich versah, saß sie barfuß im Schankraum und lächelte.

Dieser Paul war doch wirklich ein verrückter Kerl! Er zückte einige Tücher, die er bei sich trug, ging zum Ausschank und fing an, ihre Stiefel mit Wasser, Gänseschmalz und Spucke zu wienern. Es war eine Wonne, ihm dabei zuzusehen.

Er sagte: »Ich habe das von der Wirtin gehört. Im Dorf spricht man schon über nichts anderes mehr.«

Das hätte ich mir denken können, dachte Ida. Sophie Ruhleben hatte mal wieder drauflosgeplappert. Aber da Ida ihr nicht viel erzählt hatte, konnte sie auch nicht viel verraten.

»Ja, eine traurige Sache. Aber lass uns nicht davon reden.«

»Wie du willst.«

»Hast du Hunger?«, fragte Ida.

»Schon ein wenig.«

»Ich richte dir etwas her. Ich habe mich schon satt gegessen.«

Während er also ihre Schuhe auf Hochglanz brachte, stellte sie ihm eine üppige Platte aus allem zusammen, was die Speisekammer hergab. Das machte ihr richtige Freude, obwohl es für ein Dienstmädchen nichts Besonderes war. Der Frau Geheimrat hatte sie tausendmal die Speisen angerichtet und überbracht. Aber als sie Paul die Platte über den Schanktisch zuschob, hatte sie das Gefühl, ihrem künftigen Mann eine Schäfersmahlzeit zubereitet zu haben.

Die Stiefel blitzten aufs Neue. Paul biss in sein Schinkenbrot, und während er aß, warfen er und Ida sich Blicke zu. Was sie sah, gefiel ihr. Sie hätte ihn stundenlang betrachten, ihm stundenlang Gesellschaft leisten können und sich keine Sekunde dabei gelangweilt. Das Zusammensein mit ihm war so einfach. Es verlangte nichts, erwartete nichts. Ida kam es vor, als kenne sie Paul schon seit Jahren. Er erinnerte sie in vielen Dingen an die Figuren in den Romanen: blaue Augen, ein schamhaft durchgestrichenes Herz auf einem Zettel, liebevolle Gesten, die alle besagten: du und ich.

Ida und Paul neigten sich einander zu, fast unmerklich, Zentimeter um Zentimeter, sie von der einen Seite des Schanktisches, er von der anderen.

Sie küssten sich.

Aber kaum hatten ihre Lippen sich berührt, hörten sie Schritte. Sie sahen zur Tür.

Benedikt Pohl war hereingekommen.

Die romantische Stimmung war sofort gekippt. Ida nahm es Benedikt Pohl übel, dass er sie und Paul unterbrochen hatte. Natürlich hatte er dasselbe Recht wie sie, sich im verwaisten Schankraum aufzuhalten, aber das machte die Sache nicht besser.

»Hmm, das sieht lecker aus«, sagte Benedikt, und sein Blick bat Ida, ihm auch so eine Platte herzurichten.

»Die Speisekammer ist dort hinten«, erwiderte sie, ohne sich von der Stelle zu rühren. Ida war nicht wohl dabei, auf diese Weise mit Benedikt umzugehen, denn immerhin hatte er ihr schon mehrmals geholfen. Auch sein Eintreten für die arme Bürgersfrau, die man zu Tode hatte prügeln wollen, hatte Ida gefallen. Aber irgendetwas an ihm störte sie, und sei es auch nur, dass er sowohl zu den passendsten wie auch zu den unpassendsten Momenten auftauchte, so als kenne er Ida besser als sie sich selbst.

Sie schwiegen zu dritt, was etwas ganz anderes und weit beklemmender war, als zu zweit zu schweigen. Keiner von ihnen wusste etwas zu sagen, bis Benedikt sie und sich selbst erlöste und in die Speisekammer ging.

Kurz darauf kam Sophie Ruhleben in Begleitung des Schusters herein. Im Grunde verhielt es sich umgekehrt – die Ruhleben hatte Mühe, mit Meister Michael Schritt zu halten, und wirkte wie eine abgehetzte Kammerzofe, der ein anderer den Takt vorgibt.

»Ist das wahr?«, rief der Schuster, und Ida begriff erst, dass ihr die Frage galt, als er unmittelbar vor ihr stehen blieb und sie aus seinen dunklen, tiefliegenden Augen ansah.

»Wahr? Was denn?«, fragte sie.

»Das mit der Wirtin.«

»Sie ist tot, ja«, sagte Ida.

»Sie ist in den Tod gesprungen?«

»Leider.«

»Und du hast ihr dabei zugesehen, Mädchen?«

»Was hätte ich tun sollen? Ehe ich mich versah, sprang sie.«

»Wo?«

»Das weiß ich nicht mehr genau«, log Ida.

»Beschreibe die Stelle. Na, mach schon. Worauf wartest du?«

»Ich kann nicht.«

»Wieso nicht, hä?«

»Weil ...« Ida wusste nicht, was sie darauf erwidern sollte. Der Leutnant hatte sie gebeten, diskret zu sein.

»Sie hatte einen schweren Tag und ist durcheinander, Meister«, kam Paul ihr zu Hilfe. »Lassen wir sie in Ruhe.«

Meister Michael blickte seinen Gesellen verärgert an.

»Was tust du überhaupt hier?«

»Ihr habt mir freigegeben, Meister, und ich wollte ...«

»Geh zurück in die Werkstatt.«

»Aber ich ...«

»Du bist ja immer noch hier. Wenn du nicht spurst, kannst du sehen, wo du bleibst und wer dich als Gesellen nimmt. Zum letzten Mal: Geh in die Werkstatt und tu, was deine Aufgabe ist: Arbeite!«

Einen Augenblick lang sah es so aus, als wollte Paul seinem Meister trotzen. Aber Ida nickte ihm zu, zum Zeichen, dass er nachgeben sollte. Sie würde schon allein zurechtkommen, und Sophie Ruhleben war ja auch noch da.

Als Paul gegangen war, sagte Ida: »Ich verstehe Ihre

Aufregung nicht, Meister Michael. Der Leutnant untersucht diese traurige Begebenheit bereits.«

»Wenn er sie untersucht, musst du ihm gesagt haben, wo sie passiert ist.«

»Für mich ist hier ein Wald wie der andere. Ich habe ihm grob beschrieben, wo …«

»Du lügst.«

»Wieso sollte ich?«

»Du verschweigst etwas. Du hast gesehen, was du nicht hättest sehen dürfen, und der Leutnant hat dir einen Maulkorb verpasst. Ist doch so.«

Das war zwar nahe an der Wahrheit, aber Ida war zur Verschwiegenheit entschlossen.

»Nun erzähl ihm doch endlich, was er wissen will, mein Kind«, seufzte die Ruhleben, die sich offenkundig langweilte und dieses Thema so rasch wie möglich abschließen wollte. »Mir hast du etwas von einem Felsspalt erzählt.«

Das war schon zu viel gewesen, dachte Ida, und ihr Blick ließ die schwatzhafte Ruhleben auch wissen, was sie dachte.

»Also das Höllenloch«, sagte der Schuster. »Das hätte ich mir denken können. Ein schlimmer Ort, keiner geht jemals zum Höllenloch. Die Hexen fliegen dort ein und aus. Was du gesehen hast, Mädchen, war kein Selbstmord, sondern der Flug einer Hexe in die Unterwelt, in die Arme des Satans.«

Idas Stirn legte sich in Falten.

»Es sah nicht aus wie ein Flug.«

»Aber da war doch dieses unheimliche Heulen, oder?«

»Da war kein Heulen.«

Ein Heulen war da wirklich nicht gewesen. Trotzdem musste sie sich eingestehen, dass Meister Michael nicht ganz falschlag. Das Windwesen, der Hund, der plötzliche Sturm und das merkwürdige Verhalten des Leutnants – was, wenn nicht Zauberei könnte die Ursache dafür sein? Aber es stand ihr nicht zu, ein Urteil darüber zu fällen, und sie vertraute dem Leutnant und Schwester Johanna allemal mehr als diesem rabiaten, ungehobelten Kerl von einem Schuster.

»Es heißt«, sagte er, »dass keiner je vom Höllenloch zurückkommt.«

»Wenn keiner je zurückkam, wie können Sie dann wissen, dass jemals jemand dort war?«

»Werde nicht spitzfindig, du naseweise, bayrische Maid.«

»Hessische Maid«, korrigierte sie.

»Du hältst dich wohl für schlau, nur weil du aus der Stadt kommst.«

»Fest steht: Ich war am Höllenloch und bin zurückgekommen. Ihr sogenanntes Höllenloch ist nichts weiter als eine im Wald gelegene Spalte in der Erde.«

So ganz war Ida nicht von dem überzeugt, was sie sagte. Da Robert von Collas jedoch in das Loch gestiegen und zurückgekehrt war – was sie für sich behielt –, war er dort unten wohl nicht auf ein Dutzend Hexen und Zauberer gestoßen.

»Und was hattest du dort zu suchen?«, fragte Meister Michael.

Ida hatte nun vollends genug von diesem Verhör.

»Ich wüsste nicht, was Euch meine Gewohnheiten angehen. Und jetzt entschuldigt mich. Guten Tag.«

Noch ehe sie sich abwenden konnte, wurden ihre

Schultern von ihm gepackt. Sein Griff war schmerzhaft, doch es war mehr sein Blick, der Ida Angst machte.

»Alles muss man dir aus der Nase ziehen, Mädchen. Warum ist das so? Wieso verheimlichst du uns etwas?«

»Michael, bitte«, versuchte die Ruhleben ihn zu beruhigen.

Er beachtete sie nicht. Ida versuchte, sich aus seinem Griff zu winden, doch das führte nur dazu, dass er sie heftiger schüttelte.

Da hörte sie hinter sich etwas zerbrechen.

»Loslassen«, sagte Benedikt.

Der Schuster sah über Ida hinweg, und nach einem Moment des Zögerns ließ er sie tatsächlich los.

Benedikt stand mit einer zerschlagenen Flasche in den Händen im Schankraum. Es sah ein wenig lächerlich aus, wie er, ein Student, in feinen Zwirn gekleidet, die qualmende Pfeife im Mundwinkel, in der Haltung eines Zirkusboxers Meister Michael bedrohte.

Der Schuster blickte ihn zornig an, dann trat er einen Schritt zurück. »Das ist jetzt das zweite Mal, dass du mir in die Quere kommst, Bürschchen«, sagte der Meister. »Ich will es heute dabei bewenden lassen. Ein drittes Mal kommst du mir nicht so einfach davon.«

Meister Michael knallte die Tür hinter sich zu, dass der ganze Schankraum erzitterte, kurz darauf rannte Ida an der Ruhleben und Benedikt vorbei die Treppe hinauf in ihr Zimmer und warf sich bäuchlings auf das Bett.

Schon wieder war sie in Gefahr gewesen, schon wieder musste sie Benedikt Pohl dankbar sein, und schon wieder fühlte sie sich gekränkt, obwohl es keinen vernünftigen Grund dafür gab. Das reinste Chaos!

»Liebes Kindchen, du benimmst dich nicht wie eine erwachsene Frau«, sagte die Ruhleben, als sie ins Zimmer kam. »Und schon gar nicht wie eine Dame. Dein Verhalten ist das einer missratenen Göre. Du musst dir unbedingt von mir helfen lassen.«

Ida konnte diese Frau nicht länger ertragen, auch wenn sie alles für sie bezahlte.

»Von Ihnen helfen lassen? Ihrer Schwatzhaftigkeit habe ich diese Situation doch überhaupt erst zu verdanken.«

»Oh, also ich muss schon sagen … nach allem, was ich für dich getan habe, du … du Stubenmädchen …«

Ja, sie war ein Stubenmädchen, sie hatte wenig Ahnung von allem, sie hatte stets Anweisungen befolgt und sich nie aussuchen können, mit wem sie etwas zu schaffen hatte. Man hatte sie tyrannisieren und treten können, so viel man wollte, man hatte über sie hinweg und durch sie hindurch gesehen. Sie war nie eine Person gewesen, immer nur ein Stubenmädchen. Aber plötzlich interessierte sich jemand für sie, Paul, und das machte sie zu einer Person. Sie war jemand. Sie wollte – und wenn es nur für ein paar Tage wäre – sich aussuchen, mit wem sie sprechen würde, mit wem sie Umgang hätte. Und die Ruhleben gehörte eindeutig nicht dazu.

Ida zog sich die Bettdecke über den Kopf, fest entschlossen, kein Wort mehr mit dieser Frau zu wechseln. Wenn es sein musste, würde sie die Nacht auf dem Schanktisch verbringen oder in der Speisekammer.

Sie hatte Glück. Zwei Stunden nach dem Eklat forderte ein von Robert von Collas gesandter Rekrut Ida, Sophie Ruhleben und Benedikt Pohl auf, die unbewirtschaftete Schänke sofort zu verlassen, weil sie dort nicht länger sicher wären. Fortan sollten alle im Schloss wohnen.

28

Robert genoss das Abendessen. Er saß mit Schwester Johanna, Sophie Ruhleben, Ida Krüger und Benedikt Pohl an einer Tafel und warf der Gräfin ab und zu verstohlene Blicke zu. An der Seite einer schönen, unverheirateten und gescheiten Frau schmeckte der Wein doppelt so gut, die Kerzen reflektierten die Umgebung in schönerem Licht – und die Zukunft lag in weiter Ferne.

Am Nachmittag war Robert mit Gräfin Helene durch den Garten spaziert, sie hatte Herbstastern gepflückt und mit ihm über das Berliner Stadtleben diskutiert sowie über die neuesten französischen Romane, von denen sie weit mehr verstand als er. Ohnehin hörte er ihr lieber zu, als selbst zu reden. Anschließend hatte sie ihm auf dem Cembalo vorgespielt und dazu gesungen, mit einer Stimme so klar und luftig, die ihn an einen wolkenlosen blauen Himmel erinnerte.

Das Diner verlief auffällig ruhig, sodass jeder Gelegenheit hatte, sich seinen Problemen hinzugeben. Gräfin Helene versuchte, ein wenig Konversation zu machen, aber ein echtes Gespräch mochte nicht aufkommen. Sophie Ruhleben wurde von Ida ignoriert, auch zwischen Benedikt und Ida schien etwas vorgefallen zu sein, und Schwester Johanna war, seit sie so viel über Lugus herausgefunden hatte, reserviert gegenüber jedermann. Sie bereitete Robert die größten Sorgen. Die Veränderung, die sie in den letzten Stunden durchgemacht hatte, war geradezu greifbar. Ihr Humor war großem Ernst gewichen, ihr Scharfsinn hatte sich in Misstrauen verwandelt. Das war unter den gegebenen Umständen verständlich. Trotzdem hätte er gerade von ihr – so, wie er sie bisher erlebt hatte – etwas anderes erwartet.

Mit der Ruhe war es vorbei, als einer der Rekruten in den Speisesaal gerannt kam.

»Herr Leutnant, ich melde, dass sich eine Menschenmenge im Dorf versammelt hat und von dort mit Fackeln in den Wald gezogen ist. Die Leute wollen zum Höllenloch – ich meine, sie wollen zu dem Felsspalt.«

»In welcher Absicht?«

»Das weiß ich nicht, Herr Leutnant.«

Vermutlich wussten sie es selbst nicht. Sie hatten von den seltsamen Vorkommnissen am sogenannten Höllenloch erfahren und fanden es besser, sich der Gefahr entgegenzustellen, als in ihren Häusern darauf zu warten, dass sie von einem Mörder oder vom Wahnsinn gepackt würden. Das nahm Robert ihnen nicht übel. Trotzdem durften sie unter keinen Umständen das sehen, was er in der Spalte entdeckt hatte. Falls das geschähe, würde die Ordnung zusammenbrechen, die schon jetzt nur noch unter größten Anstrengungen aufrechtzuerhalten war.

»Das ist alles Ihre Schuld«, warf Ida Sophie Ruhleben vor. »Weil Sie Ihr loses Mundwerk nicht halten konnten.«

Sophie Ruhleben wollte sich empören, aber Robert ging vorher dazwischen.

»Ist das wahr?«, fragte er.

»Ja«, sagte Ida. »Sie ist zu Meister Michael gerannt, kaum dass sie vom Tod der Wirtin gehört hat. Ich hatte sie um Verschwiegenheit gebeten, aber sie hat sich nicht daran gehalten.«

Sophie Ruhleben gähnte.

»Ich verstehe die Aufregung nicht, mein lieber Leutnant. Ein paar Dörfler machen einen Fackelumzug im Wald. Das wird ja wohl Preußen nicht erschüttern, oder? Die Leute wollen die Leiche einer Selbstmörderin bergen, das liegt doch auf der Hand. Ich finde dabei nichts.«

Es wäre sinnlos gewesen, sich mit Sophie Ruhleben zu streiten. Welchen Grund sie auch immer für ihre Indiskretion gehabt hatte, konnte nichts mehr am Resultat ändern: Die Leute waren erneut aufgebracht, und Meister Michael marschierte vermutlich wieder vorneweg.

Robert stürmte hinaus.

Der Leutnant konnte nur hoffen, nicht zu spät dort einzutreffen. Da Pferde ein zügiges Vorankommen im dichten Wald verhindert hätten, beließ er sie im Stall und machte sich zu Fuß auf den Weg zum Höllenloch. Zwei Rekruten begleiteten ihn – ausgerechnet jene, die es am Vormittag an Tapferkeit hatten fehlen lassen. Sie waren müde und mussten unentwegt von ihm zur Eile angetrieben werden. Der dritte Soldat wachte noch immer im Keller der Schänke, wo die verrückte Gerlinde Menzel eingesperrt war, wobei man sowohl die Leute vor ihr wie auch sie vor den Leuten beschützen musste. Denn der Pöbel wurde mit jedem Tag ungeduldiger und aggressiver.

Irrsinn! Robert sollte ein zunehmend in Panik verfallendes Dorf in Schach halten, Anschläge verhindern, die jederzeit an jedem Ort stattfinden konnten, und ganz nebenbei noch ein viergestaltiges Ungetüm zur Strecke bringen, das sich hinter jedem Gesicht verbergen konnte. Er hatte längst die Grenze seiner Möglichkeiten überschritten und das gefährliche Terrain des Unmöglichen erreicht.

Obwohl er nicht zum Pessimismus neigte, kam ihm der Gedanke in den Sinn, dass keiner von ihnen je wieder lebend aus diesem Tal herauskommen würde, in dem sie gefangen waren. Nicht sie jagten die Kreatur, sondern die Kreatur jagte sie. Robert war, wie es derzeit aussah, zum Reagieren verurteilt, und Lugus bestimmte, was geschah, wann es geschah und wo. Das einzige Mal, dass Robert diesen Teufel hatte überraschen können, war die Entdeckung der unheimlichen Hüllen im Höllenloch gewesen, aber selbst dabei konnte er sich nicht sicher sein, ob Lugus nicht sogar beabsichtigt hatte, ihn dorthin zu führen. Immerhin war er arg bedrängt und von Angst gepackt worden. Wenn Schwester Johanna recht hatte, war das bereits der erste Schritt in den Untergang.

»Halt!«, befahl er.

Sie hatten erst den halben Weg geschafft, das Höllenloch war noch eine knappe Viertelstunde entfernt. Doch Robert hatte nicht mehr die Absicht, dorthin zu marschieren.

»Zurück!«

Jetzt galt es, den Spieß umzudrehen.

29

Johanna fürchtete die Dunkelheit nicht. Schon als Mädchen hatten die Geräusche der Nacht bei ihr eher Neugier als Angst ausgelöst: ein Rascheln zwischen Zweigen, ein grün aufleuchtendes Augenpaar inmitten der Finsternis, schattenhafte Gestalten in den Gassen. Sie war verborgenen Dingen schon immer gerne auf den Grund gegangen, und das war nur möglich, wenn man sich auch auf das Dunkel einließ.

Leichter gesagt, als getan. Es hatte zahlreicher Nachtspaziergänge bedurft, bis sie ihre letzte Scheu vor der Dunkelheit verloren hatte. Seither waren viele Jahre vergangen. Sie war ein wenig aus der Übung, seit sie Nonne geworden und ihr das nächtliche Umherstreifen versagt geblieben war.

Ihre ersten Schritte aus dem Schloss und von dort in den Wald waren deshalb zaghaft, und sie ertappte sich dabei, wie sie das Kreuz auf ihrer Brust umklammerte wie einen Schlagstock. Die wenigen Lichter hinter den Fenstern des Schlosses verloschen hinter den Zweigen. Keiner hatte ihren Weggang bemerkt, weder die Gräfin noch Marthe oder die Köchin Grete noch Ida oder sonst wer.

Als eine Eule rief, musste sie an Benedikt Pohl denken. Sie hatte ihn beim Abendessen ganz nebenbei gefragt, was er denn eigentlich neulich Nacht im Wald gemacht hatte, bevor ihm Ida dort in die Arme gelaufen war. Er hatte geantwortet, dass er sich für die Vogelwelt interessiere, es gehöre zu seinem Studium, und bestimmte Vogelarten könnte man nur bei Nacht und

Mondschein beobachten. Da er allzu selten Gelegenheit dazu hätte, hätte er den unerwarteten Aufenthalt auf dem Land für einen nächtlichen Abstecher genutzt. Dann hatte er lang und breit ausgeholt und über Käuze, Uhus und Nachtigallen referiert.

Falls er die Wahrheit gesagt hatte, dachte Johanna, hätte er in diesem Augenblick seine helle Freude. Denn auf der Lichtung vor ihr zog ein Dutzend Fledermäuse seine wilden Kreise, nur schwach vom Mond beschienen. Das hohe, leise Kreischen dieser seltsamen Tierart ging Johanna durch Mark und Bein.

Langsam betrat sie die von der Nacht beherrschte Lichtung. Das Gras raschelte unter den Säumen ihres Ordensgewands. Ein Windstoß flutete zwischen die Wipfel der Bäume, bog sie herunter und ebbte wieder ab.

Ihre alte Vertrautheit mit der Finsternis stellte sich wieder ein. Ihre Augen gewöhnten sich daran, nicht mehr jedes Geräusch verursachte Johanna Schrecken, aber die große Anspannung blieb ihr erhalten. Sie wusste, es war nur eine Frage der Zeit, wann sie zwei leuchtende Augen zwischen dem Gras entdecken würde, Augen, die näher kommen würden.

So stand sie dort in der Nacht auf der Lichtung, sich unentwegt und gemächlich um ihre eigene Achse drehend wie die Figur eines Glockenspiels.

Ihr Körper war müde, nur die Beine fühlten sich leicht an, und ihr Geist war hellwach, ohne sich auf einen Gedanken konzentrieren zu können. Sie erinnerte sich nicht, jemals in einem solchen Schwebezustand gewesen zu sein, auch nicht wenn sie mal einen Becher zu viel Wein getrunken hatte. Im einen Moment empfand sie das, was sie vorhatte, als große Herausforderung, im anderen Moment kam sie sich dumm dabei vor.

Die Natur kümmerte sich nicht um die Ordensschwester, die Käuze und Fledermäuse durchzogen ungerührt den schwarzen Himmel. Wie viele Okkultisten hatten auf diese Weise schon versucht, mit dem Teufel in Verbindung zu treten, hatten sich in Wäldern die Nächte um die Ohren geschlagen, um erschöpft beim Morgengrauen ins Bett zu sinken, ohne das Objekt ihrer Anbetung erblickt zu haben? Ließ sich das Böse einfach so anlocken? Es musste nicht kommen, denn es war ja schon da, unsichtbar, ein Fluidum, das durch alle Ritzen eingedrungen war und sich auf alles gelegt hatte, sogar auf die Liebe.

Lugus war ein Zerstörer, ein Spieler, wie ein grausames Kind, das sich einen Spaß daraus machte, Tiere zu quälen. Doch hier ging es um Menschen. Lugus hatte aufmerksame Augen und Ohren, einen gefährlichen Verstand, und er schmiedete Pläne und änderte sie willkürlich nach seinem Belieben.

Aber er war nicht unbesiegbar. Andere Götter waren vor ihm bezwungen worden und untergegangen. Man konnte ihn überlisten – zumindest wollte sie daran glauben, denn andernfalls wären sie verloren. Dass Robert die Hüllen entdeckt hatte, war ein erster Rückschlag für den germanischen Gott. Wieso hätte er sonst einen solch enormen Widerstand geleistet, als Robert von Collas in den Spalt hinabgestiegen war?

Als sie am Rand der Lichtung ein Rascheln hörte, war Johanna davon überzeugt, dass es Lugus war. Sie ging ihm ein paar Schritte entgegen und forschte in der Dunkelheit nach seiner Gestalt, der Gestalt eines Hundes.

Stattdessen kroch der Knabe Wolf aus dem Gebüsch.

»Was tust du denn hier?«, fragte Johanna, obwohl sie wusste, dass er nie sprach, und auch sah, womit er sich gerade beschäftigt hatte. Wolf hielt einen toten Hasen an den Ohren, der ihm offensichtlich in eine Falle gegangen war. Das braune Fell des Tieres war blutverschmiert, aber die Hand des Knaben scheute das Blut nicht.

»Du gehst sogar nachts auf Jagd? Ist das nicht zu gefährlich?«

Er reagierte nicht.

»Aber was rede ich? Du weißt, was du tust, sonst hättest du nicht so lange Zeit im Wald überlebt. Und du hast einen besseren Grund als ich, bei Nacht durch den Wald zu streifen. Ich suche einen Hund. Seltsam, nicht wahr? Eine Nonne jagt einen gefährlichen Hund. Das wäre so, als wäre der Hase hinter dir her gewesen und nicht umgekehrt.«

Immerhin ein Lächeln auf den aufgesprungenen Lippen. Johanna hatte den Panzer durchdrungen, mit dem der Junge sich gewappnet hatte, um zu überleben.

»Ist er dir schon einmal begegnet, dieser Hund?«

Der Knabe nickte. Langsam wich die Härte aus seinen Augen. Er taute ein wenig auf.

»Hast du eine Ahnung, wo er haust?«

Er verneinte.

»Und du? Wo wohnst du? Magst du mir dein Haus zeigen?«

Wolfs Hand, die eben noch den blutigen Hasen gehalten hatte, schob sich in Johannas Hand und zog daran.

Doch plötzlich hielt der Junge inne und lauschte. Sein in der Wildnis geschultes Gehör nahm irgendetwas wahr, das Johanna nicht hörte. Er blickte ans andere Ende der Lichtung, und tatsächlich, da war etwas: ein Augenpaar, das grünlich in der Dunkelheit leuchtete und näher kam.

»Ist das der Hund?«, flüsterte Johanna.

Doch der Knabe verneinte.

Er behielt recht. Ein weiteres Augenpaar erschien. Dann noch eines. Und ein viertes. Ein fünftes.

Fünf hellgrüne Augenpaare näherten sich ihnen, wogten leicht auf und ab durch das Gras, dann war vielstimmiges Hecheln zu hören, und schließlich schälten sich fünf schlanke, hundeartige Gestalten aus der Nacht. Doch es waren keine Hunde. Es waren Wölfe.

Sie verteilten sich im Halbkreis um Johanna und Wolf, etwa drei Schritte von ihnen entfernt, und musterten sie, wie sie vielleicht jede Beute musterten, bevor sie sie erlegten.

Johannas erster Reflex war: mit dem Knaben fliehen.

Doch sie widerstand dieser spontanen Fluchtreaktion. Flucht vor einem Wolfsrudel wäre aussichtslos gewesen. Johanna hatte über diese Tiere gelesen. Sie hetzten ihre Beute in den sicheren Tod. Das einzig Tröstliche war, dass Menschen nicht zu ihrer Beute gehörten – das zumindest behaupteten Naturforscher wie Benedikt Pohl, auch wenn sie sich damit einem alten Volksglauben widersetzten. Nur halb verhungerte Wölfe würden Menschen angreifen, aber zu dieser Jahreszeit gab es ausreichend Nahrung in den Wäldern.

Und dass Wölfe Kreaturen des Teufels waren, daran glaubte Johanna ohnehin nicht. Wieso sollte der Teufel so viele Tiere – Schlangen, Wölfe, Katzen, Fledermäuse, schwarze Hähne, Raben, Krähen und viele mehr – zu seinen Kreaturen zählen dürfen, und der Herrgott hätte kein einziges Tier als sein Geschöpf? Das ergab keinen Sinn. Darum unternahm sie auch erst gar nicht den Versuch, die Tiere mithilfe des Kreuzes um ihren Hals zu verscheuchen.

Sie verharrte also und ließ sich begutachten. Der Junge blieb merkwürdig ruhig – nein, ruhig traf es nicht ganz, er war höchst aufmerksam und verfolgte genau, wie die Wölfe sich verteilten und bewegten, aber er war beherrscht wie ein erfahrener Jäger.

Johanna begann das Vaterunser zu beten.

Da warf der Junge ihnen seinen Hasen zu. Die Wölfe stürzten sich sofort auf das noch warme Tier und zerrissen es in Stücke. Sie waren von Anfang an, vom Blut angelockt, nur hinter dieser Beute her gewesen.

Der Junge ging langsam rückwärts und zog Johanna mit sich. Es funktionierte: Die Wölfe nahmen keine Notiz mehr von ihnen.

Aber dann, Johanna und Wolf waren ungefähr zehn Schritte weit gekommen, als die Wölfe plötzlich unruhig wurden. Kurz darauf verließen sie fluchtartig die Lichtung.

Der Junge schien zu verstehen. Er gestikulierte wild mit den Händen und fletschte die Zähne; er wollte, dass Johanna wegrannte.

Und auch sie hatte begriffen, was vor sich ging.

30

Ida war über Sophie Ruhlebens Geschenk, *Das Einmaleins der Liebeswerbung,* eingeschlafen. Die Verachtung und Ignoranz, mit der sie dieses Geschenk bislang gestraft hatte, wollte Ida sich nicht mehr leisten. Denn nun wohnte sie im Schloss, ein ganzes Stück von Paul entfernt, und sie hatte Angst, dass die keimende Beziehung zu ihm abreißen könnte. Innerhalb von fünf Stunden hatte sie das schmale Buch mit seinen fünfundneunzig Seiten fast durchgelesen, nur die letzten vier Seiten hatte sie nicht mehr geschafft und war weggedöst.

Nun wachte sie von ans Fenster geworfenen Kieseln auf.

Die selige Frau Geheimrat hatte stets behauptet, das Unglück der einfachen Frauen fange mit Mondschein und fliegenden Kieseln an, und als Ida, noch halb schlaftrunken, den Vorhang vor dem Fenster zurückschob, flutete tatsächlich der Mondschein in ihr Zimmer hinein, wurde vom Kristallleuchter und einem Silberlüster reflektiert, und ein weiterer Kieselstein traf das Fenster. Wie von der Frau Geheimrat prophezeit, machte Idas Herz einen Sprung.

Unten stand Paul. Als er Ida sah, warf er die restlichen Kiesel fort und winkte freudig mit beiden Armen.

Sie fühlte sich geschmeichelt. So etwas hatte noch nie einer für sie getan, und bis eben noch hatte Ida geglaubt, es passiere nur in Schäferromanen und Bauernschwänken.

Sie öffnete das Fenster.

»Paul.«

»Ida.«

Ida hatte keine Erfahrung mit Freiern, die unter ihrem Fenster stehend ihren Namen riefen, aber das Handbuch der Liebeswerbung riet, sich dumm zu stellen.

»Was willst du?«

»Ich konnte nicht schlafen.«

»Und da dachtest du, ich wäre ein gutes Schlafmittel?«

Beide bemühten sich, vernehmlich zu flüstern, um von niemandem entdeckt zu werden.

»Ich musste dich einfach sehen.«

Das Einmaleins der Liebeswerbung sah vor, dass Ida sich zierte. Das bot dem Freier die Möglichkeit, zu zeigen, was für ein Kerl er war, und die Umworbene konnte sich überlegen, ob ihr Verehrer und seine Form der Werbung ihr gefielen.

»Nun hast du mich gesehen. Gute Nacht.«

»Warte, Ida, bitte.«

»Warum?«

»Das sage ich dir gleich, wenn ich oben bin.«

»Oben?«

»Ich komme rauf.«

»Bist du verrückt? Das geht nicht.«

»Wieso nicht? Ist jemand bei dir? Ein – Mann?«

»Werde nicht frech, ja.«

»Entschuldigung, aber …«

»Ich bin hier nur Gast, und du bist noch nicht einmal das. Du darfst hier nicht einfach so eindringen.«

»Ich habe nicht vor einzudringen. Ich bleibe vor dem Fenster.«

Paul stürzte sich auf das Rosenspalier, das unterhalb des Fensters am Mauerwerk angebracht war und bis unter den Sims reichte.

Insgeheim hatte Ida gehofft, dass Paul sich so verhalten würde – und auch das *Einmaleins* ging davon aus –, aber wie sehr sie es gehofft hatte, erkannte sie erst, als sie ihn mühsam das Spalier hinaufklettern sah. Hätte er sich von ihrer vorgetäuschten Stacheligkeit abschrecken lassen und wäre nach Hause getrottet, wäre sie es gewesen, die die ganze Nacht wach gelegen und sich Vorwürfe gemacht hätte. Pauls Verwegenheit ließ sie innerlich jubilieren, machte sie aber auch unruhig.

Was würde passieren, wenn er am Sims angekommen wäre?

Noch war es nicht so weit.

Auf halber Strecke kam es, wie es kommen musste: Das Spalier brach zusammen, und Paul stürzte zu Boden.

»Paul? Paul!«

Er bewegte sich nicht. Ida stockte der Atem.

Sie wollte schon zu ihm eilen, als sie sein Stöhnen hörte.

»Paul, bist du verletzt?«

»Verdammt«, fluchte Paul und erhob sich mühsam.

Ida atmete durch. Er war also nicht verletzt, ausgenommen sein Stolz, aber der ließ sich schneller heilen als ein Fußknochen.

»Warte«, rief sie. Sie ergriff einen Mantel und eine Decke, schlüpfte in die warmen Pantoffeln, die ihr von Marthe vor ihr Bett gestellt worden waren, und huschte wie ein Nachtgespenst durch die Gänge und Treppen des Schlosses bis zum Portal. Sie schob den Riegel auf, schlüpfte nach draußen und zog die massivhölzerne Türe leise hinter sich zu.

»Und? Was wolltest du mir sagen?«

»Sagen?«

»Bist du nicht gekommen, um mir etwas zu sagen?«

Daraufhin schwieg er. Der Kies, der unter ihren Füßen knirschte, blieb für eine Weile das einzige Geräusch, das sie machten, und er verstärkte Idas Verlangen nach einem Gespräch, nach lieben Worten.

Als sie an einer Steinbank im Garten ankamen, setzten sie sich. Der Wind streifte leise durch Idas Haare, wodurch sie mit einem Mal bemerkte, dass einige Nadeln, mit denen sie die Frisur hochsteckte, sich im Schlaf gelöst haben mussten. Gewiss sah sie völlig verzottelt aus, aber das machte ihr überraschenderweise nichts aus. Vor Paul musste sie sich nicht verstellen, er war wie sie, und das dumme *Einmaleins* kam Ida mit einem Mal falsch, berechnend und daher verachtenswert vor.

»Ich muss dir tatsächlich etwas sagen«, gestand Paul. »Ich wusste bloß nicht, wie ich es anstellen soll. Eigentlich weiß ich es immer noch nicht, aber irgendwann muss man ja mal anfangen. Weißt du, Ida, ich bin nicht gut mit Worten. Ich bin auch nicht schlecht, aber wenn es um so etwas geht, dann …«

Sie war aufgeregt und zitterte leicht, was er bemerkte.

»Ist dir kalt?«

»Nein.«

»Und die Füße?«

»Nur ein bisschen.«

Er streifte ihre Pantoffeln ab und nahm Idas Füße in seine großen Handwerkerhände, wo er sie mit sanften, massierenden Bewegungen wärmte. Sein Blick sagte: Ich liebe dich.

Ida lehnte sich weit auf der Bank zurück. Sie genoss die zärtliche Geste, die Berührungen, die Blicke, sie genoss die Kraft, die von Paul ausging.

»Was willst du mir sagen?«

Er sammelte sich und holte tief Luft.

»Ich habe dich sehr gern, Ida. Wenn ich mit dir zusammen bin, ist alles gut, und wenn ich nicht bei dir bin, denke ich an dich. Tut mir leid, ich rede einfach so drauflos, weil … Du bist schön, Ida. Und dein Lachen ist … Ich würde meinen Lohn für ein Lachen von dir geben. Und deswegen … Ida, willst du mich heiraten?«

Ida stiegen die Tränen in die Augen, und sie war drauf und dran, Paul auf der Stelle um den Hals zu fallen. Alles war genau so, wie sie es sich tausendmal erträumt hatte, angeregt von den Romanen: die Sterne über ihr und ihm, das Mondlicht auf ihr und ihm, der Wind und seine Hände auf ihrer Haut, seine blauen Augen, die sich liebevoll auf sie richteten… Paul erlernte ein Handwerk, er konnte für Ida sorgen, und vielleicht würde er eines Tages ja sogar in die Fußstapfen seines Vaters, des Schäfers, treten. Weit weg von den Vornehmen, vom Blendwerk der Welt und den Städten würde sie mit dem geliebten Mann ein ehrliches, ungekünsteltes Leben, umgeben von der Magie der Natur, leben.

Sie war nur noch ein »Ja« von dieser Zukunft entfernt.

Aber sie konnte nichts sagen. Es war ihr unmöglich. Sie versuchte zu sprechen, aber es ging nicht.

»Ida?«

Etwas hinderte sie daran, ihm zu antworten. Sie verstand sich selbst nicht. Was wollte sie denn noch? Ein schöner, starker Mann war mitten in der Nacht zu ihr gekommen, verwegen und demütig wie ein aufrichtig Liebender, und hatte ihr einen Heiratsantrag gemacht. Das war nahezu buchstabengetreu das, worauf sie in den letzten fünf Jahren gewartet hatte.

Aber sie hatte alle Gewissheiten verloren. Empfand sie etwas für Paul, das über Zuneigung und Wunschträume hinausging? Liebte sie ihn? Woran erkannte sie diese Liebe? Die Liebe war für sie ein unentdecktes Land, auf das sie nicht ganz freiwillig und nicht ganz unfreiwillig ihren Fuß gesetzt hatte und sofort knöcheltief darin eingesunken war. Die Landschaft war paradiesisch und aufregend, aber ohne Lageplan hatte sie auch etwas Beängstigendes.

Das Einmaleins der Liebeswerbung empfahl für den Fall eines Zweifels, Grübeleien zu meiden und sich geduldig vom Gefühl treiben zu lassen, früher oder später würde die Strömung einen ans richtige Ufer spülen.

»Ida? Was hast du denn? Ich dachte, du würdest mich …«

Die Traurigkeit in seinen Augen lastete wie Pfunde auf ihrem Herz.

»Ja, Paul, das dachte ich auch. Du bist genau der, den ich mir immer gewünscht habe, aber jetzt, wo du da bist … Ich bin mir plötzlich nicht mehr sicher. Es hat nichts mit dir zu tun. Du bist wunderbar. Vielleicht liegt es an den Umständen. Die letzten Tage haben mich durcheinandergebracht und … irgendwie verändert. Mir kommt es so vor, als hätte sich etwas in mir verschoben, und nun passt es nicht mehr ganz zu der Ida von letzter Woche. Aber vielleicht … vielleicht sieht die Welt morgen schon wieder ganz anders aus. Ich weiß, ich rede wirres Zeug. Was ich damit sagen will: Bitte gib mir ein wenig Zeit, Paul.«

»Du sagst also nicht Nein?«

»Nein, ich sage nicht Nein. Ich sage nur, dass ich verrückt bin, sonst hätte ich auf der Stelle Ja gesagt. Und ich hoffe, dass sich meine Verrücktheit schon bald wieder legt.«

Pauls Augen hellten sich wieder auf, und sie las darin den Wunsch, sie zu küssen. Doch er hielt sich zurück.

Als er sie schweigend zurück zum Schloss begleitete, hoffte sie, keinen Fehler, nicht den schlimmsten aller Fehler, gemacht zu haben, und das nur aus einer Laune heraus.

»Pass auf dich auf, Paul. Im Wald ist es gefährlich.«

Kaum hatte sie die Pforte hinter sich geschlossen und war zur Treppe gelangt, um in ihr Zimmer zurückzukehren, als ihr so mulmig wurde, dass sie schon wieder umkehren und Paul hinterherlaufen wollte. Wieso hatte er sie zum Abschied nicht geküsst? Wieso war sie so blöde gewesen …?

Da rief eine Stimme: »Fräulein Krüger.«

Es war Benedikt Pohl. Er saß bei geöffneter Tür in der Bibliothek, tief eingesunken in einen riesigen Ottomanen, ein schweres Buch in Händen und die riesige alte Pfeife, die so gar nicht zu seinem jungen Gesicht passte, im Mundwinkel. Ein Kerzenlüster warf so viel Licht auf ihn, dass er im Dunkel des Raums erstrahlte.

Was hatte er mitbekommen von dem, was in der letzten halben Stunde passiert war?

»Konnten Sie auch nicht schlafen?«, fragte er. »Kommen Sie doch herein und leisten mir Gesellschaft.«

»Sie lesen. Ich möchte Sie nicht stören.«

»Sie stören mich nicht.«

»Außerdem bin ich im Nachtmantel.«

»Das macht nichts, ich bin auch nur im Nachtmantel.«

»Ein Grund mehr, weshalb wir nicht mitten in der Nacht allein in einem Raum sein sollten.«

»Merkwürdig. Von Stubenmädchen heißt es, sie seien in Dingen der Schicklichkeit unbekümmert, und von Studenten der Naturwissenschaften, sie seien prüde. Bei uns beiden ist es genau andersherum.«

Was bildete sich dieser Kauz eigentlich ein? »Ich bin nicht prüde«, protestierte sie.

»Dann nehmen Sie sich ein Buch aus dem Schrank, setzen sich auf die Chaiselongue dort drüben und bleiben eine Weile bei mir. Ich verspreche Ihnen hoch und heilig, dass ich mich Ihnen nicht nähern werde.«

Für einen Moment war sie versucht, die Einladung anzunehmen. Paul war inzwischen uneinholbar weit weg, einschlafen würde sie jetzt ohnehin nicht können, die Bibliothek interessierte sie, und Benedikt Pohl war sie noch einen Gefallen schuldig, seit er sie vor diesem grässlichen Schuster gerettet hatte.

Unschlüssig stand sie auf der Türschwelle.

»Gute Nacht«, sagte sie, einem ähnlich unbestimmten Gefühl wie vorhin bei Paul folgend, und zog sich zurück in die Sicherheit und Wärme ihres breiten, von einem Baldachin überspannten Bettes.

31

Er hatte kristallklare Augen, viel zu schön für seine hässliche Gestalt. Obwohl Johanna nicht so leicht auf Aberglauben hereinfiel, hatte auch sie sich vorgestellt, dass das Böse und seine Kreaturen rote Augen hatten, die in der Nacht leuchteten. Auf nahezu allen bildlichen Darstellungen war das der Fall, und diese Bilder hatten sich auch in sie eingebrannt. Doch wie zwei Perlen funkelten die Hundeaugen sie an.

»Hab keine Angst«, flüsterte sie Wolf zu. Sie konnte nur hoffen, dass der Junge nicht den Zugriff der fremden Macht spürte. Diese Gefahr war weit größer, als von dem Hund getötet zu werden. Bei nüchterner Betrachtung hatte der Hund nämlich bisher niemanden getötet oder auch nur gebissen. Er erschien, versetzte Leute in Panik, jagte sie – und fertig. Der Rekrut, der in den Spalt gestürzt und dabei gestorben war, hatte einen falschen Schritt gemacht, als das fliehende Pferd auf ihn zugaloppierte. Und Robert war bei seinem Sturz in den Spalt nur leicht verletzt worden. Diese Gestalt Lugus' war offenbar einzig zu dem Zweck geschaffen, Angst und Schrecken zu verbreiten, und das tat sie mit großem Erfolg.

Mit Wolf an der Hand ging sie im großen Bogen um den Hund herum, denn der hatte ihr den Rückweg abgeschnitten. Seine Augen ließen sie nicht los, und plötzlich fletschte er die Zähne.

»Renne!«, rief sie dem Jungen zu, und sie rannten.

Wolf war schneller als sie, obwohl er kleiner war.

Sie verlor Wolf aus den Augen, blickte über ihre Schulter.

Der Hund verfolgte sie, nicht den Jungen. Er hätte sie in drei, vier langen Sätzen einholen und niederreißen können. Das geschah aber nicht, genauso wie sie es sich gedacht hatte.

Dann beging sie einen Fehler. Als sie einen Moment lang unaufmerksam war und wieder über die Schulter blickte, rannte sie gegen einen niedrig hängenden Ast, den sie in der Dunkelheit zu spät bemerkt hatte, und stürzte zu Boden.

Sie lag benommen auf dem Rücken. Auf ihrer Stirn brannte ein ungeheurer Schmerz, und für einige Sekunden konnte sie an nichts denken, sondern nur die Schmerzen spüren. Als sie ihre Augen wieder öffnete, sah sie den vom Mondlicht beschienenen Wald um sich herum nur noch verschwommen. Sie konnte keine Konturen mehr erkennen, nur noch fahles Licht und Schatten. Orientierungslos wälzte sie sich auf dem Boden.

Die Fratze des Hundes tauchte unmittelbar vor ihr auf, sein Maul war nur eine Handbreit von ihrem Gesicht entfernt.

Johannas Todesangst dauerte lediglich eine Sekunde. Sie wusste, dass diese Bestie ihr nichts tun würde und dass ihre Hässlichkeit und Schrecklichkeit nur Bluff waren. Aber ihr Verstand, durch den Sturz beeinträchtigt, war für einen Augenblick schwächer als die uralten menschlichen Instinkte, zu denen auch die Angst gehört.

Eine Sekunde genügte. Sie spürte die Ohnmacht, nichts gegen den Eindringling tun zu können. Lugus nahm von einem Teil von ihr Besitz, er nistete sich in ihr ein, und wenngleich dieses Gefühl sofort wieder vergangen war, gab Johanna sich keiner Täuschung hin. Sie war nicht mehr allein mit sich. Etwas Zerstörerisches wohnte nun in ihr, wie eine Geschwulst, die nicht entfernt werden kann, oder wie Wahnsinn, gegen den es keine Medizin gibt und der unaufhörlich fortschreitet.

Lugus schien zu spüren, dass er sein vorläufiges Ziel bei Johanna erreicht hatte, denn er zog sich Schritt um Schritt zurück, wollte wieder im Wald verschwinden. Und das wäre ihm auch gelungen, wenn nicht das Netz von oben auf ihn gefallen und ihn gefangen genommen hätte.

»Seid Ihr verletzt?«, fragte Robert und kniete sich neben sie.

»Nichts Schlimmes. Es geht mir schon wieder recht gut. Nur meine Stirn brennt. Sieht sie übel aus?«

»Kaum Blut. Aber Ihr werdet eine dicke Beule kriegen. Kein zu hoher Preis für einen solchen Fang. Das habt Ihr gut gemacht.« Er reichte ihr seine Hand und zog sie auf die Beine. »Die Falle ist zugeschnappt. Ihr wart der perfekte Lockvogel.«

»Danke. In der Aufregung hatte ich allerdings nicht bemerkt, dass ich schon am vereinbarten Punkt angelangt war. Wäre ich vorher gestürzt …«

Sie sah sich nach Wolf um. »Der Waisenknabe, der im Wald lebt … Er ist mit mir zusammen geflohen. Habt Ihr ihn gesehen?«

»Nein.«

Johanna war nur leicht beunruhigt. Ihm würde nichts passieren, er kannte sich aus. Sie hatten Glück gehabt, dass der Hund oder, besser gesagt, Lugus nicht ihn verfolgt hatte.

Oder war das nicht mehr nötig gewesen? Hatte Wolf bereits – an diesem Tag oder einem früheren – den Zugriff von Lugus erfahren müssen so wie sie vorhin?

Sie beobachtete, wie die Rekruten des Leutnants das Netz immer enger um den Hund zogen. Er wehrte sich verbissen gegen seine Gefangennahme, so wie jedes wilde Tier, nur dass er nicht müde wurde. Die Soldaten mussten all ihre Kräfte einsetzen, um ihn bewegungsunfähig zu machen.

Johanna war noch immer schwach auf den Beinen, und es mochte bei ihr auch keine rechte Freude am Erfolg aufkommen. Gewiss, man hatte durch Roberts' Plan die Initiative übernommen, und als er ihr den Vorschlag gemacht hatte, sie als Lockvogel einzusetzen, hatte sie sofort zugestimmt. Nur sie war dafür infrage gekommen, denn Lugus war darauf aus, dass sich die Menschen vor einem seiner Körper fürchteten, einen Körper hassten und einen liebten.

Da Robert bereits am Höllenloch vor dem Hund Todesangst gehabt hatte, hätte Lugus nichts davon gehabt, ihn ein weiteres Mal in Angst zu versetzen. Johanna jedoch war für den bösen Gott ein lohnendes Ziel. Die anderen, die im Dorf und Schloss wohnten, durfte man nicht einweihen. Die drei Rekruten wiederum waren dafür gebraucht worden, um auf die Bäume zu klettern und das Netz zu werfen. Es war richtig von Robert gewesen, sich an sie, Johanna, zu wenden, und es zeugte von seiner zielorientierten, entschlossenen und fortschrittlichen Einstellung, dass er die Frau und Nonne Johanna nicht wie ein rohes Ei behandelte.

Trotzdem: Ein kleines bisschen wünschte sie, er hätte sie nie gefragt.

»Wie geht Ihr damit um, dass …«, begann sie, führte den Satz jedoch nicht zu Ende.

»Dass?«

»Schon gut, nichts weiter.«

Sie wandte sich ab, aber Robert ließ nicht locker.

»Die Beule ist nicht die einzige Verletzung, die Ihr erlitten habt, oder?«

Sie antwortete nicht.

»Ihr wolltet mich fragen, wie ich damit umgehe, dass ich die Angst und das Fremde in mir gespürt habe?«

Johanna senkte den Kopf, und ohne dass sie es wollte, stiegen ihr die Tränen in die Augen.

»Schwester Johanna, was …« Robert berührte sie tröstend an der Schulter. »Entschuldigt, ich habe nicht gleich gemerkt, dass auch Ihr nun davon heimgesucht worden seid. Ich dachte, Ihr wärt immun, weil Ihr wusstet, dass Ihr keine Angst zu haben braucht.«

Das hatte sie auch gedacht. Aber sie war hochmütig gewesen. Niemand war immun gegen Angst, Hass und Liebe. Es musste nur der falsche Augenblick kommen, und schon … Eine einzige Sekunde hatte genügt, und der Feind hatte seinen Sieg errungen. Immer wieder sagte sie sich: Er ist in dir, Lugus ist in dir …

Sie blickte dorthin, wo der Hund in die Falle gegangen war. Die Rekruten hatten den Hund eng ins Netz eingewickelt, und immer noch strampelte und knurrte er, fletschte die Zähne, und seine kalten Augen jagten jedem, der in sie blickte, eiskalte Schauer über den Rücken. Die Soldaten brauchten lange, um ihre Angst zu bezwingen, das Netz in der Mitte eines langen Astes zu befestigen, den sie an den Enden auf ihre Schultern nahmen und so die Bestie wegtrugen.

»Versucht, nicht mehr daran zu denken«, wollte Robert sie trösten. »So mache ich es. Das geht ganz gut.«

Nicht bei Schwester Johanna. Sie versuchte ja, nicht daran zu denken, aber das war, als versuche sie, eine blutende Wunde zu vergessen. Ein fremdes Wesen war im Begriff, Schritt für Schritt ihre Persönlichkeit zu zerstören, und hatte schon einen ersten Erfolg errungen.

Er *war* in ihr!

Lugus war in ihr!

32

Robert steuerte die Schänke im Dorf an. Der Hund wurde in einen Kellerraum gebracht, der an den von der irren Gerlinde Menzel angrenzte, und dort hinter Schloss und Riegel gesperrt. Im Dorf war es ruhig. Alle Bewohner hatten sich am Höllenloch versammelt.

Der Leutnant hatte den Hund gefangen, das war immerhin ein erster Erfolg.

Doch was mit ihm anstellen?

»Vorerst nichts weiter als einsperren«, riet Johanna.

»Und wie lange soll dieser Zustand andauern?«

»Vielleicht für immer. Wenn es uns gelingt, alle vier Gestalten des Lugus auszumachen und gefangen zu halten, kann er sich nicht neu erschaffen. Er würde keinen Schaden mehr anrichten können.«

»Das heißt, er ist unsterblich?«

»Sind Götter das nicht immer?«

»Die Gefangenschaft wäre ohnehin eine schlimmere Strafe für ihn als der Tod.«

Robert dachte anders darüber. Er war nicht ausgesandt worden, um zu bestrafen, sondern um einen untragbaren Zustand für immer aus der Welt zu schaffen. Außerdem: Gefangene konnten entkommen. Oder freigelassen werden. Was, wenn irgendwann – sei es in zwanzig, fünfzig oder hundert Jahren – ein Tölpel von Gefängniswärter einen Fehler beging? Wenn eine nachfolgende Generation im Zuge einer Amnestie die Kerkertüren öffnete? Dann würde in dreißig, hundert oder dreihundert Jahren eine erneute Katastrophe über ein Dorf hereinbrechen, vielleicht sogar über eine Stadt oder ein ganzes Land.

Schwester Johanna war zu klug, um diese Probleme zu ignorieren. Dennoch machte sie ihm einen solchen Vorschlag.

Das hörte sich nicht nach ihr an. Robert hatte in den vergangenen Tagen eine andere Frau kennengelernt als die, die ihm nun mit unausgegorenen, ja gefährlichen Ratschlägen kam. Sie war eigens hierher in den Harz gereist; sie hatte sich eine Nacht um die Ohren geschlagen, als es darum ging, dem Phänomen auf die Spur zu kommen; sie hatte sich mit Feuereifer für Gerlinde Menzel eingesetzt; sie war als Erste auf Lugus gestoßen und hatte den Lockvogel gespielt, um eine seiner Gestalten zu fangen.

Und nun? Ein Schulterzucken auf die Frage, wie es weitergehen solle. Dann der lapidare Rat, sich mit Lugus' Unsterblichkeit abzufinden.

Robert war sich sicher, dass sie ihm etwas verheimlichte.

Er schlug Schwester Johanna vor, sich für die paar wenigen Stunden bis zum Morgengrauen an Ort und Stelle, im Wirtshaus über der Schänke, schlafen zu legen und nicht noch den langen Weg zum Schloss auf sich zu nehmen. Die Nacht war anstrengend und lang gewesen, und Johannas dröhnender Kopf aufgrund der Beule machte die Sache nicht besser. Sie ging umstandslos darauf ein.

Als Robert sicher war, dass sie schlief, ritt er zum Schloss.

Dort war alles ruhig. Kein Wunder, es war fünf Uhr morgens. Marthe würde nicht vor sechs Uhr aufstehen, und die Schlossherrin und ihre Gäste kaum vor acht.

Er betrat das im Dunkeln liegende Zimmer der Nonne, zündete eine Kerze an und ging mit ihr in der Hand zielstrebig zum Schreibtisch, auf dem sich noch immer allerlei Bücher stapelten. Diese interessierten ihn nicht. Er hätte die meisten von ihnen, die in einer altertümlichen Sprache und mit verblasster Schrift geschrieben worden waren, ohnehin nicht lesen und entziffern können. Wozu auch? Schwester Johanna hatte das Wesentliche bereits aus ihnen herausgefiltert und auf Papier übertragen.

Es bereitete Robert nicht die geringsten Gewissensbisse, in Johannas Koffern nach den von ihr angefertigten Schriftstücken zu suchen und sie – als er sie gefunden hatte – auch zu lesen. Alles, was wer auch immer über diese unheimlichen Vorgänge herausfand, gehörte nach Roberts Ansicht dem Königreich, und damit ihm, dem Beauftragten des Königs.

Er blätterte die Seiten durch. Johannas Schrift war fast unleserlich und wirkte auf den ersten Blick wie eine Chiffre.

Aber es gelang ihm doch, dem Ganzen einen Sinn zu entnehmen, und Robert las sich noch einmal alles durch, was Schwester Johanna ihm bereits berichtet hatte. Erst ganz am Ende, im letzten Absatz der letzten Seite, entdeckte er, dass sie ihn belogen hatte.

Um wenigstens noch eine Stunde Schlaf zu ergattern, ging Robert leise in sein Zimmer. Er zog noch nicht einmal seine schmutzige Uniform aus, so müde war er. Kaum, dass er lag, fielen ihm auch schon die Augen zu. Plötzlich spürte er, wie sich eine Hand auf seine Brust legte. Er schrak auf und packte zu. Es war stockdunkel, aber der Form und Feingliedrigkeit nach war es die Hand einer Frau.

»Helene?«, fragte er und hätte sich schon im nächsten Moment auf die Lippe beißen wollen. Gräfin Helene würde sich niemals einfach so in sein Zimmer schleichen. »Frau Ruhleben«, versuchte er es noch einmal, ohne die Gestalt neben sich erkennen zu können.

Sophie Ruhleben lachte auf. »Beim zweiten Mal richtig geraten, mein Lieber. Aber warum so förmlich? Lass uns lieber …«

Er wartete keine Sekunde länger, zerrte die Ruhleben aus dem Bett und schleifte sie hinter sich her bis zur Tür.

»He«, rief sie. »So könnt Ihr mit mir nicht umgehen.«

»So, kann ich nicht?«

Er öffnete die Tür und stieß die allzu aufdringliche Sophie Ruhleben hinaus auf den Gang.

»Gute Nacht«, sagte er und knallte die Tür zu.

Was für ein Tag!

33

Seid Ihr nicht recht bei Trost?«, rief Johanna. Es war der Morgen des dritten Tages seit ihrer Ankunft im Dorf, und Robert von Collas kam ohne anzuklopfen ins Zimmer gestürmt. »Ich bin noch nicht angekleidet, Leutnant.«

»Dann lasst die Bettdecke Euer Kleid sein.«

»Euer Verhalten ist unehrenhaft.«

»Das sagt gerade die Richtige. Ich bin so wütend, dass ich …«

Er ballte die Faust.

Unschwer zu erkennen, dass es Ärger für Johanna geben würde, und ihr fiel nur ein einziger Grund dafür ein.

Sie hatte die wenigen Stunden der Nachtruhe in Unruhe verbracht, sich im Halbschlaf gewälzt, ohne beim Erwachen zu einer Lösung gekommen zu sein, aus dem einfachen Grund, weil es keine Lösung gab. Keine befriedigende jedenfalls.

Robert lief vor ihrem Bett auf und ab, in dem sie halb aufgerichtet saß, die Bettdecke vor ihren Körper gezogen. Es war nicht mehr von ihr entblößt, als wenn sie ihr Ordensgewand getragen hätte, sah man einmal von ihrem kurz geschorenen, braunen Haarschopf ab. Doch Robert besaß den Anstand, die Nonne nicht anzusehen.

»Ich muss Euch bitten, das Zimmer für fünf Minuten zu verlassen«, sagte sie verärgert und fügte »mein Sohn«, hinzu, um ihre Autorität zu bekräftigen.

Vergeblich.

»Ihr habt mich belogen, Schwester. Ihr sagtet, Ihr wüsstet nicht, wie das Wesen zur Strecke gebracht werden kann. Dabei habt Ihr es die ganze Zeit über gewusst.«

»Was heißt, die ganze Zeit'? Ich weiß es, seit ich die anderen Dinge weiß, die ich Euch allesamt zur Kenntnis gebracht habe.«

»Keine Haarspalterei. Ihr habt mir das Wichtigste verschwiegen.«

»Dafür hatte ich meine Gründe.«

»Gegen Gründe habe ich nichts einzuwenden, solange sie mir vorgetragen werden, um abzuwägen, ob sie …«

»Ihr vergesst, dass ich Euch keine Rechenschaft schuldig bin. Ich bin keiner Eurer Rekruten, ich kann tun und lassen und forschen und verschweigen, so viel ich will.«

Plötzlich blieb er stehen und sah zu Boden.

»Das ist wahr«, sagte er leise und in einer schneidenden Frostigkeit, die sie von ihm nicht kannte. »Das bedeutet umgekehrt, dass Ihr nicht länger an meinen Entscheidungsprozessen teilhaben werdet. Ihr tut, was Ihr wollt, und sofern das nicht mit meinen Vorhaben kollidiert, soll es mich nicht kümmern. Und ich verzichte ab sofort auf Eure Unterstützung.«

Er öffnete die Tür.

Da rief sie schnell: »Wartet.«

Sie wollte ihn nicht gehen lassen, nicht auf diese Weise. Er war ein Verbündeter, eigentlich noch mehr als das, ein Freund geworden, und sie hatten in den vergangenen drei Tagen mehr zusammen erlebt als Johanna mit irgendeinem anderen Menschen in zehn

Jahren. Außerdem hasste sie Streit – obwohl sie durchaus streitbar sein konnte. Aber richtiger Streit, der ein Zerwürfnis zur Folge hatte, schlug ihr auf Magen und Geist. Zu guter Letzt: Robert hatte recht, zumindest aus seiner Sicht waren die Vorwürfe verständlich.

»Ich will Euch erklären … Aber nicht vom Bett aus. Dreht Euch weg. Lasst uns reden, während ich mich anziehe.«

Er schloss die Tür und trat zum Fenster. Da er es ohne Zögern tat, war er so wenig an einem Zerwürfnis interessiert wie sie. Natürlich, er fühlte sich betrogen. Daher sein Auftritt. Es war eben alles eine Frage der Perspektive.

Johanna stieg aus dem Bett.

»Nicht umdrehen, Leutnant.«

»Keine Sorge, von nackten Frauen habe ich vorerst genug.«

Sie verstand zwar nicht, was er damit meinte, doch sein lapidarer, ironischer Tonfall klang fast schon wieder normal, was sie beruhigend fand.

Sie schlüpfte in ihr weißes Unterkleid und rückte es zurecht.

»Ich habe Euch nichts gesagt, weil ich genau wusste, wie Ihr reagieren würdet.«

»Wie ich reagieren *werde*«, korrigierte er sie. »Die Bestie muss verbrannt werden.«

»Seht Ihr, und genau das ist ein Fehler.«

»Es ist – Euren eigenen Nachforschungen nach – die einzige Möglichkeit, aus dem viergestaltigen Wesen ein dreigestaltiges zu machen. Das wäre ein erster Erfolg.«

»Erfolg um welchen Preis? Ich habe vor vielen Jahren mit eigenen Augen gesehen, wie Menschen Scheiterhaufen entzündeten und sich an verbrennenden Leibern ergötzten. Ich höre noch immer ihre Schreie und …«

»Wir sprechen hier von einem Hund.«

»Ja, diese Gestalt ist ein Hund. Die nächste schon nicht mehr.«

»Zugegeben, einen menschlichen Leib zu verbrennen würde uns Überwindung kosten. Aber wir wissen doch, dass dieser menschliche Leib nur die Tarnung eines bösen Wesens ist.«

»Wissen wir das?«

»Ihr habt doch selbst gesagt …«

»Wir müssten uns schon absolut sicher sein, dass wir die Richtigen verbrennen. Können wir das, Leutnant? Können wir uns so sicher sein? Und was ist, wenn wir uns irren? Was ist, wenn meine ganze Theorie nicht stimmt?«

»Aber Ihr …«

»Ich bin mir zu neunundneunzig Prozent sicher, nicht zu hundert. Wie könnte ich auch? Wir betreten schließlich Neuland.«

Sie zog ihr schwarzes Ordensgewand über.

»Vor vierzig Jahren wurden Frauen verbrannt, bei denen man sich sicher war, dass sie Hexen waren. Ich glaube, keine Einzige von ihnen war eine Hexe. Sie starben unter entsetzlichen Qualen.«

Johanna wandte sich dem kleinen Wandspiegel zu. Mit beiden Händen zog sie die Kopfbinde über, danach den Schleier. In ihren Augen erkannte sie die alte Traurigkeit wieder und auch eine Spur des Entsetzens.

»Ich habe nicht vor, eine Hexenjagd zu initiieren«, stellte Robert klar.

»Ihr nicht, nein.«

»Ich habe auch nicht vor zuzulassen, dass andere Leute eine Hexenjagd in Gang setzen.«

»Ihr könnt diese Leute nicht aufhalten.«

»Ich habe es schon einmal gekonnt, als es darum ging, Gerlinde Menzel zu retten.«

Johanna hatte sich nun auch Strümpfe und Schuhe angezogen.

»Ihr dürft Euch umdrehen, Leutnant.«

Johanna sah ihm in die Augen. »Ich zweifle nicht an Eurem Mut. Aber ich weiß, dass Menschen, die große Angst haben, sich von nichts und niemandem aufhalten lassen. Sobald diese Leute glauben, ein Scheiterhaufen werde sie retten, werden sie ihn errichten und entzünden. Und wenn sie glauben, dass zehn Scheiterhaufen besser sind als einer, dann werden sie zehn bauen und entzünden.«

»Noch sprechen wir nur von einem Hund.«

»Ihr sprecht von einem Hund. Ich spreche von dem, was nach dem Hund kommt.«

»Nur das Feuer kann Lugus bezwingen«, beharrte er.

Johanna nickte. »Das ist ja das Schlimme.«

Sie wusste, dass Robert auf seine Weise recht hatte, so wie sie auf ihre Weise recht hatte. Es gab keine zufriedenstellende Lösung, sie steckten in einem Dilemma. Was auch immer sie tun würden, es käme nichts Gutes dabei heraus.

»Überlegen wir mal nüchtern«, sagte Robert. »Angenommen, wir verbrennen den Hund. Dann kommt es darauf an, was als Nächstes passiert. Das wissen wir jetzt noch nicht. Vielleicht passiert gar nichts.«

»Wenn gar nichts passiert, wäre das ein Debakel. Wir wüssten noch nicht einmal, ob wir erfolgreich waren.«

»Aber wenn etwas passiert, irgendetwas, was uns recht gibt, dann …«

»Dann werden die entsetzten Dorfbewohner dies als Ermutigung verstehen, den bösen Zauber durch weitere Verbrennungen zu besiegen. Dann ist als Nächste Gerlinde Menzel dran.«

»Also müssen wir bloß dafür sorgen, dass die Leute nicht mitkriegen, dass wir den Hund gefangen halten und verbrennen.«

Johanna war nicht begeistert. Aber unter den gegebenen Umständen war dieser Vorschlag noch der beste.

»Machen wir es so«, stimmte sie zu. »Am besten, wir bringen die Sache so schnell wie möglich …«

In diesem Augenblick knallte ein Schuss durch die Luft. Er kam nicht von draußen, sondern war in der Schänke abgefeuert worden.

Robert riss sofort die Tür auf und rannte ins Erdgeschoss. Johanna eilte, so schnell sie konnte, hinter ihm her, aber er war schon um drei Ecken gebogen, bevor sie die erste Ecke passierte.

Als sie ins Erdgeschoss kam, standen dort ein paar Dorfbewohner herum, Frauen und Männer, die ebenso verloren wie verbissen wirkten.

Die Kellertür war halb geöffnet. Auf der Treppe standen weitere Leute, einige waren mit Stöcken oder Stangen bewaffnet. Ihre finsteren Blicke begleiteten Johanna nach unten.

Sie hörte, wie Robert rief: »Wer hat euch das gesagt?«

»Das müsst Ihr nicht wissen. Wir haben's erfahren, Leutnant, und es ist die Wahrheit, sonst würdet Ihr nicht einen solchen Wirbel veranstalten.«

Johanna erkannte die Stimme des Pastors.

»Gebt uns also den Hund, damit wir mit ihm verfahren können, wie es sich gehört. Er hat brave Bürger in Angst und Schrecken versetzt, er soll in Stücke gehackt werden.«

Johanna bahnte sich den Weg durch eine kleine Menschenmenge, die sich in den Gängen des Kellers drängte, bis sie vor den beiden verriegelten Kammern ankam, in denen Gerlinde Menzel und der Hund gefangen gehalten wurden. Dort stritten Robert, der von dem Rekruten flankiert wurde, der den Warnschuss abgefeuert hatte, und Pastor Neumüller miteinander.

Johanna stellte sich an Roberts Seite. Er hatte eine wichtige Frage gestellt, die der Pastor nicht beantwortet hatte: Wer hatte die Dorfbewohner mit der Nachricht aufgebracht, der monströse Hund sei gefangen? Er war zu nachtschlafender Zeit in den Keller gesperrt worden. Wenn man nicht die Rekruten verdächtigte – die sich nach dem Eintreffen in der Schänke sofort erschöpft schlafen gelegt hatten –, blieb nur eine Möglichkeit übrig: Jede der vier Gestalten des Lugus wusste zu jeder Zeit, was die drei anderen taten – und was ihnen widerfuhr. Lugus selbst hatte die Leute informiert und aufgebracht.

Zu welchem Zweck? Was gewann er dadurch?

Lugus konnte nur dann eine neue Gestalt annehmen, wenn eine der Gestalten, die er gerade verkörperte, starb. Bisher hatte er sich zu diesem Zweck in den Spalt gestürzt. Aber es gab Hunderte Möglichkeiten zu sterben, und jede führte zum gewünschten Ziel, nur eine nicht: der Feuertod. In Gefangenschaft nutzte Lugus der Hund nichts, also war er daran interessiert, dass man ihn umbrachte, zum Beispiel indem man ihn in Stücke riss.

Das könnte dir so passen, dachte Johanna. Du raffiniertes Biest.

»Woher wisst Ihr, dass der Hund hier ist, Pastor?«, rief Johanna.

»Wie ich dem Leutnant schon sagte, ist das ohne Belang.«

»Das habt Ihr nicht zu bestimmen. Wir verlangen eine Antwort.«

»Und wir verlangen den Hund. Er ist eine Ausgeburt des Teufels.«

Robert entgegnete: »Den Hund habe *ich* gefangen, also ist er Eigentum des preußischen Staates, des Königs.«

»Ihr habt ihn nur gefangen, weil ich letzte Nacht Weihwasser ins Höllenloch gesprengt habe. Das hat Satan die Kräfte geraubt.«

»Tatsächlich? Als ich den Hund einfing, war er noch bei Kräften, glaubt mir.«

Ein Patt war entstanden. Keiner wollte nachgeben.

Die feuchte, schimmlige Luft des Kellers wurde unerträglich stickig. Robert und dem Pastor standen Schweißperlen auf der Stirn.

Robert zog seinen Degen.

»Zum letzten Mal: Alle verlassen den Keller. Ansonsten bin ich gezwungen, Euch zu verhaften, Pastor.«

Wer weiß, was passiert wäre, wenn nicht plötzlich ein anderes Ereignis dazwischengekommen wäre und vom Streit um den Hund abgelenkt hätte. Vom Erdgeschoss der Schänke die Treppe hinunter bis in den Keller verbreitete sich unruhiges Gemurmel.

Einer rief: »Pastor Neumüller. Bitte kommt. Es ist wichtig. Da ist eine …«

Was war da?

Der Keller leerte sich, alle drängten nach oben. Johanna und Robert tauschten einen sowohl fragenden als auch einvernehmlichen Blick und schlossen sich den anderen an.

Die frische Oktoberluft tat Johanna gut, als sie ins Freie trat. Eine Menschentraube hatte sich ungefähr fünfzig Meter entfernt auf dem kleinen Dorfplatz unweit der Kirche gebildet. Robert bahnte sich und Johanna den Weg zum Objekt der allgemeinen Schaulust.

Im Zentrum des Menschenauflaufs kauerte, in zerlumpten und dreckigen Kleidern, eine junge Frau, beinahe ein Mädchen noch, auf dem Boden. Keiner kannte sie. Aber sie erregte wegen ihres elenden Zustandes großes Mitleid. Dass sie ausgesprochen hübsch war, verstärkte das Mitgefühl der Leute beträchtlich.

»Ein Überfall ... Männer in Masken«, stammelte sie. »Riesenhafte Männer ... furchterregend ... meine Eltern ... meine Brüder ... tot ... nur ich konnte entkommen ...«

Ihre großen, schwarzen Kulleraugen waren unschuldig und verführerisch zugleich, und keiner, der ein Herz hatte, hätte dieser geschundenen Schönheit mit dem grausamen Schicksal seine Hilfe versagt.

Johanna und Robert dachten dasselbe.

»Der Ersatz für die Wirtin«, sagte er.

Johanna nickte. »Von jetzt an geht es nicht mehr nur um einen Hund.«

34

Ida war die Erste beim Frühstück. Der Speisesaal, der überwiegend in weißen, gelben und hellblauen Farben dekoriert war, erstrahlte im hellen Morgenlicht. Auf dem Tisch schimmerte edel das feine Porzellan. Apfelkompott, geräucherte Bachforellen, Aal, pochierte Eier, Milchsuppe, kandierte Früchte, Kaffee – es war wie im Schlaraffenland.

Doch im Grunde war es ihr unangenehm, an dieser Tafel zu sitzen. Ihr Platz wäre in der Küche gewesen, bei Marthe, dort würde sie sich viel wohler fühlen. Und dass Marthe sie bediente, war ihr regelrecht peinlich.

»Nicht doch, Marthe, das mache ich schon.«

»Papperlapapp. Ich schenke vom ersten Tag an, seit ich hier arbeite, den Kaffee ein. Willst du mir die Arbeit wegnehmen, Fräulein?«

Marthe wuselte unbeirrt um sie herum. Ida musste nur sagen, was sie haben wollte, und Marthe servierte es ihr.

»Ein pochiertes Ei, bitte.« – »Vom Kompott, bitte.« – »Zwei kandierte Mirabellen, bitte. Nein, drei.«

In der Zwischenzeit unterhielten sie sich. Marthe stand ein paar Schritte entfernt, die linke Hand in die Hüfte gestemmt, die rechte locker an die Wand gestützt, in der Haltung einer Kaffeekanne also – einer sehr großen, mächtigen Kaffeekanne.

»Mir war, als hätte ich heute Nacht die Schlosstür knarren hören«, sagte sie, wobei sie verschwörerisch zwinkerte.

»Paul hat mir erzählt, dass er Sie eingeweiht hat.«

Dieser Satz kam Ida erstaunlich leicht über die Lippen, denn eigentlich hatte sie sich bisher in ihrem Leben immer gescheut, mit anderen über Gefühle und private Dinge zu sprechen. Wo und wann denn auch? Die Zofen im Hause der Frau Geheimrat waren säuerliche Geschöpfe, die Köchin fast taub, Idas Schwestern zu jung, ihre Mutter tot. Freundinnen hatte sie nie gehabt, weil ihr Dienst von früh bis spät dauerte. Sophie Ruhleben war zu aufdringlich – und falsch dazu. Und Schwester Johanna war bei aller Freundlichkeit, Aufgeschlossenheit und Klugheit dennoch eine Nonne. In Liebesdingen waren Nonnen nun mal nicht die besten Ratgeber.

»Von mir erfährt keiner ein Wort«, erklärte Marthe treuselig. »Wir Bediensteten müssen zusammenhalten. Haben es so schon schwer genug.«

Marthes Stellung, robuste Art und praktisches Denken machten sie zu einer idealen Vertrauten. Sie bekam ohnehin alles mit.

»Wir sind nur spazieren gegangen.«

»Ja, ja, wer's glaubt.«

»Doch, das stimmt.«

»Wolltest du nicht, Fräulein, oder wollte er nicht?«

»Wollen? Was?«

»Na, dich küssen, Fräulein.«

»Er wollte noch mehr als das ... Nein, nicht, was Sie denken. Er wollte mich heiraten.«

Marthe seufzte gerührt und breitete die Arme aus, um Ida herzlich an sich zu drücken. Doch dann hielt sie inne.

»Augenblick. Was heißt wollte?«

»Ich war mir nicht sicher.«

»Ach, du lieber Himmel. Wie kann denn das sein?«

Idas Antwort war ein langer Seufzer.

Marthe schüttelte ihren Kopf. »Tja, Fräulein, die Jugend ist ein kompliziertes Ding. Einerseits ist alles leicht und gleichzeitig furchtbar verworren. Noch Kaffee?«

»Ja, bitte.«

»Aber ich kann dir sagen: So, wie der Paul vor mir von einem Fuß auf den anderen getreten ist und gestammelt hat vor Aufregung, als er wissen wollte, an welches Fenster er klopfen muss ... Er hat dich sehr gern, da gibt's für mich keinen Zweifel. Und er ist ehrlich und fleißig, soweit ich das beurteilen kann. Und wie er aussieht! ... Diese Augen – unglaublich! Und eine Kraft hat der in den Armen ... Als ich ihm verriet, was er hat wissen wollen, da hat er mich vor Freude hochgehoben und einmal herumgewirbelt. Mich dicke Matrone! Und dann hat er mir einen Schmatzer auf die Backe gegeben. Ich schwöre dir, Fräulein, als er weg war, habe ich erst einmal einen Baldriantee trinken müssen, sonst hätte mein Herz schlappgemacht.«

Und diesen Mann, dachte Ida da, hast du dumme Gans hingehalten. Was war nur mit ihr los?

Sie stopfte sich drei kandierte Früchte in den Mund, so als wolle sie allen ihren Problemen noch Zahnschmerzen hinzufügen.

Als Benedikt ins Frühstückszimmer kam, kaute sie immer noch auf dem Naschzeug herum. Er wirkte verändert, war unrasiert. Der leichte Flaum gab ihm etwas leicht Verwegenes, und seine Haare waren nicht korrekt frisiert, was ihn irgendwie menschlicher machte. Aber dann holte er die Pfeife hervor – und alles war wie immer.

»Für mich keinen Kaffee, sondern Tee«, bat er Marthe.

In Marthes Gesicht war zu lesen: Sonst noch irgendwelche Sonderwünsche? Leicht verzog sie den Mund, machte sich aber sofort auf den Weg in die Küche.

Benedikt nahm neben Ida Platz. »Sie sehen besser aus«, fing er an.

War das ein Kompliment?

»Das war als Kompliment gemeint«, ergänzte er. »In den letzten Tagen wirkten Sie« – er überlegte – »weniger frisch, als es Ihre Möglichkeiten erlauben.«

Machte er sich über sie lustig? War das die Retourkutsche dafür, dass sie ihn allein in der Bibliothek hatte sitzen lassen?

»Danke, gleichfalls«, erwiderte sie.

Er sah sie überrascht an. »Was habe ich denn jetzt schon wieder falsch gemacht?«

»Wenn Sie das selbst nicht wissen ...«

Nach einer Verlegenheitspause, die so lange dauerte, wie Marthe brauchte, um das Frühstückszimmer für die Zubereitung des Tees zu verlassen, versuchte er es noch einmal.

»Ich weiß, dass ich das Talent habe, lauter Dinge zu sagen, die Sie reizen. Ich kann keinen Satz sprechen, ohne dass Sie ihn zerpflücken, und Ihnen kein Angebot machen, ohne dass Sie es ablehnen. Natürlich, es kann allein an mir liegen. Vielleicht bin ich ein arroganter, selbstverliebter Spund. Es kann aber auch sein, dass meine Nähe Sie beunruhigt. Sie wissen nicht, wo Sie mich einordnen sollen. Ich stehe im Rang über Ihnen, ich könnte der Sohn eines Ihrer Dienstherren sein, und doch bemühe ich mich um Ihre Freundschaft.

Ich habe ein selbstsicheres Auftreten ohne falsche Bescheidenheit, und ich weigere mich, wie ein Hund um ein freundliches Wort von Ihnen zu winseln, aber zugleich spüren Sie, dass ich es ehrlich mit Ihnen meine. Auf meine Art bin ich kein schlechter Kerl, und das wissen Sie, obwohl Sie mir gegenüber und wahrscheinlich auch sich selbst gegenüber gerne so tun, als wäre ich ein Schnösel. Ich glaube, ich habe es in den vergangenen Tagen nicht an Gesten fehlen lassen, die Ihnen das Gegenteil beweisen, aber Sie ignorieren sie geflissentlich. Ich sehe also nicht, große Fauxpas begangen zu haben. Wie auch immer: Sie brauchen nur ein Wort zu sagen, und ich ziehe mich zurück, endgültig und vollständig. In diesem Fall werden Sie sich in den wenigen Tagen, die wir noch zusammen verbringen, nicht über mich beklagen müssen.«

Er schaufelte sich pochierte Eier und Fisch auf den Teller, als habe er tagelang nichts zu essen bekommen, aber als er die Gabel in die Hand nahm, war er zu erregt, sie zu benutzen, und legte sie wieder zur Seite, neben seine Pfeife. Dann sah er Ida erwartungsvoll an. In seinen Augen stand: Sagen Sie etwas.

Aber was?

Sie fühlte sich elend, am Ende ihrer Geduld. Sie merkte, dass etwas nicht mit ihr stimmte, aber sie wusste nicht, was. Dieser unfreiwillige Aufenthalt in Ödrode, der so albtraumhaft begonnen und sich dann mit Paul ins Traumhafte gewandelt hatte, drohte durch ihre eigene Schuld erneut ins Desaster zu kippen. Und nun musste sie sich zu ihren eigenen Selbstvorwürfenauch noch die Vorwürfe von Benedikt anhören.

Was fiel ihm eigentlich ein, so zu tun, als wisse er, was sie dachte? Was sollte das heißen, er weigere sich, wie ein Hund um ein freundliches Wort von ihr zu winseln? Hatte sie ihn je dazu ermuntert? Und ob sie ihn für einen Schnösel hielt, das ging ihn doch überhaupt nichts an! Seine ganze Rede war unnötig und unverschämt, und überhaupt: Warum ließ er sie nicht einfach in Ruhe?

»Sie haben selbst die Möglichkeit eingeräumt, ein arroganter, selbstverliebter Spund zu sein«, sagte sie zornig.

»So sehen Sie mich?«

Was wollte er denn noch hören?

»Wollen Sie mich zwingen, Sie vor den Kopf zu stoßen?«

»Ich möchte Sie zwingen, endlich aufrichtig zu sein und sich nicht länger wie eine Göre zu verhalten.«

Eine Göre? Erst gestern war sie von Sophie Ruhleben eine Göre genannt worden.

»Eine Göre!«, rief sie und stand abrupt auf. »Ich glaube, ich war Ihnen gegenüber mehr als geduldig. Aber das ... Sie wollen, dass ich aufrichtig bin? Bitte sehr.« Sie griff nach Benedikts Frühstücksteller und kippte die Eier und den Fisch über seinem Anzug aus.

Er sprang auf.

In diesem Moment kamen die Ruhleben und Marthe herein.

»Was ist denn hier passiert?«, fragte Sophie neugierig.

Benedikt gab eine ausweichende Antwort, Ida verließ kopflos den Raum. Sie war mit den Nerven am Ende.

Einige Minuten später hörte sie, wie Sophie sich persönlich bemühte, die Flecken aus Benedikts Kleidung zu reiben. Nach dem Leutnant, Meister Michael und Paul machte sie sich nun also an Benedikt Pohl heran! Wozu diese Frau einen Ratgeber der Verführung brauchte, war Ida ein Rätsel. Sie hätte das Zeug dazu, selbst einen zu verfassen, und zwar einen dreimal so dicken.

In heller Aufregung drehte sie eine Runde im Garten, um darüber nachzudenken, was mit ihr passierte. Wieso war sie unfähig, Pauls Heiratsantrag anzunehmen? Wieso kippte sie einen Frühstücksteller über Benedikt Pohl aus? Das alles war ihr nicht nur schleierhaft, sondern auch höchst unangenehm.

Sie wollte sich in der Bibliothek mit einem Roman oder Gedichtband ablenken. Zuerst fand sie nicht das Passende. Der Graf hatte anscheinend nicht viel von Schäferromanen gehalten, und die Gedichte waren für Ida zu schwer und philosophisch. Als sie dann doch etwas gefunden hatte, das ihr gefiel, und es sich auf einem Sessel gemütlich machte, wurde sie wieder von Benedikt gestört, der ebenfalls nach einer Lektüre suchte.

Ihm war anzumerken, dass ihm das Zusammentreffen, so kurz nach dem Vorfall beim Frühstück, ebenso unangenehm war wie ihr. Weil sie unsicher war, wie sie sich verhalten sollte, vertiefte sie sich in das Buch so wie er in die Suche nach seinem Buch. Dennoch war der Raum zu klein für einen Mann und eine Frau, die aneinandergeraten waren.

Nach einer kurzen Weile wich sie in den Salon aus, wo sich jedoch wenige Augenblicke später die Gräfin niederließ, um ihr Cembalospiel zu üben.

»Geht es dir besser, Ida?«, fragte diese mild lächelnd. »Vorhin schienst du mir ein wenig überreizt zu sein.«

»Danke der Nachfrage, gnädige Frau. Ich weiß auch nicht, was mit mir los war. Ich war noch nie überreizt.«

Überreiztheit, dachte Ida, war normalerweise eine Angewohnheit adeliger Damen und nicht kleiner Stubenmädchen.

»Du bist verliebt, kleine Ida, aber du sträubst dich noch dagegen. Tu das nicht. Lass es zu. Sonst wirst du es bereuen, glaube mir, ich meine es nur gut. Es ist das Natürlichste von der Welt, dass du einen Mann von deinem Alter und Stand heiratest. Und du wärst gut versorgt. Ich habe den Schustergesellen – wie heißt er noch? Paul, nicht wahr? Ich habe Paul angeboten, bei mir im Schloss zu arbeiten. Nachdem mir Hannes abhandengekommen ist, brauche ich einen starken jungen Mann für die schweren Arbeiten, und ein weiteres Hausmädchen wäre mir ebenfalls willkommen. Du siehst, es kann alles gut werden.«

Das Angebot war tatsächlich verlockend, sah man einmal von den unheimlichen Dingen ab, die in dieser Gegend geschahen. Die Gräfin wäre gewiss eine freundlichere Dienstherrin als die Schwiegertochter der Frau Geheimrat – ihre Schönheit, Sanftmut und Freundlichkeit würden das Arbeiten angenehm machen. Ida könnte mit Paul in einem idyllischen Schloss leben, wenn auch nur im Dienstbotentrakt.

Wieder tat sich eine verheißungsvolle Zukunft vor Ida auf, sie musste nur noch die Hand danach ausstrecken. Doch wieder zögerte sie aus Gründen, die sie nicht verstand.

»Nun gut, liebe Ida, überlege es dir«, sagte die Gräfin und wandte sich wieder dem Cembalo zu.

Abgesehen davon, dass das Geklimper kaum zu ertragen war und jedes Lesen unmöglich machte, fand Ida, dass ihre Anwesenheit als Zuhörerin der Gräfin fehl am Platze war, und deswegen verließ sie den Salon. Ida hätte zu Grete und Marthe in die Küche gehen können, aber der Auftritt im Speisezimmer war ihr inzwischen so peinlich, sie wollte am liebsten nicht mehr darüber reden und niemandem in die Augen sehen müssen.

Auch in ihrem Zimmer mochte Ida nicht bleiben. So seltsam es klang: Es war ihr einfach zu groß und prunkvoll, es hatte keine Seele, und sie fühlte sich darin eingesperrt.

Draußen sah es zwar schon wieder nach Regen aus, aber Ida zog die Kälte des Oktobermorgens dem behaglichen Schloss vor. Mit dem Buch in der Hand suchte sie sich einen Platz im Garten. Nicht ganz zufällig entschied sie sich für die Bank, auf der sie mit Paul gesessen hatte.

Dort begann sie zu lesen. Aber nach ein paar Zeilen schon ließ sie das Buch wieder sinken.

Die Frau in dem Roman, den Ida las, wusste, was sie wann und wie zu tun hatte.

Wieso, Ida? Wieso hast du ihn gehen lassen? Wieso machst du alles falsch?

Von der Ferne hörte sie Stimmen, es wurden immer mehr. Sie verließ den Garten und sah aus dem Wäldchen, das Dorf und Schloss voneinander trennte, Dutzende von Menschen auf das Grafenanwesen zuströmen, darunter auch Meister Michael, Schwester Johanna und den Leutnant. Je näher sie dem Pulk kam, umso mehr Details konnte sie erkennen: eine Bahre mit einer Frau darauf, die teilnahmslose Gerlinde Menzel mit gebundenen Händen und schließlich …

Als Ida den Hund sah, hielt sie inne. Beinahe wäre sie fortgerannt, obwohl der Hund in einem Netz steckte, das wiederum in einem Käfig festgekettet war. Aber sie besann sich. Als der Hund an ihr vorbeigetragen wurde und ihr für einen Moment in die Augen sah, lief ihr ein kalter Schauer den Rücken hinunter.

Die Leute riefen: »Verbrennt ihn! Auf den Scheiterhaufen mit ihm!«

Ida stimmte ihnen zu. Sie fand zwar, dass es völlig genügte, ihn zu erschießen, doch die Todesart war ihr im Grunde gleich. Dieser Hund hatte ihr den schlimmsten Schrecken ihres Lebens bereitet, einen Schrecken, der immer noch in ihr nachhallte. Keine Stunde des Tages und keine Sekunde ohne Furcht vor ihm verging, ohne dass dieses Monster vor ihrem geistigen Auge erschien, und keine Nacht konnte sie zu Bett gehen, ohne dass sie sein Knurren zu hören meinte, im Traum oder im Wachen.

»Ja, verbrennt ihn«, rief sie, wenn auch nur einmal.

»Du bist also auch dafür?«, fragte Schwester Johanna, die sich ihr genähert hatte.

»O ja, Schwester. Ihr könnt doch nicht ernsthaft wollen, dass man ein solches Untier wieder freilässt.«

Schwester Johanna sagte nichts dazu, sie blickte Ida nur forschend an.

»Ist die Frau auf der Bahre ein weiteres Opfer des Hundes?«, fragte Ida.

»Nein, sie behauptet, von Räubern überfallen worden zu sein, die ihre ganze Familie auslöschten.«

»Behauptet, sagt Ihr? Meint Ihr, dass sie lügt? Wieso sollte sie das tun?«

Wieder ließ Schwester Johanna die Frage unbeantwortet. »Sie wird im Schloss untergebracht. Ebenso Gerlinde Menzel. Die Schänke kann nicht mehr gegen die aufgebrachten Leute verteidigt werden, denn sie sind es gewöhnt, dort ein und aus zu gehen, und scheren sich nicht um anderslautende Befehle. Leutnant von Collas hofft, dass die Dorfbewohner das Schloss eher respektieren, und in diesem Punkt gebe ich ihm recht.«

»In welchen Punkten denn nicht?«

Es schien an diesem Tag wenig Sinn zu haben, Schwester Johanna Fragen zu stellen. Deswegen wandte sich Ida Robert von Collas zu. Er gab seinen Rekruten gerade Instruktionen zur Errichtung eines Scheiterhaufens auf der Wiese vor dem Schloss. Schwester Johannas Gegenwart schien ihm irgendwie nicht zu behagen.

»Es gibt nichts mehr zu besprechen, Schwester.«

»Waren wir uns nicht darüber einig, den Hund nicht vor aller Augen zu verbrennen, wenn er schon verbrannt werden muss?«

»Das war, bevor die Leute die Schänke stürmten. Seit sie wissen, dass wir den Hund gefangen haben, ist eine heimliche Verbrennung nicht mehr möglich. Sie verlangen eine öffentliche Hinrichtung, und ich werde wegen einer solchen Lappalie keine Revolution riskieren.«

»Ihr begeht einen schweren Fehler.«

»Zur Kenntnis genommen. Dann nehmt Ihr bitte zur Kenntnis, dass jede Entscheidung in dieser Sache einen schweren Fehler bedeuten kann. Tun wir nichts, ist das genauso gefährlich, wie wenn wir handeln. Ich gehe jetzt zu Gräfin Helene und erkläre ihr die Situation – keine Sorge, nur einen kleinen Teil der Situation. Aber ich muss sie doch wenigstens unterrichten, wenn ich ihr Anwesen schon requiriere, Herrgott noch mal.«

»Und die Frau?«

»Da sind wir uns einig. Sie kommt hinter Schloss und Riegel. Im Schlosskeller gibt es zahlreiche Räume, die sich dafür eignen. Entschuldigt mich, ich habe zu tun.«

Ida spürte, dass etwas Unausgesprochenes über diesem Disput zwischen Johanna und Robert lag, auch über der beabsichtigten Verbrennung des Hundes, und dass dieses Unausgesprochene auch mit ihr, Ida, zu tun hatte. Doch sie hatte keine Ahnung, was es war. Von Schwester Johanna würde sie jedenfalls nichts Näheres darüber erfahren.

Die Leute holten unter der Anleitung des Pastors Strohballen aus den Ställen, die sie zu einem Scheiterhaufen aufschichteten. Der Wind frischte auf, und die ersten Regentropfen fielen schon. Die Rekruten, die die Unbekannte ins Schloss getragen hatten, mussten sich sputen und einen Pfahl errichten, den sie ebenfalls aus dem Stall herbeigeschafft hatten. Der Hund wurde in Ketten an den Pfahl gebunden.

Ida war sich nicht sicher, ob sie der Verbrennung beiwohnen wollte. Sie war zwar dafür, dass der grauenhafte Hund sterben sollte, aber es war eine andere Sache, dabei zuzuschauen. Sie hätte ins Schloss gehen und dem Spektakel ausweichen können, trotzdem entschied sie sich dafür zu bleiben. Schließlich musste sie sich mit eigenen Augen davon überzeugen, dass der Hund starb. Auf diese Weise hoffte sie, die Albträume loszuwerden und der Erinnerung ihren Schrecken zu nehmen.

Da entdeckte sie Paul am Rand des Wäldchens. Aus der Distanz verfolgte er das Geschehen.

Ida ging auf ihn zu, und er kam ihr entgegen. Als sie sich trafen, bot er ihr seine Hand an, die sie gern ergriff. Wie wohl es ihr tat, dass er weder Fragen noch Forderungen an sie stellte. Sie wollte einfach nur bei ihm sein, und er ging wie selbstverständlich auf ihren bescheidenen Wunsch ein. Wie gut er sie doch verstand!

Gemeinsam wandten sie sich dem Schauspiel zu, als ein lautes Grölen von dort ertönte. Der Scheiterhaufen war fertig.

Ida bemerkte, dass die Gräfin, Marthe und die Köchin Grete aus dem Schloss gekommen waren und die Verbrennung von der Treppe aus verfolgten. Sophie Ruhleben war nicht zu sehen. Der Pastor rief ein paar Worte und machte übertriebene Gesten, so als wolle er dem Hund den Teufel aus dem Leib treiben, aber da sich der Regen verstärkte, griff Robert entschlossen zur Fackel und entzündete den Scheiterhaufen.

Das Stroh brannte zögerlich und erlosch bald. Robert musste neu ansetzen.

Ida erblickte an einem der Schlossfenster Benedikt Pohl. Sie konnte nicht erkennen, ob seine Aufmerksamkeit mehr dem Geschehen auf der Wiese oder ihr und Paul, dem Pärchen am Waldrand, galt. Was auch immer es war, es schien ihm nicht zu gefallen, denn er zog den Vorhang zu und verschwand dahinter.

Endlich war es dem Leutnant gelungen, den Scheiterhaufen zum Brennen zu bringen. Die ringsum stehenden Leute ballten ihre hocherhobenen Fäuste und stießen wilde Beschimpfungen gegen den Hund aus, die Ausgeburt des Teufels. Sie spien ins Feuer, warfen trockene Äste nach, und der Pastor hielt das Kreuz in beiden ausgestreckten Händen und rief Gott und alle Engel und Heiligen als Beistand an.

Ida kehrte langsamen Schrittes auf die Wiese zurück, Hand in Hand mit Paul.

Der Hund winselte zuerst, dann jaulte er in hohen Tönen. Es war herzergreifend, und für einen Moment vergab Ida dem Untier, das sie in die größte Angst ihres Lebens versetzt hatte. Vielleicht verziehen ihm noch ein paar andere, denn die Gesichter einiger Leute wurden nachdenklich, manche waren angewidert, andere wandten den Blick ab, einige senkten betroffen den Kopf. Kaum noch jemand schimpfte, die großen wütenden Gesten erlahmten nach und nach. Nur der Pastor führte unbeirrt seinen Exorzismus durch, während die Flammen höher und höher schlugen.

Sie erreichten den Pfahl, an den der Hund gefesselt war. Der Geruch von Versengtem breitete sich über den Versammelten aus.

Schwester Johanna blickte mit großen verstörten Augen ins Feuer. Ida fragte sich gerade, was wohl im Kopf der Nonne vorging, als das Jaulen des Hundes plötzlich erstarb.

Doch er konnte nicht tot sein, denn an die Stelle des tierischen Gewinsels trat ein, wie Ida fand, fast menschliches Stöhnen – fast, weil es durchdringender und irgendwie hohler war, als ein Mensch es fertiggebracht hätte.

Durch die Menge ging ein Aufstöhnen, das wie ein Echo auf das Stöhnen vom Scheiterhaufen klang. Die Leute wichen vor Schreck einen Schritt zurück, Ida schmiegte sich ängstlich an Paul.

Das Wehklagen des verbrennenden Hundes wurde immer dunkler und dröhnender. Diese Laute konnten nicht von einem normalen Lebewesen stammen, nur von etwas anderem, das weder menschlich noch tierisch war: von etwas Bösem.

Ida drückte ihr Gesicht an Pauls Brust, festgehalten und beschützt von Pauls starken Armen. Ihr Mitleid verging so schnell, wie es zuvor aufgekommen war. An seine Stelle trat ein Hass, den sie bis dahin nicht gekannt hatte. Sie war getäuscht worden, betrogen von einem betrügerischen Wesen, das ihr noch kurz vor dem Tod eine Vergebung entlockt hatte, die es nicht verdiente. Sie wusste nicht, wer oder was dieses Wesen war, wie es sich nannte oder woher es kam, sie wusste gar nichts über diese Bestie und das, was sich in ihr verbarg, außer dass es von furchtbarer Grausamkeit war.

»Halt mich«, rief sie Paul zu.

Ida spürte, wie etwas nach ihr griff, vor dem Pauls Arme sie nicht beschützen konnten.

»Was ist denn?«, fragte er.

»Ich weiß es nicht, Paul. Ich weiß nicht, aber …«

Sie erschauerte, zuckte zusammen, sie glaubte, innerlich ausgefüllt zu werden von einer abscheulichen, galligen, ätzenden Substanz.

35

Johanna blickte voller Abscheu auf die sich windende Kreatur in Gestalt eines Hundes. Mehrmals versuchte sie, ihren Blick von dem Scheiterhaufen abzuwenden, aber immer wieder wurde er magisch von ihm angezogen. Alles war wie damals: die Hitze, die ihr ins Gesicht schlug, der Rauch, der in ihren Augen brannte, der Geruch von verbrannter Haut und versengtem Fleisch, der einen würgen machte, und der Wind, dieser seltsame, unheimliche Feuersturm, der sich von den hochschlagenden Flammen kreisförmig in alle Richtungen ausbreitete und die Kleider und Haare der Umstehenden aufflattern ließ. Damals war es eine junge Frau gewesen, deren Leib in Flammen aufging und deren Schrei Johanna bis zu diesem Tag verfolgte.

Das Geräusch, das der Kehle des Hundes entströmte, wurde zunehmend unheimlicher. In seinem Wehklagen schwang neben der Not und Pein, die er erlitt, noch etwas anderes mit: die Qual von unzähligen anderen, von Frauen und Männern, Alten und Kindern, ein mächtiger Chor des Leides der von diesem Untier Gepeinigten. Ja, es kam Johanna vor, als höre sie alle Opfer zugleich schreien. Stimmen aus uralten Zeiten schrien vor Schmerz und vor Wut, eine gewaltige Anklage, die sich mit dem Schmerz und der Wut der lodernden Kreatur vermischte und schließlich in ein gewaltiges Fanal mündete, unerträglich wie die göttlichen Posaunen von Jericho.

Unmöglich für Johanna, nicht mitzufühlen mit diesen Tausenden von Geplagten und Zerstörten, diesen Heerscharen von Wahnsinnigen, Zerrütteten, in die Vernichtung Getriebenen. Tausendmal lieber wäre es ihr gewesen, sie hätte sich geirrt, aber allzu schmerzhaft wurde ihr bewusst, dass sie recht gehabt hatte, dass es der grausame Gott Lugus war, der die Menschheit heimsuchte. Unmöglich, keine Abscheu zu empfinden vor diesem grausamen Peiniger.

»Stirb«, rief sie aus Leibeskräften. Und sie hasste.

Sie hatte erst ein einziges Mal in ihrem Leben gehasst: diejenigen, die applaudierend und gottgefällig nickend vor vierzig Jahren um den Scheiterhaufen herumgestanden waren.

Im selben Moment, als sich ein letzter Schrei des Hundes entlud, das Wesen vor ihren Augen starb, als der verkohlte Körper auseinanderfiel, wusste sie, dass ein weiterer Teil ihrer Seele nicht mehr ihr selbst gehörte.

Es war wie die Stunde nach einer Schlacht ohne Sieger, als Johanna und Robert sich im großen Salon des Schlosses in die Sessel sinken ließen. Die Flammen waren verloschen, die Leute waren gegangen, die Reste des Scheiterhaufens vor dem Schloss rauchten noch, aber außer einem riesigen schwarzen Fleck mit einem verkohlten Pfahl in der Mitte war nichts übrig geblieben.

Johanna und Robert schwiegen. Sie hatten Lugus zwar um eine seiner Gestalten beraubt – er war also nicht mehr so mächtig, sondern ein geschwächter, verkrüppelter Gegner. Aber er hatte auch etwas gewonnen: Wie eine schwarze Natter lag er von nun an zusammengerollt in Johannas Seele, bereit, hochzuschnellen und ein drittes und letztes Mal zuzubeißen.

Ida, die ihnen in den Salon folgte, war zutiefst verstört, und Johanna meinte zu spüren, dass dies nichts mit Paul zu tun hatte, in dessen Arme sie sich während der Verbrennung geflüchtet hatte, sondern dass ihr etwas widerfahren war ähnlich dem, worunter sie selbst litt.

Lugus streckte seine Arme nach allen aus, nach Robert, nach Ida, nach ihr. Auch nach Benedikt und Paul?

Nach Marthe und der Gräfin? Nach Meister Michael und dem Pastor? Nach Sophie Ruhleben? Wer war Freund und wer Feind? Konnte Johanna Ida wirklich trauen?

Würde Johanna ein weiteres Mal auf Lugus hereinfallen, würde sie eine seiner Gestalten lieben, dann wäre es um sie geschehen.

Lieben.

Doch wen?

Da gab es nur einen, einen Einzigen, der ihr gefährlich werden konnte: den Knaben Wolf. Dieser verwaiste, verlassene, verwahrloste Junge, das spürte sie, stand ihr bereits sehr nahe. Sie dachte viel an ihn. Ihn zu beschenken hatte ihr Freude gemacht; die Berührung seiner Hand, die sich in ihre geschmiegt hatte, war eine zutiefst beglückende Erfahrung für sie gewesen; seine Augen, die in ihrem Beisein an Härte verloren und an Zuneigung gewonnen hatten, sah sie wieder und wieder vor sich.

Dieses Kind drang in einen Bereich von Johannas Wesen vor, der bislang unausgefüllt geblieben war, er besetzte allmählich einen leeren Platz, den des Sohnes, den sie nie haben würde. Ihr war nicht bewusst gewesen, dass sie sich nach einem Kind sehnte oder einfach nach einem Menschen, um den sie sich kümmern konnte. Nicht wie sie sich um die Kranken im Klosterspital kümmerte, sondern auf eine persönlichere und intimere Weise. Erst seit ihr Wolf begegnet war, spürte sie dieses Verlangen.

Und musste es sich fortan verbieten.

Perfide: Man musste misstrauisch sein, weil Lugus überall lauern konnte, und zugleich leistete man Lugus damit Vorschub, da Misstrauen zu Angst führen konnte und Angst zu Chaos. Alle Menschen, die da draußen das Stöhnen des Unmenschen und die gequälten Stimmen seiner Opfer gehört und den Zerfall seines Körpers bis zur völligen Auflösung mit angesehen hatten, alle diese Leute hatten Angst oder Wut gespürt, alle waren verunsichert, mehr noch als bisher. Sie würden glauben, den Teufel gehört und gesehen zu haben, und damit lagen sie nicht ganz falsch.

Nein, das war kein Sieg.

Johanna war verärgert über Robert, der Lugus dabei geholfen hatte, eine neue Saat der Zwietracht und des Argwohns auszubringen. Sie war auch verärgert über die Gräfin, die im Salon eifrig Tee ausschenkte und dazu Gebäck servierte, so als wäre nichts geschehen.

Aber eigentlich entsprang all diese Verärgerung Johannas nur dem Verdruss über sich selbst. Sie war erneut nicht stark genug, sie, die insgeheim eine hohe Meinung von sich hatte, die so hochmütig gewesen war zu glauben, dass ein chaotisches Gefühl sich ihrer niemals bemächtigen könnte. Eine Närrin war sie gewesen!

Nun lag sie im Streit mit sich, und dieser Streit verlief wie eine Spirale. Indem sie mit sich haderte, verlor sie ihre Konzentration auf das Wesentliche, und indem das passierte, wurde sie noch verdrießlicher.

»Jetzt, wo der Hund tot ist, ist das Leiden wohl vorbei«, sagte die Gräfin gerade.

Johanna dachte: Sie verliert kein Wort über die unheimliche Stimme, die Schreie … Andererseits: Keiner von ihnen brachte das zur Sprache. Es war einfach zu grauenhaft – und zu beklemmend, wie ein Familiengeheimnis, von dem zwar alle wussten, das jedoch nie thematisiert wurde, weil es sonst nur noch bedrohlicher wäre.

Da keiner auf die Bemerkung der Gräfin einging, fuhr sie fort: »Vielleicht bessert sich nun der Zustand der armen Gerlinde Menzel. Das wäre doch möglich, oder? Ich lasse ihr von Marthe eine Stärkung in den Keller bringen. Und ich selbst werde zu der unbekannten Frau gehen, um ihr gut zuzusprechen. Die Arme hat gewiss viel durchgemacht. In welchem Zimmer ist sie untergebracht worden?«

»In gar keinem Zimmer«, antwortete Robert. »Sie ist ebenfalls im Keller wie die Menzel.«

»Aber – das geht doch nicht. Sie hat nichts Schlimmes getan. Im Gegenteil, nach allem, was ich gehört habe, ist sie …«

»Bitte, ich weiß, was ich tue«, fiel er ihr ins Wort. Dann sah er ihr, um Entschuldigung bittend, in die Augen und nannte sie zum ersten Mal bei ihrem Vornamen: »Es ist noch nicht vorbei, Helene.«

Johanna erhob sich aus dem Sessel.

»Leutnant, auf ein Wort, bitte.«

Lugus' Augen

Ich bin über ihr. Wir atmen schwer. Sie fasst mich an, streichelt meine Brust, nennt meinen Namen und lächelt. Sie ist sehr zufrieden mit sich. Die Welt ist für Sophie wieder ein schöner Ort, jetzt, wo sie es mit mir treibt. Ihre Angst habe ich schon seit Tagen, ihren Hass seit gestern, und nun, während wir es tun, auch ihre Liebe. Sie reißt die Augen auf. Sie gehört mir. Sie ist zerstört, meinem Chaos verfallen.

Sie betraten Johannas Zimmer. Kaum hatte Robert die Tür hinter sich geschlossen, sagte Johanna: »Wir haben nicht mehr viel Zeit, Leutnant.«

»Was meint Ihr damit?«

»Ich habe während der Verbrennung des Hundes etwas gespürt …«

»Was war es? Hass?«

»Ja, genau. Ihr auch?«

»Nein.«

»Ganz sicher nicht?«

»Ganz sicher nicht. Natürlich, ich fand das, was auf dem Scheiterhaufen passierte, unheimlich und irritierend. Trotzdem, ich habe keinen Hass gespürt. Wisst Ihr, Schwester, als Soldat wird man darauf gedrillt, das Leid Tausender ohne Hass zu ertragen. Man betrachtet es abgemildert, um nicht zu sagen, abgestumpft.«

»Ich sage das wirklich nicht gerne, aber ich komme angesichts der Lage, in der wir uns befinden, nicht umhin, Euch für diese Abgestumpftheit zu beneiden.«

»Habt Ihr Euren Humor wiedergefunden?«

»Nein, ich bin noch auf der Suche. Es fällt mir schwer zu vergessen, was an Schrecklichem in mir schlummert. Ich bin nur noch einen Schritt vom Untergang entfernt.«

»Und ich zwei Schritte. Aber uns wird schon nichts passieren. Wir sind auf einem guten Weg.«

»Seid Euch da nicht so sicher. Auch zwei Schritte sind schnell gemacht. Liebe und Hass, Leutnant, liegen dicht beieinander, ich sagte Euch das schon einmal. Wer jemanden am Morgen liebt, kann ihn bereits am Abend hassen, wenn das, was dazwischen liegt, nur schrecklich genug ist. Ihr wisst, auf wen ich anspiele?«

»Falls Ihr Helene meint ...«

»Die meine ich. Und für Euch sollte sie nicht Helene, sondern die Gräfin heißen, aus Gründen, die, wie Ihr wisst, nichts mit der Etikette zu tun haben.«

Robert widersprach Johanna nicht, aber er stimmte ihr auch nicht ausdrücklich zu.

»Ich möchte«, sagte sie, »dass wir nüchtern an die Sache herangehen. Eine Gestalt ist vernichtet worden. Es bleiben also drei weitere übrig. Gehen wir einmal davon aus, dass wir in der Unbekannten, die behauptet, überfallen worden zu sein, eine zweite Gestalt von Lugus gefangen haben, dass sie der Ersatz für die Wirtin ist. Mit ihrer Schönheit hätte sie so manchen Mann dazu gebracht, sie zu lieben, und so manche Frau, sie aus Eifersucht oder Neid zu hassen.«

»Und was tun wir nun mit ihr?«

»Darüber sprechen wir später, wenn Ihr einverstanden seid. Blieben demnach noch zwei Gestalten übrig. Herumzuraten, in wem Lugus sich verbirgt, hilft uns nicht weiter. Wir müssen logisch denken.«

»Und das bedeutet?«

»Wir müssen von den Opfern aus denken. Sie müssen eine der vier Gestalten von Lugus geliebt, eine gehasst und eine zu Tode gefürchtet haben.«

»Wir können sie aber nicht mehr fragen.«

»Richtig. Aber vielleicht ist der eine oder andere Rückschluss möglich. Beispielsweise wissen wir, dass Gerlinde Menzel ein Techtelmechtel mit Meister Michael hatte. Wenn sie ihn geliebt hatte, er sie aber irgendwann fallen ließ, hat sie ihn anschließend vielleicht gehasst. Immerhin ist sie in der Kirche auf ihn losgegangen.«

»Meister Michael war es auch, der die Leute aufhetzte und der überall Hexenzauber am Werk sah.«

»Auch wäre es ihm möglich gewesen, dem einen oder der anderen Angst vor sich einzujagen. Sein Aussehen hat ohnehin etwas Finsteres, und wenn er in Rage geriete, bekäme es gewiss etwas Furchteinflößendes.«

»Soll ich ihn verhaften und in den Keller sperren? Er ist zweifellos ein Kandidat.«

»Ja«, sagte Johanna. »Aber nicht der Einzige. Ich möchte von Gerlinde Menzel wegkommen und mich dem Grafen zuwenden. Er stürzte zunächst sein Kind aus dem Fenster und erhängte sich anschließend. Er ist also zweifellos ein Opfer von Lugus geworden. Wie ist das zu erklären, wenn nicht dadurch, dass mindestens eine von Lugus' Gestalten hier im Schloss lebt?«

Sie ließ ihre Worte wirken. Dann ergänzte sie: »Und er wird ja wohl kaum Marthe geliebt haben …«

Der Leutnant ging unruhig auf und ab, sein Degen klapperte unaufhörlich, bis er ihn abschnallte und unwirsch auf den Tisch zwischen Johannas Bücher warf.

»Er könnte sich in die Wirtin verliebt haben«, sagte Robert. »Sie hat, wie wir wissen, einigen Männern den Kopf verdreht. Warum nicht auch ihm? Leidenschaft kennt keine Standesunterschiede. Wie viele Fürsten haben sich gewöhnliche Frauen zu Mätressen genommen?«

Johanna atmete tief durch. »Dennoch steht fest, dass, selbst wenn wir mit Meister Michael richtigliegen, immer noch eine Gestalt fehlt. Lugus muss schlau vorgegangen sein, sodass er von möglichst vielen Dorfbewohnern geliebt, gehasst und gefürchtet wurde. Der Hund war ausschließlich zum Angstmachen da.

Verführerisch schöne Wirtinnen ziehen Liebe und

Hass gleichermaßen auf sich. Jemand wie Meister Michael vermag einen bestimmten Typus von Frauen anzuziehen –Sophie Ruhleben ist der lebende Beweis. Ich vermute, dass die vierte Gestalt außerhalb oder oberhalb der gewöhnlichen Leute steht, um eine Anziehungskraft ganz anderer Art auszuüben – da steht die freundliche, kultivierte und unaufdringlich hübsche Gräfin ganz oben auf meiner Liste.«

Robert wehrte sich natürlich gegen diesen Verdacht. Johanna sah ihm an, wie er nach Auswegen suchte, nach Entlastungen. Wie nicht anders zu erwarten, fand er sie, denn wer an was auch immer glauben will, findet stets die Argumente dafür.

»Was ist mit dem Pastor? Über ihn haben wir noch gar nicht gesprochen. Gerlinde Menzel wurde während seiner Predigt wahnsinnig, er steht weit oben in der Dorfhierarchie und verfügt über Mittel, sowohl Angst zu schüren als auch den Hass zu befeuern.«

Johanna nickte.

»Das alles ist wahr. Also wird auch er vorläufig eingesperrt. Für eine gewisse Zeit, so lange, bis wir erforscht haben, ob er die Mittel und die Gelegenheit hatte, die Opfer ins Chaos zu stürzen.«

»Auch? Ihr sagtet auch! Was heißt das? Ich soll ...« Robert schluckte. »Ich soll die Gräfin verhaften?«

»Die Gräfin, den Schuster und den Pastor.«

»Aber – mindestens einer von ihnen ist unschuldig. Wir suchen nur nach zwei Gestalten, nicht nach dreien.«

Johanna ergriff Roberts Arm mit beiden Händen so fest sie konnte. Eine Spur von Verzweiflung lag in ihrer Stimme, als sie ihn beschwor: »Ihr habt den Ernst der Lage noch immer nicht völlig begriffen, Leutnant. Wir waren mit einem Überraschungsangriff gegen Lugus erfolgreich, aber nun ist er gewarnt. Er weiß, dass wir ihn kennen, und er weiß, dass wir in der Lage sind, ihm gefährlich zu werden. Was würdet Ihr an seiner Stelle tun?«

Johanna ließ den Arm des Leutnants wieder los.

»Ihr würdet«, fuhr sie müde und düster fort, »die beiden Menschen, die Euch bedrohen, vernichten.«

Johanna glaubte, dass sie an einem Punkt angelangt war, wo sie ungerecht sein musste, um ihre gerechte Mission zu erfüllen und sich und andere zu schützen. Das war äußerst deprimierend, vor allem, wenn man nicht wissen konnte, ob ihre Nachforschungen eine zweifelsfreie Schuld überhaupt ergeben würden.

»Und natürlich«, fügte Johanna mit Unbehagen hinzu, »müssen auch Benedikt Pohl, Sophie Ruhleben und« – sie seufzte – »Ida Krüger hinter Schloss und Riegel. Ich bin nach wie vor davon überzeugt, dass einer von ihnen die Achse der Postkutsche beschädigt hat.«

»Ich kann nicht halb Preußen verhaften«, schrie der Offizier sie an. »Schon gar nicht, weil eine Nonne glaubt …«

»Aber Ihr müsst«, schrie sie noch lauter zurück. »Herrgott noch mal! Denkt Ihr, mir macht das Freude?«

Johanna bedeckte ihre Augen mit zittriger Hand. Eine bedrückende Stille, schwer wie Blei auf der Brust, stand im Raum.

In milderem Ton fuhr sie nach einer Weile fort. »Da wir gerade von der Reisegesellschaft sprachen: Ich habe Benedikt Pohl und Sophie Ruhleben schon eine Weile nicht mehr gesehen. Jemand müsste sie ausfindig machen.«

»Ich bereite alles vor«, seufzte Robert, »auch wenn ich

glaube, dass …« Doch er führte seinen Satz nicht fort. »Noch heute, gleich nach dem Essen beginne ich mit den Verhaftungen.«

Als er an der Tür angelangt war, rief Johanna ihn noch einmal zurück. »Leutnant, ich … Es tut mir leid, wenn ich …«

»Schon gut.«

Ihr versagte die Stimme angesichts dessen, was sie zu sagen beabsichtigte. »Jemand fehlt noch auf unserer Liste der vorzunehmenden Verhaftungen. Das … das ist vielleicht das Schwerste, um das ich Euch bitten muss.«

Robert sah Johanna lange an.

»Das ist nicht Euer Ernst!«

»Es muss sein. Wolf könnte … Es wäre möglich, dass er … Bitte geht jetzt. Ich möchte vor dem Essen noch beten.«

Johanna betete nicht, nachdem Robert gegangen war. Sie wollte weinen, verbot es sich jedoch. Keine Liebe, sagte sie sich immer wieder, keine Liebe zulassen.

Aber das zerriss ihr Herz in Stücke.

36

Ida kaute ohne Unterlass auf ihren Fingernägeln herum – eine schlechte Angewohnheit aus Kindertagen, die sie nie losgeworden war. Sie saß allein im verwelkten Rosengarten, ein Nervenbündel, hin und her gerissen zwischen ihrer Zuneigung für Paul und ihrer Vorsicht, die sie sich nicht erklären konnte.

Während der Verbrennung des unheimlich schreienden Hundes hatten Pauls Arme sie festgehalten, und sie hatte seine Umarmung genossen. Und doch ... War er der Mann, an dessen Seite sie ihr Leben verbringen wollte? Sie wusste es noch immer nicht. Als er sich von ihr verabschiedet hatte, um ins Dorf zurückzukehren, hätte er seinen Heiratsantrag am liebsten wiederholt, das hatte sie ihm angesehen. Sie nicht noch einmal zu fragen, war ihm schwergefallen, und doch hatte er es fertiggebracht. Niemals würde sie seine traurigen Augen vergessen.

Ida hasste ihre Zweifel. Zugleich konnte sie ihnen nicht entkommen. So ähnlich verhielt es sich mit diesem Ort – sie fühlte sich zutiefst unsicher, und doch konnte sie ihm weder körperlich entfliehen, weil der Ausweg abgeschnitten war, noch emotional, weil sie spürte, dass sich dort für ihr weiteres Leben Wichtiges ereignete.

In der Ferne sah sie Benedikt aus dem Wald kommen. Nach dem Spektakel der Verbrennung, dem er nicht beigewohnt hatte, war er zu einem langen Spaziergang aufgebrochen und kehrte nun zurück. Ihr Blick folgte seiner Gestalt, bis sie im Schloss verschwand. Auch er hatte sie bemerkt, und ganz kurz hatte sie gehofft, er würde ihr Gesellschaft leisten und sie auf andere Gedanken bringen. Aber nach allem, was zwischen ihnen vorgefallen war, konnte sie dergleichen nicht erwarten. Vielleicht war es auch besser so.

Die Minuten verstrichen. Ida überlegte, ins Dorf zu gehen und ein weiteres Gespräch mit Paul zu führen. Sie konnte sich jedoch nicht dazu durchringen. Sie war in diesen Stunden einfach zu nichts zu gebrauchen.

Es war bald Mittagszeit, und obwohl sie keinen Hunger verspürte, wollte Ida gegenüber der gastfreundlichen Gräfin nicht so taktlos sein und zu spät zum Essen erscheinen. Als sie am Schlossportal ankam, bemerkte sie Sophie Ruhleben, die offenbar ebenfalls ausgegangen war und nun zurückkehrte.

»Guten Tag«, sagte Ida höflich. Sie war der Ruhleben in den vergangenen Tagen vielleicht ein bisschen zu heftig über den Mund gefahren. Das war sonst nicht Idas Art und nur durch die besonderen Umstände zu erklären. Sie würde niemals Freundschaft mit dieser Frau schließen können, aber deswegen konnte man sich trotzdem zusammenraufen. Immerhin saßen sie derzeit im selben Boot.

»Frau Ruhleben, ich möchte mich bei Ihnen dafür entschuldigen, dass ich …«

Doch die Ruhleben lief einfach an ihr vorbei. Sie sah Ida noch nicht einmal an. Und ihre Gangart war irgendwie – anders. Ein bisschen wie die einer Mondsüchtigen.

Sophie Ruhleben ging geradewegs ins Speisezimmer, was merkwürdig war, weil das Mittagessen erst in einer Viertelstunde aufgetragen werden würde und sich die Ruhleben bisher noch vor jeder Mahlzeit umgezogen hatte.

Ida war drauf und dran, sie darauf anzusprechen. Aber sie hatte keine Lust, sich eine bissige Bemerkung einzufangen, gab ihren Versöhnungsversuch auf und ging in ihr Zimmer, um sich frisch zu machen.

Doch Sophie Ruhlebens merkwürdiges Verhalten ging ihr nicht aus dem Sinn.

37

Auf den Rehbraten hatte keiner an diesem Mittag Appetit, am allerwenigsten Robert, der ihn auf Gräfin Helenes Wunsch tranchierte. Die Verbrennung steckte allen noch in den Knochen, und selbst Benedikt Pohl und Sophie Ruhleben, die ihr nicht beigewohnt hatten, wirkten merkwürdig in sich gekehrt. Bei Robert kam allerdings noch hinzu, dass er, sobald das Essen beendet wäre, den ahnungslos am Tisch Sitzenden eröffnen würde, dass sie in den Keller abgeführt würden – einschließlich Helene.

Was Wunder, dass Robert keinen Bissen vom Rehbraten runterbrachte. Doch er hatte nichts gefrühstückt, und da er schon nicht genug schlief, musste er wenigstens auf andere Weise zu Kräften kommen. Also zwang er sich, ein paar Happen Fleisch und Karotten zu essen. Vom Rotwein trank er dafür mehr als reichlich. Irgendwoher musste der Mut ja stammen.

Aber vielleicht hatte er zu schnell getrunken. Ihm schwindelte zunächst, dann wurde ihm heiß. Die Dinge verschwammen ihm vor den Augen, eine bittere Flüssigkeit brannte in seiner Kehle. Er erhob sich wankend von seinem Stuhl. Die Finger seiner linken Hand nestelten an den Kragenknöpfen herum, um sie zu öffnen, mit der rechten Hand stützte er sich ab. Bevor er fiel, bemerkte er noch, dass er sich an Benedikt Pohls Schulter abgestützt hatte. Das Letzte, was er sah, als er auf dem Rücken lag, war Helenes Gesicht, wie es sich mit Tränen in den Augen über ihn beugte.

Johanna fuhr der Schreck durch alle Glieder, bis in

die letzte Faser, als sie Robert zusammenbrechen sah. Ihr allererster Gedanke war: Er ist Lugus' Opfer geworden. Die dem Chaos anheimgefallenen Menschen reagierten ganz unterschiedlich, wie sie aus den Vorfällen der letzten Jahre gelernt hatte. Aber kaum dass sie sich neben ihn kniete, ahnte sie, dass ihm etwas anderes widerfahren war: eine Vergiftung. Robert zeigte starke körperliche Symptome: ein gerötetes Gesicht, erweiterte Pupillen, rasender Puls, Krämpfe, Bewusstseinsverlust …

Sie kannte sich ein bisschen mit Giften aus, weniger aus Interesse als wegen der Arbeit im Klostergarten, in dem viele Heilpflanzen wuchsen. Von ihren Mitschwestern hatte sie das eine oder andere aufgeschnappt, und ohne eine ausgewiesene Spezialistin zu sein, war sie sich in diesem Fall ziemlich sicher.

»Tollkirsche«, sagte sie. »Auch Belladonna genannt.«

»Aber das kann doch nicht …« Die Gräfin war außer sich und weinte. »Ihr müsst Euch irren.«

»Ich weiß nicht, was besser wäre«, entgegnete Johanna. »Ob ich recht habe oder danebenliege. An der Tollkirsche sind schon viele gestorben. Rasch, er muss sich übergeben, sonst hilft sowieso nichts mehr.«

Sie bat Benedikt Pohl, Roberts Kopf zu halten, und steckte zwei Finger in dessen Rachen. Der Würgereflex setzte umgehend ein, doch außer Speichel und kleinen Bröckchen von Rüben erbrach er nichts.

»Ich vermute, das Gift war im Wein, dort fällt es am wenigsten auf. Er muss also den Wein erbrechen. Er muss!«

Johanna steckte den Griff einer Gabel tief in Roberts Rachen. Der Leutnant wand sich in Krämpfen.

Benedikt Pohl unterstützte Johannas Bemühungen, indem er Robert von hinten umklammerte und Druck auf dessen Brust ausübte.

Endlich! Eine braunrote Flüssigkeit ergoss sich über den Boden. Robert röchelte mehrmals und verkrampfte sich wieder. Als keine Flüssigkeit mehr aus ihm herauskam, hustete er heftig und fiel danach in einen tiefen Schlaf.

»Wir müssen ihn zu Bett bringen«, sagte Johanna, die neben dem Kranken kniete. »Das Schlimmste ist noch längst nicht überstanden. Er wird Fieber bekommen und braucht kalte Umschläge.«

»Ich habe Medizin«, sagte die Gräfin und wollte Marthe losschicken.

»Keine Medizin, die würde sein Magen nicht vertragen«, rief Johanna. »Nur Umschläge. Allenfalls Wasser zum Trinken.«

Benedikt und die kräftige Marthe trugen den Leutnant aus dem Zimmer, um ihn in sein Bett zu legen, die besorgte Gräfin begleitete sie. Johanna blieb zunächst auf dem Boden sitzen. Sie war betroffen und erschöpft, aber auch voller grüblerischer Gedanken.

Wie war das Gift in den Wein gekommen? Marthe hatte den Tisch gedeckt, sie hätte dabei eine winzige Menge des Tollkirschensaftes in Roberts Glas geben können, da sie wusste, wo er sitzen würde. Die Gräfin hatte den Wein eingeschenkt, mit etwas Geschick hätte auch sie einige Tropfen des gefährlichen Giftes ins Glas träufeln können. Und wer hatte an Roberts rechter Seite gesessen, dort, wo das Glas stand? Benedikt Pohl. Nur Ida und Sophie waren unverdächtig, da sie zu weit entfernt Platz genommen hatten. Obwohl – Sophie Ruhleben hatte schon bei Tisch gesessen, als die anderen nach und nach eintrudelten. Marthe war zwar ebenfalls im Zimmer gewesen, aber …

Jetzt erst fiel Johanna etwas auf. Der Trubel während Roberts Zusammenbruch hatte von einer auffälligen und merkwürdigen Begebenheit abgelenkt. Alle, die am Tisch gesessen hatten, waren aufgesprungen, sobald der Leutnant zu Boden stürzte – alle, bis auf eine Person. Die Gräfin hatte sich sofort besorgt über Robert gebeugt, Benedikt hatte den Strauchelnden noch zu halten versucht, Marthe war von der Türe kommend herbeigeeilt, und Ida hatte vor Schreck das Besteck fallen lassen und im Weiteren die Bemühungen zu Roberts Rettung mit großer Anteilnahme verfolgt.

Doch Sophie Ruhleben hatte die ganze Zeit über reg- und teilnahmslos wie eine Statue dabeigesessen.

»Frau Ruhleben?« Johanna stand vom Boden auf. »Frau Ruhleben?«

Sophie rührte sich nicht.

»Vielleicht können Sie uns erklären, was das alles zu bedeuten hat. Sie waren als Erste von uns bei Tisch. Haben Sie etwas beobachtet, das uns weiterhelfen könnte?«

Johanna ging ein paar Schritte auf die Verstummte zu.

»Sie haben Ihr Essen kaum angerührt, und getrunken haben Sie, so meine ich, gar nicht. In den letzten Tagen waren wir anderes von Ihnen gewöhnt. Wo ist Ihr Appetit geblieben? Frau Ruhleben, hören Sie mich?«

Es schien nicht so. Man konnte sehen, dass sie atmete, aber ansonsten wirkte sie wie versteinert. Noch nicht einmal ihre Pupillen bewegten sich.

Johanna stand nun direkt hinter ihr. Sie legte die Hand auf ihre Schulter. »Sind Sie krank? Sind Sie …«

Da wich Johanna wie aus einer Ahnung, einem plötzlich auftretenden Gespür für Gefahr, einen Schritt zurück. Möglicherweise hervorgerufen von einer minimalen Bewegung Sophies, vielleicht aber auch von einem nebulösen Empfinden, in dieser Frau kein normales menschliches Wesen mehr vor sich zu sehen.

Doch dieser eine Schritt zurück konnte Johanna nicht retten. Sophie drehte sich blitzschnell um und rammte ihr mit voller Wucht eine Gabel in den Oberarm.

38

Es schien Ida wie eine grauenhafte Wiederholung und zugleich der äußerste Gipfel der albtraumhaften Abenteuer der letzten Tage, als Sophie Ruhleben, mit einer Fleischgabel bewaffnet, Schwester Johanna niederstreckte und sich daraufhin ihr zuwandte. Die Wahnsinnige in der Kirche, das Laubwesen, der Hund: All diese schrecklichen Begegnungen der letzten Tage wurden durch die leibhaftige Bedrohung ihrer Reisebekanntschaft noch einmal übertroffen. Gerlinde Menzel hatte es nicht auf Ida abgesehen – Sophie Ruhleben schon.

In ihren Augen blitzte der blanke Hass, und er galt nicht Schwester Johanna, er galt ihr, Ida. Der Hund, so angsteinflößend er auch gewesen war, hatte nie zugebissen – Sophie Ruhleben aber stach zu.

Schwester Johanna lag blutend und benommen auf dem Boden.

Ida versuchte, zum Tisch zu gelangen, um sich notdürftig zu bewaffnen, aber Sophie war einen Schritt schneller und drängte sie zurück. Ida wollte fliehen, doch Sophie schnitt ihr den Weg zur Tür ab.

Sie wollte um Hilfe rufen, fürchtete jedoch, dadurch erst den Angriff der Wahnsinnigen zu provozieren.

Ja, Sophie Ruhleben war wahnsinnig geworden, so wie Gerlinde Menzel. Der blanke Irrsinn blitzte aus ihrem Gesicht, und er drückte sich in der zitternden, ausgestreckten Hand aus, in der sie die blutbeschmierte Fleischgabel hielt.

Ida verlor an Terrain. Nach und nach wurde sie in eine Ecke gedrängt. Um sich zu befreien, warf sie wahllos Sachen von einem Wandbord auf die Angreiferin: Eine Silberdose, aus der der Graf einst seinen Tabak entnommen hatte, traf Sophie Ruhleben auf der Stirn, und eine gerahmte Miniatur mit dem Antlitz eines jungen Mädchens verletzte sie an der Wange.

Doch der Erfolg blieb aus. Als spüre sie keinen Schmerz mehr, setzte Sophie ihre Attacke fort. Vorstöße, die Ida gefährlich nah kamen und einmal sogar ihre Brust schrammten, zwangen sie endgültig in die Ecke.

Ein goldfarbener Vorhang in Reichweite war der letzte Schutz – aber welch ein unzureichender! Ida griff nach ihm und hielt ihn sich vor den Körper, als Sophie zustach. Die Fleischgabel ging glatt durch den dünnen Stoff hindurch, drang auch durch Idas weißes Kleid und hinterließ zwei kleine Bluttropfen.

Ida stöhnte auf. Sie spürte keinen Schmerz, aber etwas Warmes in Höhe ihres Bauchnabels fing an zu fließen.

Plötzlich drehte Sophie sich um. Warum tat sie das?

Ida erkannte Benedikt, der etwas in seinen Händen hielt.

Sie nutzte die Gelegenheit und warf den Vorhang von hinten über Sophies Oberkörper, und nur eine Sekunde später ließ Benedikt eine chinesische Vase auf Sophies verhülltes Haupt niederkrachen.

Die Ruhleben fiel zu Boden und regte sich nicht mehr.

Ida und Benedikt standen sich gegenüber. Sie sahen einander an und schwiegen. Es war unglaublich. Wieder hatten sie zusammen eine tödliche Gefahr überstanden und gemeistert. Ein wenig Komik war der Situation nicht abzusprechen: ein Vorhang, eine zerbrochene Vase, der Retter, ein schlagkräftiges Duo …

Ida fing an zu lachen. Zuerst leise, dann steigerte sie sich immer mehr hinein.

Aber sie lachte nicht, weil sie belustigt war. Alle Gefühle, zu denen sie fähig war, stürzten in diesem Moment auf einmal auf sie ein. Sie spürte Verzweiflung und Dankbarkeit, Scham und Kraft, Müdigkeit und Hoffnung.

Idas Lachen mischte sich mit Tränen. Sie setzte sich an die festlich gedeckte Tafel, stürzte ihr Gesicht in die Hände, und der ganze Druck der letzten Tage fiel von ihr ab. Mit jedem Schluchzen und jedem Lachen wurde ihr leichter ums Herz.

Dann, als sie etwas an ihren Beinen fließen spürte, erinnerte sie sich ihrer Verletzung.

39

Johannas Arm fühlte sich wie eine riesige, vibrierende Keule an. Er pochte, pochte und glühte. Trotzdem schenkte sie ihm zunächst nur wenig Beachtung. Sie versuchte sich zu orientieren: Wo war sie? Was war passiert? Wie ging es den anderen?

Ida saß halb weinend und halb lachend auf einem Stuhl, Sophie Ruhleben lag bewusstlos auf dem Boden, und Benedikt Pohl war gerade dabei, ihr mit einer Vorhangschnur die Arme auf den Rücken zu binden. Als er sah, dass Johanna erwacht war, eilte er zu ihr. Mit einem kräftigen Ruck riss er ihr den Ärmel des Ordensgewandes auf.

»Die Wunde scheint mir tief zu sein, Schwester.«

»Kümmern Sie sich lieber um Ida.«

»Sie kommt schon zurecht.«

»Was hat sie denn?«

Johanna sah Benedikt Pohl an, dass er ahnte, weshalb Ida so seltsam weinte. Es sprach für ihn, dass er lediglich antwortete: »Sie braucht nur ein wenig Ruhe, das ist alles.«

Er holte Branntwein, goss ihn reichlich über Johannas Wunde, riss sich seinen Hemdsärmel ab, tränkte auch diesen mit Branntwein und machte der Nonne einen notdürftigen Verband daraus.

»Ihr riecht jetzt wie eine Hafendirne, Schwester, aber besser das, als Wundbrand zu kriegen.«

»Wie wahr.«

Sie fand, dass er seine Sache sehr gut machte. Er hatte alles im Griff. Bis …

Ida brach zusammen und fiel vom Stuhl. Das war auch für ihn zu viel. Er stand da wie vom Donner gerührt.

Johanna rappelte sich auf.

»Sie blutet«, sagte sie. »Branntwein, schnell. Sie wissen doch, wie es geht.«

»Ja, aber … aber es ist doch … der Unterbauch.«

Johanna verdrehte die Augen.

»Manchmal verstehe ich euch Männer nicht.« Sie versuchte, Idas Kleid aufzureißen, aber ihr linker Arm war unbrauchbar, und nur mit dem rechten Arm allein gelang es ihr nicht.

»Nun machen Sie schon«, forderte sie. »Solange eine Nonne dabei ist, besteht kein Grund für Zurückhaltung.«

Er riss Idas Kleid auf, dann das Mieder.

Zum Glück war die Wunde nicht tief, und sie blutete auch nicht mehr.

»Branntwein drüber. Und dann halten Sie ihr den Flaschenhals unter die Nase.«

Benedikt tat, wie ihm geheißen, und nur einen Atemzug später erwachte Ida hustend aus ihrer Ohnmacht. Doch sie war noch nicht ganz bei sich.

»Geben Sie ihr den Rest aus der Flasche in kleinen Schlucken, das wird ihr guttun.«

»Seid Ihr sicher, Schwester?«

»Aber ja. Das Zeug taugt nicht nur zur äußeren Anwendung. Manchmal ist es zur inneren Anwendung genau das Richtige, und ich glaube, für Ida ist dieser Zeitpunkt nun gekommen.«

Der Speisesaal war voller Blut. Es klebte am Boden, auf dem Tisch, an den Schuhen. Johanna verband Idas Verletzung provisorisch mit einem Tischtuch. Einen Augenblick lang war die Nonne dankbar, dass nicht noch Schlimmeres geschehen war. Sie, Ida und Robert hätten schon tot sein können.

Aber die Dankbarkeit hielt nicht lange an. Ihre Situation war desaströs. Sophie Ruhleben war ein Geschöpf des Chaos geworden und hatte schreckliche Schäden angerichtet. Lugus hatte sich an seinen Verfolgern gerächt und zurückgeschlagen. Johanna war geschwächt, Ida zusammengebrochen, doch am schwersten wog Roberts Bewusstlosigkeit, wie sich noch herausstellen sollte.

»Benedikt, bitte kümmern Sie sich um Ida. Bringen Sie sie auf ihr Zimmer und kümmern Sie sich um sie. Ich werde die Rekruten zu Hilfe holen und dafür sorgen, dass Sophie Ruhleben im Keller hinter Schloss und Riegel gebracht wird.«

Die Schmerzen waren höllisch, aber Johanna biss die Zähne zusammen. Sie musste schnell handeln. Jederzeit konnte Lugus zum nächsten Schlag ausholen.

Doch mit Kuppe, Preller und Schott, den drei Rekruten, die im Schlosskeller Gerlinde Menzel und die Unbekannte bewachten, erlebte Johanna eine böse Überraschung. Ohne ihren Leutnant waren sie führungslos und nicht in der Lage, diesen Ausfall durch selbstständiges Denken zu kompensieren.

»Das kann nur ein Offizier entscheiden«, sagten sie auf Johannas Aufforderung, Frau Ruhleben einzusperren.

»Nun ist aber der einzige Offizier weit und breit derzeit nicht ansprechbar.«

»Tja.«

»Sie hat mich verletzt, sehen Sie diese Wunde, das war sie.«

»Hm, na ja, tja.«

»Ida Krüger ist ebenfalls verletzt. Und wenn Sie mir nicht glauben, fragen Sie Benedikt Pohl.«

»Tja.«

»Die Frau ist so gefährlich wie Gerlinde Menzel, und wenn Sie noch einmal ›tja‹ sagen, weiß ich nicht, ob ich mich beherrschen kann. Nur so viel: Ihr Leutnant wird Ihnen gehörig den Kopf waschen, wenn er wieder aufwacht.«

»Also gut.«

Sie brachten Sophie Ruhleben hinter Schloss und Riegel, das war es dann aber auch schon. Zu mehr waren sie nicht zu bewegen. Sie weigerten sich, jene Verhaftungen vorzunehmen, die Johanna und Robert vereinbart hatten, von denen ihnen aber nichts bekannt war. Schließlich spielten sie gerade um ein paar Groschen und wollten sich beim Würfeln nur ungern unterbrechen lassen.

Also besuchte Johanna Robert an seinem Krankenbett. Es sah nicht so aus, als würde er in den nächsten Stunden erwachen, und selbst wenn, würde er sich vermutlich nicht äußern können. Im schlimmsten Fall könnte er sogar … Daran mochte sie lieber nicht denken.

Und was, wenn sich ihre Wunde entzündete? Die Fleischgabel war verunreinigt gewesen. Sie könnte ihren Arm verlieren – und sogar ihr Leben.

Dann hätte Lugus gewonnen. Keiner ahnte etwas von ihm, er könnte ungestört mit seinem verheerenden Tun fortfahren.

Wie hatte er es bloß geschafft, Sophie Ruhleben zu einem Opfer des Chaos zu machen? Vermutlich hatte auch sie sich vor dem Hund gefürchtet? Aber wer war es, den sie geliebt oder begehrt hatte? Und wen gehasst? Die Ruhleben hatte sich in den letzten Tagen für eine ganze Reihe von Männern interessiert – Benedikt, Robert, Meister Michael, Paul. Und ihre Eifersucht auf andere Frauen könnte ihr Verderben komplett gemacht haben.

Johanna beschloss, Vorkehrungen zu treffen für den Fall, dass Robert und sie selbst die nächsten Tage nicht überleben würden. Sie musste jemanden einweihen. Doch wen? Die Rekruten würden sie für verrückt erklären. Und die Leute aus dem Dorf, die Gräfin und Marthe waren allesamt verdächtig. Außerdem musste jemand mit Intelligenz und Mut, zu ihrem Verbündeten zählen. Es blieben demnach nur Benedikt Pohl und Ida Krüger übrig. Beide schienen vertrauenswürdig zu sein, Ida noch ein wenig mehr als Benedikt, der das Gift der Tollkirsche in den Wein hätte geben können und der sich zu merkwürdigen Zeiten im Wald herumgetrieben hatte.

Johannas Wahl fiel auf Ida.

Doch dann besann sie sich wieder. Ida bot sich derart offensichtlich als einzige Vertraute an, dass Johanna wieder an das denken musste, was über Lugus' geschrieben stand: Er war von perfider Heimtücke und Schlauheit. Gut möglich, dass Ida allein deswegen andauernd von Geschöpfen des Lugus' bedroht wurde, um sie unverdächtig erscheinen zu lassen.

Nicht auszudenken, Johanna würde sich der falschen Person anvertrauen!

Der Nachmittag zerfloss. Johanna streifte unschlüssig durch das Schloss, geplagt von Schmerzen im Oberarm, die inzwischen auf ihren ganzen Körper ausstrahlten. Sie hätte sich schlafen legen sollen, aber sie war zu keiner Ruhe fähig. Stattdessen sah sie noch einmal bei Robert vorbei, der noch immer fieberte und von der Gräfin mit aufopferungsvoller Hingabe gepflegt wurde. Marthe machte Besorgungen im Dorf und kümmerte sich danach um Ida. Grete kochte in der Küche eine Hühnersuppe, von der auch Johanna einen Teller aß. Und Ida schlief tief und fest.

Wer nicht wagt, der nicht gewinnt, sagte sie sich, als sie an Benedikts Tür klopfte.

»Störe ich?«

»Durchaus nicht. Kommt herein, Schwester.«

Sein Zimmer war kleiner und dunkler, die vorherrschende Farbe war ziegelrot, und nur die Kissen und einige Dekorationen bildeten cremefarbene Akzente. Das Bettlaken war zerwühlt.

»Ich bin noch nicht zum Aufräumen gekommen«, sagte er.

Was Johanna an ihr eigenes Zimmer erinnerte, waren die auf dem Schreibtisch verstreuten Bücher. Johanna nahm einige in die Hand: Astronomie, Höhlenkunde, die Entdeckungsreise des Marco Polo …

»Ich dachte, die Vogelkunde sei Ihr Spezialgebiet«, forschte Johanna nach.

»Die Naturwissenschaften insgesamt. Und auch die Berichte über fremde Völker fesseln mich sehr.«

Die Bücher könnten aus der Schlossbibliothek stammen, herbeigeschafft und geschickt platziert, um seine Tarnung zu verbessern.

»Mein großer Traum«, sagte er, »ist das Reisen und Entdecken.«

»Wieso erfüllen Sie sich ihn nicht?«

»Dazu fehlt mir leider das Geld. Schiffspassagen kosten ein Vermögen, und auch, wenn man die Welt auf einem Esel erforschen will, braucht man eine gut gefüllte Börse. Ich bin noch auf meinen Vater angewiesen, der mir das Studium und alle Unkosten bezahlt.«

»Ist er wohlhabend?«

»Mittelmäßig. Abenteuerlichen Ideen gegenüber ist er leider nicht aufgeschlossen. Ich bin der Jüngste von drei Söhnen. Viel mehr als das, was ich derzeit bekomme, habe ich nicht zu erwarten.«

»Also haben Sie Ihren Traum bereits aufgegeben?«

»Nein, ich ... Es gibt zwei Wege, ihn zu verwirklichen. Ich kann Professor werden, zwanzig Jahre lang viel Geld verdienen und dann in die Welt hinausziehen. Natürlich werde ich mit über vierzig Jahren nicht mehr der Jüngste sein. Deshalb ...«

Er sah sie verlegen an, und Johanna verstand.

»Sie wollen in eine reiche Familie einheiraten.«

»Das ist der einzige Weg«, rechtfertigte er sich.

»Haben Sie etwas in Aussicht?«

»Ja. Ich weiß, für einen Menschen wie Euch, der hohe moralische Ansprüche stellt, mag das kalt und berechnend klingen, aber ...«

Johanna blickte nach links und rechts und über ihre Schulter.

»Was ist?«, fragte er.

»Ich habe mich nur vergewissern wollen, dass Sie mit mir und nicht mit einem anderen sprechen. Mein lieber Junge, ich habe verliebte Brautpaare gesehen, die zehn Jahre später in einer Ehe-Hölle lebten, und nicht verliebte, die nach zwanzig Jahren noch immer gut miteinander auskamen. Ich maße mir darüber kein Urteil an, was gottgefällig ist und was nicht. Wie könnte ich? Ich bin Braut Christi und habe es nie bereut. Aber ich habe ihn nie gefragt, ob er mich will, und ich bin mir durchaus nicht sicher, ob er so glücklich mit mir ist wie ich mit ihm. Er ist ein Gatte, der selten widerspricht. Wenn Sie so wollen, ist auch meine Ehe arrangiert worden – von mir.«

Sie lächelten einhellig.

Johanna hatte ihren Humor wiedergefunden, aber es war eine Art Galgenhumor, der sie aufrichten sollte, hinwegtrösten über die stärker werdenden Schmerzen in ihrem Arm, die Erkenntnis, die Schlacht gegen Lugus zu verlieren, die Verbitterung über den Verlust von Menschen wie Sophie Ruhleben, über ihre Ratlosigkeit und auch über die Wehmut darüber, dass sie Wolf von sich stoßen musste.

Das Schlimme an einem Dilemma war, dass man es nur auflösen konnte, indem man etwas opferte. Doch vor Johanna türmten sich zwei Bedrängnisse auf: Würde sie Menschen auf den Scheiterhaufen bringen, bestand die große Gefahr, dass sie – ausgerechnet sie – Unschuldige tötete, noch dazu Menschen, an denen ihr viel lag; tat sie es nicht, setzte Lugus sein Zerstörungswerk fort, und jeder konnte jederzeit sein Opfer werden.

Weihte sie Benedikt Pohl ein, paktierte sie vielleicht mit dem, den sie zur Strecke bringen wollte; weihte sie Ida ein, bestand dieselbe Gefahr; weihte sie niemanden ein, konnte auch das verheerende Folgen haben.

Was auch immer sie tat oder nicht tat – es lag, nun, wo Robert zwischen Leben und Tod fieberte, allein in ihrer Verantwortung.

»Ich werde Ihnen nun etwas erzählen«, sagte sie, »das Ihnen unglaublich erscheinen wird.«

Sie hatte ihm nichts vorenthalten, gar nichts. Sie hatte ihm alles erzählt: Weshalb sie in den Harz gereist war, welchen Auftrag Robert bekommen hatte, wer Lugus war, was in diesem Dorf vor sich ging … Und sie hatte ihm auch alles erzählt, was sie noch nicht genau wusste.

Benedikt Pohl hatte ihr mit einer Miene und Aufmerksamkeit zugehört wie ein Schüler, der vom Lehrer einen enorm schwierigen, aber auch enorm faszinierenden Stoff vermittelt bekam.

Seine Reaktion war erstaunlich gelassen. Oder auch auffällig, ganz wie man es sehen wollte. Er schien das Gehörte in aller Stille zu verarbeiten und maß Johanna mit einem langen Blick, so als wolle er ihre Glaubwürdigkeit taxieren. Dann vollzog er sein Pfeifenritual, lehnte sich zurück, paffte und sagte: »Sehr interessant.«

»Das ist alles, was Sie dazu zu sagen haben?«

»Vorerst – ja.«

»Ich habe Ihnen gerade von einem germanischen Gott erzählt, der nach eintausend Jahren auf die Erde gekommen ist, um sein Unwesen zu treiben, vier Gestalten hat, die Menschen ins geistige Chaos stürzt, dafür unter anderem die Liebe missbraucht … Sie könnten an jedem einzelnen Punkt dieser Aufzählung Anstoß nehmen, entweder als Christ, als Mann oder als Naturwissenschaftler …«

»Gerade als Naturwissenschaftler nehme ich keinen Anstoß, Schwester Johanna. Wusstet Ihr, dass man vor einiger Zeit entdeckt hat, dass sich auf der menschlichen Zunge Millionen winzigster Lebewesen tummeln?«

»Nein, das … das ist mir neu.«

»Oder dass es eine Schmetterlingsart gibt, die sich fortpflanzt, obwohl die weiblichen Tiere nie entjungfert werden?«

»Ach …«

»Oder dass die Luft voller Wellen ist, auf denen sich die Geräusche fortbewegen?«

»Sieh da!«

»Die Welt ist voller Dinge, die wir noch nicht verstanden haben. Eure Entdeckung ist hochinteressant.«

»Es freut mich, dass Sie das so sehen. Dadurch sparen wir viel Zeit. Aber verstehen Sie auch, mein Lieber, dass Sie es hier nicht mit der Geschichte einer alten Närrin zu tun haben, die sich die Zeit vertreiben will? Sie befinden sich mittendrin, und es ist leider keine Geschichte.«

»Wofür haltet Ihr mich?«, fragte Benedikt leicht verärgert.

»Für einen Studenten, der viel liest.«

»Der aber auch die Angst in Idas Augen sah, als sie ihm geradewegs in die Arme lief. Der einen sehr seltsamen Sturm an der Felsspalte erlebte. Der sich mit Ida einem außergewöhnlich großen und gefährlichen Hund gestellt hat. Der sich mit Euch einem Pöbel widersetzte, als dieser eine geistesgestörte Frau hinzurichten versuchte. Der einer durchgedrehten Sophie Ruhleben eine Vase über den Kopf schlug. Ich bin weder naiv noch feige!«

Die letzten Worte hatte er mit großer Empörung ausgestoßen – was Johanna gefiel, weil es ihr zeigte, dass seine Höflichkeit und Bedächtigkeit auch ihre Grenzen hatte. Er würde vielleicht töten müssen, an des Leutnants und ihrer Stelle töten, und dieser Aspekt im Besonderen hatte sie bewogen, ihn einzuweihen. Sie hatte eine gute Meinung über Ida, aber sie traute ihr, die bis vor einer Woche noch ein unbedarftes Stubenmädchen war, keine Härte zu. Und einen Mord zu begehen, mehrere Morde sogar, erforderte Härte.

»Ich wollte Sie nicht beleidigen, Benedikt. Ich weiß, dass Sie mutig sind. Wer nachts im Wald spazieren geht, um Vögel zu studieren, muss mutig sein – und ein wenig verrückt. Allerdings weiß ich auch, dass Sie heute Vormittag der Verbrennung des Hundes ferngeblieben sind. Ich habe Sie kurz am Fenster gesehen. Dieses blutige Spektakel hat Sie demnach – zu Recht – angewidert, und da stellt sich mir natürlich die Frage …«

»… ob ich überhaupt fähig bin, Gewalt anzuwenden.«

»Es spräche nicht gegen Sie, wenn es nicht so wäre, aber … Wissenschaftler zu sein ist schön und gut, doch die vor uns liegende Aufgabe erfordert Soldaten, sozusagen Soldaten im Herzen.«

»Ihr könnt Euch auf mich verlassen. Meine Abwesenheit heute Morgen hatte nichts mit dem Hund zu tun, sondern … mit … Ida. Genauer gesagt mit Ida und …«

»Dem Schustergesellen? Paul?«

»Ja.«

»Ich verstehe.«

Er wich ihrem Blick aus, wie es ein Liebender tut, der bei seiner Liebe ertappt wurde.

»Sagen Sie, Benedikt, haben Sie in den Tagen seit unserer Ankunft in diesem Dorf schon einmal das Gefühl gehabt, dass etwas von Ihnen Besitz ergreifen will? Haben Sie etwas eigenartig Fremdes in sich gespürt, und sei es nur für die Dauer eines Atemzuges?«

»Als ich mich während des Sturms im Wald dem Hund gegenübersah. Da hatte ich furchtbare Angst und … ganz plötzlich … spürte ich das, was Ihr beschreibt. Ihr meint, das war Lugus?«

Sie nickte und beobachtete seine Reaktion. Benedikt war betroffen – oder ein teuflisch guter Täuscher.

»Gab es noch eine weitere Gelegenheit, bei der Sie dergleichen spürten?«

»Nein.«

»Vielleicht, als Sie an Ida dachten?«

»Nein.«

»Aber Sie lieben sie, nicht wahr?«

Er blickte sie mit den Augen eines traurigen Hundes an.

»Ich habe das nicht gewollt. Es kommt so … so unpassend … wo ich mir doch meinen Traum erfüllen möchte und dafür eine reiche Braut brauche. Aber es ist tatsächlich passiert. Ich habe mich verliebt … Doch das ist ohnehin egal, da Ida nicht dasselbe für mich empfindet – gelinde gesagt. Sie findet mich abstoßend. Andauernd streitet sie mit mir, geht mir aus dem Weg. Ist wohl auch besser so. Besser für sie und für mich.«

Normalerweise hätte Johanna hierzu eine Menge zu

sagen gehabt. Sie machte sich, in vernünftigen Grenzen, gerne die Belange anderer zu eigen, das gab ihr das Gefühl, nützlich zu sein, aber auch, etwas dazuzulernen. Das Leben, die Menschen und ihre Träume waren ein ewiger Quell, um daraus zu schöpfen und wieder zurückzugeben. Aber sie konnte nicht mehr. Ihr Kopf platzte fast vor Sorgen und böser Vorahnungen, ihr Herz war in Aufruhr, ihr Arm brannte.

Der einzige Aspekt, der sie in diesen Minuten an der Beziehung von Benedikt zu Ida und von Ida zu Benedikt interessierte, war, dass Benedikts Liebe offenbar nicht mit einem Übergriff von Lugus bestraft worden war. Das machte Ida noch vertrauenswürdiger, als sie es ohnehin schon war. Und es sprach auch für Benedikt, denn wäre er Lugus, dann wäre es ihm ein Leichtes gewesen, die Situation zu nutzen und Ida falsch zu belasten. Allerdings – ganz sicher konnte sie noch immer nicht sein.

»Was ist mit Paul?«, fragte Johanna. »Sie hatten gewiss schlechte Gedanken, als Sie ihn zusammen mit Ida gesehen haben.«

»Nicht die besten, das ist wahr.«

»Und fühlten Sie Lugus' Zugriff?«

»Wie ich schon sagte: Dergleichen fühlte ich nur im Angesicht des Hundes.«

Wenn weder Benedikt noch Ida noch die irre gewordene Sophie Ruhleben die Achse der Kutsche angesägt hatten, wer dann? Paul war in jener Gegend auf Wanderschaft gewesen. Zwar war die Poststation, in der sie gerastet hatten, ein ganzes Stück von dem Ort entfernt, an dem sie Paul begegnet waren, und für einen normalen Menschen auf Schusters Rappen wäre es unmöglich gewesen, eine solche Strecke in wenigen Stunden zurückzulegen. Aber Lugus war kein Mensch, ihm ging niemals die Luft aus, seine Knochen wurden nicht müde, er konnte Stunde um Stunde laufen, ohne nachzulassen.

Andererseits behauptete Benedikt, trotz seiner Eifersucht wegen Paul keinen Zugriff gespürt zu haben. Doch hatte er Paul auch genügend gehasst? Benedikts Charakter schien Johanna dafür zu korrekt zu sein, außerdem war er im Widerstreit mit sich selbst gewesen, ob er Ida nun begehren solle oder ob es besser wäre, sie zu vergessen.

»Haben Sie eine Ahnung, wieso Sophie Ruhleben außer Ihnen die Einzige war, die der Verbrennung fernblieb?«, fragte sie.

Er wurde rot.

»Heute Morgen, während der Verbrennung, kam Sophie Ruhleben zu mir. Sie verhielt sich äußerst aufdringlich. Sie – sie wollte von mir – wollte mit mir …«

»Und?«

»Nichts und! Ihr glaubt doch hoffentlich nicht, ich hätte mich darauf eingelassen!«

»Ihr habt sie fortgeschickt?«

»Natürlich. Was sonst?«

Sophie Ruhleben hatte also innerhalb weniger Tage Meister Michael, Paul, Robert von Collas und Benedikt Pohl schöne Augen gemacht. Irgendeine dieser Leidenschaften hatte sie ins Verderben geführt. Doch welche?

Es wurde immer verwirrender.

Immerhin: Benedikts Ehrlichkeit bezüglich der Ruhleben sprach für ihn, denn er belastete sich damit selbst.

»Was tun wir als Nächstes?«, fragte Benedikt.

»Wenn ich das wüsste. Der Leutnant ist außer Gefecht gesetzt, seine Rekruten sind verunsichert, ich selbst bin am Rande meiner Kräfte. Wir können im Grunde nichts tun, außer die Augen offen zu halten. Und ich möchte Ida einweihen. Vielleicht erfahre ich von ihr noch etwas, das uns weiterbringt.«

»Wenn Ihr gestattet – das würde ich gerne übernehmen.«

Johanna stimmte seinem Vorschlag zu. Ihr blieb keine Wahl, als Benedikt und Ida zu vertrauen. Sie hatte noch genug andere Sorgen.

Lugus' Augen
Komm zu mir, Rekrut. Wie ist dein Name? Sebastian Kuppe. Warum werde ich hier festgehalten? Zuerst der Überfall durch die Räuber und nun das. Sehe ich etwa aus wie eine Verbrecherin? Bitte, gib mir etwas zu trinken. In diesem Keller ist es so trocken. Danke. Du bist ein interessanter Mann. Gefalle ich dir, Sebastian? Komm etwas näher an das Gitter, ich möchte dich streicheln. Du lachst? Aber das gefällt dir, nicht wahr? Komm näher, lass mich dich küssen. Berühre mich, berühre meine Brüste. Etwas näher. Soll ich dir meinen Namen verraten? Ich flüstere ihn dir ins Ohr, Sebastian. Gib mir dein Ohr.

40

Während Johanna die enge Kellertreppe hinunterstieg, hörte sie plötzlich Schreie, die nichts Gutes verhießen. Sie nahm zwei Stufen auf einmal und wäre fast gestürzt, konnte sich aber im letzten Moment doch noch festhalten.

Als sie um die Ecke bog, bot sich ihr ein schreckliches Bild. Einer der Rekruten, Kuppe, lag am Boden und schrie erbärmlich. Seine linke Gesichtshälfte war voller Blut, und Johanna sah im Näherkommen ein abgebissenes Ohr neben ihm liegen.

Die namenlose Frau stand am Gitter ihres Gefängnisses und lachte. Ihr Mund und Kinn waren blutverschmiert.

Die beiden anderen Rekruten eilten herbei. Preller beugte sich sofort über den verletzten Kameraden, der andere, Schott, wandte sich der Namenlosen zu und richtete das Gewehr auf sie.

»Nein«, rief Johanna und ergriff den Gewehrlauf. »Nicht schießen.«

»Aber das Dreckstück hat ihm das Ohr abgebissen.«

Wenn der Soldat die Frau erschoss, könnte Lugus zwar eine Gestalt verlieren, aber dafür mühelos eine andere erschaffen. Johanna versuchte, Schott die Waffe zu entreißen, aber der war viel stärker und stieß sie zur Seite.

»Geht mir aus dem Weg, Schwester. Jetzt ist das Miststück dran. Gestern hat sie mich lüstern angeschaut, und heute verstümmelt sie meinen Kameraden.«

»Hören Sie, Schott, wenn Sie schießen, dann …«

In diesem Moment ließ der Rekrut unvermittelt das Gewehr fallen. Mit einem Mal wirkte er kraftlos und apathisch.

Vor Johannas Augen zerfielen Geist und Wille des Soldaten. Der Mann zuckte kurz zusammen, als sei er gestochen worden, erstarrte, legte die Stirn in Falten, als versuche er sich an etwas zu erinnern. Und dann fand ein Duell statt, ein aussichtsloser Kampf um das, was jedes Menschen Ureigenstes war: Erinnerungen, Meinungen, Vorlieben und Abneigungen, Hoffnungen, Gefühle, die Schmerzen und Erfahrungen eines ganzen Lebens. In seinen Augen spiegelte sich seine Seele. Johanna ahnte, welchen Verlust er erlitt, welche Zerstörung sich in ihm abspielte. Ein paarmal krampften seine Hände sich zusammen und schnappten wirr in die Luft, in dem vergeblichen Versuch, das Verlorengehende zurückzuhalten.

Er stieß Johanna zu Boden und rannte aus dem Keller.

Johanna stand sofort wieder auf. Ihr Arm schmerzte so sehr, dass sie ihn kaum noch bewegen konnte. Sie versuchte, Schott zu folgen, doch schon auf der Treppe erkannte sie die Aussichtslosigkeit dieses Unterfangens. Er war ein gedrillter Rekrut, sie eine Klosterschwester. Außerdem verfügten Besessene über übernatürliche Körperkräfte.

Johanna kehrte in den Keller zurück, wo Preller, der letzte noch gesunde Rekrut, sich um seinen verletzten Kameraden kümmerte. Obwohl Johanna ihm gerne geholfen hätte, musste sie sich bemühen, aus der schönen Namenlosen etwas herauszubekommen.

»Wohin rennt er?«

Die Frau lehnte gelassen an der Wand ihres Gefängnisses und zupfte in einer Seelenruhe Schimmelflechten vom Mauerwerk, die sie in der hohlen Hand sammelte. Glücklicherweise – so musste man sagen – hatte Johanna von der Abscheu und dem Hass, die sie für diese Verkörperung von Lugus empfand, nichts zu befürchten, da sie bereits den Hund gefürchtet und gehasst hatte. Es war die Liebe, vor der sie sich in Acht nehmen musste, und Liebe war das Letzte, was sie für diese Gestalt im Kerker empfunden hätte.

»Was wird er tun?«

Eigentlich erwartete sie keine Antwort. Denn sie sprach ja nicht die Frau an, sondern das Wesen in dieser Frau, und mit Lugus zu sprechen, war, wie das Wort an den Teufel zu richten. Wann hatte der Teufel, wann hatte ein Gott je geantwortet?

Die Frau näherte sich dem Gitter, das sie von Johanna trennte. Ihr hübsches, blutverschmiertes, räudiges Gesicht presste sich gegen das Eisen und ihre Hände krallten sich daran.

Johanna kam ihr nahe. Sie wollte in ihren Augen lesen, irgendetwas über sie erfahren, doch das war nicht leicht.

»Du weißt es«, sagte Johanna.

»Du glaubst, ich wüsste, was er tun wird?«

Johanna erschrak. Aber sie zwang sich, nicht vor der Gefahr zurückzuweichen. Diese Stimme war dieselbe wie die, die auf dem Scheiterhaufen vom Hund ausgestoßen wurde – dunkel und hohl, als wäre sie aus tausend Stimmen zusammengesetzt.

»Du – du bist der Herr des – des Chaos«, stammelte Johanna.

»Der Herr des Chaos! Du hast so viel begriffen, Nonne, bist so weit gekommen, nur um dich auf den letzten Metern im Kreis zu drehen und wie eine Idiotin zu schwatzen. Hätte das Chaos einen Herrn, wäre es nicht das Chaos, sondern ein dienstbares Instrument.«

»Aber was …?«

»Ich *bin* das Chaos, du Närrin, wenigstens ein Teil davon. Ich bin wie das Pendel. Weiß denn das Pendel, wohin es als Nächstes ausschlagen wird? Glaubst du, ich habe einen Plan? Wie könnte ich ihn je einhalten, wo ich doch das Chaos bin?«

»Aber dieser Rekrut, Schott, er ist zu deinem Geschöpf geworden. Also müsstest du doch wissen …«

»Denkst du, mich interessiert, was ihr Kreaturen, wenn ihr mir erst einmal anheimgefallen seid, untereinander anrichtet? Ich bin der amüsierte Zuschauer eurer Lüste und Ängste, eurer erbärmlichen Niedrigkeiten, und ich lasse mich gerne überraschen. Daher bin ich dieses Dorf auch leid, es wird Zeit, ein anderes Pendel anzustoßen, das mir neue Überraschungen bescheren mag.«

»Aber Schott, der Rekrut …«

»Kannst du denn nur an diesen armen Wicht denken? Er ist verloren. Er wird etwas tun, etwas sehr Schönes, weil Unvorhersehbares.«

»Du hast seinen Willen sowie seine Gedanken und Erinnerungen vereinnahmt, also weißt du auch, woraus sie bestanden, und das bedeutet, dass du eine Ahnung hast, was er tun wird. Sag es mir.«

»Wie bewegend! Du versuchst, Menschenleben zu retten. Wieso sollte ich dir dabei helfen? Das liegt nicht in meiner Natur.«

»Falls du mir noch grollst, weil ich eine deiner Gestalten vernichtet habe …«

»Du verkennst mich. Auch Rache liegt nicht in meiner Natur.«

Die Namenlose hatte recht, und Johanna wusste es. Sie selbst hatte es Robert erklärt: Lugus war eine göttliche Laune der Natur, er war *die* Laune. Wie die Moiren bei den Griechen und die Parzen bei den Römern, die das Schicksal symbolisiert hatten und als Spinnerinnen dargestellt wurden, die nach Gutdünken den Lebensfaden der Sterblichen zerschnitten, so zerschnitt Lugus die Verbindung des Menschen zur Vernunft. Der einzige Unterschied zwischen dem gleichgültigen Schicksal und ihm war der, dass er sich seiner Taten auf grausame Art und Weise erfreute und zuvor mit den Menschen spielte.

»Erzähle mir aus seinem Leben«, sagte sie. »Vielleicht kann ich dann Rückschlüsse darauf ziehen, was er tun wird.«

»Und es verhindern? Das ist ein feines Spiel, ein Wettbewerb mit offenem Ausgang. Ich soll dir also aus seinem Leben erzählen. Warte … Lass mich nachdenken … Willst du wirklich alles hören?«

»So viel wie möglich. Fang an.«

»Du hast es so gewollt. Florian Schott – o was für ein armseliges Häuflein Leben. Er war nicht gerne Soldat, er war es gezwungenermaßen, denn er hatte keinen anderen Beruf gelernt. Mit sechzehn war er von zu Hause weggerannt und hat sich mit Gelegenheitsarbeiten durchgeschlagen. Als Liebhaber war er eine Niete. Die Frauen lachten über ihn, sogar die Huren. Wenn man schon arm ist und dumm, so sagten sie, sollte man wenigstens ein Hengst sein. Er war keiner – außer in seinen Träumen. Sein größter Wunsch war, dass eine schöne Frau sich in ihn verlieben würde.«

»Dabei hast du ihn gepackt.«

»Dabei packt man die Hälfte aller Männer aller Zeiten, das ist nicht sonderlich originell.«

»Darin stimme ich dir zu. Weiter.«

»Er war ehrlich und gutmütig. Nie hat er einen Kameraden beim Kartenspiel betrogen, keinen je hintergangen, niemandem ein Härchen gekrümmt. Aber er war ein Versager, und darunter hat er sehr gelitten. Kaum ein Mensch hatte je eine hohe Meinung von ihm, nicht einmal er selbst. Deswegen quälte er sich mit Selbstmordgedanken, doch nie fand er den Mut dafür.«

Johanna ertappte sich bei der Hoffnung, der Rekrut Florian Schott würde sich selbst umbringen. Das war zwar ein scheußlicher Gedanke, aber ein vernünftiger. Lugus trieb ein grausames Spiel mit Johanna und zwang sie dazu, die niedrigsten Hoffnungen zuzulassen.

»Möchtest du hören, wieso Schott mit sechzehn Jahren von zu Hause fortgerannt ist? Er war das einzige Kind seiner Eltern, die sich allerdings viele Kinder wünschten. Daher adoptierten sie im Laufe der Jahre fünf Waisen, die dem armen Florian Schott das Leben schwermachten. Sie beschuldigten ihn irgendwelcher Untaten, die sie sich ausgedacht hatten und für die er von seinen gutgläubigen Eltern bestraft wurde. Die adoptierten Kinder verschworen sich erfolgreich gegen den leiblichen Sohn der Familie. Er begann, seine Eltern zu verabscheuen. Aber natürlich galt sein hauptsächlicher Hass … Rate!«

Mein Gott! Es gab nur ein einziges Waisenkind im Dorf. »Wolf!«

Johanna stürmte die Kellertreppe hinauf und stürzte aus dem Schloss. Sie spürte keine Schmerzen mehr und keine Müdigkeit. Als sie das Wäldchen erreicht hatte, schrie sie den Namen des Knaben, den sie in ihr Herz geschlossen und aus Angst vor Lugus wieder ausgestoßen hatte.

»Wolf! Wolf!«

Erneut – und diesmal viel bereitwilliger – ließ sie die Hoffnung zu, Florian Schott möge am nächsten Baum hängen oder mit einer Kugel im Kopf auf einem Waldweg liegen. Mit einer ungewohnten Erbarmungslosigkeit wünschte sie einem Menschen den Tod. Zugleich wünschte sie einem anderen Menschen Leben und Unversehrtheit, mit einer solchen Intensität, wie sie nur Müttern eigen ist.

»Wolf, wo bist du?«

Schott konnte nicht weit sein. Johanna drehte sich langsam um die eigene Achse und suchte den Wald mit den Augen ab. Einige Windstöße schüttelten die Bäume, gelbes Buchenlaub regnete herab.

Schließlich meinte sie, etwas gehört zu haben: eine menschliche Stimme, ein Ruf, fern und unverständlich. In anderen Zeiten als diesen hätte Johanna zu einem solchen Klang gelächelt, hätte er sie doch an Ausflüge in ihrer Kindheit erinnert zum Kastanien- oder Pilzesammeln. Hier und heute jedoch war jeder Ruf ein Hilfeschrei.

Sie ging dem nach. Aber woher genau kam die Stimme? Sie eilte einige Schritte hierhin, bis sie glaubte, die falsche Richtung eingeschlagen zu haben, und dann dorthin, um bald denselben Verdacht zu haben. Im Zickzack kam sie dennoch voran.

Die Dämmerung brach an. Der Wald wurde grau.

Ein erneuter Ruf, eher ein Schrei, brachte Johanna Gewissheit: »Wolf!«

Als sie um die mächtige Wurzel einer umgestürzten Eiche herumging, erkannte sie in einiger Entfernung die Uniform des Rekruten.

Er rüttelte wie ein Besessener an einem dünnen Bäumchen, auf dem sich auf halber Höhe wirklich Wolf hielt, den Stamm umklammernd wie ein verängstigtes Eichhörnchen.

Gleich darauf fiel er herunter. Sein Schrei ging Johanna durch Mark und Bein.

Schotts Hände legten sich um die Kehle des Jungen.

Johanna stürzte sich von hinten auf den Rekruten und versuchte, ihn von dem Kind fortzuziehen, doch ihre Kräfte reichten nicht aus.

Wolf röchelte.

Da ergriff Johanna einen Stein, der so groß war wie ein Brotlaib, riss ihn mit verzweifelter Kraft in die Höhe und ließ ihn auf Schott niedersausen. Sie wollte auf den oberen Rücken des Rekruten zielen, aber sie traf seinen Hinterkopf.

Schott stürzte zu Boden und regte sich nicht mehr.

Johanna fühlte sofort seinen Puls, aber es war um ihn geschehen. Florian Schott war tot. Johanna hatte einen Menschen mit ihren eigenen Händen umgebracht.

Wolf lebte. Er hustete, doch er lebte! Aus großen, hilfsbedürftigen Augen sah der zwölfjährige Waisenknabe sie an, und sie bereute, was sie für ihn getan hatte.

Sie schloss ihn in ihre Arme.

»Vergib mir«, murmelte sie, und in dem Moment, als sie zum ersten Mal Liebe für dieses Kind empfand, wurde sie innerlich von etwas erfasst, das sich wie eine riesige Woge auf sie stürzte.

41

Sie hätte sich viel schlechter fühlen müssen. Ihre Wunden, zwei kleine Einstiche neben dem Bauchnabel, plagten sie. Sie roch nach Schnaps, hatte Hunger und schwitzte wegen der dicken Decken, mit denen sie zugedeckt war und dem Kaminfeuer. Außerdem mochte sie es nicht, nachmittags zu schlafen, und sie hatte geschlafen. Die Dämmerung tauchte das Zimmer in ein bedrückendes braunes Licht, wie geschaffen, traurig zu werden.

Zu alledem kam nun noch, was Benedikt ihr soeben erzählt hatte. Das Grauen der letzten Tage hatte einen Namen, und was für einen: Lugus. Wohler wurde ihr dadurch jedenfalls nicht. Sie befand sich an einem Ort, an dem das Schöne und Gute verwelkte und das Hässliche und Schlechte erblühte. Man konnte sich nur fortwünschen von einem solchen Ort.

Aber sie tat es nicht. Sie war ganz ruhig. Tagelang war sie durch einen Albtraum gestreift, hatte die unheimlichsten Begegnungen und eine Kanonade der unterschiedlichsten Gefühle überstanden. Sie war vor großen Kreaturen geflohen – und vor großen Wahrheiten. Sie hatte gegen einen Hund und eine Wahnsinnige gekämpft – und gegen sich selbst. Ihr war das junge, unerfahrene, ein wenig arglose Stubenmädchen mit seinen Träumen aus Romanen von Tag zu Tag ein Stückchen mehr abhandengekommen, und sie hatte es nicht einmal gemerkt. Seltsam: Die Träume hatten an Wärme und Strahlkraft verloren, je mehr sie sich ihnen angenähert hatte.

Sie hatte sich etwas vorgemacht. Die Antwort auf die Frage, warum sie Pauls Heiratsantrag nicht angenommen hatte, warum sie gezögert hatte, sich für ein Leben mit ihm zu entscheiden, war so simpel, dass sie nicht verstand, wieso sie nicht früher darauf gekommen war: Sie liebte ihn nicht. Was sie an ihm angezogen hatte, war, dass er gleichsam den Schäfer aus den Mädchenromanen verkörperte, auch wenn er ein Schustergeselle war. Er war der blauäugige Held, die Wunschvorstellung aus einsamen Jugendtagen, weshalb sie sich ihm gegenüber verpflichtet gefühlt hatte. Ihre innere Stimme hatte sie zurückgehalten, als es darum gegangen war, sich an Paul zu binden. Doch hatte es eine Weile gedauert, bis Ida wirklich verstanden hatte, was die innere Stimme ihr zu sagen versuchte.

Innerhalb eines Augenblicks war Ida der Irrtum bewusst geworden, vorhin, nach dem Kampf mit Sophie Ruhleben.

Dass sie nur knapp dem Tod entkommen war, wirkte reinigend auf sie wie ein Gewitter. Der Dunst lichtete sich, die Luft wurde klar, und Ida erkannte, was – und wen – sie mit großer Anstrengung übersehen hatte: Benedikt und ihre Liebe zu ihm.

Vielleicht hatte ihr der Mittagsschlaf doch gutgetan, dachte sie und folgte Benedikt, der ein paar Kerzen anzündete, mit den Augen. Als von draußen ein Geräusch hereindrang, lief er rasch zum Fenster.

»Da ist Schwester Johanna«, sagte er. »Sie läuft in den Wald.«

»Vielleicht sollten Sie ihr folgen.«

Er überlegte kurz. »Nein, ich denke nicht. Jeder von uns hat seine eigene Aufgabe in diesem Spiel.«

»Spiel? Ein grausames Spiel!«

»So ist es von Lugus wohl gedacht.«

»Glauben Sie wirklich an diesen Lugus und alles andere, was Schwester Johanna erzählte? Mir kommt es – trotz meiner Erlebnisse – arg fantastisch vor.«

»Oh, es ist fantastisch. Und aufregend, nicht wahr?«

Er sagte »fantastisch« und »aufregend« mit einer Ruhe, die sie gestern noch an ihm gestört hatte, wie sie ja alles an ihm gestört hatte. Heute Morgen noch hatte sie ihn zusammengestaucht. Und jetzt? Benedikts Ruhe hatte etwas Ansteckendes, von dem sie sich gerne anstecken ließ.

Seine Mimik war viel dürftiger als die von Paul, seine Leidenschaften sprangen ihm nicht aus Mund und Händen, aber wenn Ida ihm lange genug in die Augen sah – und das tat sie jetzt –, entdeckte sie darin ein verborgenes Temperament. Hinter seiner Fassade aus wohlerzogener Höflichkeit und ausgeglichener Haltung lebte noch ein anderer Benedikt, da war sie sich ziemlich sicher, und genau diese Widersprüchlichkeit zwischen äußerem und innerem Wesen zog sie an. Ja, Benedikt reizte sie. Das hatte er die ganze Zeit über schon getan, aber sie hatte es – hauptsächlich Pauls wegen – vorgezogen, diesen Reiz absichtlich falsch zu verstehen und als etwas Schlechtes auszulegen.

»Und welche Aufgabe haben wir?«, fragte sie möglichst sachlich.

»Zunächst einmal Informationen auszutauschen. Beispielsweise ob Sie ebenfalls, so wie Schwester Johanna und ich, in einem aufwühlenden Moment eine Art Zugriff gespürt haben, etwas Fremdes, das sich …«

»Ja, habe ich. Zweimal.«

»Bei welchen Gelegenheiten?«

»Als ich vor einigen Nächten vor dem Hund geflohen bin. Und bei seiner Verbrennung.«

»Nicht in einem intimen Moment mit Paul?«

Wurde sie rot? Sie hoffte nicht. »Wie kommen Sie denn darauf?«

»Ich wollte mit meiner Frage nur sichergehen. Wenn Sie Paul lieben, dann kann er keine Gestalt des Wesens Lugus sein.«

»Paul eine Gestalt des …? Das ist ja lächerlich.«

»Wie Sie meinen. Jedenfalls können wir ihn ausschließen. Sie lieben ihn doch, nicht wahr?«

»Ob ich …?« Wie konnte Benedikt ihr in aller Sachlichkeit eine solche Frage stellen? Doch sein Tonfall diente nur der Fassade. Benedikt versuchte, Haltung zu bewahren. Seine Finger der rechten Hand, die den Daumen der linken Hand umschlossen und quetschten, sprachen eine andere Sprache.

»Nein«, sagte sie.

»Nein?« Ein Hellerwerden der Stimme, ein kurzes Erstaunen.

»Nein.«

»Aber Sie – Sie *haben* ihn geliebt?«

»Ich bin mir nicht sicher. Einerseits ja. Andererseits … Ich weiß es nicht. Nein, ich glaube, ich habe ein Bild geliebt, nicht ihn.«

Das Kaminfeuer knisterte, die Scheite brachen zusammen, und Benedikt legte neues Holz nach. Obwohl Ida heiß war, protestierte sie nicht. Sie beobachtete Benedikt und fragte sich, was wohl in diesem Moment in ihm vorging.

»So!«, sagte er. »Tja dann … Vielleicht war das ganz gut so. Ich meine, gut, dass Sie Paul nicht geliebt haben – falls Sie ihn nicht geliebt haben.«

Sie hob die Augenbrauen, und er wurde rot.

»Nicht, dass mich das etwas anginge«, fügte er eilig hinzu. »Ich spreche nur in Ihrem Interesse.«

Sie schmunzelte.

»Selbstverständlich.«

»Denn – verstehen Sie? – zu lieben, das kann tödlich sein in Ödrode. Man sollte sich davor hüten.«

»Unbedingt.«

»Angeblich versteht Lugus sich bestens auf Täuschung. Deswegen ist er ja derart erfolgreich.«

Ida lächelte.

»Falls Sie ihn mir madigmachen wollen, dann …«

»Aber nein. Doch was ein tückischer Gott ist, kann in jeder Verkleidung daherkommen.«

»In diesem Fall könnte jeder ein Gott und Monster sein. Auch Sie, Benedikt.«

»Das stimmt. Aber ich bin mir ziemlich sicher, dass ich kein Gott und kein Monster bin. Denn was mich angeht …« Er schenkte sich ein Glas Wasser ein und trank es aus. Er schenkte sich ein zweites Glas ein und trank es erneut aus. Ein Tropfen perlte zu seinem Kinn hinunter. Er wischte ihn mit dem Ärmel weg.

»Sprechen Sie weiter«, forderte sie ihn auf. »Wieso können Sie kein Monster sein?«

»Weil … Wenn ich ein Monster wäre, könnte ich nicht lieben, oder?«

Er schwitzte. Seine Haut auf Stirn und Wangen glänzte; das kam bestimmt nicht nur daher, dass er beim Kamin stand. Der Feuerschein zuckte auf seinem Gesicht, umspielte eine Hälfte seines Körpers, während die andere im Schatten blieb.

Ida richtete sich leicht im Bett auf.

»Sie lieben also. Seit wann?«

»Seit wenigen Tagen erst. Und wie nie zuvor, Ida.«

Er benötigte ein weiteres Glas Wasser, und Ida – sie benötigte auch eines. Sie hätte nur die Hand ausstrecken und sich das Wasser von dem kleinen Beistelltisch neben ihrem Bett zu nehmen brauchen, aber aus irgendeinem Grund schaffte sie es nicht. Sie war zu sehr in Anspruch genommen von dem, was vor sich ging.

Er kam zwei Schritte näher, so nahe, dass sein Arm, hätte er ihn leicht erhoben, ihren Arm berührt hätte. Stattdessen schenkte er ihr das Glas Wasser ein, das sie sich im Stillen wünschte, und reichte es ihr.

»Also gut«, sagte er mit todernstem Blick, »ich will es Ihnen nicht länger vorenthalten. Dieses Versteckspiel geht schon zu lange. Ich bekenne also: Ich liebe – Marthe.«

Ida verschluckte sich am Wasser und musste heftig husten. Er klopfte ihr auf den Rücken, setzte sich auf die Bettkante und lachte. Dann sah er sie an, und sie verstand.

Wie hatte sie nur übersehen können, was für ein humorvoller Mann Benedikt war? Seine Verlegenheit, seine Courage, seine Klugheit, ja, sogar seine Pfeife – sie merkte, wie sie begann all das zu lieben.

Und im selben Moment spürte sie einen Schmerz.

42

Es erschien Robert wie ein Traum ohne Erwachen, dessen Pforten aber für Eindringlinge aus der Realität weit geöffnet waren. Er sah viel zu große Schmeißfliegen, die auf seinem zerschundenen Körper herumkrabbelten und winzige weiße Eier ablegten; in der Zimmerecke saß eine klöppelnde alte Frau, die fies lachte; das Kaminfeuer griff auf das Bett über, das langsam vom Fußende aus in Flammen aufging; ein vorgesetzter Offizier stürmte herein und fügte ihm mit dem Degen eine Stirnwunde in Form eines Bs zu, das für Buhle stand; eine aufgebrachte Meute verfolgte ihn und forderte lauthals seinen Tod. Dutzende Fackeln näherten sich, erhellten die Nacht …

Die Träume wiederholten sich, überschlugen sich, gingen ineinander über. Dauerten sie Stunden oder Augenblicke? Waren Tage vergangen oder Sekunden? Mal begriff Robert, dass er fieberte und träumte, mal wusste er noch nicht einmal, wo er sich befand. Fremdes und Bekanntes, Deutliches und Verzerrtes kam und verschwand wieder.

Zwischendurch sah er Helene. Mal sprach sie ihn an, mal legte sie ein kaltes Tuch auf seine Stirn, mal versuchte sie, ihn in einem Becher Wasser zu ertränken.

Im einen Moment rief er sie zu sich, im nächsten stieß er sie fort.

Plötzlich hörte er von irgendwoher ein lautes Klirren. Die Welt um ihn herum drehte sich. Oder war er es, der sich drehte? Er sah an seinem Körper herunter. Er war fast nackt, und Blut war an seinen Händen. Ein kalter Luftzug streifte ihn. Das Fenster war zersprungen, eine riesige Lücke klaffte in seiner Mitte.

Jemand rief: »Helene! Helene!«

Das war er.

Oder? Ja, er hatte nach Helene gerufen. Aber warum?

Er reckte seinen Kopf aus dem zerbrochenen Fenster und blickte hinunter, blickte in die Schwärze der Nacht. Ein heißer, angenehmer Schmerz pflanzte sich von seinem Hals bis zu seinem Kinn hinauf fort.

Blut tropfte in die Dunkelheit, auf den Fenstersims und seine Füße.

Dann wurde seine Aufmerksamkeit auf etwas anderes gelenkt: Die Fackeln kehrten zurück. Sie versammelten sich mitten im Nichts, in der Finsternis und tanzten im Kreis. Laute Gesänge waren jetzt von dort zu hören.

Sekunden später erkannte Robert, dass er sich das nur eingebildet hatte. Die Fackeln waren noch immer da, aber der Tanz hatte sich als Schwindel herausgestellt, und die Gesänge waren wütende Proteste.

Für einen Moment sah er alles klar: Er befand sich in einem Zimmer des Schlosses. Er war krank. Er hatte mit seinen Fäusten das Fenster eingeschlagen. Er hatte sich beim Hinausbeugen aus dem Fenster eine Schnittwunde am Hals zugefügt. Und – drei Dutzend Leute mit Fackeln stürmten das Schloss.

Aber wo war Helene?

43

Johanna war unendlich glücklich, als sie Wolf in ihren Armen spürte. Er schmiegte sich an sie und benahm sich ganz wie das Kind, das sie nie hatte, nie haben durfte. Sie war in ihrem Kloster zufrieden gewesen und hatte sich in ihrem Leben gut eingerichtet. Aber ihr Leben war nicht komplett trotz aller Studien und Gebete. Jetzt war es vollkommen. Vielleicht würde dieses Glücksgefühl, das sie wie eine warme Welle erfasste und ein Stück mit sich trieb, nur eine Stunde dauern, vielleicht würde sie sich schon bald wieder von diesem Kind trennen müssen. Doch Wolf wäre von nun an ein Teil ihres Lebens, was auch immer geschähe.

»Es wird schon dunkel. Komm, du übernachtest bei mir im Schloss. Willst du?«

Er nickte.

Sie verließen den Ort, an dem Wolf fünf Jahre lang gelebt hatte und an dem er beinahe zu Tode gekommen wäre. Für Schott konnten sie nichts mehr tun. Johanna hätte ihn gerne begraben. Die rasch hereinbrechende Nacht und ihr pochender Arm verhinderten dies jedoch. Es mochte sogar sein, dass die Tiere des Waldes seinen Leichnam zerfetzten. Der Ordensfrau war nicht wohl bei dem Gedanken, dass dieser Mann, der zu seinen Lebzeiten Gott entrissen worden war, nun noch nicht einmal in geweihter Erde bestattet werden könnte. Sie hatte jedoch keine andere Wahl. Lugus trieb weiterhin sein Unwesen, Robert rang mit dem Tod, und Benedikt und Ida würden Johanna gewiss schon erwarten.

Die kleine Hand vertrauensvoll in die große gelegt, machten sich Johanna und Wolf auf den Weg zum Schloss.

Dort, wo am Morgen der Hund verbrannt worden war, hatte sich erneut eine Menschenmenge versammelt. Drei Dutzend mit Fackeln, Messern, Ästen, Nudelholzen und Mistgabeln bewaffnete Dorfbewohner forderten unter wütendem Gebrüll die Herausgabe der drei im Schlosskeller gefangen gehaltenen Frauen: Gerlinde Menzel, Sophie Ruhleben und der Namenlosen, die, wie nur Johanna wusste, eine Gestalt des Lugus war.

»Was soll das?«, fuhr sie Pastor Neumüller an.

»Wir haben gehört, was im Schloss vorgefallen ist. Nun könnt auch Ihr die Anwesenheit des Teufels nicht länger leugnen. Tretet beiseite, Nonne, sonst kann ich für nichts garantieren.«

»Ihr irrt euch. Hier ist nicht der Teufel am Werk, sondern ein hinterhältiges Wesen, das ... Ihr seid heute Morgen doch Zeuge gewesen, Ihr habt die seltsamen Schreie des Hundes gehört, bevor er verbrannte.«

»Das war Satans Stimme. Ihr selbst habt doch eingestanden, dass der Teufel hinter allem steckt, was wir seit Jahren erleiden.«

»Das habe ich nie getan!«

»Stimmt es etwa nicht, dass Ihr nach dem Verhör der wahnsinnigen Menzel im Beisein von Meister Michael davon gesprochen habt, einen Blick in die Hölle geworfen zu haben?«

Sie hatte tatsächlich etwas Ähnliches gesagt, bezogen auf das Gefühlschaos und die entsetzliche Verlorenheit, in der Gerlinde Menzel dahintrieb.

»Zu diesem Zeitpunkt wusste ich noch nicht, was ...«

»Außerdem hat Meister Michael ein Muttermal an Sophie Ruhlebens Fuß entdeckt. Das ist ein untrügliches Zeichen ...«

»So ein Unfug!«

Ein paar Männer, angeführt von Meister Michael, begleitet von Paul, trieben die drei Frauen aus dem Schlosskeller vor sich her auf die Wiese. Als die Unbekannte – Lugus – zu fliehen versuchte, wurde sie von Meister Michael eingeholt und mit einem gezielten Fausthieb niedergeschlagen. Sie bemerkte beim Schuster eine befremdende Genugtuung, dieselbe Lust am Quälen, die Johanna auch in den Augen der Hexenjäger ihrer Kindheit gesehen hatte.

Von den Rekruten, die als Einzige noch den Wahnsinn, der hier drohte, hätten aufhalten können, war nichts zu sehen. Ohnehin war nur noch Preller übrig, die drei anderen waren tot oder verletzt, und vermutlich hatte Preller sich widerstandslos von den Dorfbewohnern entwaffnen lassen.

Diese schichteten, wie schon am Morgen, Scheiterhaufen auf, einige sangen eifrig Kirchenlieder dazu, angeleitet vom Pastor. Die Reisighaufen wuchsen rasch in die Höhe. Johanna redete unermüdlich auf sie ein, eilte vom einen zum anderen.

Doch die Leute waren nach den langen Jahren des Leidens zu allem bereit, und das Unheimliche, das sich bei der Verbrennung des Hundes abgespielt hatte, bestärkte sie noch in ihrem Handeln. Es hatte sie endgültig darin bestätigt, dass in Ödrode übernatürliche Kräfte walteten. Meister Michael und der Pastor hatten mit ihrer fanatischen Entschlossenheit die letzten Zweifel beseitigt, sich gegen die staatliche Ordnung aufzulehnen und das Recht in die eigene Hand zu nehmen.

Die drei Gefangenen ließen sich widerstandslos an Pfähle binden. Gerlinde und Sophie starrten aus leeren Augen vor sich hin. Die beiden Frauen litten vermutlich unsagbare Qualen in ihren dem Chaos anheimgefallenen Körpern. Vielleicht wäre der Tod eine Erlösung für sie. Und wenn nicht? Was, wenn erst Lugus' Tod und Untergang ihnen Erlösung bringen würde? Und was, wenn Lugus stürbe und sie noch am Leben wären? Würden sie dann wieder gesund werden?

Alles in Johanna sträubte sich gegen die bevorstehende Hinrichtung. Sie war weder bereit, den Tod dieser beiden Frauen zu akzeptieren noch seine Vollstreckung. Aber wieder mischte sich in den inneren Chor der Empörung gegen den Fanatismus der Dorfbewohner eine Stimme, die es guthieß, dass eine weitere von Lugus' Gestalten verbrennen würde – auch um den Preis, dass zwei Unschuldige mit ihr stürben.

Johanna verbot sich solche Abwägungen, doch ließen Gedanken sich nicht und nichts verbieten. Einmal aufgetaucht, entzückten oder quälten sie den, der sie dachte, auf unbestimmte Zeit. Eine einzelne falsche Stimme im Chor genügte, um die Harmonie zu stören, und wie schon mehrmals an diesem verheerenden Tag, musste Johanna sich eingestehen, dass sie sich hochmütig auf etwas eingelassen hatte, das ihre körperlichen, geistigen und seelischen Kräfte überstieg.

Drei Scheiterhaufen gingen in Flammen auf. Die Schreie Gerlindes und Sophies waren so entsetzlich, dass Johanna sich benommen zu Boden fallen ließ und die Ohren zuhielt.

Wolf war bei ihr. Als er seinen Kopf in ihrem Gewand vergrub, bedeckte sie ihm damit die Ohren und beugte sich schützend über ihn. Ohne es mit ihren eigenen Augen zu sehen, sah sie dennoch deutlich vor sich, wie die Frauen zu riesigen Fackeln wurden. Sie hörte das Dröhnen des Feuers, sie spürte seinen Sog. Seine erbarmungslose Hitze, die von lebendig verbrennenden Körpern erzeugt wurde, schwappte über sie und ekelte sie zutiefst an.

Erst als die beiden Frauen verstummt waren, als die Reihe an die Namenlose kam und sich ihr Körper in den Flammen auflöste, blickte Johanna auf. Der atemlose Schrei und der Schmerz in dem Gesicht der unbekannten Schönen taten ihr weh – und zugleich gut. Erneut hasste sie Lugus, und zwar nicht nur für das, was er den Menschen unmittelbar antat, sondern auch dafür, dass er sie, Johanna, dazu brachte, ihn zu hassen. Sie suchte in ihrem Inneren vergeblich nach Mitleid für ihn, nach irgendeinem Verständnis. Lugus lockte nur das Schlechte hervor. Er machte selbst Gutes wie die Liebe zu einem Instrument des Wahnsinns.

44

Robert!«

Helene kam von irgendwo aus dem Dunkel auf ihn zu. Er lag unter dem Fenster, verwirrt und geschwächt, und versuchte, seine Wahnvorstellungen von der Wirklichkeit zu unterscheiden.

Helene war real.

»Robert! Liebster! Ich war nur eine Minute fort. Warum bist du nicht im Bett geblieben? Komm, ich helfe dir auf die Beine. Was ist mit deinen Händen passiert? Du musst dich wieder hinlegen.«

»Was ist da – was ist da draußen los?«, stammelte er. Seine Worte drangen wie ein Echo zu ihm durch.

»Sorge dich nicht darum. Du darfst dich jetzt um nichts anderes kümmern als um dich selbst.«

»Was ist da los?«, schrie er sie an.

»Die Leute aus dem Dorf spielen verrückt.«

»Ich muss … Ich muss …«

»Nein, in deinem Zustand kannst du niemandem helfen.«

Robert hörte nicht auf sie und versuchte, kaum auf den Beinen, zur Zimmertür zu gelangen, doch stolperte er schon nach wenigen Schritten über einen Schemel und riss im Fallen allerlei Gegenstände mit sich zu Boden. Er fand sich zwischen Kerzen, zerbrochenen Tassen und einem Lüster wieder. Panisch stand er auf, taumelte, stieß gegen eine Chaiselongue und fiel auf sie drauf.

»Robert, bitte! Du brichst dir noch ein Bein.« Helene kam zu ihm und drückte seinen Kopf an ihren Leib. »Du Ärmster. Aber das geht vorbei, du wirst sehen. Bald geht es dir wieder besser.«

Verzweifelt wurde er sich seiner Unfähigkeit bewusst. Sein Körper verweigerte ihm den Gehorsam, sein Geist spielte verrückt, und er konnte nichts dagegen tun, außer auf Besserung zu hoffen. Draußen schrie jemand – war das real oder eingebildet? Die Schlange war weg, aber Roberts Bett brannte, und die Kerzen, die er im

Fallen umgestoßen hatte, setzten das Polster eines Sessels in Brand. Ging die Welt um ihn herum in Flammen auf? Eine zweite Helene, welche hinter der wahren erschien, die bei ihm saß, spielte Flöte zu dem ganzen verrückten Inferno.

»Oh, mein Gott, ich – ich – weiß nicht mehr, was …«

Er war noch nicht einmal imstande, seine Sätze zu Ende zu bringen, weil er vergaß, was er hatte sagen wollen. Jede Sicherheit, jeder Rückgriff auf Erfahrung, Kraft und Gewohnheit, auf Selbstvertrauen, war ihm abhandengekommen. Er fühlte sich wie auf einem Meer ausgesetzt, ein kleiner Korken im nächtlichen Sturm, geschlagen und getrieben von Wellen, die von allen Seiten über ihm zusammenschlugen.

Der einzige Halt, den er noch hatte, war Helene, die echte Helene.

»Ich hole Verbandszeug«, sagte sie.

»Nein, geh nicht!«

»Ich muss, Liebster. Deine Hände müssen versorgt werden.«

Sie ließ ihn los, und er sehnte sich nach ihr, wie er sich noch nie nach einem Menschen gesehnt hatte.

Da, mit geschlossenen Augen, spürte er plötzlich, wie etwas in ihn eindrang und ihn für zwei, drei Sekunden lähmte. Zwischen all den beängstigenden und verwirrenden albtraumhaften Bildern wäre dieser eine Augenblick ihm nicht weiter aufgefallen, hätte er es nicht schon einmal erlebt.

Er war sich sicher, so sicher wie man sich in einem Albtraum nur sicher sein konnte: Dieses Gefühl des Fremden in sich, das war Lugus.

Er hatte angefangen, sie zu lieben, und im nächsten

Moment erkannt, wer sie wirklich war. Ihr Ausdruck veränderte sich kaum. Sie war noch immer die schöne, junge Frau wie vordem, mit glatter, heller Haut, bezaubernden Locken und grazilen Händen. Doch ihre Augen erkalteten innerhalb eines Lidschlages. Jetzt sah er Schlangenaugen, todbringende Augen.

Sie lachte, und währenddessen veränderte sich ihre Stimme, wurde tiefer, maskuliner, dunkler, mystischer, wurde zu einer jungen männlichen, tausendfachen Stimme.

Wieder verschwamm Robert das Zimmer vor Augen. Dennoch taumelte er auf allen vieren zu seiner Uniform, wo auch sein Degen lag. Er war verraten worden, niemals zuvor hatte er sich so hintergangen gefühlt.

Seine Uniform und der Degen brannten, doch er ließ sich nicht beirren und ergriff seine Waffe. Die Flammen waren nur ein Trugbild.

»Dummer Junge, du hast nichts gelernt«, sagte jetzt jene dunkle Stimme des Wesens Lugus.

Es waren diese Worte, die Robert in letzter Sekunde daran hinderten, die Klinge aus der Scheide zu ziehen. Aus irgendeinem entfernten Winkel seines durchgeschüttelten Verstandes kam ihm Schwester Johannas Mahnung in Erinnerung, dass Liebe und Hass dicht beieinanderlagen.

Er warf den Degen fort, und währenddessen entlud sich ein langer, verzweifelter Schrei aus seiner Brust. Danach brach er zusammen.

Als er den Kopf wieder hob, wusste er nicht, wie viel Zeit vergangen war. Er sah nun etwas klarer. Noch immer drehte sich ihm alles vor Augen, jedoch langsamer, und das Feuer auf dem Bett, die Schlange und die flötenspielende Helene waren nicht mehr zu sehen. Die echte Helene – Lugus – war gegangen. Das Feuer hatte sich im ganzen Raum ausgebreitet und zündelte auch schon an der Tür.

Dieses Feuer war echt.

Nur mit Mühe gelang es Robert aufzustehen. Wie ein Betrunkener torkelte er durch das Zimmer, das voll von dichtem Qualm war, und versuchte, den Ausgang zu finden.

45

»Was tust du hier?«

Ida hatte Paul entdeckt, kaum dass sie mit Benedikt auf die Wiese vor dem Schloss gekommen war, wo drei Scheiterhaufen langsam niederbrannten.

»Wir haben die drei gefangenen Frauen gerichtet«, berichtete er nüchtern.

Ida hatte Gerlinde Menzel kaum gekannt und Sophie Ruhleben nicht leiden können, und nach dem, was beide im Wahn getan hatten, hatte sie es gut gefunden, dass sie eingesperrt worden waren. Aber das … Noch immer standen die Leute um die verglimmenden Feuer herum und sahen sich daran satt, grölten und schimpften, feierten ihr Verbrechen.

»Das ist schrecklich. Und du hast dabei mitgemacht?«, fragte sie Paul vorwurfsvoll.

»Stell dich nicht so an. Heute Morgen hast du auch mitgemacht.«

»Ein gemeingefährlicher Hund ist kein Mensch. Das hier ist Mord.«

»Es ist eine Hinrichtung.«

»Von welcher Behörde genehmigt?«

»Du hörst dich schon an wie dein neuer Schatten, der Herr Student.«

Benedikt, der sich im Hintergrund gehalten hatte, trat einen Schritt vor, woraufhin auch Paul einen Schritt auf ihn zuging.

Ida hielt es für besser, Benedikt wegzuschicken. Nicht nur, weil Paul mit einem Messer bewaffnet war. Zwischen ihr und Paul gab es noch etwas zu klären, und wenngleich Ort und Zeitpunkt dafür nicht ideal waren, musste dennoch heraus, was sie Paul zu sagen hatte.

»Ich sehe, dass ich mich richtig entschieden habe«, sagte sie mit bebender Stimme. »Mit einem Menschen, der hilft, Frauen zu verbrennen, könnte ich niemals zusammenleben. Wie konntest du nur, Paul? Ich habe dich gemocht, und ich hätte dir beinahe meine – ich hätte mich dir beinahe …«

Sie konnte nicht weitersprechen, ein dicker Kloß in ihrem Hals hinderte sie daran.

»Ach, tu doch nicht so«, sagte er mit einer ärgerlichen Handbewegung. »Du hast mich keinen Augenblick lang geliebt. Dieser Benedikt war dazwischen, auch wenn du's nicht hast wahrhaben wollen.« Er nahm ihr Gesicht in seine Hände, auch mit jener Hand, die das Messer hielt. »Wenn ich das früher gemerkt hätte, wäre er jetzt nicht mehr am Leben, und du würdest mir gehören.«

»Was bist du nur für ein Mensch!«, rief sie.

Er lachte.

»Das ist ja der Witz: Ich bin keiner. Aber ich kann alles Menschliche verdammt gut nachahmen. Deine ebenso schwatzhafte wie liebeshungrige Freundin Sophie zum Beispiel ist auf mich hereingefallen.«

Ida befreite sich aus seiner Umklammerung und wich einen Schritt zurück. Sie konnte es kaum fassen, dass er soeben gestanden hatte, eine menschenverschlingende Bestie zu sein.

In diesem Moment rief jemand: »Das Schloss! Seht, das Schloss brennt!«

Aus dem linken Flügel des Schlosses schlugen Flammen aus den Fenstern.

Die Leute gerieten in helle Aufregung, aber keiner rührte einen Finger, um den Brand zu löschen.

»Das ist ein göttliches Zeichen, ein göttliches Zeichen«, hörte Ida Paul immerzu schreien. Wie ein Echo darauf sah sie die Dorfbewohner, die sich in eine von Feuer und Tod gespeiste Ekstase hineinsteigerten. Der Brand des Schlosses stachelte sie nur noch mehr auf, mit den Verbrennungen fortzufahren und sich ein für alle Mal des Bösen zu entledigen, das sie seit Jahren heimsuchte und quälte.

Benedikt hatte inzwischen Schwester Johanna inmitten des Pöbels ausfindig gemacht und herbeigeholt. Die drei waren die Einzigen, die dem Rausch der Gewalt nicht verfielen, während um sie herum die ganze Welt verrückt zu spielen schien.

Schwester Johanna übernahm die Führung und sagte: »Ida, suchen Sie Marthe und die Köchin. Benedikt, holen Sie den verletzten Rekruten aus dem Schloss.«

»Nein«, widersprach Benedikt. »Ich bleibe bei Ida.«

»Ich verstehe Ihre Besorgnis, aber wir müssen uns aufteilen, um alle aus dem Schloss zu retten. Ich selbst suche den Leutnant und die Gräfin.«

So teilten sie sich auf.

Bedrohlich schlugen die Flammen aus dem linken Flügel des Schlosses und fraßen sich in die Mitte vor.

Ida konnte Marthe und Grete mühelos finden. Wie sich herausstellte, hatten sie das Geschehen auf der Wiese vom Hauptportal aus verfolgt. Sie kamen Ida bereits entgegen, als diese sich dem Anwesen näherte.

Nun war sie hin und her gerissen, ob sie Schwester Johanna oder Benedikt unterstützen sollte. Sie hatte beide aus den Augen verloren.

Funken stoben in den Nachthimmel, Hitze schlug auf die Haut, das gewaltige Brausen der Feuersbrunst übertönte sogar das Johlen der fanatisierten Meute.

Gerade als Ida sich entschieden hatte, nach Benedikt zu suchen, stürmten sechs Dorfbewohner herbei, allen voran Paul und Meister Michael, ergriffen Marthe und die Köchin Grete und schleppten sie mit sich zu den Scheiterhaufen. Es gab keinen Zweifel: Sie wollten auch sie verbrennen.

Die beiden korpulenten Frauen waren zunächst völlig überrumpelt, schlugen dann wild um sich, konnten der Übermacht jedoch nichts entgegensetzen.

Ida wandte sich an Paul, von dem sie inzwischen wusste, dass er einer der Körper des Lugus war. »War das deine Idee, du Ungeheuer?«, fragte sie ihn mit Tränen der Wut in den Augen.

»Eine meiner besten. Ich habe sie dem Pastor eingeredet.«

»Was soll das? Was hast du vor?«

»Was ich immer vorhabe: Chaos verbreiten. Nun wirst du sehen, wozu ich imstande bin.«

Er riss sich von ihr los und rief den Leuten zu: »Gott hat uns ein Zeichen gesandt. Der Fluch geht vom Schloss aus. Verbrennt die Gräfin und ihre Dienerinnen. Werft sie ins Feuer, auf dass der Hexenzauber ende.«

»Nein!«, rief Ida. »Er ist das Böse. Er hat es mir eben selbst gesagt.«

Keiner hörte auf sie. Die Leute waren im Blutrausch.

»Holt neues Stroh und trockenes Holz aus dem Stall«, befahl Meister Michael, der die Gefangenen band und knebelte, um ihre verzweifelten Unschuldsbeteuerungen zum Verstummen zu bringen.

Ida versuchte, Marthes Fesseln zu lösen, aber sie wurde von Paul weggestoßen und fiel zu Boden.

Meister Michael drohte ihr: »Pass auf, Fräulein, dass du es nicht zu weit treibst, sonst bist du die Nächste, und die Nonne gleich mit dir.«

Ida konnte nichts mehr tun. Neues Stroh und Holz waren schon herbeigeschafft worden.

Diesmal ging alles noch viel schneller. Die Mörder machten sich noch nicht einmal mehr die Mühe, die beiden Frauen an Pfähle zu binden. Sie wurden bäuchlings auf einen unförmigen Haufen geworfen, der von allen Seiten angezündet wurde.

Ida vergrub ihr Gesicht im Gras der Wiese, neben ihr bibberte das Waisenkind Wolf, über das sie sich schützend legte und dem sie die Ohren zuhielt, damit es Marthes und Gretes schreckliche Todesschreie nicht hören musste.

Keine der beiden entpuppte sich als Körper des Lugus. Sie waren unschuldige Opfer eines rasenden Pöbels geworden.

46

Die Hitze brannte in Johannas Kehle, als sie durch die qualmenden Gänge des Schlosses irrte. Sie hielt ihren Nonnenschleier vor den Mund gepresst. Ruß, der in ihre Augen drang, erschwerte ihre Sicht.

»Collas?«

Immer wieder rief sie Roberts Namen, aber jeder einzelne Ruf kostete sie eine gewaltige Anstrengung, und als sie die Treppe ins Obergeschoss geschafft hatte, waren ihre Kräfte fast verbraucht und ihre Hoffnungen nahezu geschwunden.

Johanna erschien es wie die Hölle selbst. Kerzenleuchter stürzten von der Decke, Spiegel zersprangen, Fenster wurden vom Druck des Feuersturms aufgerissen und verursachten einen gewaltigen Sog, der alles durcheinanderwirbelte. Brennendes Papier wehte ihr durch den Gang entgegen und setzte beinahe ihr Ordensgewand in Brand. Türen wurden plötzlich aufgerissen und dahinter bedrohten sie Stichflammen, die sie nur knapp verfehlten.

»Collas?«

Konnte Robert dies länger als ein paar Minuten überleben? Konnte sie dies länger als ein paar Minuten überleben?

Johanna glaubte abwechselnd, zu ersticken oder zu verbrennen. Ihre Augen tränten, ihre Stimme versagte.

Es war so unerträglich heiß, dass die Härchen auf ihrem Handgelenk versengten.

Johanna ging in die Knie.

Es hatte keinen Sinn mehr. In dieser Hölle würde sie Robert nicht finden. Er war verloren.

Sie konnte nicht mehr atmen. Die Luft war voll vom ätzenden Qualm verbrennender Möbel, Vorhänge, Teppiche und Polster, voll vom schweren Gift der schmelzenden Metalle, vom Gold auf den Stuhlbeinen, dem Silber in den Leuchtern, dem Kupfer der Töpfe, dem Zinn der Kelche …

Johanna schleppte sich auf allen vieren der Treppe entgegen. Nur noch knapp über dem Boden konnte sie ein wenig Luft bekommen.

Kleine Glassplitter bohrten sich in ihre Handflächen, und die Tränen in ihren Augen waren nicht mehr länger nur dem beißenden Ruß geschuldet, sondern auch den unerträglichen Schmerzen. Trotzdem kroch sie irgendwie weiter.

Als sie endlich am oberen Ende der Treppe angekommen war, von wo aus sie nur noch hätte nach unten kriechen müssen, warf sie einen letzten Blick zurück – und erkannte zwischen all dem Rauch den Umriss eines Menschen.

Noch einmal richtete sie sich auf.

»Collas?«

Er war es. Auch er konnte sich kaum noch auf den Beinen halten und torkelte orientierungslos den Gang entlang. Seine Haare waren rußgeschwärzt und angesengt, seine Kleidung auch.

Johanna nahm ihre letzte Kraft zusammen und kroch ihm entgegen. Sie trafen sich auf halbem Weg.

»Collas.«

»Schwester. Wo ist … Wo ist Helene?«

»Ich fürchte, wir können nichts mehr für sie tun.«

»Sie ist Lugus.«

»Seid Ihr sicher? Das ist ja …«

Robert brach in ihren Armen zusammen.

Obwohl sie alles versuchte, ihn mit sich zu ziehen, reichten ihre Kräfte bei Weitem nicht aus. Schließlich sah sie nur noch eine Möglichkeit.

Sie ohrfeigte Robert. Dreimal, viermal klatschte ihre Hand auf seine Wange, dadurch brachte sie ihn wieder halb zu Bewusstsein.

Aber als sie endlich und wie durch ein Wunder in all dem Chaos am Fuß der Treppe angekommen waren, erwartete sie eine tödliche Begegnung.

47

Ida war voller Sorge, was mit Benedikt, Johanna und Collas passiert sein könnte. Sie hätten schon längst wieder zurück sein müssen, das Schloss brannte inzwischen lichterloh vom einen bis zum anderen Flügel. Hätte sie nicht auf den kleinen Waisenknaben aufpassen müssen … Wolf drückte sich an sie. Überall loderten und glühten die Feuer, fünf Scheiterhaufen und ein Schloss. Es kam Ida wie der Weltuntergang vor, das Jüngste Gericht.

Noch immer brannten die Leichen, begafft von der Menge. Die Stimmung der Leute war angespannt. Jederzeit könnten sie, aufgestachelt von Meister Michael und von Lugus in Gestalt von Paul, nach weiteren Opfern verlangen. Sie feierten den Tod von fünf verbrannten Frauen sowie der – wie sie annahmen – im Schloss umgekommenen Gräfin, die für sie auch eine Hexe war.

Ida hätte am liebsten ihrer Wut und Verzweiflung freien Lauf gelassen, spürte jedoch, dass jedes falsche Wort ins Verderben führen konnte. Sie und Wolf waren unbewaffnet, und sie standen einigen Dutzend aufgewiegelten, dem Hexenwahn verfallenen Leuten gegenüber, die sich keinen Vorwurf gefallen lassen würden. Sie fürchtete um das Leben von Wolf und um ihr eigenes.

Gespenstisch erhob sich plötzlich aus der Mitte der Leute heraus ein einzelnes Lachen.

Es kam von Paul.

»Ihr«, begann er eine Rede. Er ging langsam durch die Menschenmenge, blieb vor dem einen oder der anderen stehen, sah den Leuten in die Augen, ging um die Feuer herum, zog alle Blicke auf sich.

»Ihr Bestien! Ihr wilden Bestien, die ihr euch Menschen nennt! Die ihr euch Christen nennt. Die ihr euch zerreißt, zerfleischt und verbrennt! Seit sechs Jahren sehe ich euch bei eurem Neid und Hass zu, eurer Missgunst und Eifersucht.«

Seine Stimme veränderte sich, sie wurde zu Lugus' Stimme. Die Dorfbewohner erschraken.

»Ich bin Lugus. Einst habt ihr Christen meine Religion zerstört und die eure an ihre Stelle gesetzt, um eine bessere Welt zu erschaffen. In eurer Vermessenheit habt ihr geglaubt, Anstand und Vernunft in die Welt gebracht zu haben, und dabei seid ihr um nichts besser als eure – wie ihr sie nennt – heidnischen Vorfahren. Ich habe euch betrügen sehen, hintergehen, verleumden, beschimpfen, im Stich lassen sehen. Ihr habt Hilfe verweigert, wo sie nötig gewesen wäre. Ihr hattet nur euch selbst im Kopf und allenfalls eure Kinder. Es war leicht, euch zu allem zu verführen, zu was auch immer.

Für die Liebe seid ihr zu Verbrechern geworden, von der Angst habt ihr euch durch Terror befreit, und gehasst zu werden hat bei euch dazu geführt, dass ihr hasst. Ihr seid so dumm … Ich war es, Lugus, Gott des Chaos, so alt wie die Welt, der euch dazu brachte, euresgleichen auf die grausamste Weise zu vernichten. Ich bin der böse Zauber, der Fluch, die Verdammnis, die euch getroffen hat. Ich war in vielerlei Gestalt eure Hölle, euer Teufel. Meinetwegen habt ihr unschuldige Frauen ermordet, meinetwegen seid ihr aus Furcht vor dem Monster selbst zu Monstern geworden. Aber ich habe euch nur den Weg gewiesen, gegangen seid ihr ihn selbst. Ihr seid Mörder. Hört ihr: Mörder!«

Lugus zog allen Hass auf sich. Die Leute hassten ihn aus ganzer Seele, um nicht sich selbst für ihre Torheit und ihre Verbrechen hassen zu müssen.

Er wusste, was er tat, und nichts tat er umsonst. Kaum hatte er seine Ansprache beendet, fielen die ersten Dorfbewohner dem Chaos anheim. Nur der Hass hatte ihnen noch zum Untergang gefehlt. Eine Frau in mittleren Jahren schlug auf ihre Nachbarin mit Fäusten ein, ein Knecht rammte die Mistgabel in den Leib eines

Bauern, eine Magd brach auf der Stelle zusammen, eine andere rannte auf das in Flammen stehende Schloss zu und stürzte sich hinein.

Jene, die nicht zu Opfern des Chaos geworden waren, reagierten panisch. Nach allen Seiten stoben sie unter großem Geschrei auseinander. Meister Michael und der Pastor, die entsetzt erkannten, was sie angerichtet hatten, erstarrten angesichts des apokalyptischen Durcheinanders und der ungezügelten Gewalt. Sie waren einer tückischen Verführung aufgesessen. Das Entsetzen darüber, dass ein germanischer Gott sie zu Mittätern seiner Grausamkeit gemacht hatte, stand ihnen ins Gesicht geschrieben.

Der Schustermeister fand als Erster seine Fassung wieder. Er griff zu einer Mistgabel, die auf dem Boden lag, und wollte auf Paul losgehen.

»Halt, Meister«, rief Ida. »Sie tun ihm damit nur einen Gefallen.«

Der Schuster hielt inne, und weil er nicht wusste, was er tun sollte – und vielleicht auch aus Scham – floh er von der Stätte seiner Schandtat. Der Pastor folgte ihm.

Der zuckende Schein des brennenden Schlosses und die Glut der Scheiterhaufen warfen ein gespenstisches Licht auf die fast menschenleere Wiese.

Nur Ida, Wolf und Paul waren noch übrig. Mit einem dämonischen Grinsen betrachtete der junge Mann, was er bewirkt hatte.

Dann wandte er sich Ida zu. »Es wird Zeit für mich zu gehen. Du hast Glück gehabt, dass du mich nicht geliebt hast. Aber wer weiß, vielleicht gibt es ein Wiedersehen, natürlich in anderer Gestalt, und dann kriege ich dich doch noch. Du wirst dir nie sicher sein können, Liebste.«

Er küsste Ida so rasch, dass sie nichts dagegen tun konnte.

In diesem Kuss kam alles in ihr zusammen: die Wut, so fürchterlich getäuscht worden zu sein, die bestürzende Erkenntnis, in welcher Gefahr sie sich befunden hatte, die Erschütterung wegen all der Toten und des Wahnsinns, die intensiven Erlebnisse der letzten Stunden und der vergangenen Tage, die Einsicht, dass irgendwo das von Neuem anfangen würde, was hier gerade zu Ende gegangen war …

Mit all ihrer Kraft stieß sie Paul von sich. Später konnte sie nicht mehr sagen, ob sie das, was daraufhin passierte, beabsichtigt hatte oder ob es einfach so geschehen war.

Paul taumelte rückwärts und fiel auf den noch immer lodernden Scheiterhaufen mit den verkohlten Leichnamen von Marthe und der Köchin. Er stand zwar sofort wieder auf, aber seine Kleidung hatte Feuer gefangen.

Paul schlug um sich.

Vergeblich versuchte er, seinen Janker von seinem Körper zu reißen. Binnen Sekunden war er eine brennende Fackel. Stumm warf er sich auf den Boden, doch brachte er das Feuer damit nicht zum Erlöschen. Zuletzt entstieg dieser Fackel ein Schrei, ein allerletzter Ruf in einer Sprache, die niemand verstand außer ihm.

48

Inmitten des Rauches und der einstürzenden Decke erblickte Johanna die Gräfin, die sich gerade anschickte, das brennende Schloss zu verlassen, aber von einem qualmenden Haufen Schutt aufgehalten wurde.

»Collas! Da ist sie. Lugus.«

Doch Robert war völlig benommen, er konnte sich kaum auf den Beinen halten. Auch sie selbst sehnte sich danach, endlich diesem Inferno zu entkommen und frische, kalte Luft einzuatmen.

Aber sie konnte die Gräfin nicht entkommen lassen. Solange Lugus auch nur einen einzigen Körper zur Verfügung hatte, war er die größte Bedrohung der Menschheit.

Kurz entschlossen ergriff Johanna einen armlangen, halb verkohlten Balken, schleuderte das Holz hinter der Gräfin her und traf sie im Rücken. Helene strauchelte und mühte sich, ihr in Brand geratenes Kleid abzuklopfen, was ihr auch gelang.

Inzwischen hatte Johanna sie eingeholt und stürzte sich auf sie. In diesem Moment dachte sie weder an ihr eigenes Leben noch an das von Robert.

Die beiden Frauen rangen miteinander. Johanna und ihre Gegnerin wälzten sich auf dem Boden. Immer wieder spürte sie qualvoll bohrend den Einschnitt eines Splitters oder Glut auf ihrer Haut. Ihr linker Arm, der von Sophie Ruhleben mit der Gabel attackiert worden war, war inzwischen fast bewegungsunfähig. Je länger der Kampf dauerte, desto schwächer wurde Johanna. Weder der Rauch noch die Anstrengungen des Kampfes schienen hingegen Lugus in Gestalt der Gräfin etwas auszumachen.

Schließlich wurde Johannas Erschöpfung übermächtig, sodass sie sich nicht mehr zur Wehr setzen konnte.

Die Gräfin saß auf ihr und ergriff einen großen Glassplitter, mit dem sie ausholte.

»Jetzt bereite ich dir das Ende, Nonne«, rief Lugus mit seiner eigenen dunklen, aus tausend Schreien von Gequälten zusammengesetzten Stimme, bereit zuzustoßen.

Da warf sich in letzter Sekunde Robert auf sie und stieß sie zur Seite. Er war derart geschwächt, dass er gleich darauf kraftlos hinfiel, und doch verschaffte seine Attacke Johanna einen Augenblick Zeit, um sich wieder aufzurichten. Sie riss sich ihren Ordensschleier vom Kopf, bekam die Hände der auf dem Bauch liegenden Gräfin zu fassen und band sie notdürftig damit zusammen.

Dann zerriss Johanna Roberts Hemd und fesselte damit in aller Eile die Beine der hilflos am Boden liegenden Gegnerin.

»Stehen Sie auf, Leutnant«, rief sie. »Um Himmels willen, noch ein einziges Mal: Stehen Sie auf! Stehen Sie auf!«

Immer wieder schrie sie ihre flehende Bitte ins Ohr des Benommenen, und tatsächlich drang sie mit ihren Rufen zu ihm durch. Auf Händen und Füßen überwanden sie einen glühenden Haufen Schutt und schleppten sich aus dem brennenden Portal, bevor es wenige Sekunden darauf hinter ihnen zusammenkrachte und gleich darauf der Rest des einst so prachtvollen Waldschlosses.

Lugus war besiegt.

49

Nach Feiern war keinem von ihnen zumute, auch wenn sie einen Sieg errungen hatten. In den Tagen nach den grauenhaften und erschöpfenden Ereignissen kehrte langsam Ruhe ein. Die Ruhe nach einer Katastrophe. Johanna, Ida, Robert, Benedikt und Wolf hatten sich in den Ruinen des Schlosses eingerichtet. Zwei Zimmer im Parterre waren vom Feuer verschont geblieben, darunter auch die Schlossküche samt Speisekammer, und so versorgten sie sich selbst.

Keiner von ihnen ging ins Dorf. Von dem, was dort passierte oder nicht passierte, wussten sie nichts. Sie pflegten ihre Wunden, die körperlichen wie auch die seelischen. Was die ersteren anging, verheilten sie gut. Roberts Zustand normalisierte sich innerhalb von zwei Tagen. Johannas Verwundung am Arm benötigte ein paar Tage mehr, um zu verheilen, ebenso Idas Stichverletzung am Bauch, aber Entzündungen blieben aus. Und auch der verletzte Rekrut, den Benedikt während des Brandes aus dem Schloss gerettet hatte, hatte das Schlimmste überstanden.

Mit den seelischen Wunden war es nicht so einfach. Die Stimmung war gedrückt. Der eine Grund dafür waren natürlich die Toten. Die sterblichen Überreste von Marthe, der Köchin Grete, Sophie Ruhleben und Gerlinde Menzel wurden auf dem kleinen, eingefriedeten Schlossfriedhof bestattet, wo der Graf und dessen Ahnen ihre Gräber hatten. Angesichts des Zustandes der Leichen war die Beerdigung für alle belastend. Johanna rezitierte Worte aus dem Neuen Testament, da auch ihr Bücherkoffer in Rauch aufgegangen war und man den Pastor aus verständlichen Gründen nicht dabeihaben wollte.

Der andere Grund für die betrübte Stimmung waren die emotionalen Höllentäler, durch die Johanna, Ida und Robert gegangen waren, jeder von ihnen durch ein anderes.

Idas Leben war auf den Kopf gestellt worden. Man hätte die Ansicht vertreten können, dass sie weit mehr gewonnen als verloren hatte. Genau genommen hatte sie fast gar nichts verloren, außer Dinge, auf die man gut verzichten konnte: Schüchternheit, Naivität und den Mädchentraum vom Hirten. Gewonnen hatte sie hingegen viel: Selbstvertrauen, geistige Beweglichkeit, einen anderen, weiteren Blick auf die Welt, nicht zu vergessen: Benedikt …

Aber ganz so einfach war es nicht. Das alles war viel zu schnell vor sich gegangen, und sie war nur knapp dem Tod entronnen. Nun, wo das Übel überstanden schien, zitterte sie tagelang am ganzen Körper, und ihr Inneres bebte nach. Einige Male musste sie weinen und wusste nicht, worüber. Sie hatte jemanden ins Feuer gestoßen, einen Menschen, der zwar keiner war, aber immerhin wie einer aussah. War das der Grund? Der Mann, der für kurze Zeit die Verkörperung ihres Jugendtraumes gewesen war, hatte sich vor ihren Augen in eine riesige Fackel verwandelt.

Was sie tröstete und letztendlich aufrichtete, waren Benedikts Nähe und Zuspruch. Er las ihr im Rahmen der begrenzten Möglichkeiten jeden Wunsch von den Augen ab.

Robert haderte damit, dass eine Frau, für die er anfangs geschwärmt und die er zum Schluss zu lieben begonnen hatte, sich als ein Ungeheuer und eine Verkörperung des Chaos entpuppt hatte. Er kämpfte einige Tage lang mit dieser seelischen Wunde, die ihm umso mehr zu schaffen machte, als er erkannte, dass er – ohne es zu ahnen – Lugus in die Hände gespielt hatte. Dass nämlich Sophie Ruhleben neulich Nacht so unsanft von ihm aus seinem Zimmer geworfen worden war, hatte vermutlich deren Eifersucht auf Helene bestärkt und ihre Bereitschaft, sich kurz darauf von Paul verführen zu lassen.

Aber er erkannte schließlich, dass Lugus alle Menschen zu manipulieren vermochte. Unter dem Strich, so fand Robert, hatte er sich gar nicht so schlecht gegen einen viergestaltigen germanischen Monstergott geschlagen. Seine Mission war von Erfolg gekrönt. Der König würde ihn zweifellos belobigen, auch wenn Robert ihm natürlich nicht die Wahrheit berichten würde – ein germanischer Gott war einem frommen christlichen Herrscher schlecht zu erklären. Robert würde vielmehr von einem Aufstand und einem Ausbruch von Hexenwahn in Ödrode berichten, die er niedergeschlagen hatte, und eigentlich war das gar nicht so falsch.

Johanna gewann am schnellsten ihre Fassung wieder. Das war Wolfs Verdienst. Er blieb bei ihr, anhänglich wie ein streunendes Hündchen, das endlich aufgelesen worden war, und sie beschloss mit seiner Zustimmung, ihn nach Würzburg mitzunehmen, wo er in der Klosterschule für Waisen unterrichtet werden würde.

Aber auch ihr steckte der Schreck noch in den Knochen. Wenn Wolf, was durchaus hätte sein können, eine Gestalt des Lugus gewesen wäre, dann … Es hätte jeden von ihnen erwischen können – Johanna, Ida und Robert –, und es war pures Glück und Zufall, dass das nicht passiert war. Voller Dankbarkeit und gestärkt durch das Wissen, den Menschen im Harz, ja der ganzen Menschheit einen Dienst erwiesen zu haben, freute sie sich auf die Rückkehr ins Kloster. Der Abenteuer waren es fürs Erste genug. In nächster Zeit würde sie sich mit Wonne daranmachen, ihren arg geschrumpften Bücherbestand aufzufüllen. Seltsam, nur ein einziges Buch hatte den Brand fast unbeschadet überstanden: *Yggdrasil.*

50

Eine Woche und zwei Tage nach der furchtbaren Nacht der lodernden Scheiterhaufen verließ die kleine Reisegesellschaft gemeinsam die Schlossruine. Um aus dem Tal herauszukommen, mussten sie ein letztes Mal durch Ödrode hindurchgehen.

Dort bot sich ihnen ein grausiger Anblick. Meister Michael hing an einem Baum, offensichtlich erhängt von den Dorfbewohnern, und das schon vor geraumer Zeit. Sein Gesicht war kaum noch zu erkennen. Als die Ansässigen Robert und seine beiden Rekruten sahen, zogen sie sich wie gespenstische Nachtwesen, die bei Tage erwischt wurden, verängstigt in ihre Häuser zurück.

»Die Leute haben den Schustermeister für die Verbrennungen und was daraufhin passierte verantwortlich gemacht, nicht sich selbst«, sagte Johanna.

»Ganz unrecht hatten sie damit nicht«, erwiderte Robert. »Der Schuster und der Pastor waren es, die die Hetze angestachelt haben.«

»Ja, aber die Menschen haben einen Verstand bekommen, damit sie ihn benutzen. Wer andere für sich denken lässt, wer somit seine Verantwortung freiwillig abgibt, der haftet für die Verbrechen derer, die in seinem Namen handeln, mit. Diese Leute haben es sich sehr einfach gemacht, als sie ihr schlechtes Gewissen an den Baum knüpften.«

Johanna war erbittert. Sie empfand auch keine Genugtuung darüber, dass die Hexenjäger am Ende selbst gemeuchelt worden waren. Das alles war ihr zuwider.

»Bitte, Leutnant, lasst uns diesen Ort verlassen. Jetzt ist er tatsächlich ein Totendorf.«

Erst als sie das Tal verlassen und den Wildbach passiert hatten, überkam Johanna ein Gefühl der Erleichterung, und sie sah den anderen an, dass es ihnen genauso ging. Keiner von ihnen blickte auf das Dorf zurück. Erst jetzt hatten sie das Grauen wirklich überstanden.

Die Postkutsche war natürlich längst von den beiden Kutschern repariert worden und hatte ihren Weg fortgesetzt. An der Stelle, wo sie tagelang gestanden hatte, waren tiefe Furchen in den Waldweg eingegraben. Dort hatte das Grauen seinen Anfang genommen – aber auch das Gute. Johanna streichelte Wolfs Haarschopf, und Benedikt nahm Idas Hand und kniete sich auf den feuchten Boden.

»Ida, ich mag mir ein Leben ohne dich nicht vorstellen. Was nutzen mir Reisen in entfernte Welten, wenn du nicht da bist, um mein Leben zu bereichern? Willst du mich heiraten, Ida?«

Ida verschlug es keinen Augenblick lang die Sprache. Sie hatte darauf gehofft, und nach allem, was sie in den letzten Tagen durchgemacht und wie sie sich entwickelt hatte – wer weiß –, hätte sie vielleicht sogar Benedikt um seine Hand gebeten, wenn er nicht um die ihre angehalten hätte.

Sie wechselte einen Blick mit Johanna, und die Nonne lächelte ihr zu.

Auch Ida kniete sich nieder. Ida und Benedikt sahen sich in die Augen.

»Ja«, sagte sie. »Ja, ich will.«

Epilog

Drei Tage, nachdem Fenrir die Eichel mit seinem priesterlichen Blut getränkt und anschließend vergraben hatte, kehrte er in den Wald zurück und suchte die Stelle. Nachdem er sich besonnen hatte, hatte er sich Vorwürfe gemacht, weil er aus Wut gehandelt hatte. Dem alten Glauben diente er nicht dadurch, dass er ihn missbrauchte. Er war Priester, kein Rächer, und Lugus war nicht dafür geschaffen, auf die Erde zu kommen. Vom Göttersitz Asgard aus schickte das Chaos seit jeher einen Teil seiner zerstörerischen Macht zu den Menschen, gerade so viel, wie sie verkraften konnten. So war es bestimmt, ein natürlicher Ausgleich. Doch er, Fenrir, hatte das göttliche Gesetz und Gebot des Gleichgewichts missachtet. Diesen Fehler wollte er nun wiedergutmachen.

Einen ganzen Tag lang irrte er durchs Unterholz, ohne die Stelle zu finden. Manchmal, wenn ihm ein Baum, eine Waldblume oder eine Wurzel bekannt vorkam, grub er mit seinen Händen aufs Geratewohl. Er suchte bis zum Anbruch der Dämmerung. Dann begriff er, dass er auch morgen und übermorgen keinen Erfolg haben würde. Zu groß war der Wald, zu klein Fenrirs Erinnerung. Er konnte seinen Fehler nicht mehr ungeschehen machen.

Traurig verließ er den Wald, um auf die Reise ins Unbekannte zu gehen, irgendwohin, wo er willkommen wäre, zu den letzten Refugien seines Glaubens. Dort würde er einen Weg finden, seine untergehende Welt in die Zukunft zu retten, und sei es nur, indem er sie der Zukunft überlieferte. Die Schrift war zwar kein bedeutender Bestandteil seiner germanischen Traditionen, aber er würde sie fortan zu seinem Werkzeug machen.

Im Traum erschien ihm der Titel seines Werkes: *Yggdrasil,* das Universum der nordischen Völker, der ganze Kosmos seines Glaubens.

Aber er wusste, wohin sein Weg ihn auch führen und was immer er auch an Gutem und Nützlichem vollbringen würde, es würde ihm nie, niemals gelingen, die Tat, die auf seinen Schultern lastete, wiedergutzumachen. Würde Fenrir sich je vergeben können, einem Ungeheuer den Weg auf die Erde gebahnt zu haben? Einem Wesen mit ebenso vielen Gestalten, wie es Elemente gab: Wasser, Feuer, Erde, Luft und Äther. Was würde der fünfgestaltige Lugus in tausend Jahren an Bösem vollbringen, wie viele Menschen würde er vernichten, welche Zerstörungen anrichten?

Fenrir nahm sich vor, in seinem Buch vor Lugus zu warnen. Mehr konnte er nicht mehr tun.